[韩天航文集] ⑤

戈壁母亲

韩天航 著

新疆生产建设兵团出版社

图书在版编目（CIP）数据

戈壁母亲 / 韩天航著. -- 五家渠 ： 新疆生产建设
兵团出版社, 2020.12

ISBN 978-7-5574-1597-6

Ⅰ. ①戈… Ⅱ. ①韩… Ⅲ. ①纪实文学－中国－当代
Ⅳ. ①I25

中国版本图书馆 CIP 数据核字(2021)第 003230 号

责任编辑：昝卫江

戈壁母亲

出版发行　　新疆生产建设兵团出版社
地　　址　　新疆五家渠市迎宾路 619 号
邮　　编　　831300
电　　话　　0994—5677185
发　　行　　0994—5677048
传　　真　　0994—5677519
印　　刷　　北京一鑫印务有限责任公司
开　　本　　710mm*1000mm　1/16
印　　张　　22.75
字　　数　　310 千字
版　　次　　2020 年 12 月第 1 版
印　　次　　2021 年 8 月第 1 次印刷
书　　号　　ISBN 978-7-5574-1597-6
定　　价　　69.00 元

三十集电视连续剧

戈壁母亲

导演：沈好放
编剧：韩天航
主演：刘佳　巫刚
　　　赵君　耿乐　柯蓝

根据韩天航同名小说改编拍摄的电视连续剧《戈壁母亲》剧照

韩天航为新疆生产建设兵团第四师七十四团"钟槐哨所"题字

目　录

第一章

春天，天空中涌动着乌云，小树被大风吹弯了腰。

四十二岁的刘月季正同两个儿子，十六岁的钟槐和十二岁的钟杨用麦草修缮着屋顶。刘月季和钟杨在屋顶上，钟槐在下面把扎成捆的麦草往上扔，钟杨接上麦草递给刘月季。刘月季接过麦草，仰望着乌云翻滚的天空，感叹而眷恋地说："唉，你爹参军后，走了十三年了，也不知咋样了！"

钟槐虽然只有十六岁，却是个长得十分壮实，身材高大的小伙子了，他一脸的憨厚与倔强，这时在下面不满地说："娘，爹早就把我们忘了，他这一走十三年，就没来过一封信，让人捎过一句话，这样无情无义的爹，还提他干啥！"

刘月季说："他可以忘了你娘，但也不该忘了你呀，你咋说是他亲儿子嘛，再说，他也不知道这世上又有了你弟弟。"

雨点洒落下来，在村外一条小路上，邮差背着邮包急急冒雨往村里走。风雨交加。刘月季继续冒雨在修缮屋顶。她说:"是死是活,他总得让家里人知道消息呀!"

十二岁的钟杨个儿不高,有些瘦弱,一张还带着稚气的脸上透着聪明、机敏与活泼。他在屋顶上突然指着前面小路上出现的邮差,对刘月季说:"娘,你看,邮差老韩叔叔好像在叫我们呢!"风雨中,邮差老韩挥着手上的信喊:"月季大嫂,你们家信,好像是部队上来的!会不会是你男人的信?"风雨声太大,刘月季似乎没听清或是不相信,问钟杨:"老韩叔叔在喊啥?"钟杨说:"好像在喊咱爹来信啦!"老韩快步走近:"月季大嫂,部队来的信,会不会是你男人来的?"刘月季突然变得很激动,从屋顶上滑了下来,差点摔一跤,钟杨也跟着滑了下来。刘月季说:"是部队来的吗?"老韩说:"是!你看,这还有部队番号。"刘月季接过信,激动而不安,手在抖。刘月季打开信,说:"钟槐、钟杨,是你爹的字!是你爹的信!老韩,谢谢你!"

刘月季攥着信,两个儿子在旁边看。三人看完信,脸上都露出了失望。

钟槐在一边不满地说:"十三年没一个字,现在来个信,却才干巴巴的几句话!还叫我们千万别去找他。娘,咋回事?世上哪有这样的爹呀!"

狂风突然把正在修缮的屋顶掀开了。钟杨说:"娘,厨房的屋顶掀了。"刘月季看着掀开的屋顶,那失望的脸突然闪亮了一下,用坚决的口气说:"掀了就掀了吧,今晚我们就凑合着做顿饭,明天我们就去新疆。这次不能听你爹的。既然我们知道他在新疆六军的二十五师当作战科长,那我们就去新疆找他!"

钟槐不满地说:"娘,我长这么大了,也懂事了,我们干吗要去看他!新疆有多远,娘你知道吗?"刘月季说:"就是有十万八千里,也去找他!"钟槐赌气地说:"娘,村里人告诉过我,爹因为跟你没感情才参军走的。十三年啊,他没给你捎过一个字,也没来信问问我这个儿子咋样,这样无情无义的爹去见他干啥!""你爹走的时候,好几次对娘说,忘了我吧。他要娘忘了他。但今天他来信了,说明他并没想让娘忘了他,他也没忘了娘。你两岁时,他就走了,钟杨是在你爹临走的那晚上才有的。"刘月季动感情地说,"我得带着你们去见你们的爹!因为你们是有爹的孩子!"

两个孩子又睡着了,刘月季在纳鞋子。煤油灯在跳抖着,刘月季凝望着油灯灯芯,想着往事。

初夏,在绿油油的农田间的一条崎岖的小路上,身患痨病,骨瘦如柴的钟嘉慎老人颤抖着双腿,拄着拐杖艰难地走着,而且还不时地咳嗽着,然而他的上额明亮,神色坚定,有一股不达目的誓不罢休的劲头。风吹着农田的庄稼在哗啦啦地响,泛起一波波绿色的波涛。这也像老人此时的心情。

一座干净整洁的农家院子。这院子虽有些破旧,但依旧能让人感到以前有过的兴旺。刘月季的父亲年近六十,但身体依然十分硬朗,他坐在厅堂间抽着烟,一脸认真地对刘月季说:"月季啊,人家钟家的这位老人,抱着病体,亲自往我们家已经跑了十几次了。人家是有诚意的,这门亲事爹就这么给你定了吧!"

刘月季那年二十四岁,长相一般,但那双明亮的眼睛却透出一股秀气。她说:"爹,这事我都反复想过好些天了,本来爹的话我该听,可我觉得这门亲事对我来说不合适。我都二十四岁了,可男方还只是个十八岁的学生娃。我怕过不到一块儿,那会耽误了人家男孩子的,也会耽搁我自己的!"

父亲吐出一口烟说:"这事爹不是没想过,所以开始时爹并没答应下来。可现在人家一次次往咱家跑,那份诚意,不能不让爹心动啊!"

钟嘉慎在小路边的一块石头上坐着,喘着粗气。但他想了想,又吃力地站起来,看看天空,太阳已挂在半空中了,他一咬牙,毫不犹豫,继续顽强地往前走去……

父亲对刘月季说:"月季,你这婚事,爹一想起来就很不好受,在你十七岁时,你娘就病在床上,你为了服侍你娘,怎么也不肯出嫁。你娘在床上躺了整整七年,把你的婚事就这么耽搁了。现在,跟你年龄相同哪怕就是家境差一点的男人,也早就都有了婆娘,有了孩子。再说,爹也不想让你去吃那苦呀。钟家家境不错,几代书香人家。又是他们求上门来的,这样的机会再到哪里去碰呀!别再挑了,就钟家吧。"刘月季为难地说:"爹……"

这时钟嘉慎突然出现在他们家门口,他听到了刘月季父亲后面那两句话。钟嘉慎喘着气,一脸的疲惫,但听刘父那话的意思,知道自己大概没有白跑,脸上也透出了喜色,说:"老刘! 你同意了? 你看我这身体,没几年了,我老伴几年前也没了,我这个家就全交给你们家的月季姑娘了! ……"

迎亲队伍吹吹打打地来到刘家院子前。

心情极其复杂的刘月季上轿时一把抓住父亲的肩膀,含着泪说:"爹,我不能去! 我跟他不相配的……"父亲宽慰她说:"自古以来,大媳妇、小女婿结婚有的是,过上些日子,一切都会好的,去吧……那是个好人家!"

轿外,喜庆的唢呐声在一路高歌。轿内,刘月季虽咬紧牙关,听凭着命运对她的安排,但泪还是从她的眼中滚落下来,因为她还是有某种不怎么好的预感。她又突然抹去脸上的泪,悄悄地用手指顶开轿帘,望着外面。轿外拥满了人,她想事到如今,她只有好好地去面对了。十是她脸上又透出了一份坚定……

迎亲队伍来到钟嘉慎家。依然病态的钟嘉慎已是一脸的喜悦。

夜,钟匡民家。洞房里气氛很沉闷,红蜡烛也在淌着泪。刘月季盖着红盖头坐在床边。

当时钟匡民十八岁,一副学生模样,长得非常英俊,但却还带着很重的孩子气。钟匡民一把掀开刘月季的红盖头,劈头就用压低的声音,怒视着对刘月季说:"没人要的老姑娘,跑到我们家来干什么!"

刘月季虽有思想准备,可她没想到钟匡民会说出这样的话,脸上委屈地挂上了泪。但她不示弱,也用压低的声音冲着钟匡民说:"我也不愿意,是你爹几次三番上我们家,求我爹的!"

钟匡民也不再吭声,只是咬紧牙关,赌气地脱下新郎装,狠狠地摔在地上,扭头就要出门。

刘月季一把拉住钟匡民说:"你去哪儿? 新婚之夜,你这么跑出去算什么? 你不看我的面子,你也该看你爹的面子呀!"钟匡民看着刘月季哀求的眼神,叹了口气想了想说:"对不起,我刚才不该那么说你,但我没法跟你过。请你原谅!"

钟匡民甩开刘月季的手,走了出去。

刘月季咬咬牙,抹去脸上的泪。红蜡烛滚烫的泪还在不住地往下流淌。

坐在床沿上的刘月季听到了咳嗽声和拐杖点击地砖的声音。钟嘉慎的声音传来："睡下啦?"刘月季强装着带笑的语气回话,说:"嗯……爹。"

咳嗽声、拐杖声离去。

刘月季想了想,咬着嘴唇,突然倔强地站起来,神色坚定地走出洞房。钟匡民沮丧地坐在院前的一棵大树下。

月色朦胧,月亮在云中穿行。

刘月季走到钟匡民跟前说:"钟匡民,你今晚就坐在这树下过夜?"钟匡民说:"不,我到我书房去睡。"刘月季说:"今晚不行,今晚你得跟我回到新房去睡。"钟匡民说:"我不会跟你睡的!"刘月季说:"爹来查过房了,不想跟我同床,你也得跟我同房,难道你不知道爹为咱俩的婚事,费了多大的劲? 你如果还有点孝心的话,你不能这么伤爹的心!"

钟匡民沉默。

刘月季上前一把拉住他,说:"走! 跟我回去!"钟匡民说:"那你睡你的,我睡我的。"刘月季说:"只要回房里睡就行!"刘月季铺好床,对钟匡民说:"行了,你睡吧!"

钟匡民赌气地和衣往床上一躺。刘月季坐在床沿上,背靠在床帮上。

红烛越烧越短,最后熄灭了。刘月季靠在床帮上也闭上沉重的眼皮睡着了。当她醒来时,窗上已显出白光,而床上已没了钟匡民。刘月季感到一阵心酸,眼泪流了出来。

清晨,钟嘉慎从房里出来,看到钟匡民夹着书本从书房出来。钟嘉慎一脸的疑惑。钟嘉慎敲了敲新房的门,然后走进去。刘月季正在收拾房间。钟嘉慎问:"月季,匡民怎么睡到书房呀?"刘月季眼里涌上泪,说:"爹,你问他自己吧。"钟嘉慎心里似乎明白了。钟匡民夹着书准备往院门外走。站在院子里的钟嘉慎喊:"你给我站住!"钟匡民看着钟嘉慎。钟嘉慎用拐杖点着他说:"你这个忤逆不孝的儿子,娶了媳妇,为什么还天天睡在书房?"钟匡民说:"爹,你不是说,人生最大的事情就是求学问吗? 我睡在书房,就想多求点学问嘛。"钟嘉慎说:"你是嫌你媳妇年岁比你大是不是? 爹去求这门亲,不是随便给你去求的。月季姑娘一片孝心,在她有病的娘床前整整服侍了七个年头,管家理财也是个好手,刘家的家教也是四下闻名的,你看看,她到咱们家才几天,里里外外都变了样!这样的好姑娘你到哪儿去找?你要嫌弃这样的媳妇,爹告诉你,你会后悔一辈子的!"钟匡民不耐烦地说:"爹,我要上学去了!"

钟匡民走出院门,钟嘉慎感到好一阵失望与心酸。走出院门的钟匡民回头看看干瘦的父亲,心也有不忍,但他还是走了。

猪圈边。月季在喂猪。钟嘉慎拄着拐杖,咳嗽着朝她走来。钟嘉慎说:"月季,爹想问你个爹本不该问的事。"刘月季说:"爹,你说吧。"钟嘉慎说:"匡民是不是至今还没跟你圆房?"刘月季伤心地点点头。钟嘉慎老泪纵横地说:"那咱钟家就要断了香火了……"刘月季说:"爹,我也没办法。"钟嘉慎说:"月季,你求求他,怎么也得给咱们钟家留下个一男半女啊!你就给他下跪求他!"刘月季为难地说:"爹!"钟嘉慎说:"你只要能给钟家续上香火,爹就给你下跪磕头!爹活不了多久了……"

刘月季同情地看着钟嘉慎那祈求的眼神,不忍地点点头。书房里,钟匡民在灯下看书。窗外闪电撕裂着,接着雷声滚滚,风声大作,瓢泼大雨倾盆而下。钟匡民感到有点冷,用手搓着肩膀想往外走。但想了想后,又坐下继续看书。门突然被推开了,浑身淋湿的刘月季抱着衣服出现在门口。钟匡民一愣说:"你来干吗?"刘月季说:"我怕你冷,给你送衣服来的。"钟匡民拿过衣服说:"那你回去吧。"

一阵霹雳震得窗户都在抖。刘月季一下跪在了钟匡民的跟前,眼泪滚滚而下。刘月季软中带硬地说:"匡民,不是我要给你下跪,是爹让我给你下的跪!再说咱们拜过天地后,怎么说也是夫妻了。你得让我为你们钟家留个后呀。要不,我没法在这世上做人,也对不起你爹!我求你了……"

雨在拍打着窗户。看着跪在他跟前的刘月季,钟匡民的心也软了,眼中流出一丝愧疚。刘月季说:"钟匡民,你是你爹的独生子,你爹又是这么个身体。爹说我能给你们钟家生个一男半女,他就下跪给我磕头,你嫌弃我这不要紧,但你不该这么伤你爹的心啊!我知道,你是个孝顺儿子……"钟匡民长叹了口气,眼角也含着泪说:"你起来吧……"

半年后，院子里。刘月季腆着个大肚子，正坐在院子里洗衣服。钟嘉慎卧室，一位中医正在为已奄奄一息的钟嘉慎搭脉，钟匡民站在一边。中医号完脉，同钟匡民走出卧室。中医摇摇头说："老人的大小便都已失禁了，脉息也越来越弱，预备后事吧。"钟匡民含着泪点点头。

刘月季腆着大肚子，把洗好的老人衣服裤子、内裤内衣晾在绳子上。中医含着敬服的眼神朝刘月季点点头。中医对钟匡民说："我还很少见过儿媳妇能这样服侍老人的。不容易啊！"中医走后。钟匡民走到刘月季跟前说："月季，你辛苦了。"刘月季说："人活在这世上，啥事都能碰上。该你做的事你就该去做。娘去世得早，这些事理应就该由我做。"钟匡民感动地点点头。但又感到遗憾地长叹一口气。

初春，一个坟堆上竖着钟嘉慎的墓碑。纸钱在坟堆前飘散着。钟匡民和刘月季步履沉重地离开坟地。

西安火车站。

尖厉的汽笛声响彻天空。一列火车徐徐开进月台。车厢里拥满了人。还没有停稳当，里面的人群骚动着，争先恐后地往车厢外挤。

钟槐，用他那强有力的身子顶开了条路，好让他母亲刘月季和弟弟钟杨顺畅地跟在他后面。

钟槐凭着自己的力气，继续用力往前顶着走，有些旅客不时地回头看着他。刘月季在钟槐的后背上拍了两下，说："钟槐，走慢点吧。当心别挤人了。"但钟槐没听母亲的，还是用力地往前挤，因为他看到后面的人把他母亲挤得差点摔倒。他回头对钟杨说："照护好咱娘。"钟杨点点头。他完全服从他哥在他跟前的这种权威地位。

他们挤到车厢门口，人群已拥成一团，挤不动了，大家只好停住，等着一个个顺序下车。

一条灰色的人流在往外涌。已挤下车的刘月季、钟槐、钟杨一人背着个布包夹在人流中。钟杨走路时脚有点一高一低的，突然尖叫了声。钟槐问："咋啦？"刘月季低头一看，发现钟杨一只脚光着，一只脚穿着刘月季连夜缝制的新鞋,钟杨拔起脚板看,脚板被碎玻璃划开了一道口子,正在往外冒血。刘月季问:"鞋呢?"钟杨说:"我也不知道,可能刚才下车时挤掉了。"刘月季赶忙撕一块布给钟杨包上脚说:"先在这儿歇着,钟槐跟娘一起找鞋去,要不去新疆的路这么远,咋去?"刘月季和钟槐转身去找鞋,走前钟槐在钟杨头上轻轻地拍了一下说:"这么大的人了,还管不住自己穿的鞋!这是娘一针一线熬了两个晚上做的新鞋,咋就这么不爱惜。"

刘月季和钟槐去找鞋。钟杨在离出站口不远处席地而坐,痛苦地看着还从布里往外渗血的伤口。

有两位军人背着行囊从钟杨身边走过,其中一个叫王朝刚,二十四岁,长得很精干、机灵,他看着钟杨还在渗着血的脚。

王朝刚说:"小弟弟,你咋啦?"钟杨哭丧着脸说:"鞋丢了,脚被玻璃扎破了。"王朝刚想了想,解下背包,把绑在背包上的一双新鞋拿下来,给钟杨说:"来把这鞋穿上。"钟杨说:"不,解放军哥哥我不要。"王朝刚干脆地说:"穿上吧,鞋是大了点,但有鞋总比没鞋强!"钟杨说:"谢谢解放军哥哥!"王朝刚说:"不谢!"

刘月季和钟槐朝钟杨走来,从他俩的神情上看,显然没有找到鞋,有些失望。看到钟杨正在穿一双新鞋,钟槐问:"你这鞋从哪儿来的?"钟杨往王朝刚走的方向一指说:"那位解放军哥哥给的。"王朝刚已走出十几米,刘月季喊:"喂,解放军同志!"

王朝刚听到喊声,回过头来,知道是关于鞋的事,忙做了个手势,意思是穿吧,没关系的。

钟槐说:"再别丢了,这可是解放军同志给的!"钟杨说:"知道了。"钟槐在他跟前,具有绝对的权威。

一辆老式陈旧的长途公共汽车在积满浮尘的路上奔驰着,车尾蓬起一长溜灰蒙蒙的尘雾。

公共汽车上也挤满了人,刘月季、钟槐、钟杨三个挤坐在两个座位上。车上还有不少站着的人。

车在坑洼不平的路上颠簸着。车上的人都感到有些苦不堪言,但都强忍着。往事浮现在刘月季眼前。

刘月季抱着两岁的钟槐。胸前戴着红花的钟匡民坐在刘月季的对面。

钟匡民说:"月季,我参军走了,从此我不会再回来,你就好好地过你的日子吧。"刘月季含着泪不舍地说:"匡民……可你是孩子他爹呀。"钟匡民说:"我说句让你伤心的话,但这是我心里的话,月季,要不是为我那死去的爹,要不是为你,我不会要这个孩子的!"刘月季说:"你就这么一走了之了?匡民……"钟匡民说:"爹去世后,我就没有啥好牵挂的了!"刘月季说:"那我呢?孩子呢?"钟匡民说:"我知道,你真的是个很好的女人,我爹病倒在床上那些日子,你很辛苦,还要收拾爹大小便失禁后的那些脏东西,我真的很感动。但月季,你要知道,感情这东西是没法勉强的。从今以后,你就把我忘了吧。"刘月季悲伤地说:"你叫我咋忘得了你啊!……"说着哭了。钟匡民眼中又流出怜悯,体贴地上去拉住她的手说:"月季……"

村口。参军的队伍在行走。村口有许多人在送行。穿着新军装,戴着大红花的钟匡民走到抱着钟槐的刘月季跟前说:"月季,你就好好带着钟槐过日子吧。"刘月季说:"你走吧。我知道你的心事了,我没法强求你……但你的儿子,你总得亲他一下再走吧。"刘月季说到这里伤心地摇摇头说:"还有……昨晚的事,我会感激你一辈子的。"钟匡民抱过儿子,在儿子脸上亲了一下,又还给刘月季说:"那我走了。月季,我还是那句话,忘了我吧!"

刘月季抱着钟槐,目送着队伍消失在路上。刘月季用已想开了的语气对儿子说:"钟槐,你爹走了,不想再回来了,那就咱娘儿俩过,咱们俩也会把日子好好过下去的!"但伤感心酸的泪却从她的眼角上滚了下来……

刘月季的肚子又鼓了起来,她背着锄头牵着钟槐向农田走去。钟槐长成了一个小伙子了。

十三年过去了。十六岁的钟槐与四十二岁的刘月季一起在农田里干活。钟槐的农活干得十分的利索。长途公共汽车上,刘月季看着歪睡在她身边的钟槐和钟杨,长长地叹了口气。

黄土高原。崎岖的小路。钟槐背着两个布包,刘月季背着一个布包,钟杨没再背包。三人步履蹒跚地走在小路上。钟杨的大鞋也已经变得很旧了。

在西北某县城的长途公共汽车站，一群人朝一辆老式的长途汽车冲去。人群拥挤着往车里挤。钟槐一面把刘月季推上车，一面把钟杨拉上车。车门关上了，钟杨的一只脚还夹在车门外，他用力一拉，那只快要磨破底的球鞋掉在车下。钟杨喊："我的鞋，我的鞋……"

车厢里一片混乱，喊声一片。钟槐和刘月季都没听到钟杨的喊声，钟槐把刘月季挤到一个座位上，这才松了口气。钟杨拉开车门，跳下车去捡鞋。汽车却喷出一股烟气，开走了。钟杨捡起鞋奔着追车，车却越开越远，越开越快。钟杨奔跑着喊："娘……哥……娘……哥……"喊声变成哭声。最后他绝望地看着车消失在一团团的尘雾之中……

长途汽车里，刘月季松了口气。钟槐站在她身边。

刘月季问钟槐："你弟呢？"钟槐说："我把他拉上来了。他大概还在车门口。"刘月季朝后喊："钟杨……钟杨……"钟槐也喊："钟杨！钟杨！"没回音。一个挤在车门口的乘客用甘肃话说："我看一个娃，下车去捡鞋去，就没上来。"刘月季着急地喊："司机，停车！停车！"刘月季和钟槐下了车，背着行李往回走。刘月季抱怨钟槐说："你看你这个哥，是咋当的！"钟槐愧疚地说："娘，我是把他拖上车了嘛。"

街道上。刘月季一面喊着找着，走到县城的集贸市场。那里人头攒动。刘月季说："钟槐，就在这好好找找。"钟槐点头说："哎。"县城集贸市场边的一条小街。脸上沾满尘泥的钟杨在小街上走着，此时已到中午。

钟杨走到一条较偏僻的小巷里，看到三个衣服褴褛、满脸污垢的八九岁的小孩子围着一个八岁左右的小女孩在抢她脖子上的金项链。小女孩紧紧地捂着脖子哭，喊着："救命啊，救命啊！"钟杨一看立刻冲了上去，把那三个小孩打开，小女孩一把抱住钟杨哭着说："大哥哥救我！"

钟杨领着小女孩，坐在小街道路旁的埂子上。小女孩全身脏兮兮的，光着脚丫子，衣服也是破破烂烂的，但衣料的质地却很考究，小女孩长得十分漂亮可爱。

钟杨问:"你爹你娘呢?"小女孩说:"我妈妈被土匪打死了,我跟着一些大人逃到这里来的。"钟杨说:"那你爹呢?你没爹?"小女孩说:"有。我妈妈就是从老家领着我来找我爸爸的。"钟杨说:"那你爹在哪儿?"小女孩说:"我妈说在新疆。"钟杨说:"在新疆?在新疆什么地方工作?"小姑娘摇摇头说:"不知道。"钟杨说:"那你叫啥?"小女孩说:"我叫程莺莺。"钟杨说:"那你爹叫啥?"小女孩说:"不知道,我忘了。"钟杨说:"你没见过你爹?"小女孩点点头。

钟杨说:"你跟我一样吧,你一生下来,你爹就离开你娘了,是吧?"小女孩点点头说:"是。"钟杨想一想说:"那你就跟着我吧,我也要去新疆的。到了新疆后,再去找你爸爸,好吗?"小女孩点着头说:"好!大哥哥,那你爸你妈呢?"钟杨说:"我也是跟我娘和我哥去新疆找我爹的。我上车时,鞋挤掉了,我就下车找鞋,可车就开走了,我追呀追呀没追上。你放心,我娘我哥肯定会来找我的。"

集贸市场摆着不少小吃摊。刘月季走到一家烤饼摊前,买了几只饼,递给钟槐两只,说:"钟槐,吃点东西再找吧。唉!你弟弟身上也没带一文钱……"刘月季和钟槐刚从烤饼摊前走开,拐进另一条小路,钟杨领着程莺莺来到烤饼摊前。两人看着烤饼,咽一阵口水。钟杨摸摸身上,什么也没有,只好领着程莺莺走开。

第二章

夕阳西下。

饥饿难忍的钟杨和小女孩在一条离汽车站不远的小街上走着。他来到一户人家门口,看到一位五十几岁的妇女提着两个桶出来。钟杨上前喊了声:"大娘,能不能给我们一点吃的?"

老妇女看看他们说:"你们不是本地人吧?"钟杨点点头说:"我们是去新疆找我爹的,没挤上车,车就开走了,不过我娘我哥肯定会来找我们的。车站离这儿不远,我们想吃点东西,再到车站去等。"老妇女同情地说:"那好,我去给你们弄点吃的。不过你帮我挑担水吧,井在那路口上,桶别装满,你挑不动的。"钟杨点点头说:"好。"

刘月季和钟槐,因找不到钟杨而焦急万分。刘月季想了想,说:"去车站吧。钟杨从小聪明,他知道我们肯定会来找他,说不定他会在车站等我们。"

小街路口水井边,钟杨在井边吃力地摇着轱辘在打水。他已经打满了一桶水。钟杨又在井里打了一桶水,在用力往上摇,但因为本来就是个没多大劲的孩子,再加上又累又饿,他的手一松,装满水的桶往下掉,辘轳反转着,辘轳柄一下砸在他头上,便把他砸晕在井边,头上溢出血来。

程莺莺扑在钟杨身边哭喊:"大哥哥,大哥哥!"

刘月季和钟槐一边焦急地叫着,一边朝车站方向走去。钟杨依然昏迷在井台上。程莺莺依然在哭叫着。

刘月季他们走出小街,没有朝井边方向走,而是朝井的相反方向拐到另一条街上。他们听到一个小女孩的哭喊声,于是他们转身朝哭喊声走去。

程莺莺看到刘月季和钟槐,就大声喊:"大妈!快来救救我的大哥哥!"刘月季和钟槐立即朝井台奔去,他们一看,井台上躺着的就是满脸鲜血的钟杨。

钟槐立即抱起钟杨的身子喊:"钟杨!钟杨!"一位老妇女,手中端了一碗热面、两个馍馍朝井边走来说:"这孩子怎么打水打到现在还没回来呀!"刘月季捧起钟杨的头,心酸地喊:"钟杨!钟杨!"伤心的泪便流了下来。钟杨睁开眼看到刘月季和钟槐,立即振奋地坐起来,喊了声:"娘——"然后说:"我要去车站等你们……我饿……"老妇女走到他们身边说:"咋回事?你看看这孩子,我说你年纪小,打半桶水就行了……"

钟槐背着头上扎着布条的钟杨,抱怨说:"鞋子丢了就丢了,干吗要下车去找呀!"钟杨说:"我怕你说我。"钟槐内疚地说:"哥以后再也不会说你了!……"钟杨喊了声:"哥!"刘月季问:"这小女孩是咋回事?"钟杨说:"娘,这是我认下的妹妹……"

天色已变得越来越昏暗。

刘月季叹了口气,也松了口气说:"总算把你找到了,要找不到你,我咋给你爹交代啊!全亏了你认的这个妹妹让我们找到了你!"

……

一间土屋里,小女孩坐在从旅馆借的木盆里,刘月季正在给她洗澡。脱了衣服后,小女孩脖子上有一圈金项链,还有一条有人抢金项链而被划破的伤痕,项链上挂着一颗金长生果。

刘月季一面给小女孩洗着,一面眼泪汪汪地看着小女孩,她越看越喜欢这女孩。

刘月季问她："娃,你长得好心疼人啊。这链子是谁给你买的?"小女孩说:"我爸爸。"刘月季说:"你真不知道你爹叫啥? 在哪儿?"小女孩摇摇头。刘月季想了想说:"孩子,在你没找到你爹前,你就做我女儿吧。你不是认钟杨当哥哥了吗? 我有两个儿子,就缺一个女儿呢。好吗? 从今天起,你就叫我娘,好吗?"小女孩点点头说:"好。"刘月季又高兴又心疼,紧紧地搂了搂小女孩说:"那就叫声娘。"小女孩奶声奶气地喊了声:"娘。"

刘月季高兴得眼里含满了泪。

刘月季给她洗着,看着她的金项链,想着,心里说:"这肯定是她爹给她的念物,要是丢了,将来她可怎么认她爹呢?"刘月季想了想说:"孩子,这项链娘给你保管起来好吗? 等你长大了,娘再给你戴上。"

小女孩很懂事地点点头。

刘月季搂着女孩说:"唉! 可怜的孩子……"然后咬牙切齿地骂了一句:"这帮狗土匪!"

刘月季领着三个孩子围着一张小桌吃饭。

钟杨虽然头上绑着布条,但人又活过来了,又显得很活跃了,说:"娘,那得给妹妹起个我们家的名字啊。"刘月季说:"对,钟槐、钟杨,你们看起个啥名好?"钟杨眼睛转了转说:"娘,哥叫钟槐,我叫钟杨,那就叫她钟柳吧。柳树呀。多好听的名字! 妹妹,以后你就叫钟柳了,知道了吧?"小女孩说:"知道了。"钟杨说:"叫啥?"小女孩说:"钟柳。柳树的柳。"钟杨说:"对,以后人家问你叫什么,你就说你叫钟柳。以前的名字不能告诉别人了,啊?"钟柳点头说:"知道了。"刘月季和钟槐都高兴地笑了。

……

路上尘土飞扬。一辆军用大卡车上坐着刘月季、钟槐、钟杨、钟柳还有其他几位部队的家属。坐车的人都在汽车的颠簸中沉睡着。只有刘月季搂着熟睡的钟柳,睁着眼睛疼爱地看着那两个已疲惫不堪的儿子。夕阳映照着天山山顶的积雪,碧蓝的空中飘着大块大块的白云。天山山脉显得雄伟而苍凉。

一家小客栈的院门口停着几辆马车和几匹骆驼。刘月季和钟槐、钟杨、钟柳在院门前坐下，那儿已坐着几个客商。这时，突然有几辆马车从客栈门前走过，一辆马车上用芦席盖着几具尸体，另一辆马车上坐着几个解放军的伤员。客商们和刘月季他们心情沉重而不安地看着马车从客栈前经过。其中有位客商说："这帮狗土匪叫人不得安生！"钟柳扑在刘月季怀里喊："娘，我怕！"

客栈伙计是位年轻的维吾尔族青年，给他们送来几只馕。大家还没从刚才看到的马车上的情景中缓过来。维吾尔族青年用不太流利的普通话对刘月季说："你们要去的那个地方，离这儿嘛，不太远。"刘月季听了心里松了口气。钟槐说："娘，不太远，咱们吃好饭就连夜赶过去吧？"刘月季点点头，问维吾尔族青年说："今晚走，能赶到吗？"维吾尔族青年笑着摇头说："那走不到。骑马走，得走两天。"钟槐说："你不是说不太远吗？"维吾尔族青年笑着说："是不太远，二百多公里路。明天嘛，你就跟着他们商队走，他们也去那儿。你们自己走，不安全，刚才你看到了，路上有土匪哪，要遇上土匪你们就麻烦了！"一位中年客商友好地朝他们点点头，说："跟我们走吧，这样可以安全点，解放军的剿匪队正在加紧剿匪呢，你们自个儿走太危险。"

早晨，客栈门前。商人已在马车上装好货。刘月季拉着钟柳同钟槐、钟杨在中年客商的安排下坐上马车。这时有两个年轻人挺着胸，直着腰朝他们走来。中年客商忙迎了上去。过来的两个人中其中一个就是王朝刚。

钟杨看到王朝刚，眼睛一亮，忙上去喊："解放军哥哥！"王朝刚一惊，忙说："小同志，我不是解放军，你认错人了。"钟杨盯着王朝刚看了一会，满脸的疑惑。车队一共有六辆马车。王朝刚坐在最前面一辆车上，另一个人坐在最后一辆车上。样子似乎有些神秘。一声响鞭，装满货物的马车队行走在尘土飞扬的公路上。刘月季搂着钟柳，与钟槐、钟杨坐在一辆马车上。他们望着远方，心中充满了希望。钟杨指着坐在第一辆车上的王朝刚对刘月季说："娘，那个人就是给我鞋的解放军哥哥，我没看错！"刘月季说："人家说不是就不是，你可能看错人了。娘也觉得有点像，但这世上长得像的人有的是。"

两旁是茫茫的戈壁,一片荒凉。钟杨兴奋地说:"娘,爹要见到我们,会咋样?"刘月季心事重重,但说:"那当然高兴喽。他只知道钟槐,还不知道在这世上又有了个你呢!"

夕阳西下。四下是茫茫的戈壁滩,渺无人烟。气氛有些紧张。太阳已沉到了群山间,只露出半个脸。突然,有十几个黑点从地平线上一个个地飞了出来。钟柳看到这情景,突然埋进刘月季的怀里,吓得大哭起来:"土匪!"气氛顿时紧张了。刘月季紧搂着钟柳说:"别怕,有娘在呢。"中年客商神色有点紧张地看看前后车上的年轻人。年轻人却不动声色。尘土飞扬,十几个土匪挎着枪,骑马朝商队飞驰而来。马车队立即停在了路上。中年客商喊:"人家快都躲到车下面去!"大家都纷纷跳下马车。刘月季抱着钟柳,钟槐拉着钟杨躲到车下。钟柳吓得哭不出声来了。土匪马队离车队将近一公里的地方时,坐在前车上的王朝刚立即打出了一颗信号弹,划亮了昏黄的天空。左右两边的山谷里顿时奔出了两个马队,夹攻土匪的马队。土匪一看不对,忙拨转马头,想往回逃窜。公路前方,从山谷中冲杀出来的左右两个马队都朝土匪的马队冲杀过来。马上骑着的是解放军战士。领头的军官正是钟匡民。那时他已三十六岁,既有军人的气质又有文人的儒雅,而英俊的额头上也刻下了几条饱经战争风云的皱纹。他直奔商队。

钟匡民骑着马来到商队前。他看看坐在头一辆马车上的年轻人说:"王朝刚,怎么样?"王朝刚说:"首长,这儿没事!"同钟槐、钟杨一起躲在车下的刘月季听到了钟匡民的说话声,忙抬头,虽然时隔十几年,但钟匡民的音貌依旧,她认出来了。她站起身抬头看钟匡民,钟匡民已策马带着马队朝土匪追去。

刘月季喊:"匡民……匡民……"刘月季拉起钟杨、钟槐说:"钟槐、钟杨,刚才那个带队的人就是你爹,快喊呀!"钟槐、钟杨大声喊:"爹!爹……"刘月季拉着钟杨、钟柳,朝戈壁滩上冲去,钟槐已跑在前面。王朝刚喊:"大嫂,快回来,危险……"戈壁滩上尘土飞扬。

钟匡民娴熟地骑着他的战马,冲在最前面,他单手举起步枪射击。一枪一个,连着三个土匪随着枪声落马。商队的人都松了口气,走到公路上。

站在公路上的刘月季、钟槐、钟杨和钟柳都从远处看到了钟匡民单手举着步枪射击土匪的情景。钟杨问："娘,那人真是咱爹?"刘月季说："对!"钟槐说："我要是能参军,准也能像爹那样!"

中年客商握着王朝刚的手说："解放军同志,太谢谢你们了。"王朝刚说："不,也要谢谢你们的配合。这股流窜的土匪,我们钟科长已经追寻了一个多月了,这下他们可逃不了了! 这些天,钟科长摸着这股土匪活动的规律后,就一直带着部队隐蔽在这山背。我和小杨同志都是钟科长派出来的侦察员。"中年客商感叹地说："这位钟科长真是英勇善战啊!"

刘月季、钟槐、钟杨脸上显出喜色。钟柳依偎着刘月季,抹去泪不哭了,她也知道已没事了。客商们重新上车。

刘月季走到王朝刚跟前问："同志,刚才那个带队的是不是叫钟匡民?"王朝刚说："对,他是我们师的作战科科长,正领着剿匪队在剿匪呢。你认识他?"刘月季说："我是他那口子。喏,这是他的两个儿子。还有个女儿。"王朝刚吃惊地说："哇,钟科长这么年轻,就有这么大的两个儿子和一个女儿啦?"但看看钟柳又有了疑惑,说："钟科长不是十三年没回老家了吗?"刘月季说："这女儿是我领养的。"王朝刚"哦"了一声,但心中仍满是疑惑。钟杨说："解放军哥哥,在西安火车站上送我鞋的肯定就是你。"王朝刚说："是,但那时我可不能暴露身份啊!"

部队驻地。那是师部在县城里的一片土房群。刘月季、钟槐、钟杨和钟柳刚把一间土房子打扫干净。王朝刚把某团政委郭文云领进小屋。郭文云,三十六岁,但历经战场风云的那张农民的脸有些老相,脖子上还有一块明显的伤疤。王朝刚把郭文云介绍给刘月季说："大嫂,这是咱们团的郭政委。我是政委的警卫员,我是暂时被钟科长抽来剿匪的。政委,这位大嫂说,她是钟科长的爱人,还有钟科长的三个孩子。"

郭文云说："你这个王朝刚啊,怎么说话的! 什么这位大嫂说? 她是钟科长的爱人就是钟科长的爱人! 难道她能跑到这儿来冒充! 弟妹,这位小同志说话不当,你别见怪。我和钟科长是同岁,都是属小龙的。可我比他大一个月,所以我只能把你叫弟妹。"郭文云看看钟柳,疑惑地说："弟妹,这小女孩是钟科长的女儿?"刘月季一笑说:"不,匡民十三年没回过家,他哪儿有这么小的女儿。这女孩是我在路过甘肃的路上收留下来的。"郭文云点头说:"噢,原来是这样。我说呢!"刘月季问:"那匡民啥时能回来?"郭文云说:"说不上,眼下剿匪任务特别重。师里从各团抽调一些精兵强将组成了一个剿匪队,钟科长是队长。既然你找到部队了,就别急,剿匪队就驻扎在我们这儿。过不上几天,他就会回来的。不过,你呀,来得也真是时候。"刘月季说:"咋了?"郭文云说:"没什么。钟科长啊,啥都好,打仗勇敢,肯动脑子,人也聪明,工作积极主动。师首长非常赏识他。不过他这个人哪,心有些花,你来了,就得好好看住他!"

刘月季的脸色有些黯然,似乎预感到什么。

郭文云说:"王朝刚。"王朝刚说:"到!"郭文云说:"在钟科长没回来前,每天都来看看,有什么需要帮的,你就主动想着点儿!"王朝刚说:"剿匪队那儿我不去啦?"郭文云说:"我跟老钟讲了让你回来,我身边也总得有个人啊!"王朝刚说:"是!"

郭文云和王朝刚走后,钟杨问刘月季:"娘,那个郭政委说我爹咋啦?"刘月季说:"没啥呀。有些事是大人的事,小孩子家不该问就别问。"

然而钟槐已经听懂了,他是满脸的阴云,看了刘月季一眼。

刘月季却显得很平静,装着什么事都没有的样子说:"走,咱们上街上转转去。你们不是爱吃这儿的烤羊肉串吗? 咱们再去吃去!"

某师师部。一座土木结构的苏式小楼。在师政委办公室里,张政委正在同钟匡民谈话。

张政委说:"小钟,你跟我这么些年了。你在当营长时,就是个勇敢有头脑能打仗的营长。后来我把你调到参谋部作战科来工作,表现得也不错。这两年你带剿匪队剿匪,也是战果辉煌。但现在,你的工作,我们准备再给你动一动。"钟匡民说:"政委,你准备让我去干什么?"张政委说:"去当团长,不只是去当一个会打仗的团长,更要去当一个会搞生产建设的团长。搞农场,搞新城的建设,怎么样?"钟匡民说:"剿匪的任务不还没有完吗?"张政委说:"剿匪的任务不那么重了,但搞生产的任务刻不容缓了。我们这支部队不是有搞大生产的光荣传统吗?"他唱道:"又学习来又生产,三五九旅是模范。啊?"钟匡民笑着说:"是!"

师部办公楼门口。

师秘书科秘书孟苇婷笑嘻嘻地把钟匡民送到楼门口。

孟苇婷,二十四岁,长得很秀丽,那身合身的军装衬着她那知识女性的妩媚与娴雅。两人握了握手,相视一会儿,都深情地一笑。

孟苇婷说:"老钟,咱俩的事咋办?总得有个结果。"钟匡民犯难地长叹一口气说:"再等上两年吧,等有空我就回老家一次。不管怎么说,我是个有妻室的人,不把那边的事解决好,咱俩的事也不会有结果的。"

钟匡民和孟苇婷走出院门外。钟匡民说:"小孟,师里有那么多人追你,如果你等不及,就用不着等我,我真不知道我和我老婆的事要到哪一天才有结果啊。"孟苇婷一笑说:"看你说的,不是有首诗说:生命诚可贵,爱情价更高,若为自由故,两者皆可抛吗?爱情是比生命更可贵的东西。所以既然我爱上你,我就一直等你,就是不会有结果,我也等。等着就有希望。"钟匡民说:"那就委屈你了。"孟苇婷说:"你说过你的情况,所以我特别地同情你,但你为了孝顺你父亲,迫不得已才这样做的,所以我又很敬重你,我感觉你有一颗善良的心。"钟匡民说:"好,那你就再等我两年吧。"

傍晚,钟匡民精神抖擞地带着剿匪队赶回驻地。郭文云在门口热情地迎接他们。郭文云在钟匡民的耳边说了句什么,钟匡民顿时神色惊讶,说:"真的是他们?"郭文云说:"那还会有假,从老家到这里走了两个多月!"

钟匡民神色黯然。

郭文云说:"老钟,你的神情不对头呀!老婆孩子千里迢迢来找你,你怎么这么个表情?"钟匡民说:"老郭,我的婚姻状况,我不是跟你说过嘛。"郭文云说:"再怎么着,那也是老婆孩子,我看他们来得正是时候!"钟匡民说:"老郭,你这话是什么意思?"郭文云说:"王朝刚,你领钟科长去见他们吧。老钟,你不会不见吧?"

王朝刚带着钟匡民走进小屋。

刘月季看到钟匡民,惊喜地喊:"匡民!"

钟匡民表情复杂。

刘月季兴奋地说:"钟槐、钟杨,快来叫爹。"钟杨爽快而亲热地叫:"爹!"钟柳也奶声奶气地叫:"爹!"钟槐迟疑了一会,轻声而拖泥带水地也喊了声:"爹。"钟匡民沉默了一会,脸上的表情像僵死了一样,他感到一种难堪与尴尬,接着有些气恼地说:"月季,我在信里不是对你说了吗? 不要来我这儿,以后我会到老家去看你们的!"钟匡民看着钟杨、钟柳,奇怪而吃惊地问:"这两个孩子是咋回事?"刘月季从容地冷笑一声说:"我来告诉你,这是钟杨,你的亲儿子,是你参军走的那天留下的。这女孩是我在甘肃的路上,收留下来的,我留下当女儿了。"钟匡民叹了口气,看了钟杨一会,又看看钟柳,想了想说:"那得把这孩子送孤儿院去。"刘月季说:"为什么? 这孩子是跟她娘来新疆找她爹的。娘在路上被土匪杀害了。我把她带来,就是让她有机会在新疆能找到她爹。送甘肃的孤儿院,她咋找她爹?"钟匡民说:"那就送新疆的孤儿院!"刘月季说:"要是在孤儿院也找不到爹呢? 现在这孩子就是我女儿了,等找到她爹后再说!"钟匡民气恼地说:"刘月季,你是不是存心要到这儿来给我添麻烦来的?"刘月季说:"匡民,你离开老家时,钟槐才两岁,他早就忘了他爹是啥样子。钟杨从出生那天起就没见过你这个爹! 我们千辛万苦从老家赶到这儿,不为别的,就是想让两个孩子见见他们的爹! 你怎么能这样?"

钟匡民想到自己的态度似乎过分了,于是叹了口气,冷冷地说:"那你们就先住下吧,有些事以后再说,好吗?"

钟匡民说完就走出了屋子,钟槐、钟杨都感到很奇怪。

钟槐说:"娘,爹咋啦?"

刘月季神色黯然,眼里突然涌上了泪。

刘月季说:"你爹他很忙。大概心情不好。"钟槐说:"心情不好,也不能待我们这样呀!"说完,一咬牙,冲出屋子。刘月季喊:"钟槐,你干啥去?"

钟匡民情绪很糟糕,他气恼地走在路上。他根本想不到刘月季会带着孩子突然出现在他的跟前。钟槐从后面追了上来,一下拦在他面前。

钟槐用严厉的口气说："嗨！你是钟匡民吗？"钟匡民看看钟槐说："是，怎么啦？"钟槐说："那你就是我爹了？"钟匡民无奈地叹口气说："对，应该是。"钟槐说："我和我娘、我弟千里迢迢的，从老家到这里来找你，你就这么待我们？你知道我们从老家来这儿有多艰难吗？钟杨在路上差点就丢掉！我们历经千辛万苦，来这儿，你就这样待我们？你这个爹就是这样当的？"钟匡民说："钟槐，正因为路途艰难，我才叫你们千万别来找我。这样吧，你先回你娘那儿去，有些话我们以后再说好吗？"钟槐说："不行！你得把话给我讲清楚，我娘和我们到底怎么你啦？你打仗很英勇，我为有你这么个爹感到光荣。可你现在待我娘和我们这么个态度，你叫我娘和我们怎么想得通！"

钟匡民说："钟槐，请你原谅，这事我现在没法同你讲清楚。你还不懂，你先回去吧。我还有重要的事要去办！"钟匡民说着离开钟槐，径直朝前走去。一个身经百战的人，面对这样的家事，他倒感到有些束手无策了。

钟槐冲着他的背影喊："钟匡民，你太让我们失望了！"

钟匡民听到这喊声，满眼的忧伤与为难。他停了停，但很快又加快脚步往前走去。

钟匡民的警卫员小秦和伙食班刘班长端着一大碗炖鸡与两盘蔬菜、一盘白面馍，走进刘月季的小屋。

小秦说："大嫂，我是钟科长的警卫员，这是钟科长特地让刘班长做好端来给这三个孩子吃的。"

刘月季说："那他呢？"小秦说："钟科长让你过他那儿去吃，他有话要单独跟你说。"刘月季说："好吧，钟槐、钟杨、钟柳，你们吃。我到你爹那儿去一趟。"刘班长笑嘻嘻地说："小鬼，那你们好好吃，尝尝我的手艺咋样，啊？"

钟槐、钟杨、钟柳在吃着饭，钟杨大口地啃着鸡腿，吃得很香。

钟槐一把夺下钟杨手中的鸡腿说："你只知道吃，只知道吃！"钟杨说："哥，咋啦？"钟槐说："你没看到爹那个样子吗？他嫌弃娘和我们。"钟杨说："他嫌弃我们，干吗还送这么多好吃的来？"钟槐说："这就是嫌弃我们，他要不嫌弃我们，他就该跟娘，跟我们一起吃饭。然后跟我们住在一起。"他又抱怨说："来时我就跟娘说了，别来找爹，可娘不听！"钟柳问："大哥，啥叫嫌弃?"钟槐说:"嫌弃就是不想要我们了。"

钟杨也立马感觉到了,突然觉得嘴里的饭菜也不香了。

刘月季走在路上,看到土路边上有一条清澈的小渠,渠水在涓涓地流着。

刘月季蹲在渠边,洗了把脸,但痛苦的泪水却止不住地往外流。她沉思了一会,似乎突然想通和想明白了什么。咬了咬牙,下定了一种决心,忙把脸洗完,从口袋里掏出块粗布,抹干了泪,然后步子坚定,神态泰然地走进部队团部所在地,径直走进钟匡民的办公室兼卧室里。办公室桌子上也摆了几样菜。钟匡民看到刘月季走进来,便站起来迎上去。

钟匡民说:"月季,坐,咱俩单独吃个饭吧。"刘月季说:"我知道你有话要单独跟我说,可我也有话要单独跟你说。"钟匡民倒了杯酒说:"那就喝口酒吧,我知道你能喝酒。"刘月季一口把酒饮了,说:"在咱们老家,女人不但都能喝上几口,也没几个不吊烟袋的。但自你走后,我那烟袋也就没再吊了。有话你就直说吧。"钟匡民说:"月季,我不让你来找我,孩子们不清楚,你心里还不清楚吗?我为啥要参军?一个是我要求进步,另一个原因不就是……"刘月季说:"我知道你想永远地离开我!这话你在临走的那个晚上说了,但这两个孩子总是你的亲骨肉吧?你总不能连他们都不认吧?我来找你,一是让儿子来认你这个爹。二呢,咱俩的事总要有个了结。我来这里时,心里是还有一个念头。你走了十三年了,又终于来了信,我想你有没有可能会再跟我和好。但现在我知道,我这个念头也太没边了。"钟匡民说:"月季,你进我们家门后,为我们家真的是尽了力费了劲了,这些我是咋也不会忘记的!但感情上的事,真的是没法勉强。"刘月季伤感地说:"我知道了,俗话说,嫁鸡随鸡,嫁狗随狗,现在是鸡也好,狗也好,既然你是这么个想法,那咱俩就分手吧。我想,既然包办婚姻,害了你也害了我!可是我们名义上,总还是夫妻吧?已经不是夫妻了,干吗还非要背着这夫妻的名分呢?咱俩就来解除这包办婚姻吧!"钟匡民惊诧地说:"月季,你真这么想?"刘月季说:"刚才我来你这儿的路上,我又把这事好好地想了一遍,你别小看我,我刘月季虽说是个女人,但我也是个明事理的,想说就说想做就做的人!"钟匡民也猛地喝干了酒说："那好,等咱俩办完手续后,你就领着孩子回老家。生活费我会每月给你寄去的!"刘月季说："不!婚我跟你离,但我不能让孩子永远离开他们的爹,我也不离开孩子。你到哪儿,我们就跟到哪儿!"钟匡民说："这不……"刘月季说："我话还没说完呢!钟匡民,你放心,我和孩子们绝不会拖累你!我只要让孩子们能经常看到他们的爹!这点想法不过分吧?"钟匡民说："那你呢?"刘月季说："这两个孩子是我的骨肉,你就这么让我跟他们分离?"

钟匡民无语。

刘月季为钟匡民倒了杯酒说："结婚时,你不肯跟我碰杯酒。这离婚的酒你也不跟我碰?"

钟匡民的心震撼了,他眼里也渗出了泪,端起了酒杯。

刘月季心情沉重而痛苦地走回小屋。而当她一进屋,神情就变得很平静。

钟杨说："娘,你回来啦?"钟槐说："娘,爹为啥不肯跟我们一起吃饭?"刘月季说："爹跟娘单独吃饭,是有话想跟娘说。"钟杨说："娘,爹是不是不想认我们?"刘月季说："胡说,哪有爹不认儿子的事?"钟杨说："那他为啥不肯让我们跟他住在一起?"刘月季说："眼下他很忙,他跟娘说了,等他抽个有空的时间,我们全家吃个团圆饭。"钟槐说："娘,我都十六岁了,我看得出来,你和爹之间肯定有啥事瞒着我们!"刘月季说："那也是你爹和你娘的事。睡觉吧,天不早了。"

第三章

刘月季坐靠在床上,钟柳已在她身边睡着了。她透过小窗看着窗外天空上眨着眼的星星。睡在她对面床上的钟槐、钟杨也已经入睡,刘月季望着两个孩子,又望望窗外。

她想起了一路上的艰辛:火车上的拥挤,汽车上的颠簸,小路上艰难的跋涉,丢失的钟杨满脸是血地晕倒在井边,公路上土匪的袭击。她又想到钟匡民见面时的冷漠……她再也忍不住,眼泪又一串串地流了下来。

睡在对面床上的钟槐,突然翻身坐了起来,说:"娘咋啦?"刘月季忙抹去眼泪说:"没事,你睡吧。"钟槐说:"娘,是不是爹跟你说啥了?"刘月季:"……"钟槐说:"娘,你到底咋啦? 是不是爹又给你气受了? 我要找他去! 非要他把这事给我说明白!"

钟槐翻身跳下床,朝门口走去。刘月季严厉地喊:"回来! 我啥事也没有。睡觉! 我说了,就是有事,那也是你爹和你娘的事,你别掺和! 你不是说你十六岁了吗？那你就应该懂事。"

钟槐不满地看着刘月季，不解地喊："娘！"钟柳突然从噩梦中惊醒，哭喊着："娘，土匪！土匪！"刘月季搂着钟柳拍着她说："没事，没事，娘在呢！"

师部驻地。钟匡民和孟苇婷在一家小饭馆吃着拉面。

孟苇婷说："没想到，这位农村妇女会这么现实。我还以为，为这事，她一定会跟你大吵大闹，寻死觅活。"钟匡民说："这是个通情达理的女人。当时我父亲相中了她，就是因为她家的家教好，在我们那儿是远近闻名的。虽然我父亲明明知道她要比我大六岁，但父亲还是往她家跑了十几次，这才感动了她爹，答应了这门亲事。"孟苇婷说："钟科长，但我现在还有点担心，她会不会只是这么说说的，是想留在这儿，真要办离婚手续，她又反悔了。"钟匡民叹了口气说："不会的。她不是那种人。"孟苇婷说："既然这样，你们就赶快办，我真怕夜长梦多。"钟匡民说："你干吗比我还急？"孟苇婷一笑说："我是怕煮熟的鸭子又飞了。钟科长，你要知道，当我知道我们的结合将会很快变成现实，我有多幸福啊！"

这一天，刘月季来到部队驻地。在钟匡民的办公室兼卧室，钟匡民倒了杯水给刘月季。

刘月季接过水，笑了笑说："匡民。"钟匡民说："怎么了？"刘月季一笑说："我俩一起生活了几年，你这是第一次给我倒水喝。"钟匡民说："是吗？这我倒没想到。不过那时候我对你的态度，现在想起来是有些过火了，希望你能原谅我。"

警卫员小秦送来了一只西瓜，说："钟科长，西瓜买来了，这里的西瓜可真甜。"

小秦把西瓜放到桌子上，切开。钟匡民拿了一片西瓜，递到了刘月季跟前。

钟匡民说："月季，别喝水了，吃瓜，新疆的西瓜比我们老家的西瓜甜多了。"刘月季微笑着接过西瓜，吃了一口说："哟，好甜。"钟匡民说："小秦，你忙你的去。"

小秦很乖巧地离开了。

钟匡民看着刘月季,很严肃地问:"月季,你那天跟我说的话,只是说说的,还是真这么想?"刘月季说:"咱俩离婚的事?"

钟匡民点点点。

刘月季严肃而诚恳地说:"这种事是说着玩的吗?匡民,那天我就告诉你了,我是有自尊的女人。我带着孩子上这儿来,你第一次见面就是那么个态度,我就很明白。咱俩的夫妻关系已经不再存在了。我绝不会再跪下求你恢复这种关系。那次我给你跪下,全是为了爹,我不能让爹给我下跪啊!要是真这样,让我爹知道了,我爹就不会活在这世上了,因为他会感到丢不起这个人,教育出这么个女儿。但现在我不会了,绝不会再给你下跪了。我会活我自己的,我不会硬挂在你的脖子上不松手的。我不是那种没皮没脸的女人!离婚手续,我们这两天就可以去办!时间由你定。"钟匡民说:"月季,我真的很对不起你,但你也知道我为什么要参军离开你,感情的事是不能勉强的。"刘月季长叹一口气,不无伤感地说:"看来,这次还是来对了。"

几天后,在师部民政科里,钟匡民和刘月季从办事员手中接过离婚证。那时的离婚证是两张油印纸。

钟匡民向刘月季鞠了个躬,说:"月季,真对不起你,你千辛万苦从老家赶到这儿来,为的却是办这么件让你伤心的事。"刘月季说:"夫妻的缘尽了,就尽了,强扭不到一块儿的,匡民,我有个要求,今晚你就和孩子们一起吃个饭吧。我们来到这儿后,你还没和我们一起吃个饭。夫妻可以离,离了就不再是夫妻了。但两个孩子毕竟是你的,你就是不认,他们还是你的儿子。"钟匡民说:"你说得对,是该这样,就今晚一起吃个饭吧,你想得比我周到,我这个人,做丈夫不像丈夫,做爹不像个爹。"

钟匡民和刘月季坐在马车上赶回部队的驻地。

刘月季说:"匡民,我想问你一件事,你别生气。"钟匡民说:"说吧。"刘月季说:"你在师部是不是已经有个相好的了?"钟匡民沉默了一会说:"你听谁说的?"刘月季说:"你别管是谁说的,你只说有没有?我们离婚手续已经办了,所以我才问你,要不,在这事上我就不会吐一个字。"钟匡民点点头说:"但不是我们老家说的那种相好,那也太难听了。只是感情上比较合得来,但绝没有……"刘月季说:"我知道,你不是那种人,你们啥时候结婚?"钟匡民说:"不知道。月季我也不瞒你,我们总有一天要结婚的。"刘月季说:"叫啥名字?"钟匡民说:"叫孟苇婷,师机关秘书科的秘书。"刘月季说:"多大了?"钟匡民说:"再过几个月,就二十五岁了。"刘月季说:"漂亮吗?"钟匡民点头说:"是个大学生。"刘月季说:"该称心了。"说完背过脸去,快速地抹去眼角上的泪水。钟匡民内疚而无奈地叹了口气说:"月季,晚上我们去县城里找家饭馆一起吃饭吧。"

刘月季捂着脸点点头。

马车在灰蒙蒙的尘土中从公路上消失了,留下的是说不清道不明的那份人间感情上的纠葛……

天色已经昏黄。刘月季感到痛苦失落,但又有一种如释重负的轻松。她回到屋里。钟槐、钟杨、钟柳焦急地在屋里等她。

钟柳撒娇地扑上去:"娘!"钟杨就抱怨说:"娘,你咋到现在才回来呀?"刘月季装出很高兴的样子说:"钟槐、钟杨、钟柳快收拾收拾,今晚,你爹让我们一起到饭店去吃饭。"

刘月季翻出干净的衣服给钟槐、钟杨、钟柳穿上。钟槐一边穿衣服一边问刘月季:"娘,我咋也想不通,爹为啥不肯让我们跟他住在一起?"钟杨说:"是呀,娘,为啥?"刘月季说:"我不是说了,爹的工作很忙,住在一起会影响他的工作的,这点道理你们都不懂,走吧。"

夕阳抹着天山的山顶。

县城虽小,但用干打垒围起来的院子围墙上到处贴着红红绿绿的标语。有些民族同志坐在毛驴车上,打着手鼓唱着歌,四处是一片充满着生机的欢歌笑语。

钟匡民穿着整齐的军装,满面笑容地在一家饭店的门口迎接刘月季他们,他与刘月季的婚姻解除了,他也感到了一种愉悦与轻松,不和谐的婚姻让他沉重了近二十年。

钟杨完全相信母亲的解释,于是上去热切地叫了声"爹"。钟槐虽有疑惑,但也叫了声"爹"。钟柳还不太懂事,一声"爹"也叫得很亲热。

刘月季搂着钟柳,坐在四方桌的一边,其他人一人坐了一边。大家都显得很高兴。

钟匡民说:"今晚我想好好请你们吃顿新疆饭,你们想吃什么就点什么!"钟杨看看自己英武的父亲,既高兴又得意地说:"爹,那天我见你骑着马,手举着长枪,一枪一个准,一枪一个准,爹你是这个。"钟杨竖起大拇指说:"爹,你教教我打枪,再过几年,我也参军,像你这样。"钟匡民笑着摇摇头:"全国都解放了,不会再有那么多仗要打了。爹也要解甲归田,去搞生产建设了。来!吃什么,你们点,手抓羊肉、抓饭、烤肉、薄皮包子都好吃。"

桌子中间放着一盘手抓羊肉,一盘抓饭。每人跟前还放一大碗羊肉汤。

钟槐、钟杨吃得满嘴是油。钟匡民说:"钟槐、钟杨,好吃吗?"

钟槐、钟杨边吃边点点头。

钟匡民说:"钟槐,你的名字是你爷爷给你起的。钟杨的名字是你娘给你起的,起的好名,你娘虽识的字不是很多,但肚里也是个有点墨水的人哪。"钟槐说:"爹,我想问你件事,行吗?"钟匡民说:"说吧。"钟槐直白地说:"你为啥不让我们跟你住在一起?"

钟匡民突然感到不知如何回答才好。

刘月季说:"我不是说了嘛,你爹的工作忙。"钟槐说:"我不信,爹,我老觉得你待我和钟杨,不像爹待儿子的样子。"钟匡民说:"那该怎么样待?"钟槐说:"我也说不上,反正不像。"刘月季说:"钟槐,今儿好好一起吃顿饭,你说这些干吗?"钟槐执拗地说:"娘,这事在我肚子里已经憋了很长时间了。我今天一定要问个明白。"钟匡民一咬牙,下了狠心,他觉得这件事长痛不如短痛,于是很直爽地说:"钟槐、钟杨,我想用不着瞒你们了。瞒着你们,这件事我是没法向你们解释清楚的。我和你娘今天已经办了离婚手续了!"刘月季喊:"匡民!"

钟槐、钟杨蒙住了。

钟槐很快就醒悟过来了,立马站起来,说:"娘、爹,你们今天让我们吃的是你们的离婚饭啊。这饭我不吃了。"钟槐踢开凳子,转身冲出饭店,钟杨也学钟槐说:"这饭我也不吃,爹你干吗要跟我娘离婚,干吗?"钟柳吓哭了,喊:"娘!"

师部驻地。

一栋陈旧的土木结构的大礼堂里,正在召开全师生产建设动员大会。钟匡民、郭文云等一些团级领导干部都在前排就座。

张政委正在讲话:"所以我们还是要发扬过去我们三五九旅的光荣传统,自己动手,丰衣足食。"

大家热烈鼓掌。

钟匡民、郭文云、张政委等人走出礼堂。张政委说:"你们这两位打前站的团长和政委,一定要合作好哦!"钟匡民说:"政委放心,我一定会同郭政委合作好的。刚参军时,我和老郭就在一个班。"郭文云耿直地一笑说:"不过,咱俩可没少抬杠。"张政委说:"在工作中有不同的意见那是正常的。但一定要本着团结的愿望从大局着眼。"郭文云说:"政委,你放心,我就那么一说,匡民和我是老战友了。"

张政委一笑,这一笑透出了他对部下的熟知,也透出了他在领导工作上的成熟。

张政委说:"我们的原则是,先建设,后生活。只有把粮食尽快地生产出来,我们才能在这里生存下来。"钟匡民说:"张政委,我们知道上级的意图,我们无非是多吃点苦,多受点罪,但我们会克服一切困难,完成上级安排给我们的生产任务的。"张政委说:"好吧,就这样。"他又想起什么说:"小钟,你到我办公室来一下。我有话问你。"钟匡民跟着张政委走进办公室。

张政委严肃地说:"钟匡民。"钟匡民立正说:"有!"张政委说:"你坐下吧。怎么,我听说,你老婆带着孩子从老家来找你,你反而同你老婆离婚了?"钟匡民说:"有这么回事!但是,是她主动提出来的。"张政委严厉地说:"为什么?我不相信,她千里迢迢带着孩子从老家到这儿来找你,就是为了来同你离婚?世上会有这样的事?"钟匡民说:"政委,我不会骗你。我和刘月季是包办婚姻。从结婚那天就没什么感情。"张政委说:"没感情,怎么生了两个孩子?"钟匡民沉默了一会,说:"政委,有些事情单独从感情上去理解,恐怕就很难说清楚,但许多事情的发生都是由多方面的因素造成的。你听我慢慢给你解释。"

郭文云与王朝刚朝团部走去。郭文云说:"朝刚,你知道政委为啥要单独找钟团长去谈话吗?"王朝刚说:"不知道。"郭文云说:"因为他和孟苇婷的事闹得有些不像话了。"王朝刚说:"他不是已经和刘月季离了吗?"郭文云说:"这头刚离,那头就要准备同孟苇婷结婚了。"王朝刚说:"这么快?"郭文云说:"在我看来,这年头能有个老婆就很不错了,可他钟匡民还不满足,还想要个好的!他奶奶的,人有时候就这么不知足!如果张政委真为这事找他,那他非挨训不可!张政委跟我一样,心里最容不得这样的事!"

在师政委办公室里,钟匡民说:"政委,情况就是这样,当她主动提出跟我离婚时,我也很吃惊,但她很务实,她说,既然咱俩已没有夫妻的情分了,干吗还要担着夫妻的名分呢。她说,要是我死拽着你,耽搁你,对我又有什么好处呢?"张政委很感慨地叹了口气说:"看来,这是个懂事理的女人。是个好女人啊。"钟匡民:"政委,我也知道她是个不错的女人,但感情上的事是不能勉强的。"张政委是个通情达理的人,他点点头说:"是呀,是呀,感情上的事是不能勉强,这我理解,但并不等于我支持你这么干。而且我还要在会上严厉地批评你,你这样做的影响有多坏,如果大家都像你这么干,成什么样子了!我听说刘月季同志要求留在部队里?"钟匡民说:"她舍不得两个孩子。"张政委说:"那当然,把两个孩子撂给你,自己一走了之,这哪像个当娘的?既然这样,那就让她留下,就在你们团给她安排个工作吧。你一定要把这事处理好,既然她这么通情达理,你也要把她关照好。不然我处分你!"钟匡民说:"是!"

钟匡民正与刘月季在办公室里谈话。

钟匡民说:"月季,师里已经同意让你和钟槐留下来工作了,你看,你是在我们团工作呢还是到别的单位去?"刘月季说:"我说了,孩子不能离开他们的爹!我不能离开孩子们,你也是答应了的。"钟匡民有些为难地说:"我知道你的心,可是……"刘月季说:"上次你不是说你有个相好叫孟苇婷吗?

那你们就赶快结婚吧。"钟匡民说:"我担心的就是这件事,我怕你和孩子们会不自在。"刘月季说:"我不会有啥的,对孩子们我也会做工作的,但我和钟槐就在你这个团工作。这儿的人都熟了,尤其是那个郭政委。"

灰色的土房群中耸立着一棵棵粗壮的白杨树。树叶在初秋的黄昏的阳光下闪着粼光。郭文云满脸严峻地从团部驻地的院子里走出来。王朝刚从后面追上来。

王朝刚说:"政委,钟团长的婚礼你不参加啦?钟团长和孟苇婷同志不是亲自来请的你吗?"郭文云不平地说:"革命胜利了,当上领导干部了,就把结发妻子抛弃了。不管他钟匡民有多大本事,工作能力有多强,立过多少战功,在这一点上,我绝对不能赞同!这是原则问题。他这个婚礼,我不会去!去了就等于我支持他,赞同他了。张政委怎么也不阻止他!"王朝刚说:"政委,那我也不去了。"郭文云说:"你要想去就去!"王朝刚卖乖地说:"我向政委学习,真的不去!"郭文云说:"对,做人,就是要有个原则性!"

钟匡民的新房,也是一间简陋的土房子,门口贴着大红喜字。依然有很多人参加了钟匡民与孟苇婷的婚礼,因此屋里人声鼎沸。看着娴雅而漂亮的孟苇婷,许多人的眼里满含羡慕。钟匡民与孟苇婷胸前都戴着大红花,并肩站着。钟匡民虽笑着,但心中仍含着一份内疚,因此笑得不是很踏实。孟苇婷却笑得羞涩而灿烂。

在他俩身后,有一位军人拿着根吊着块哈密瓜干的筷子,凑到他俩的嘴前。

周围的人又喊又叫:"要同时咬!一块儿咬!光一个人咬不算数!"屋里笑声炸成一片。

县城郊外。一条清澈见底的小河哗哗地从县城边流过。王朝刚在河边洗衣服。小河边有几间无人居住已成废墟的土房。钟杨正站在钟槐的肩上,饶有兴趣地掏麻雀。王朝刚朝他俩喊:"嗨!你爹又结婚了,你俩咋不去喝口喜酒啊?"钟杨吃惊地从钟槐肩上跌落下来。钟槐转过身也吃惊地问:"你说啥?"王朝刚一面洗着衣服一面同钟槐和钟杨说:"啥叫陈世美?陈世美的故事你们知道不?"钟槐、钟杨摇摇头。

王朝刚煞有介事地说:"古时候有一个叫陈世美的人,上京赶考中了个状元,皇帝要召他当驸马。驸马你们知道不? 驸马就是皇帝老儿的女婿。为了当皇帝老儿的女婿,这个陈世美就隐瞒自己有老婆孩子的事实。当上驸马后,他老婆孩子千里迢迢从老家赶到京城来找他,他不但不认,还派人要杀他老婆和孩子。后来包公伸张正义,把陈世美用狗头铡给铡了。所以世上把那些自己升官后,不要旧老婆另娶新老婆的人,都叫作陈世美!"钟杨说:"这么说,我爹也是陈世美?"王朝刚说:"这你们自己去想吧。是不是,我可没下结论噢!"钟槐一把拉着钟杨说:"走! 找钟匡民去!"

郭文云正朝刘月季的土屋走去。钟槐、钟杨匆匆与他擦肩而过。郭文云说:"钟槐、钟杨,你们上哪儿去?"钟杨说:"上我爹那儿。"郭文云笑笑说:"去参加你爹的婚礼?"钟杨说:"才不是呢!"钟槐说:"钟杨别理他,咱们走!"钟槐气狠狠地说:"娘带着咱们这么千里迢迢、千辛万苦地来找他,可他却跟娘离了婚,就这么把娘甩了,现在倒好,不到两个月,就跟个狐狸精结婚了,我看这个钟匡民比陈世美还坏!"钟杨说:"我看也是。"钟槐说:"这算个什么爹? 钟杨,我们不能没个表示,得给咱娘出口气!"钟杨说:"哥,我们去爹那儿,我就喊,钟匡民你是个陈世美。"钟槐说:"对,就这么喊! 让他知道他是个什么人! 这么个爹,从今天起,我不认了! 不配当爹的人,就不能叫他爹!"钟杨想了想说:"可不认,他还是咱们爹呀。"钟槐说:"别叫爹,就叫他钟匡民!"

郭文云敲开刘月季的土屋。刘月季正在给钟柳试穿她新缝的衣服,她一看郭文云,忙含笑着说:"郭政委,你怎么来了?"郭文云说:"我是来看看你呀。老钟又结婚的事你知道了吧?"刘月季说:"听说了。"郭文云说:"弟妹,喔,现在可不能这么叫了。听说你比老钟大六岁,我跟老钟是同岁的。所以我现在该叫你月季大姐吧。"刘月季一笑:"怎么叫都行。"郭文云说:"你不会有什么吧?"刘月季说:"自我同钟匡民办离婚那天起,我就知道这事迟早会有的。"郭文云说:"我来的那天就跟你说,老钟这个人心花。他同那个孟苇婷,早在师部的时候就有传闻,老钟那时是师部作战科科长,孟苇婷是秘书科的科员,漂亮,年轻,才二十四岁。不过成分高了点,是个资产阶级家庭的小姐。对老钟的这一点,我是很有看法的!"刘月季说:"政委,你没去参加他们的婚礼?"郭文云说:"老钟这样做太不像话,所以我没去。我特地要来看看你,怕你会一时想不开。"刘月季说:"我不会想不开的。离婚的事还是我主动提出来的,我也希望他能再找一个,他也可怜,他跟我结婚后,同光棍也没啥两样。"郭文云说:"那两个孩子不是他的?"刘月季说:"是他的,我会是那种女人吗?"郭文云自责地说:"你瞧我这张嘴!"刘月季说:"这事你别多问了。"郭文云说:"可你两个孩子去了。"刘月季吃惊地说:"钟槐、钟杨去了?"郭文云说:"对。"刘月季说:"不好,会出事的。尤其是钟槐,直肠子一个! 钟柳,你在家待着,娘去去就来。"

新房里。钟匡民和孟苇婷仍在一片喊笑声中咬哈密瓜干。由于拿筷子的军人存心来回摇晃绳子,钟匡民和孟苇婷怎么也咬不上。周围的人越喊越起劲:"加油,加油啊!"孟苇婷此时已羞得满脸通红,不肯再咬了,而钟匡民乘大家注意孟苇婷时,一口把瓜干咬上了,然后往孟苇婷的嘴上送。一位军人一语双关地喊:"哈,还是钟科长有手段!"屋里又炸开一片笑声。

"咣啷"一声响,一块石头从玻璃窗外砸进来,碎玻璃散落一地。"谁呀?"卫生员小赵打开窗户。

院门口,站着钟槐与钟杨。从架势上看,石头是钟杨扔的,因为他正在拍手上的土。钟槐怒视着新房。钟匡民从屋里出来,孟苇婷也跟了出来。门前与窗前挤满了那些正在参加婚礼的人。钟匡民看到是他的两个儿子,想发作,但忍住了。钟杨却冲着钟匡民喊:"我爹钟匡民,是个陈世美!"钟匡民感到恼怒而伤感。他想发作,但站在他身后的孟苇婷一把拉住他。孟苇婷劝说道:"匡民,回屋去吧。别计较他们,他们毕竟是你的儿子啊。而且他们年纪还小……"钟匡民说:"小什么,一个十六岁一个十二岁了。"孟苇婷情感复杂,眼里涌上了泪,她说:"他们对我们的事有看法,那也很正常!"而钟槐这时愤怒地在喊:"钟匡民,从今天起,你就别想让我们叫你一声爹。你这样待我娘,你太没良心了!"孟苇婷说:"钟槐、钟杨,进屋吧,进屋来咱们慢慢说。"钟槐说:"你别说话,你这个臭婆娘、狐狸精。这事全是因为你,才闹成这样的。"孟苇婷感到好难堪。

钟匡民恼怒地大喊:"钟槐、钟杨,你们……"刘月季匆匆朝院门走来。刘月季在院墙外,听到了钟槐、钟杨说的话。刘月季走进院子,她气恼地在钟杨的脑袋上拍了一下,说:"钟槐、钟杨,他是你们亲爹!你们不认,他也是你们的爹,什么陈世美,儿子哪能这样说自己爹的!太没规矩!这话要说,也该由你娘来说。"钟槐气急地说:"娘!可你就是不肯说,不肯说爹的一个不字!你不说,我们当儿子的就要说!娘,你说,你现在就说!"院子里顿时一片寂静。

新房前站着钟匡民、孟苇婷以及来参加婚礼的人。院门口站着刘月季、钟槐、钟杨。双方对视着,场面有些尴尬。

刘月季看了钟匡民一眼,鼻子一酸说:"孩子们,你们硬要娘说,娘就告诉你们,你爹这事做得就没错!你爹也根本不是陈世美!要说错,那都是娘的错!……"所有在场的人都感到一阵震撼。

刘月季说:"钟槐、钟杨,跟娘回家去。让你爹好好地把这婚结了。你爹结这个婚,娘是赞同的,走吧,别再跟你爹闹了。"刘月季向钟匡民、孟苇婷点了一下头。领着钟槐、钟杨走出院门。这时,钟匡民的表情复杂,想说什么,却什么也说不出来。

回到刘月季的土屋里,刘月季、钟槐、钟杨、钟柳围坐在小木板桌前吃饭,桌上搁着两小碟咸菜。钟槐不服地说:"娘,你有啥错,这事全是爹的错!"刘月季叹了口气:"看来这事,我得往细里跟你们说。我和你爹的婚姻是父母包办的,那时你爹只有十八岁,还只是个读书娃,我比你爹大六岁。"

在刘月季眼前,往事一幕幕闪回:

洞房里,红蜡烛在淌着泪。钟匡民一把掀开刘月季的红盖头说:"没人要的老姑娘,跑到我们家来干什么!"猪圈边,刘月季在喂猪。钟嘉慎说:"月季,你求求他,怎么也得给咱们钟家留下个一男半女的。你就给他下跪,求他。"刘月季为难地说:"爹!"钟嘉慎说:"你只要能给钟家续上香火,爹就给你下跪磕头。爹活不了多久了……"

钟匡民书房。屋外在下着瓢泼大雨。一声霹雳。刘月季下跪在钟匡民跟前，眼泪滚滚而下。刘月季软中带硬地说："匡民，不是我要给你下跪，是爹让我给你下跪的！……"

刘月季说："……这才有了你钟槐。"

钟槐、钟杨怔怔地看着母亲。

刘月季说："你爹二十二岁的那一年，八路军路过老家，你爹为抗日参了军，临走的那天晚上，你爹同你娘告别，说，这一去不知是死是活，家就交给你了，从此咱俩的事也就这么了了吧……这一夜才有了你钟杨……"刘月季搂着已睡着的钟柳。她的眼睛看着屋顶。

刘月季听到外屋的钟槐在说："他甩掉我娘，跟那个女人结婚了，就不对！就因为那个女人年轻漂亮！"钟杨说："我也恨死那个女人了，她就是个狐狸精！"刘月季也感到心情特别的沉重与痛苦，她此时的心被扎疼了，她气急地拍着床板："钟槐、钟杨，你们不要再说了！"

刘月季突然捂着脸，大哭起来。她想把这些日子心中埋的痛苦与委屈从哭喊中全部宣泄出来。她比谁都更痛苦。

第二天早晨，县城外小溪边，溪边上有着几棵柳树。孟苇婷满脸幸福地在溪边洗衣服。

钟杨偷偷地在通向小溪的小路两旁的柳树上绑了根绳子，然后躲在一块大石头的后面。孟苇婷洗好衣服，端上脸盆朝小路走去，钟杨用力拉绳。孟苇婷被绳绊倒，脸盆与衣服甩了出去，脸在地上磨去一块皮，嘴巴也跌肿了。

钟杨飞也似的跑了，被已站起来的孟苇婷看到了，她看着满地滚脏了的衣服，眼里顿时涌上了泪。钟匡民的警卫员小秦也刚赶来，他也看到了。

孟苇婷蹲在溪边重新清洗衣服，小秦在一边帮忙。孟苇婷对小秦说："小秦，这事千万别告诉老钟！啊？"小秦说："钟杨这小子也太不像话了。"孟苇婷说："他是个孩子，又毕竟是老钟的儿子，我咋能跟他计较呀。"

第四章

钟杨进屋时,看见小秦从他们屋出去。小秦看了一眼钟杨,带着批评意味地用手指点点钟杨。

钟杨走进屋,看到刘月季一脸怒气地看着他。

钟杨假装啥事也没有地说:"娘,我哥和我妹呢?"刘月季满脸的恼怒,说:"你哥带着你妹出去玩了。我问你,刚才你干了件啥事?老老实实地给娘说清楚!"刘月季气恼而严厉地对钟杨说:"你给我跪下!跪下!"

钟杨跪下。

刘月季说:"孟苇婷咋说也是你爹的女人,你就是不叫她娘,也该叫声阿姨的人。做人要宽容。这事是我和你爹的事,你掺和什么?再说,这事跟孟苇婷就更没关系了。你这样去伤害一个是你长辈的人,你就不心亏吗?你是娘的儿子!可你做的事却让娘有多伤心多为难哪!娘不是跟你们说过嘛,这事你爹和孟苇婷阿姨都没错,这是过去那包办婚姻的错!"钟杨垂下脑袋说:"娘,我错了。"刘月季说:"钟杨,自你生下那天起,连你爹都不知道这世上有了你,所以娘心疼你,从来没动过你一指头。但你今天做的事,娘不能不动点家法。把屁股撅起来。"钟杨撅起屁股,刘月季甩起手中早拿着的柳条,在他屁股上狠狠地抽了三下说:"我要让你一辈子都记住,伤害人的事不能做!"钟杨忍着疼说:"娘,我记住了。"刘月季说:"起来,同娘一起去跟苇婷阿姨道歉去!"

孟苇婷端着脸盆回到家里。钟匡民看到她脸上擦破的皮和红肿的嘴唇,吃惊地问:"苇婷,怎么啦?"孟苇婷强闪了一下笑容说:"在路上被石头绊了一跤,没什么事。"

钟匡民看看孟苇婷那磨破的裤膝盖,忙拉起她的裤腿,看到孟苇婷的膝盖也擦破了两块皮,在渗着血。

钟匡民心疼地说:"以后你当心点呀!"

钟匡民帮孟苇婷在新房前的院子里晾衣服。

刘月季拉着钟杨走进院子说:"快!跟孟阿姨道歉!"钟杨走到孟苇婷跟前说:"对不起!刚才我不该那样。"钟匡民马上明白了是怎么回事,怒气冲冲地说:"刚才你对孟苇婷干啥啦?"孟苇婷忙拦住说:"匡民,没什么,那只是孩子的顽皮……"

钟匡民和孟苇婷吃完晚饭,钟匡民心情烦躁地从桌上的烟盒里抽出支烟,坐在凳子上大口地吸着,接着长叹了口气。

孟苇婷正在扫地,抬起身说:"匡民,你怎么啦?"钟匡民说:"这样下去总不是办法啊。"孟苇婷说:"那怎么办?"钟匡民说:"还是劝他们回老家吧。我们每个月多给他们寄点钱去。"孟苇婷想了想,也叹了口气说:"我看也是,月季大姐虽说是个通情达理的人,我们也搁不住那两个孩子闹呀。再说,牙齿也有咬舌头的时候,月季大姐要是再有个想法,我们这日子真的是很难过得太平的。"钟匡民说:"这样吧,我去看看他们。有些事我得跟孩子们解释解释,父子之间总也不能这样仇恨下去。另一方面呢,再劝劝刘月季,让她带孩子回老家去吧。"孟苇婷说:"我跟你一起去吧。"钟匡民说:"你去了不更添乱吗?"孟苇婷说:"我也想跟月季大姐聊一聊,有些事做些解释总比不解释好。再说,关于让月季大姐回老家的事,你已经说过了,不好再说。就让我再劝劝月季大姐吧。"钟匡民为难地说:"可这事怎么解释得清呢？再解释,孩子们也不会理解的。孩子们是刘月季一手带大的,他们肯定倒向他娘这一边。"孟苇婷说:"这是明摆的事实,但我们也得去,去总比不去好。"钟匡民说:"那我去向他们解释解释吧,我看你还是不用去了。"孟苇婷说:"不,我一定要跟你去。要讲责任,其实我比你重。"钟匡民说:"唉,离婚后,我应该劝他们回老家去。"孟苇婷说:"我也曾想,跟你建议让他们回老家。这样在一个团里,怎么说也挺别扭的。"钟匡民说:"可刘月季不肯回老家,张政委也要求我让他们留在团里,这事我也不好办。"孟苇婷说:"那以后,你再慢慢做工作吧。"

刘月季家里,刘月季在擀面条,钟槐在一边帮往炉里加火烧水。

钟槐说:"娘,我们回老家去吧。"刘月季说:"干吗？"钟槐说:"爹都不要我们了,我们还留在这儿干吗？"刘月季说:"不行！我不能让你们再回去过只有娘没有爹的日子！既然你们既有娘也有爹,那就得过有爹有娘的日子！我说了,在这件事上,你爹没有错。那全是包办婚姻的错！现在解放了,这包办婚姻也该解除了。你娘也是识几个字,懂几分理的人,我不能老这么拖着你爹,让你爹过那种没滋没味的单身汉的日子。再说,我已有了你们两个,现在又有了钟柳。要说呢,这也是你爹给你娘的一份恩情啊。你娘也知足了。今后,你再也不能跟你爹闹了。你们再闹,娘就要闹你们了！"钟槐没好气地说:"娘,你再说,我也想不通,在我心里,男人待自己的女人,就不该像爹那个样！"

钟匡民和孟苇婷来到土屋前,两人相视了一会。孟苇婷点点头,钟匡民抬起手敲门。

听到敲门声,钟槐去开门。

钟槐看到是钟匡民和孟苇婷站在门口,便一扭身就走进屋里。

钟匡民说:"月季,我们能进来吧？"

他们的到来刘月季也感到有些意外。

刘月季说:"进来吧。"孟苇婷走进屋里,友好地朝刘月季笑笑说:"月季大姐,我们结婚那天,你在院子里说的那些话,真的很让我感动。"钟槐说:

"我娘那些话,不是对你说的!"

孟苇婷有些尴尬,但仍体谅地朝钟槐一笑。钟槐倔倔地把头别向一边,不理孟苇婷。

钟匡民问:"钟杨、钟柳呢?"刘月季说:"到外面玩去了。"钟匡民在小凳子上坐下,点上支烟,用深情的语气对钟槐说:"钟槐,你咋看你爹,咋骂你爹,爹都认了!因为在你们看来,这肯定是爹的错。爹也不想再解释什么,但爹要告诉你们,就是你们的爹绝不是什么陈世美!陈世美不认老婆,不认孩子,还要杀人灭口,但爹认!至于我和你娘的关系,我没法跟你们说清。感情上的事,只有等你们长大了,才会懂……"孟苇婷接上说:"月季大姐,还有钟槐,我跟匡民上你们这儿来,我只想说一句,是我伤害了你们,对不起,真的很对不起……"孟苇婷朝刘月季鞠了个躬,也朝钟槐鞠了个躬。然后说:"月季大姐,我能不能单独跟你说两句话?"

孟苇婷与刘月季漫步走在小街上。小街边上是稀疏的白杨树,薄云在空中慢慢地游动着。

孟苇婷说:"月季姐,我约你出来想同你说几句心里话。"刘月季说:"说吧。"孟苇婷说:"你和匡民的情况,匡民跟我说起过。说真的,我很爱匡民,匡民对我也有了感情,但他与你的关系让我和他都很发愁,我和他都不想伤害你。可不这样,我和他的事也就永远不会有结果。但我和他都没想到,你会从老家来找他,而且主动提出分手的事。月季大姐,我真的既感激你又佩服你,我真想跪下给你磕个头。"刘月季说:"用不着,我不是不爱匡民,但我们的婚姻是个苦果,这个苦我和他尤其是我不想再尝下去了。我也不能硬让匡民尝下去。"孟苇婷说:"月季大姐,你是个很明智的人。对你这点我真的很佩服。"刘月季警觉地说:"苇婷妹子,我知道你想说什么了。我可以告诉你,不行,孩子们得在他身边,我得在孩子们的身边!"孟苇婷说:"月季大姐,你千万别误解,我这也是为你的孩子们考虑啊!"刘月季说:"苇婷妹子,你不该给我提这事。你怕我们在这儿,孩子们会给你们闹。今后不会了,我会管教他们的,这是我当娘的责任。"孟苇婷说:"月季大姐……"刘月季说:"我不怪你,但你以后别再给我提这件事。我再说一遍,孩子们得跟着他们的爹。我得跟着孩子们!"

刘月季转身往回走,孟苇婷一脸的尴尬与不悦。

刘月季的小屋里。钟匡民坐在一只小凳子上,而钟槐则坐在床上,背对着钟匡民。

钟匡民说:"我感激你们娘,我听说她把我和她的事情告诉你们了。在我和你娘的关系上,我也很为难,到你们长大了,我想你会理解你爹的。"钟槐说:"我才不会理解呢!因为你做的事,就不像个男人。"钟匡民说:"不对,你爹是个真正的男人,怎么想就怎么做。要不是男人,我参军后哪一次冲锋不都冲在前头,爹立过三次功,有一次还是一等功。爹受过两次伤,一次在腰上,一次在头上,差点死去。但爹伤养好了,还是带着部队冲锋在最前面。"钟槐说:"冲锋谁不会冲,我也会,怕什么?我也不怕,我说的男人是当了爹的男人,他就要承担起当爹的责任来。"钟匡民长叹一口气说:"钟槐,你和你娘回老家去好吗?"钟槐说:"我也想回老家去!本来我就不想来!但娘不回,我也不能回!我得跟着我娘!"

孟苇婷与刘月季回到小屋。孟苇婷有些失望,情绪低落地说:"匡民,我们回吧。"

刘月季把钟匡民、孟苇婷送到门口。钟槐没有出来。

钟匡民和孟苇婷向刘月季道别。钟匡民和孟苇婷刚走出几步,钟槐突然喊了声:"钟匡民,你得像模像样当个爹!"

钟匡民听到这一声喊,望着天空,眼里渗出了泪……

钟匡民与孟苇婷并肩往前走着,钟匡民和孟苇婷的情绪都很低落。

钟匡民说:"苇婷,怎么样?"孟苇婷叹口气说:"以后咱们别再跟刘月季提让他们回老家的事了,真的别再提了。"钟匡民也不再问,只是点点头说:"唉!家务事要比打仗难多了,也烦多了,打仗多痛快,冲啊,杀啊,不是他死他败,就是我死我败。可是在家务事上谁说得清?我说我这样没错,我有我没错的理由,可儿子说你错了,因为他有他的理由。"孟苇婷说:"既然摆不清楚,那就别提了。匡民,我觉得现在我们要面对现实。面对我们和刘月季和孩子们共同在这个团的现实,以后,少不了会发生那些让人恼心的事。"

钟匡民也是一脸的无奈。

一辆吉普车在坑洼不平积满浮尘的土路上颠簸着。车里坐着张政委、钟匡民、郭文云,还有张政委的警卫员。

张政委说:"这两年来,我们屯垦事业发展得很快,各大垦区的界线也已经初步划定了。我们师也已建了几个农场,但还很不够,尤其是师部的位置还没确定下来。我们师部四周还要再建几个农场。同时把师部建设成一个现代化的新城。新城的名字师党委已经定好了,叫瀚海市!"钟匡民说:"这名很有气魄。政委,是不是想让我们团打前站?"张政委说:"是呀,要不,我把你们俩叫来干啥?"郭文云说:"我知道,政委这车是不会让我们白坐的。"

三人笑起来。

钟匡民说:"政委,勘察方面的技术人员我们可没有。"张政委说:"是呀,我也为这事在发愁呢,不过你们放心,这件事我会尽快给你们解决的。"

张政委、师工程科郑科长继续在迪化市奔波。

张政委说:"郑科长,我打听到了,这个勘察设计院就在这条路上。你瞧,找到了。"

一个院门口挂着一块破旧的木牌子:天山勘察设计院。张政委说:"对,就是这儿。"

这是个破旧的小院,院子里的几间土房子也显得很简陋。

程世昌,三十九岁,面目清秀,但身体看上去有些瘦弱。他从土房子里出来,和张政委、郑科长坐在院子里的一棵粗壮的榆树下。

张政委说:"程技术员,你老家在什么地方?"程世昌说:"安徽。我和这儿的刘院长是大学的校友,九年前,他来新疆搞了个勘察设计院,后来写信给我,让我来帮衬他,我这就来了。到现在已经快有八年了,活得却很艰辛。要不看在校友的分上,我早就离开新疆了。"张政委说:"家属呢?"程世昌说:"还在安徽老家,自从我来这儿后,就没回过家。旧社会,我们这些知识分子活得很辛酸,哪里都找不到用武之地。现在解放了,我们这些知识分子可以放开手好好干了。"张政委说:"你讲得对!我已经同你们院长谈好了。你先到我们那里去工作。等有空闲的时候,就可以回趟老家去看看。"程世昌说:"最近,我已给老家写信了,让老婆带着女儿来新疆。"张政委说:"这就更好了,郑科长,程技术员家属来后,告诉我一声,一定要把她们安顿好。"郑科长说:"是!"

钟匡民办公室。

已是初夏,四下里已是一片翠绿。

钟匡民正在接张政委的电话。

张政委说:"听说你们先遣队已经在那儿安营扎寨了?"钟匡民说:"是!"张政委说:"好!干工作就是要雷厉风行。部队的第一批人马什么时候出发?"钟匡民说:"后天。"张政委说:"你们那儿离甘海子有两三百公里的路程,一定要注意安全。"钟匡民说:"是!张政委,那勘察方面的技术人员呢?"张政委说:"找到了,我跟工程科的郑科长跑了好几天才找到了那么一个,这两天就给你们派去。他可是这方面的专家,你们一定要尊重人家啊!找一个这方面的人才不容易。明天你和老郭一起过来同这位技术员见一见吧。"钟匡民说:"是!"

钟匡民放下电话,郭文云走了进来。

钟匡民递了支烟给郭文云:"老郭,刚才我向张政委汇报了,大部队后天出发。"郭文云说:"行。"钟匡民说:"我的意见是,为了加快行军时间,老弱病残的,暂时不跟大部队走。"郭文云说:"我同意。"

钟匡民踏着月光匆匆回到家中。

已有身孕的孟苇婷腆着微鼓的肚子在收拾行李。她已经把钟匡民的替换衣服叠好。她正在叠自己的衣服。

钟匡民走到她身边说:"苇婷,不是告诉你了吗?那儿条件很差,什么都不具备,等生完孩子再去也不迟嘛。"孟苇婷说:"这不好吧,其他干部的家属都跟着去了,我怎么能赖在县城里呢。"钟匡民说:"你有特殊情况嘛。"孟苇婷一笑说:"怀孩子算什么特殊情况?红军二万五千里长征时,妇女不是怀着孩子照样行军。去荒原有固定的驻地,总比在行军的路上条件要好吧?

你现在是这个团的团长,我这个团长的老婆总不能表现得太落后吧?我出身资产阶级家庭,在师机关工作时,已经有不少人说我是娇小姐了。"钟匡民无奈地叹口气说:"那好吧,到时你可不要后悔。"孟苇婷说:"既然跟着你了,就是有后悔药,我也不吃!"

集贸市场上人群熙攘。

已穿上军装的十七岁的钟槐领着钟杨走进买卖牲口的集市。

钟槐在挑选小毛驴,钟杨眨着机灵的眼睛给钟槐出主意说:"哥,挑头怀娃的母毛驴吧?"钟槐说:"为啥?"钟杨凑到钟槐的耳边说:"买一头,过几个月就变两头了。"

刘月季也在整理行李。钟柳在一边为刘月季递东西。

钟匡民从外面走进来,两人对视了一会。

钟匡民说:"钟槐、钟杨呢?"刘月季说:"上街去了。"钟匡民说:"我听说,你也要跟着部队走?"刘月季说:"对。郭政委已经批准了。"钟匡民说:"我看你还是别去吧。先留在城里,真要想去,以后再去吧。"刘月季说:"为啥?"钟匡民说:"我们到那儿是去开荒造田,条件很艰苦的,你不能让三个孩子都去受这苦吧?"刘月季说:"匡民,组织上已批准我和钟槐都参加工作了。你们都去开荒造田了,留下我们当逃兵啊!我能干,钟槐更能干,钟杨也能帮上忙,钟柳也九岁了,用不着我多操心了。匡民,你是不是老想把我们甩掉啊,上次,你还让孟苇婷来劝我们回老家。"钟匡民说:"让你们回老家是我的意思。月季,我说句真话好吗?请你想想,我和你已经离婚了,我和孟苇婷也已结婚了,你干吗非要领着孩子老跟着我呢?俗话说,清官难断家务事,钟槐和钟杨,尤其是钟槐,见了我就像仇人似的。现在对我连爹都不肯叫。叫我怎么同你们相处,孟苇婷也感到很为难。"刘月季说:"我是跟你离婚了。但两个孩子你没法跟他们离吧?从两个孩子生下那天起,你就是他们的爹!那你就得担起爹的责任来!我说了,孩子不能离开爹,我不能离开孩子!除非有啥特殊情况。至于钟槐不肯叫你爹,那也不能全怪孩子。"钟匡民说:"你是说这是我的责任?"刘月季说:"我没这么说,但你也得理解他。他是个孝顺儿子,他看到你同我离了婚,又同另一个女人结婚了,他心里当然恨你。但我会让他叫你爹的!爹总是爹,儿子也总是儿子,这谁也改变不了。我和孩子的事,不劳你再操心了,你好好当好你的团长吧,照顾好你那位也快要当娘的老婆吧。我听说莘婷也去,是不是?"钟匡民说:"是。"刘月季说:"那我们更没有理由不去了!"钟匡民无奈地叹口气说:"刘月季,你真是会给我添麻烦哪!"刘月季说:"我给你添什么麻烦了?!你不就是看着我不顺眼吗?但再不顺眼,我也给你生了两个孩子了呀。钟匡民,我告诉你,自我们拜天地那天起,我这颗心就是你的了。为了不让你作难,我才主动提出跟你分手的。但你也不能这样无情,这样伤我的心呀!连我跟你在一个地方工作都不让?我又没妨碍你们什么呀?孩子我会教育好的!"说着,伤心地哭起来。钟柳拉着刘月季的衣服喊:"娘……"钟匡民也不忍地说:"好吧,好吧,你想去就一起去吧。"

钟匡民很无奈地叹了口气。

钟槐牵着头怀孕的毛驴,钟杨拍着母驴的背,兴高采烈地从集市上走了出来。

钟槐一行兴冲冲地回到家里。

刘月季吃惊地说:"你们这是咋回事?"钟杨说:"娘,哥给你买了头小毛驴,这儿的毛驴又多又便宜。"刘月季说:"买毛驴干吗?"钟槐说:"娘,过两天就要去好几百公里的地方,你跟妹妹咋走?"钟杨看到刘月季眼里有泪痕,忙说:"娘,你咋啦?"钟柳说:"爹来过啦。"钟槐说:"娘,爹又对你咋啦?"刘月季说:"钟槐,以后再见你爹,别不理不睬的。见了叫声爹,他总还是你爹嘛。"钟槐说:"这样的人,我不会叫他爹的。"

师部驻地。生产工程科办公室。

工程科郑科长正在同程世昌谈话。

程世昌说:"郑科长,你找我有事?"郑科长说:"程技术员,我要告诉你一件很不幸的事。"程世昌说:"什么?"

郑科长把一封染着血渍的信递给他说:"这是从一位女同志的身上找到

的。她已经被流窜在甘肃与新疆之间的一小股土匪枪杀了。这信是前几天才从甘肃转到我们新疆来的。不知道她会不会是……"

程世昌看到信，悲痛地滚下泪来说："这是我去年写给我爱人的信。她回信说，她已带着女儿动身来新疆找我了。可这么长时间都没她的消息，我已经给老家发了好几份电报了，一直没有回音，我想……"

程世昌捂着脸悲痛欲绝，泣不成声。

郑科长说："程技术员，程技术员……"程世昌哭了一阵后，抬起沾满泪水的脸，说："她的尸体在哪儿？"郑科长说："由于当时天气太热，我们的人已把遇难同胞的尸体都掩埋了。那些尸体都已……他们遇害的地方四周除了茫茫戈壁外，几十里都没有人烟。"程世昌说："那我女儿呢？"郑科长说："当时没见到任何女孩的尸体。据说，同路的有两辆车，另一辆在土匪抢东西时趁机逃跑了。你女儿会不会……"程世昌说："但愿她还能活在这世上。"郑科长说："你女儿叫什么名字？"程世昌说："程莺莺。"郑科长说："我们会给所有甘肃和新疆的孤儿收容所打招呼的，只要有叫程莺莺的女孩，我们会立即同你联系的。"程世昌说："谢谢组织上的关照。"郑科长说："程技术员，我们找你来，还想同你谈件事，本来这事不该在这种时候同你谈，但由于从时间上讲，任务太紧，不能耽搁了，希望你能理解。"程世昌说："没什么，郑科长你说吧。"郑科长说："你知道，我们把你从你们那个勘察设计院调到这里，让你到我们的部队工作，是因为我们部队也要投入开荒造田的建设农场的工作中去，急需要像你这样的土地勘察规划方面的人才。"程世昌说："这我知道。"郑科长说："听说你帮着规划过好几个垦殖场？"程世昌说："对。"郑科长说："这次张政委指示，想请你带上两位年轻的工作人员，去九十六团，帮着勘察测绘地形图，为甘海子建新城，为周围建农场做前期的勘察工作。"程世昌说："好吧，什么时候出发？"郑科长说："明天就要出发。生产任务太紧急了。这么大一支部队，得自己解决吃饭问题啊！"程世昌强忍着悲痛说："我知道，我懂，我女儿的事以后全得靠组织帮忙。我女人死在甘肃的途中，女儿也肯定流失在那儿。我到哪儿去找啊？所以请组织上放心，我一定去好好完成任务。"郑科长说："程技术员，我代表部队的同志们谢谢你。"程世昌说："我已参加你们部队了，也是部队的人了。所以部队上的事，也就是我自己的事了。"郑科长说："这就好。"

钟槐把一辆架子车改装成的小车套在毛驴后面。

刘月季把一些行李，还有一只新买的大木盆放上小车。

郭文云骑马过来，他跳下马，关心地说："弟妹……你瞧，我又叫错了，月季大姐。都准备好了吧？部队就要出发了。"刘月季说："都准备好了。政委，你放心吧，我们落不了后。"郭文云说："咳，哪儿弄了辆毛驴车啊？"钟杨说："我哥给我娘做的。"郭文云笑着点点头说："真是个孝顺儿子啊。大姐，你和钟槐就安心在咱们团好好干吧。师里的张政委也特别关心你！指示我一定要把你关照好。钟匡民同你分手了，但你有组织关心你，又有这样的孝顺儿子，也算是个福啊！"刘月季说："政委，组织上这么关照我们，我们真不知咋感激才好。"王朝刚在远处喊："政委，部队开始出发了，团长叫你呢！"郭文云翻身上马，说："月季大姐，你有啥困难就直接来找我。"

钟匡民的警卫员小秦扛着行李朝伙房走去。孟苇婷腆着微鼓的肚子跟在后面。

他们路过刘月季的小屋，孟苇婷看到刘月季他们在毛驴车上装好的行李。

孟苇婷说："月季大姐，你们也去啊。我听匡民讲，不是你们暂时不用去吗？"刘月季说："暂时不去的是老弱病残，我是老了还是残了？"

孟苇婷顿时感到很尴尬，她其实也是出于好心，随便问问。

孟苇婷说："月季大姐，你别误会了。我只是随便这么一说，因为我想匡民这么考虑也有他的道理。"刘月季一笑，说："你们俩用不着嫌弃我们。我这两个孩子从小长到这么大，都没有同他们的爹在一起过，现在我不能让他们再过那种见不到他们爹的日子。但我们不会给你们添麻烦的！"孟苇婷说："月季大姐，你越说越离谱了，我们没这个意思。"刘月季说："苇婷妹子，听我一句话，做人做事都别往绝里做，得给自己留个余地。"

孟苇婷听了，心里不高兴，也感到很委屈。她觉得自己全是出于好心。

热辣辣的太阳升在空中，万里无云。

背着包扛着生产工具和枪支的部队行进在尘土飞扬的公路上。

钟匡民和郭文云骑在马上，并肩行进在队伍边上。

行军的人流中，钟槐赶着毛驴车，车上堆着一些行李，刘月季把钟柳搂在怀里坐在车上，钟杨跟在小车的后面。

队伍的最后有两辆木轱辘马车，上面放着伙事用具。孟苇婷坐在一辆马车上，张班长在赶马车。

一辆道奇车上坐着程世昌和小王、小张两个年轻的工程技术人员，装着一些测绘仪器。车在尘土飞扬的土路上颠簸着。程世昌怕把测绘仪给震坏了，就紧紧地抱在身上。

并肩骑在马上的郭文云看看钟匡民，想起什么，然后往后看看，说："老钟，你现在有几个孩子啦？"钟匡民说："两个，如果算孟苇婷肚里的那个就是三个。再加上刘月季领养了一个，共是四个孩子。"郭文云说："嗨，我说钟团长，你比我福气好啊，我俩同岁，我还比你大一个月，可到现在我还是光棍一个。你呢？娶了两个老婆，四个孩子，大儿子都这么大了。"

原先万里无云的天空，突然有大片大片的乌云压了过来。

钟匡民说："嗨，老郭，你眉毛胡子咋一把抓啊？什么娶了两个老婆，我现在只有一个老婆！"郭文云说："你是个读过书的人，怎么不识数啊，刘月季一个，孟苇婷一个，不是两个吗？"钟匡民说："什么两个？我是同刘月季离了，才同孟苇婷结的婚，所以只有一个！"郭文云说："但结过两次婚，有过两个老婆，这不错吧？"钟匡民气恼了，说："你这是在抬杠！"

郭文云哈哈大笑。

狂风大作，雨水哗哗地泼打下来。

雨点溅起路上的尘土。

钟槐从行李里抽出一把从老家带来的油纸雨伞，撑开后交给刘月季，说："娘，你跟钟柳快撑上。"刘月季接过雨伞，对儿子的孝顺报以一笑。钟槐和钟杨同行军的战士们一样，被雨淋得透湿。

四下茫茫的荒原，没有可避雨的地方。道路变得十分泥泞，战士们仍斗志昂扬地在雨中走着。紧抱着仪器的程世昌坐的道奇车歪歪扭扭地行进在泥泞的公路上。雨越下越大。道奇车在队伍边上行驶。道奇车从毛驴车边驰过。

钟槐和钟杨朝道奇车上的程世昌他们打了个招呼。毛驴车上的钟柳在伞下，也看看程世昌。道奇车的一个后轮陷在泥浆坑里。轮子打滑，开不动了。小王、小张跳下车，用力推车。但车轮飞转，泥浆四溅，车震动着，依然在原地不动。程世昌怕测绘仪被雨淋坏，依然紧抱着仪器坐在车里。程世昌喊："同志，请来帮个忙!"几个战士上前帮忙推车。

第五章

钟匡民和郭文云也骑马回转过来,一看车里坐着程世昌,也跳下马帮着推车,但车依然不动。郭文云看到程世昌仍抱着仪器坐在车里,恼了,说:"程技术员,你他妈是老爷啊!"说着要去拽程世昌。程世昌说:"仪器要被淋坏了怎么办?"

钟匡民脱下自己的雨衣,让程世昌包住仪器,这时钟槐也赶着毛驴车来到车旁。

坐在车上的刘月季撑着雨伞。

钟匡民说:"月季,让程技术员在你雨伞下避避雨。"

程世昌抱着仪器到刘月季伞下,他看到了钟柳,钟柳也看着程世昌。程世昌看到钟柳有一种特别亲切的感觉,眼睛突然一亮,情不自禁地摸摸钟柳的脸。

程世昌说:"小姑娘,你叫什么名字啊?"钟柳说:"我叫钟柳。"程世昌说:"大嫂,是你女儿?"刘月季说:"对。"程世昌说:"你女儿长得好漂亮啊!"

大家继续推车。钟槐也卷起袖子上前帮忙。

郭文云喊:"一、二、三!"钟槐很有劲地把车往上一抬,车子开出了洼坑。郭文云赞赏地说:"小子,你好有劲啊!"钟槐不好意思地笑笑,但心里很得意。程世昌跳上车,道奇车又在雨中往前行驶。程世昌回头看着朝后退去的毛驴车。程世昌望着雨幕,回忆起自己的家。在一间布置讲究的客厅里,程世昌把一条挂着长生果坠子的金项链套在不满周岁的女儿的脖子上,依依不舍地在女儿脸上亲了一下。

道奇车在雨中行驶。程世昌又回头望望。远处除了茫茫的雨幕外,什么也看不见了。程世昌心中说:"我女儿也该有这么大了……"眼里饱含着眼泪。

道路变得越来越泥泞,雨也越下越大。孟苇婷坐的马车上装满了粮食,这时已用油布盖了起来。孟苇婷没法再坐上去,于是披着个雨衣腆着肚子跟着车走着,道路泥泞,她越走越吃力。

她朝钟匡民的方向喊:"匡民,匡民……"

小毛驴拉着小车在泥泞的路上走得很艰难,钟匡民换下了小毛驴,套上他的马。在雨声中,孟苇婷的叫声他没听见,但刘月季听见了。孟苇婷发现钟匡民没理她的叫声,气得是满眼的泪。刘月季拉拉钟匡民说:"苇婷在叫你呢!"钟匡民赶忙迎上去,孟苇婷赌气地往回走。钟匡民追上孟苇婷说:"怎么啦? 你不是坐在马车上的吗?"孟苇婷说:"你看看还能坐吗?"已盖上油布的马车上雨水在哗哗地流着。钟匡民说:"我不是叫你不要跟来的嘛。"孟苇婷说:"是呀! 我是不该跟来的,那我现在就回去!"说完转身往回走。已经赶上来的刘月季一把拉住孟苇婷说:"苇婷妹子,坐我的小毛驴车吧,你这身子哪能这么走呢!"

孟苇婷撑着伞和钟柳坐在毛驴车上。钟槐扶着刘月季在雨中行走,一脸的不悦。

夜。甘海子。荒原上,繁星四射,万籁俱寂。程世昌三人在帐篷外架起了一堆篝火。篝火上烧着一壶水。程世昌把烧开的水倒在每人的搪瓷茶缸里:"小王、小张,喝上口热水就休息,明天我们得早起干活。"小王是个瘦高个,说:"程技术员,听说你太太让土匪杀害了,女儿也失踪了?"程世昌只是忧伤地叹了口气,点点头。

小张个儿不高,但挺壮实,说:"程技术员,你应该到你太太坟前去祭奠一下。"程世昌说:"我太太死在甘肃来新疆的路上,我是想去看看,但时间不允许啊,出事的地方,交通又很不方便,来回一趟起码得一个月。开荒造田的任务这么紧,我们做的又是第一道工序。你看,部队都是两条腿走路,师首长特地派了一辆车,赶早把我们送过来。就是要我们在大部队来前,先把部分测绘工作做好。"小张说:"程技术员,你这也是公而忘私啊!"程世昌说:"我是个知识分子,大学毕业后,在当时那个社会里找不到一份像样的工作。原来我的一个校友给我写了封信,他在新疆迪化市自己办了个勘察设计院,让我来帮他忙,其实也是让我有一份工作做。但到新疆后,也没有大的事情可做,只能勉强维持个生计。全国解放了,我们知识分子就可有所作为了。现在领导这么器重我,让我当勘察组的组长,我能不好好为新社会出力吗?"小王说:"可你女儿会在哪儿呢?"程世昌喝了口水,说:"不知道,但我觉得她还活着,可能就在离我不远的地方……"程世昌满眼是痛苦的思念。

清晨,霞光万道。程世昌与小王、小张竖起标杆,用测绘仪在勘察着土地。他们汗流浃背地在勘察过的土地上打上木桩。

中午,烈日炎炎。几株野生沙枣树拥在一起,投下一片阴影。程世昌他们坐在树荫下休息。程世昌抽着烟,眼睛呆滞地看着荒原。他眼前又出现他与妻子、女儿告别时,给女儿戴金项链时的情景。但他猛地想起什么,马上站起来自语:"对!她脖子上应该有条金项链!我怎么不看一看呢?"但又觉得自己的想法很天真,"我一定想女儿想疯了,世上哪有这么巧的事?那小姑娘明明是人家的女儿嘛。"他自责地失望地摇摇头,脸上的表情很痛苦。他把抽了一半的烟扔在地上,用脚踩灭:"小王、小张咱们干活吧,任务太紧了,耽搁不起啊。"

荒原的夜。四下里燃起了一堆堆的篝火,连绵一大片。战士们都露宿在火堆旁,由于几天的行军,疲惫不堪的战士们都沉沉入睡了。一望无际的荒原上,只有两棵树孤零零地长在荒原上。乌云在夜空中涌动。风把树枝吹得哗啦啦响。

郭文云看看树,对王朝刚说:"你干吗把我的铺铺在树下?"王朝刚说:"你是政委嘛,你看天,会下大雨的。"郭文云说:"那团长呢?"王朝刚说:"钟团长和孟苇婷在大车旁铺的铺。"郭文云说:"我不搞这特殊!"看到不远处正在架篝火的刘月季他们,说:"让月季大姐到树下休息!把我们遮雨用的油布也给他们!"王朝刚想劝,说:"政委……"郭文云厉声说:"月季大姐带着孩子呢,你没看到吗?"王朝刚一听郭文云发火了,忙说:"是!"

风越刮越大。郭文云、王朝刚、钟槐和钟杨用力拉扯着油布,把四角绑在了树上,架起了一个顶篷。郭文云拍拍手上的土,对刘月季说:"月季大姐,你们休息吧。这么拖儿带女地跟着我们急行军,也难为你们了。现在老钟又要当团长,又要顾那头,你这头可就顾不上了。"刘月季说:"郭政委,千万别这么说。我们这么给你添麻烦,心里有多不安啊。"郭文云说:"快别这么想,说句真话,月季大姐,我心里是特别地同情你!"远处钟匡民的警卫员在喊:"政委,团长叫你呢!"

郭文云和王朝刚一起朝大车旁钟匡民的那堆篝火走去。郭文云说:"朝刚。"王朝刚说:"是,政委。"郭文云贴在王朝刚的耳边说:"钟匡民要提副师长的消息可靠吗?"王朝刚在郭文云的耳边嘟哝了几句。

郭文云说:"我说呢。这家伙就是有野心啊!"王朝刚说:"政委,咋啦?"郭文云说:"没啥,他钟匡民有本事啊,同张政委靠得紧哪……"

刘月季的篝火旁。钟柳已在刘月季怀里睡着了。钟杨也已睡下。钟槐打来一桶水,架在了篝火上。钟槐抱怨说:"娘,你听听刚才郭政委说的那话,我听了感到又心痛又丢脸!不但是郭政委这么看,别的人也这么看。他们对我说,钟团长啥都好,就这件事做得有点那个。别人都同情我们,可我们干吗要别人的这种同情!我一想到自己的亲生父亲做的这种事,就觉得自己一辈子也抬不起头来!"刘月季说:"钟槐,这事娘一时也很难跟你说清楚,但娘心里清楚。我说了,娘和你爹的婚姻是包办婚姻,两个人没感情,咋生活在一起?"钟槐说:"以前在农村大多数人也都是包办婚姻,为啥人家都能生儿育女在一起过一辈子,他为啥不能?"刘月季说:"人跟人不一样。"钟槐说:"不一样他就可以撇下你另娶新欢?"刘月季为难地含着泪说:"那我这个娘你还认不认?"钟槐说:"我谁都可以不认,但不会不认你这个娘。"刘月季说:"你要是还认我这个娘,那你就得认他这个爹!"钟槐说:"娘,我不!……"说着,站起来走了,他眼里满是不平的怨恨。

刘月季望着儿子那高大的背影,感到一阵说不出的痛苦,她知道,儿子是在同情和心疼自己。

钟匡民的篝火旁铺着张地图。郭文云与钟匡民两人争吵着。郭文云说:"我的意见是,团直单位放到最艰苦的地方去,干吗要放到瀚海市的边上。"钟匡民说:"我们团部放在师部的边上,不但联系工作方便,而且对团的经济发展也有好处。"郭文云说:"可我觉得领导机关放到最艰苦的地方,别人就不会有什么意见,而且还可以鼓舞士气呢。"钟匡民说:"现在,我们要去的地方都是荒原,条件都很艰苦。我把团部设在瀚海市边上,是为我们团的将来的发展考虑的。"郭文云冷笑了一下说:"钟匡民,不是我说你,你的目的不在这儿。"钟匡民说:"怎么?"郭文云说:"你有野心啊。是不是张政委给你暗示或者许诺了什么?"钟匡民说:"老郭,你这话可说得有点儿出原则啊!"郭文云说:"老钟,你别发火,你是团长,这事你决定,但我保留意见。"钟匡民说:"我不是在跟你商量嘛。"郭文云说:"我尊重你团长的意见,这总可以了吧?"钟匡民说:"老郭,你是政委,有件事我想跟你提个醒。"郭文云说:"说!"钟匡民说:"政委啊,清官难断家务事。我们家的事,你可千万别搅进去。我已经很为难了。"郭文云说:"老钟,这话你可差了。批准月季大姐和钟槐参加工作,那是张政委的指示。我认为张政委指示得对! 一碗水得端平哪!再说在这件事上受到伤害的是月季大姐而不是你,你总不能不让我同情月季大姐吧?"

刘月季把烧热的水倒在木盆里,对钟槐说:"钟槐,给你爹送去,让你爹泡泡脚,解解乏。"钟槐说:"我不去!"刘月季说:"你不去,那就娘端去。"钟槐说:"娘,反正我不去!"

刘月季端起木盆就走。钟槐跺脚:"娘!"刘月季没理他。钟匡民来到炊事班。孟苇婷躺在马车上。钟匡民的警卫员小秦也为钟匡民在马车边铺上了铺。

钟匡民走到孟苇婷身边说:"咋样?"孟苇婷说:"没什么,你快休息吧,以后你会更忙。"这时,刘月季端着盆热水朝他们走来。刘月季走到钟匡民跟前说:"匡民,你和苇婷妹子都烫烫脚吧。"钟匡民说:"端回去你们自己烫吧。"刘月季说:"我们都烫过了。匡民,有句话我想跟你说,咱俩分手的事,我是想通了,但孩子们还想不通。请你耐着点性子,别跟孩子们较劲,孩子们有个啥,你就忍着点,算我刘月季求你了,行吗?"钟匡民看着刘月季远去的背影,心情沉重地叹了口气,回过头来说:"苇婷,你也过来烫一下脚吧。"

深夜,瓢泼大雨倾盆而下,所有的人都醒过来。被淋了个透湿,所有的篝火都被雨水浇灭了。只有刘月季油布下的篝火还在燃烧着。雨越下越大。

刘月季对钟杨说:"钟杨,快去叫你苇婷阿姨来这儿避雨烤烤火。"钟杨睡眼惺忪地说:"干吗?"钟槐不满地说:"娘,你啥都顾着她。"刘月季说:"她肚里怀着你爹的孩子呢!不是你弟弟就是你妹妹,钟杨,你还不快去!"钟杨在雨中奔到钟匡民、孟苇婷跟前。钟杨说:"爹,苇婷阿姨,娘叫你们去油布下躲雨去。"钟匡民看着被雨淋湿缩成一团浑身哆嗦的孟苇婷说:"苇婷,去吧。"孟苇婷说:"我不去,前几天路上下雨,我坐车,月季大姐都走路,我到现在心里还过意不去呢。"钟匡民说:"为你肚里的孩子,你也该去呀!来,我陪你去。"钟匡民把孟苇婷领到油布下。刘月季热情地把她拉到身边说:"就挨着火堆烤烤火吧。这么淋着雨对胎儿不好。"靠在刘月季身边的钟柳看看钟匡民,怯怯地喊了声:"爹。"钟匡民蹲下身子摸摸钟柳的脸说:"月季,我觉得钟柳长得跟苇婷有点像,很漂亮啊。"钟槐撇了撇嘴说:"她像我娘!"

钟匡民看看钟槐,为难而气恼地叹口气,他不知道怎么同这个对他充满怨恨的儿子处理好关系,显得有些尴尬。钟槐拉着钟杨的手说:"钟杨,咱们走。"钟杨说:"干吗?"钟槐说:"我不想跟他们挤在一起!"刘月季搂着钟柳和孟苇婷坐在火堆旁。

孟苇婷看着刘月季,感动地说:"月季大姐,这些天来,你这么照顾我,我真不知道该说什么好。"刘月季说:"你怀着匡民的孩子呢,照顾好你,也就在照顾他。再说,既然在一个团里总是和睦相处才好,咱们见面老瞪着个乌鸡眼,那又有什么意思!……"孟苇婷说:"月季大姐,我要说几句心里话,你千万别介意。我爱上钟匡民,是因为他是值得我爱的人。听说自他参军后,打仗勇敢,人又聪明能干,所以提升得也快。他在当营长时,我也已参军到了师部。一次在攻打敌人的一个山头时,他冲在最前面,头部负了伤,流血过多,需要输血,那时我正在医院帮忙,医生正急着找可以给他输血的人,我刚好是O型血。"刘月季说:"啥叫O型血?"孟苇婷说:"月季大姐,这我一时也没法同你说明白,反正我的血可以输给匡民,匡民活过来了。他在住院治疗时,我又常去看护他,这样,我们之间就产生了感情。……"熊熊篝火在风中摇曳。

孟苇婷说:"匡民伤好后,就被任命到师里作战科当科长,我又回到秘书科当秘书,我们就有了往来。当我把我对他的感情告诉他后,匡民说:'这事不谈,因为我是个有妻子的人。'月季大姐,在你没同他解除婚姻前,在他和你的事没解决前,他一直就没在我和他的事上松口。所以我就更加的敬重他……"刘月季望着篝火"噢"了一声。

一阵阵雨过后,天空放晴了,月亮与星星又使夜空显得充满诗意。钟槐回到刘月季身边,孟苇婷已经走开。钟槐对刘月季说:"娘,他们伤害了你,你干吗还要待他们这么好?"刘月季说:"娘是要让你看看,做人该怎么懂得对别人宽容!"钟槐嘟着嘴不再吭声,但心里也有点被触动。

四下里又遍地燃起了篝火。突然在散落的人群中间,一盏盏"天灯"升上了夜空,那是用纸扎的灯笼,里面燃着蜡烛,里面的空气烧热后,灯笼就往上升,部队人把它叫作"天灯"。一共升起八盏天灯,一盏灯上一个字,上面写着"开荒造田,建设边疆"。

天灯升上天空,四下里是一片鼓掌声和欢叫声。声音震荡着整个荒原。

钟杨奔回刘月季身边,兴奋地说:"娘,看,天灯!这是爹出的主意,大家都说,钟团长用这种办法鼓舞士气,真绝!"

早晨,部队集合好准备出发。钟匡民翻身上马,对郭文云说:"我和三营的刘营长王教导员去六棵树,那儿条件艰苦,路程又比较远。你带着团直单位去甘海子吧。高协理员带着勘察小组和先遣队在那儿已经有好几天了。"郭文云说:"你放心走吧。你老婆是跟你走还是跟我们走?"钟匡民说:"我留下小秦照顾她。卫生员小张也让她多费点心。我十天后就回来。"

郭文云骑着马,带着团直各单位朝甘海子进发。

刘月季、钟柳坐在小驴车上,行进在队伍中,而钟槐在前,钟杨在后。孟苇婷仍坐在队伍后面的马车上,小秦走在马车边上。

黄昏,郭文云领着部队来到甘海子。先遣队已在荒原上搭起了两顶帐篷。

团机关协理员、先遣队队长高占斌带着几个人在帐篷前迎接他们。高占斌,三十岁,大个子,满脸的络腮胡子,为人热情、豪爽而又很有心机的一个人。

高占斌与郭文云握手。

高占斌说:"郭政委,你们辛苦了。你们好快啊,我们以为你们明后天才会到呢。"郭文云说:"这开荒造田的事一天都不能耽搁,这么大的一个部队吃饭问题亟等着解决,不快马加鞭往前赶能行?"

夜幕已降临。

程世昌和小王、小张仍在打桩子。已显得筋疲力尽的小王说:"程技术员,回吧。天都看不见了。"程世昌说:"把这些木桩打完了再回吧,再坚持一会儿。"

小王看看小张,脸露不满,小张也叹了口气,这些天干得都太累了。

帐篷内。郭文云不满地看着勘察图。高占斌站在一边摁着图纸。

郭文云气急地说:"勘察组的组长叫什么名字? 是叫程世昌吧?"高占斌说:"是。"郭文云不满地说:"唉! 张政委怎么找了这么个家伙来。我们是两条腿往这儿赶,他是屁股冒烟来的,可工作效率也太低了,他对得起谁呀!"高占斌解释说:"政委,他们天不亮出去,天黑透了才回来,也很辛苦。"郭文云说:"你跟着他们啦?"高占斌说:"没有,一是我不懂,二是这儿还有一大堆事要做。"郭文云说:"高协理员,你是监督不力啊!大部队到了,到现在连个具体开荒的方案都没拿出来!我们怎么向师里汇报!我以为我们今天到,明天就可以投入战斗呢。"

高占斌惭愧地笑笑。

郭文云说:"你去把那个程世昌给我叫来!"高占斌说:"政委,人家是个大学生,听说张政委和郑科长为了找这么个人,跑遍了迪化市。"郭文云说:"最难缠的就是这样的人,自以为有学问,又是我们请来的,身上有资本了,工作起来就会磨磨蹭蹭,吊儿郎当的,我了解这种人。"

在临时伙房里,又累又饿的程世昌、小王、小张狼吞虎咽地啃着玉米馍。

高占斌进来说:"程技术员,大部队到了。郭政委找你呢。"程世昌说:"好。"程世昌一面啃着馍一面跟着高占斌走。高占斌说:"程技术员,郭政委批评你时,你可千万别顶撞他。"程世昌不解地说:"他干吗要批评我?"高占斌出于好心说:"你别同他争就行了。"程世昌满脸的疑惑,说:"不,高协理员,你得给我讲清楚,这个郭政委干吗要批评我?我做错什么了?"高协理员说:"他嫌你们进度太慢。"程世昌说:"可我们已经尽最大的努力了。"高协理员说:"我已经解释过了,但他是个急性子。"程世昌说:"急性子就能不了解情况随便批评人吗?"高协理员说:"我是告诫你,他发火时,你别发火,慢慢跟他解释啊。要不顶起牛来,会对工作不利的,你听我的吧。"

程世昌来到郭文云帐篷内,高占斌紧张地站在一边。

郭文云不满地说:"是啊,我听高协理员说了,这几天你们工作得很辛苦,但工作效率是不是太低点了?"程世昌说:"郭政委,我们已经尽了最大的力量了。"郭文云说:"那好,我现在要问你们,你们勘察到什么时候才能拿出个具体的规划方案来?"程世昌说:"最快也得十五六天。"郭文云说:"那我就得让部队这么闲上十几天?"程世昌说:"可以先搞营地建设。"郭文云说:"挖个能避风雨的地窝子,一两天的时间就够,哪用得着十几天。这样吧,我给你们三天时间,拿出个初步方案来!"程世昌说:"郭政委,我们恐怕做不到。做不到的事我们不敢答应。"郭文云说:"同志,我跟你讲清楚,开荒造田的任务太紧了,明年我们一定要解决部队的吃饭问题,那就得多开荒多打粮。那就得抓紧每一天的时间,知道吗? 像你们这种磨磨蹭蹭的老爷作风要不得,你们得有高度的政治责任心! 知道吗?"程世昌说:"郭政委,你怎么知道我们没有政治责任心? 我程世昌是你们师张政委请过来的。我很感激张政委这么看重我。我也很想好好地为新中国出力,我可以告诉你,在我来荒原的前一天,我知道我爱人在从甘肃来新疆的路上被土匪杀害了,我八岁的女儿是死是活还不知道。但一听到开荒的任务那么紧急,我没去我妻子的坟地看一看,也没要求给我时间找女儿,郑科长一句话,我们就赶来了。这几天天一亮就下地,天黑透了,干不成活儿,才收工。这不是政治责任心是什么? 郭政委,你是团里的领导干部,不能这样冤枉人哪。"高协理员说:"政委,程技术员讲的情况是属实的。"郭文云说:"那我们这些人火急火燎、风雨无阻地赶到这儿来干啥? 来坐冷板凳? 干革命是会牺牲人的。你妻子被土匪杀害了,女儿找不到了,那你就更应该化悲痛为力量,化仇恨为动力,把工作干得更好才是! 不说这些了,刚才我说的话是有些过头了,程世昌你也别往心里去。但你们的工作不能耽搁,我还是那句话,三天时间,你们把初步方案拿出来。"程世昌说:"我们就是二十四小时不休息,三天时间也拿不出来,郭政委,做不到的事,我无法承诺。"郭文云说:"三天,就只能三天,三天后大部队必须投入开荒,绝不允许往后拖,需要冲锋的时候,你冲不上去,那算什么战士! 就三天,这是军令,是政治任务! 就这么定了!"

高占斌把程世昌拉出帐篷,程世昌也显得很激动。

程世昌说:"这简直是军阀作风嘛,怎么能这样?"高占斌说:"程技术员,你听我说,大部队接连几天急行军赶到这里,是想马上投入开荒造田的战斗。结果到这里来,发现暂时什么也干不成,整个大部队一待就是要十几天,作为领导他能不急吗?"程世昌说:"但也不能这样下死命令啊! 这是开荒造田,不是打仗冲锋。"高占斌说:"程技术员,你看这样行不行,这三天里,你暂时找到一块能立即就可以投入开荒的土地。"程世昌说:"那当然可以,这儿平坦一点的土地都可以开荒,问题是在整个地形没有测绘清楚前,就很难拿出科学的规划。这会对今后土地合理规划留下难题,还会留下很大的后遗症。"高占斌说:"咱们摸着石头过河吧,要不,我这个先遣队长也脱不了干系啊。"程世昌说："高协理员，你既然这么说，那我们就努力试试吧。"

一堆篝火旁，钟槐已沉睡。他身边拴在小车上的毛驴前堆着一堆青草，毛驴正在津津有味地吃着，不时地喷着响鼻。刘月季在火堆旁，为钟柳缝制着衣服。钟杨睡在刘月季身边，钟柳依偎着刘月季，也已瞌睡。刘月季说："钟柳，睡吧。"芦苇滩被风吹得哗哗响，不时传来野猪和狼的嚎叫。

钟柳说："娘，我怕。"刘月季说："那就睡到你钟杨哥哥的身边去。"钟杨掀开被子说："妹，来，睡到我这儿来。"钟杨搂着钟柳说："现在还怕不怕了？"钟柳说："不怕了。"刘月季笑笑。钟杨搂着钟柳，很快就睡着了。

刘月季抖开缝制好的衣服看了看，打了个哈欠，在火堆上加了几根柴，然后抽出件夹袄披在身上。虽已是初夏，但荒原的夜晚依然很冷。

为了解决营区问题，整个部队都在营区挖地窝子。钟匡民的警卫员小秦和孟苇婷也在挖。个儿不高，长得胖墩墩的小秦挖得很快很有劲。由于孟苇婷是个没干过重体力活的人，而且又有身孕，因此挖得很慢也很吃力。孟苇婷实在挖不动了，只好停下来歇口气。劳动人民出身的小秦显然对孟苇婷的这种娇气有点看不惯。小秦说："孟大姐，我不是说了吗？这点活儿我一个人干就行了。你歇着吧。等团长回来，看你这样，会剋我的。"孟苇婷微笑着说："小秦，你是不是看我不是劳动人民出身，不会干活？我主动要求来这儿，就是要来好好锻炼自己的！我非要干出个样子来给你们看！"小秦不以为然地偷偷地一笑。

孟苇婷咬着牙关，继续吃力地挖着，额头上沁出一片汗珠，但她眼睛却含着委屈的泪。干这种活真的是好苦啊！

钟槐和钟杨也在挖地窝子。

刘月季身边堆着几捆苇子。她用几根木棍搭起架子，在熟练地编着苇席，钟柳不时地把苇子递给刘月季，而且递一次亲热地叫一次："娘，给。"刘月季看着钟柳的眼神，比疼自己的亲孩子还要疼爱。

郭文云朝她走来，说："月季大姐，你的手可真巧啊。"刘月季说："编上这席子盖顶，上面再压上草泥，这地窝子日光晒不透，淋雨也漏不了，不也挺好？

政委,你找我有事?"郭文云说:"大姐,我想分一个重要的工作任务给你。"刘月季说:"啥任务?"郭文云说:"让你上伙房烧水。从明天开始,战士们就要投入开荒造田的战斗了。天气这么干燥这么热,几百口人,得有水喝啊。"钟杨在一旁转悠着眼睛,笑着说:"郭伯伯,这事我帮我娘一起干吧。捡柴火,拉水,我们还有个好帮手呢。"他指指小毛驴。毛驴突然扬起脖子,啊嗷啊嗷地叫了几次,像是表示赞同。郭文云笑着说:"这头毛驴你们可是买对了!行,就这样,到时候也给你钟杨记功!"

第六章

夕阳西下。

钟槐、钟杨他们挖的地窝子已经封顶。钟槐把最后几锹草泥盖在顶上,说:"娘,你下去看看咋样?"

刘月季看到地窝子挖得很宽敞,而且用土墙隔成两间,里间和外间。

钟槐和钟杨也跟着进来。钟杨得意地说:"娘,你和钟柳住里间,我和哥住外屋。这是我出的点子。"刘月季说:"好! 你聪明。可没你哥的力气,你有再好的点子也是白搭啊!"

夕阳下。小秦和孟苇婷仍在挖着地窝子。

小秦说:"孟大姐,你不能再硬撑了,你要出了事我没法向团长交代啊!"孟苇婷说:"小秦,咱们再努力一把,就要完工了。"孟苇婷笑笑,但笑得有些凄然,她真的已经是筋疲力尽了。

刘月季已经把地窝子收拾干净,床铺也都已铺好。一盏小煤油灯搁在墙上挖的小圆洞里,闪着黄幽幽的光。

钟杨说："娘，我和哥到河边去洗个澡。"刘月季说："这儿还有河？"钟杨说："离这儿只有半里地，早晨我牵毛驴出去溜达时看到的。"刘月季说："钟杨，你先上你孟阿姨那儿去看看。"钟杨说："咋啦？"刘月季说："看看你爹的地窝子挖得咋样了？"钟槐说："娘，爹是团长，地窝子有人帮他挖。钟杨，走，咱们洗澡去。"刘月季说："钟槐，你要还孝顺你娘的话，你和钟杨一起去，能帮把手就帮把手。我说，他毕竟是你们的爹！再说你爹带着三营到六棵树去了，又不在，你们更要去帮把手！别人的事得帮也得帮，何况是你们爹呢！娘这心还牵着你爹呢！"钟杨看到母亲生气了说："哥，走吧。"

钟槐也不愿意娘生气，只好跟着钟杨一起走。

孟苇婷在地坑里甩出一锹土，但她再也支撑不住了，于是人一软，就跌倒在地上。小秦慌了，喊："孟大姐，孟大姐你咋啦？"孟苇婷挣扎着想站起来，但一下又跌坐在地上，脸色苍白。小秦喊："孟大姐！孟大姐！……"小秦铆足劲朝帐篷方向奔去，冲进帐篷。

小秦对着郭文云喊："政委，钟团长老婆累倒了，我劝她不要干了，歇着吧，可她就是不听……"郭文云打断小秦的话，说："肚子里的娃娃没事吧？"小秦说："现在看来没事。"郭文云说："走，去看看。钟团长把你留下来是干啥的？要是真出事，我看你怎么对钟团长交代！"

小秦一脸的委屈。钟槐、钟杨来到孟苇婷挖的地窝子前。脸色仍有些苍白的孟苇婷强忍着站起来看着他俩说："你们来啦？"钟杨想回话，但钟槐瞪眼拉了他一把，钟杨不敢说了。钟槐拉着钟杨跳进地窝子，埋头往外挖土。孟苇婷的脸色有些尴尬。

刘月季把编好的芦席驮到毛驴背上。刘月季说："钟柳，咱们走，把这芦席给你苇婷阿姨送去。"刘月季牵着驮着芦席的毛驴，朝孟苇婷挖的地窝子走去。钟柳跟在她身边。

小秦领着郭文云来到地窝子前，见到刘月季、钟槐、钟杨正在地窝子里忙活，孟苇婷坐在一边喝着水，面色好多了。

钟槐和钟杨在对已挖好的地窝子做最后的清理。刘月季把盖顶的芦席抱到地窝子边上。

郭文云说："孟苇婷,你没事吧?"孟苇婷说："没事。就是有点累,现在月季大姐给我喝了缸糖水,已经好多了。"郭文云看到钟槐用力扛起根粗树干开始架顶,便松了口气说："没事就好,要是你出了什么事,老钟回来我可没法向他交代。不过有月季大姐一家帮忙,也出不了什么事了。"刘月季笑着说："郭政委,你忙你的去吧,这儿有我们呢。"郭文云赞赏地说："钟槐,你可真有劲啊!年纪不大,干活可真是把好手啊。"钟槐憨憨地一笑,说："那当然,我从四岁起,娘就手把手教我干活了。"

月亮在荒原上洒下一片银光。地窝子已盖好,压好顶。孟苇婷满眼流露着感激之情。刘月季走进地窝子看了看,然后又出来。刘月季说："小秦,后面的事你帮着收拾一下。"小秦说："月季大姐,我会的。"刘月季说："我们走了,你们歇着吧,要再有啥事,小秦你来叫我一声。"小秦说："哎。"孟苇婷站起来说："月季大姐,难为你们了,月季大姐……"刘月季:"苇婷妹子,我知道你想说什么,不说了,你想想,再怎么说,我和钟匡民毕竟做了十几年的夫妻,这两个也是他的亲儿子。我们跟着他,不是想来为难他,为难你们的。磕磕碰碰的事是会有的,牙齿还会咬舌头呢,但牙齿和舌头,总是相互帮衬的时候要长久得多。做人哪,眼光得往远里放。"孟苇婷感动地点点头说:"是。"孟苇婷、小秦目送着刘月季、钟槐、钟杨、钟柳和那头小毛驴消失在黑暗中。

大部队已进入开荒工地,工地上人群涌动,尘土飞扬。钟槐也在开荒的人群中。孟苇婷腆着快临产的大肚子,在拾着被挖出来的枇杷柴、芨芨草根,为开出的荒地清地。郭文云走到她跟前,关切地说:"孟苇婷,我不是跟你说了,你用不着再到荒地上来干活了。你要是有个啥,我可没法同老钟交代。"孟苇婷一笑说:"政委,你没瞧见,在这工地上可没闲人。我自己的事我自己知道。肚里怀的可是我自己的孩子,祖国的未来,我会对他负责的。"郭文云感叹地笑笑说:"你们家老钟,可真有艳福啊!"

在营地伙房,刘月季用锄头在伙房后面的荒地上开出了一片菜地。钟柳跟在刘月季身后,学着刘月季的样子在点种菜籽。钟杨赶着毛驴车,车架上搁着一个上面开了个小口的汽油桶,朝河边走去。母毛驴已大腹便便。钟杨在河边熟练但仍有点吃力地用木桶舀水,往汽油桶里倒。湍急的河水清澈见底。河底有许多花花绿绿的卵石,像无数只贝壳在蠕动。

远处,一群黄羊伸长脖子好奇而惊恐地看着他。钟杨新奇而兴奋地朝黄羊嗷嗷地叫了几声。黄羊群骚动了一下就又不动了,怔怔地看着他。有两只野兔从他脚下一前一后地飞奔而过。钟杨往汽油桶里装满了水。钟杨赶着车往回走。伙房边上的炉灶上架着两口大铁锅。钟杨把车赶到炉灶前,说:"娘,我把水拉来啦。"刘月季满意地笑笑,觉得自己的小儿子不但聪明,而且也挺能干。汽油桶的下方有一木塞堵住的小孔,拔出木塞,水就从小孔里喷流出来。刘月季用木桶接上后,就往铁锅里倒。

张班长也走过来接水说:"月季大姐,你每天都得烧十锅水,也真够辛苦了。钟杨,你多大了?"钟杨说:"十四岁了。"张班长说:"才十四岁啊?每天要到河边去拉三趟水,累不累?"钟杨说:"就这样。"张班长竖着大拇指说:"嗨,不愧是团长的儿子啊!"

钟匡民扛着坎土曼风尘仆仆地来到开荒工地。小秦看到忙迎上去说:"团长,你回来啦?要不要叫郭政委?"钟匡民说:"现在不用叫,白天开荒,有事到晚上再说。"

孟苇婷看到钟匡民,腆着肚子走来,钟匡民忙迎了上去。钟匡民问:"怎么样?我真后悔同意你来,腆着个肚子干活,像什么!"孟苇婷说:"干点轻活,没事。"

烈日当空的荒原。钟槐光着膀子,用钢钎把一棵粗大的枯树吱吱嘎嘎地连根挖了出来,掀倒在地。郭文云也在他身边干活。他看到钟槐干活时那股劲,笑着走到钟槐跟前,欣赏地拍拍钟槐那冒着油汗已被烈日晒脱皮的肩膀。郭文云说:"小子,你可真行。来,咱俩比试比试,看看你到底有多大劲。"钟槐憨憨地一笑说:"政委……"郭文云说:"咋,不敢?"钟槐说:"那有啥不敢的。我怕你的手臂吃不住我的劲,折了咋办?"郭文云说:"吹牛,你爹在这方面可是我的手下败将。"钟槐说:"我爹,他算个啥……"

其实这时钟匡民已在离他们不远的地方开荒,一听到儿子这么说,心里顿时老大的不快。

郭文云与钟槐在一棵倒下的枯树上比试手劲。战士们在他俩四周围成一圈。开始郭文云与钟槐两人相持不下。双方的啦啦队在不断地喊加油。"政委加油!""钟槐加油!"荒原似乎充满了生机。孟苇婷也挤进来看,并给钟槐加油。钟槐慢慢占了上风,把郭文云的手腕压了下来。钟槐说:"郭伯伯……"抓抓头皮,"我忘了让让你了。"郭文云说:"你小子,得了便宜还会卖乖!"孟苇婷笑着说:"政委,你这下可是棋逢对手了,老钟输给了你,儿子为爹把面子扳过来了。"郭文云说:"可惜啊,他不是你儿子。"钟槐敌意地看了孟苇婷一眼说:"自从我爹撇下我娘后,我就不再认他这个爹了,我才不会为他扳面子哩!"

孟苇婷尴尬委屈得满眼含泪。钟匡民突然出现在他们的面前。

郭文云说:"嗨!老钟,你啥时候回来的?"钟匡民说:"刚回来。先干活,工作上的事到晚上再说。"然后对钟槐说:"钟槐同志,我看我们得谈谈了。"钟槐说:"谈就谈,那有什么。"郭文云说:"干活!干活!"

荒原上人声鼎沸。钟槐又用钢钎挖倒一棵粗大的枯树。郭文云看着赞赏地点点头,若有所思。

太阳西下,月亮接着升了上来。开荒的人群拖着疲惫的双腿走回营地。可依然可以听到欢快的笑声。

郭文云问宣传干事小田:"田干事,今天开荒个人的成绩统计出来没有?"小田说:"基本上统计出来了,最高的还是钟槐,三亩二分。"郭文云说:"天哪,用牛开一天的荒才两亩八分,他每天都在三亩以上,那不气死牛了?"小田朝着钟槐喊:"钟槐,政委说你干活气死牛!"

钟槐不无得意地憨憨地一笑。但钟匡民听着,心里却有一种说不出的滋味。钟匡民、郭文云、程世昌走进帐篷。小秦赶忙把两盏马灯点上。程世昌把图纸摊开在桌面上。

郭文云说:"怎么样,全面规划图出来了没有?"程世昌说:"还需要四五天的时间,郭政委、钟团长,我只能说这片土地从局部上看,适合开垦,但从全局来看,合适不合适,还不能下定论。"郭文云说:"你这话是什么意思？想推卸责任？"程世昌说:"不是推卸责任,我是实话实说。因为在这么短的时间里,我们对这儿的整个地形不可能做全面的勘察和规划。"郭文云看看钟匡民说:"程技术员,你先回去吧。钟团长今天刚回来,我们有事情需要沟通和商量。"

程世昌向钟匡民点了点头,走出帐篷。郭文云很不高兴地看了程世昌的背影一眼,递了支烟给钟匡民。郭文云说:"那边情况怎么样？"钟匡民说:"从六棵树出来,我又去了一营、二营。那儿也全部安好营扎好寨了,开荒造田的工作可以全面展开了。这儿情况怎么样？"郭文云说:"部队已经开荒造田好些天了,可程世昌那家伙,全面规划到现在还没拿出来,真急人哪！这个人怎么这么个工作作风！"钟匡民说:"勘察规划,那是科学,科学上的事不能太急。"郭文云说:"我们在火里,他却在水里,这些个旧知识分子,我知道他们,都是这么个样子！气得老子都想把他赶走！"钟匡民说:"老郭,团结好知识分子和我们一起工作,这可是党的政策啊！你千万别胡来！"说完,便往外走。钟匡民来到刘月季的地窝子前,喊了两声:"月季,月季。"刘月季披着衣服走出来:"匡民啊,啥事？"钟匡民说:"你把钟槐给我叫出来。"刘月季说:"开了一天荒,睡得死死的,叫他干吗？"钟匡民说:"你把他叫出来。我有话要同他谈,非谈不可。要不,我这个团长就没法当了。"

月光似水照在荒原上。钟匡民与钟槐坐在一个高包上。钟匡民说:"钟槐同志,今天我不以爹的身份同你谈,因为你不认我这个爹了。但我以团长的身份同你谈总可以吧。如果你连我这个团长的身份都不认,那你就离开我这个团！"钟槐只是黑着个脸,不吭声。钟匡民说:"今天你的表现有多恶劣！挖苦我,挖苦孟苇婷同志,这在战士们中造成多坏的影响！孟苇婷同志怎么啦？她就因为嫁给了我钟匡民,你就这么仇恨她？她有什么错？毫无道理嘛！"钟槐说:"如果你的爹把自己的娘撇下,再同另一个女人结婚,你会咋看？"钟匡民说:"在这件事上,你娘比你明理得多。"钟槐说:"就因为这样,我才恨你呢！我娘是个多好的娘啊！她明理,她懂得对别人宽容,她跟你离婚了,她还在想着你,不但关照你,还关照那个女人,这么好的一个娘,你为啥要抛弃她!"钟匡民说:"是的,你娘是个好女人。就因为这样,你爷爷才带着病一次次往你姥爷家跑,去求这门亲,逼我把比我大六岁的你娘娶回来。你爷爷没看错你娘,但感情上的事是没法强迫的。所以你娘才很明智地同我分了手。我才同有了感情的孟苇婷结了婚。所以,从今天起,你可以不认我这个爹,但你不能对孟苇婷同志有什么不好的表示! 撇开这一层关系不讲,她总还是你的同事和同志吧? 还有,我是团长,是团领导,你是我手下的一个兵,在公开场合,也不许你做和说有损我形象的事,这是纪律! 你的劳动表现不错,这点我很满意! 可我再说一句,你不认我这个爹可以,但得认我这个团长。你问问其他战士,他们是怎么对待团长的,你也得同他们一样! 回去休息吧。"

钟槐站起来,拍拍屁股走了。钟匡民看看自己这个壮实憨厚的儿子,心情很复杂。

钟槐气狠狠地走进地窝子,钻进被子蒙头就睡。一直在等着他的刘月季问:"咋啦? 你爹批评你啦?"钟槐用力掀开被子喊:"我就不认他这个爹! 咋啦?"说着又用被子蒙着头。刘月季说:"钟槐,你不能再跟你爹这么闹下去了,娘都谅解你爹了,你还有啥可以跟你爹过不去的呢?"钟槐又掀开被子说:"我不愿看到娘这么低三下四地受委屈!"说完又用被子蒙住头。刘月季也恼了,说:"钟槐,你再跟你爹这么闹,娘可要生气了!"

这天,钟匡民和郭文云朝开荒工地走去。郭文云说:"老钟你去师里开了几天会,什么精神?"钟匡民说:"精神只有一条,加快开荒造田的进度。"

开荒工地上尘土飞扬,机声隆隆,人群涌动。十几台拖拉机正在平整着已开垦出来的大片土地。钟匡民看后,感到很振奋。钟匡民说:"老郭,机械化一上,你们的进度可真快啊!"郭文云得意地说:"干工作,就该这么雷厉风行啊! 老钟,前一阵子,你不在,要不是我给程世昌这家伙下死命令,说不定今天大部队还窝在家里呢,哪有现在这场面。程世昌这家伙虽说是张政委亲自找来的,但他身上那种臭知识分子毛病重得很,我郭文云就有办法治这种人。"钟匡民说:"老郭,再次警告你,你这种情绪可不太对头啊。"郭文云说:"我这也是在充分地发挥他们的才能,发挥他们的积极性嘛。方法是简单粗暴了点,但有实效! 你瞧,眼前的这些开垦出来的荒地就是实效。"钟匡民不以为然地摇摇头。

傍晚。小秦疲惫地打了一盆水来到孟苇婷的地窝子前,喊:"孟大姐,水打来啦。"孟苇婷腆着已下垂的肚子,有些艰难地从地窝子里出来,她看看那盆水,犹豫着。孟苇婷说:"小秦,这水你端回去洗吧。"小秦有些摸不着头脑:"怎么啦?"孟苇婷说:"没什么,你端去洗吧。"

钟匡民也从工地上回来了,说:"小秦给你端来的水你咋不洗呀?"孟苇婷为难地说:"匡民,今晚我想洗个澡。"她看看自己已下垂的肚子。小秦说:"团长,伙房已经没水了。要不,我到河边去挑一担水,重新烧点。"钟匡民看着小秦那疲惫的眼神,叹口气说:"每天要开十几个小时的荒,都很累啊。小秦,你回去吧。吃过饭,早点歇着。"小秦说:"团长。"钟匡民坚决地说:"回去! 这事我来解决。"小秦犹豫了一会,拖着发软的腿走了。

孟苇婷抱怨地说:"匡民!"钟匡民说:"小秦又要参加开荒,又要服侍我们,已经够辛苦了,天这么晚了,你还忍心让他到几里地的河边去挑水,再重新给你烧? 那我这个团长不成了地主老财了?"孟苇婷委屈地说:"这我也知道,可我觉得我这两天可能就要生了,想好好洗个澡,因为月子里就不能洗澡了。"钟匡民说:"当初我不让你跟来,你偏要来。现在的工作那么多那么紧张,今晚上我还要开会,你就凑合着用这盆水擦擦身吧。"

孟苇婷不甘心,拎着个桶朝伙房走去,她想去碰碰运气。刘月季用最后一点水,把沉淀着泥沙的两口大锅洗干净,用茨发草捆成的锅刷把脏水刷了出来。孟苇婷拎着桶走来。孟苇婷看看已刷干净的锅,失望地看着刘月季说:"月季大姐,没水啦?"刘月季看着孟苇婷:"小秦不是给你打水回去了吗?"孟苇婷犹豫着。刘月季说:"有啥事? 说!"孟苇婷忍不住地说:"我想洗个澡。"刘月季看了看孟苇婷下垂的肚子,明白了,一笑说:"好吧,你先回去。我给你想办法。"孟苇婷说:"月季大姐,不用麻烦了,没水就算了。我就用小秦帮我打的那盆水擦擦身吧。"刘月季说:"我说了,你回去等着。"

孟苇婷犹犹豫豫地往回走。刘月季看着她的背影,同情地叹了口气。

刘月季走进地窝子。钟槐、钟杨已熟睡在外间的床上。刘月季走进里间,钟柳也已睡下,但睁着眼睛在等着。看到刘月季进来,忙坐起来。

钟柳说:"娘。"刘月季说:"钟柳,你先睡,娘还有点事。"刘月季走到外间,摇醒钟杨。钟杨说:"娘,干啥?"刘月季说:"你起来,赶上毛驴车,跟娘一起到河边打水去。"钟杨说:"今天我已经去打过四次水了,明天再去嘛。"刘月季说:"听娘话,再去一次。你要学你哥,政委表扬你哥干起活来都会气死牛。来,起来,听话,我知道你挺累,但不管是啥朝代,创业都很艰难。啊?"

月光洒在河边。钟杨用桶在河边舀上水递给刘月季,刘月季往汽油桶里倒。

钟杨说:"娘,就是那女人,爹才撇下你的,你为啥还要这么帮她?"刘月季说:"你孟阿姨怀的是你爹的孩子,不是你弟就是你妹,要是出个意外,你不心痛娘还心痛呢。"钟杨说:"娘。"

月光如水。刘月季开始烧水,说:"钟杨,你回去歇着吧。剩下的事,娘来做。"钟杨说:"娘,我陪你。"钟杨从车上卸下毛驴,毛驴突然冲着月亮叫了声,卧了下来,然后不住地喘着气。钟杨喊:"娘,你看毛驴咋啦?"刘月季走到毛驴边,发现毛驴的尾巴翘了起来,笑了,说:"毛驴要生崽了。"钟杨冲进地窝子,兴奋地摇醒钟槐说:"哥,快去看,毛驴生娃了。"钟柳也醒了,说:"哥,我也要去看。"

刘月季提着两桶热水,敲开孟苇婷地窝子的门。孟苇婷吃惊地说:"月季大姐。"刘月季说:"我烧了两桶热水。你这身子就这两天的事了。今晚就好好洗个澡吧。匡民呢?"孟苇婷说:"开会还没回来呢。"刘月季说:"你这儿有浴盆吗?"孟苇婷摇摇头。刘月季说:"我给你拿去。"

钟槐、钟杨、钟柳守着正在生产的毛驴。月亮挂在芦苇丛的梢尖上。刘月季在往浴盆里倒水,说:"苇婷妹妹,你要不嫌弃的话,我帮你洗吧,你这身子也不方便了。"孟苇婷感激地说:"月季大姐……"

刚生下的小毛驴颤颤巍巍地站了起来。钟杨兴奋而得意地喊:"哥,我没说错吧?买了一头,现在变两头了。"钟槐在他脑袋上拍了一下,算是奖赏。然后说:"我要去睡了,明天还要开荒呢!"

　　孟苇婷坐在木盆里。刘月季用浸湿的毛巾轻轻地擦着孟苇婷的背。孟苇婷因感到舒适，眼里含着感动的泪。她好长时间没有这样洗过澡了。孟苇婷说："月季大姐，这儿这么艰苦，匡民让你留在城里，你干吗一定要跟来呢？"刘月季说："你不是也来了吗？"孟苇婷说："我不一样……"刘月季说："一样的。苇婷妹妹，我要讲一句会惹你心酸的话。我虽跟匡民离婚了，但我这心就没法离开他，因为他是我那两个孩子的爹。"孟苇婷说："月季大姐，我现在感到真的很对不起你。"刘月季说："你可千万别这么说。我比匡民大六岁，长得又不咋样。是双方的父母把我们硬捏在一起的。要是我俩都是泥巴，那倒是可以捏在一起，和些水就行了。可我是泥巴，他却是块玉，捏不到一块的，再和水也不行，迟早要散的……"孟苇婷说："月季大姐，你讲的这些话，让我感到很羞愧。我是白喝了十几年的墨水了。"刘月季说："我讲的是实话，既然捏不到一块儿，那就散。我心里清楚，匡民是个志向很高的人。今后我还能帮衬他点儿什么，我也感到宽心了。"孟苇婷愧疚地说："月季大姐，我……"刘月季说："苇婷妹妹，你别怨自己。匡民有你，就像玉有了个好托盘，很配的。我呢，有了两个懂事的孩子。那是匡民赐给我的，后来老天又给了我一个漂亮听话的女儿，我真的知足了，你千万别把我的事搁在心里，好好地跟着匡民过……"刘月季眼里含着泪，孟苇婷再也控制不住自己，情不自禁地一把抱住刘月季说："月季大姐，当初我有私心，怕你们会妨碍我和匡民的生活，所以老想动员你们回老家去，现在看来，我错了，月季大姐请你原谅我。"她感动得泪流满面。刘月季说："我不是说过了吗，舌头和牙齿也有磕磕碰碰的时候，但总是相互帮衬的时候多。好了，不提那事了……"

　　在帐篷里，钟匡民和郭文云相对坐在一张简陋的办公桌前。办公桌上有一架老式电话机。

　　郭文云刚看完一份公函，拍拍公函说："老钟，这件事你怎么看？"钟匡民说："师里把程世昌他们的勘察小组归属到我们团，这是件好事嘛。"郭文云说："对我们团来说当然是件好事。但把程世昌划归到我们团，你不觉得里面还有一层意思吗？"钟匡民说："我没看出还有什么别的意思。"郭文云说："老钟啊，你的政治敏锐性太差了。程世昌是个工程技术人员是吧？师里不也很短缺吗？让他在这儿工作上一段时间再回去不也行吗？为什么要归属到我们团来？"钟匡民说："你说是为什么？"郭文云说："我们对这些旧知识分子的政策是什么？利用，改造。把他从师里下放到团里来。是为了让他更好地接受改造！"钟匡民摇摇头说："我不这么看！我只是认为师里考虑到这样做便于工作，便于领导，便于协调。"郭文云说："老钟啊，你的思想有点右啊！"

第七章

孟苇婷洗好澡。刘月季帮着她穿好衣服,扶她上床。

刘月季说:"你好好休息,我走了,你要当心点,要有啥事,你让人来叫我,我看匡民忙得昏天黑地的,恐怕也顾不上你。再说他这个人……"

孟苇婷已有同感了,眼圈也有点红。

钟匡民和郭文云仍在帐篷里争吵着。

郭文云说:"钟匡民同志,你坚持要把团直单位设在这儿,最后我尊重了你的意见。因为你是团长,但在用人的原则问题上,我决不会退让。"钟匡民说:"你的意见我不是不考虑。但现在正是用人之际。既然上级把程世昌他们的勘探小组归属到我们团,那我们就要充分调动他们的积极性,做到用人不疑,疑人不用。就要放手让他们工作。"郭文云说:"我讲的是程世昌这个人,不是讲他们整个小组。由他来当组长我不同意,因为程世昌这个人身上的毛病太多,臭知识分子的味道太重,很难合作,也很难领导。"钟匡民说:"那组长你想让谁去当?"

郭文云说:"王朝刚,要用,就要用我们自己人,用我们信得过的人。"钟匡民想了想,看看表。夜已经很深了,他叹了口气说:"那这件事,还是提交党委会上定吧。"

帐篷外,突然哗哗地下起雨来,伴随着闪电与雷鸣。

郭文云说:"这么件小事,还用得着提到党委会上去定吗?我看这事就这样定了吧。"钟匡民说:"王朝刚不懂业务。组长还是由程世昌担任,王朝刚可以去当副组长,勘探组现在的任务太重,我们还要往里再增加几个人。"郭文云说:"老钟,我看你这样下去,会犯大错误的。"钟匡民说:"老郭,孟苇婷这两天就要生了,我不能老把她一个人撂在家里不管啊。我走了,你要不想上党委会,那事就这么定。要是你不同意,就上党委会。像程世昌这样的知识分子,我们一定要信任,要重用,要充分发挥他们的作用,这也是原则问题!他们身上的缺点是可以批评教育的,要不,要我们领导干什么?"郭文云很不情愿但又感到自己也不怎么理直气壮,于是叹口气说:"好吧,这次再按你的意思办。不过把王朝刚调进去当副组长,这是你说的。"钟匡民说:"行。就这么定吧。"

天刚亮,程世昌、小王、小张就已在河边测绘着土地。

由于下了一夜的雨,涨高的河水在翻滚着浪花。钟杨赶着毛驴车来到河边打水。车后跟着钟柳和刚出生不久的那头小毛驴。

钟杨专注地在河边打水。钟柳追着小毛驴在河边玩耍着。钟柳在河滩上拾着花花绿绿的卵石。钟柳看到清澈的河水中有一块很漂亮的卵石,她就往河水里走,河水虽浅,但很急。钟柳一下被冲倒了。钟柳喊:"哥……"钟柳被水流冲得翻滚着。钟杨扔下桶追上去,但他不识水性,不知如何是好只是喊:"救人哪……"

钟柳在河水里翻滚。钟杨急得哭喊着"救人啊……救人啊……"河边上,程世昌听到喊声,看到被水流冲得翻滚着的钟柳。程世昌识水性,毫不犹豫地冲入河中,河水只到胯间,他在河中翻滚几下,把钟柳拦腰抱住。小王和小张也冲入河中,把程世昌和钟柳接上岸来。钟柳趴在草地上,连吐了几口水,这才哇地哭出声来。钟杨毕恭毕敬地朝程世昌他们鞠了个躬说:"叔叔,谢谢你们。"程世昌看着钟柳,似乎又感觉到什么。他看看钟柳的脖子,但脖子上没挂什么东西,他惆怅而失望地叹口气。然后自嘲地笑笑,心里想:我太荒唐了,怎么又会有这种想头?程世昌摸着钟柳的脸,疼爱地说:"小妹妹,以后千万别再到河里玩,多危险哪。"钟柳哭着点点头。

伙房外,刘月季开垦出来的那块菜地已是一片翠绿。钟杨赶着毛驴车到菜地,浑身还是湿漉漉的钟柳坐在车上。刘月季吃惊地看着他们。钟匡民和郭文云扛着工具往开荒工地走。

郭文云说:"老钟,王朝刚要去当勘察组副组长,我身边可没人了。你得再给我配个通信员吧?"钟匡民说:"你看上谁就定谁吧。"郭文云说:"这话可是你说的噢。"钟匡民说:"你一定看上谁了吧?"郭文云说:"对,我看上了,就是你儿子,钟槐。"钟匡民吃惊地说:"老郭,你不是在开玩笑吧?"郭文云说:"这有什么好开玩笑的?"钟匡民说:"不行!"郭文云说:"为啥?"钟匡民说:"第一,得让他好好地多多地锻炼锻炼,第二,我怕你在这中间有阴谋。"郭文云说:"有什么阴谋?"钟匡民说:"钟槐是我儿子,而且你心里也清楚,他跟我这个爹为我跟他娘离婚的事正在跟我闹对抗呢。你把他拉到身边去当通信员,是什么意思?而且我俩之间也总磕磕碰碰的。我能不起疑心吗?何况上次我就请求过你,别搅和我家里的事。"郭文云说:"老钟啊老钟,你心里的弯弯道就是多啊。小人之心。我郭文云可不是那种人,我是喜欢这孩子,忠厚,肯干,耿直,心里想什么,嘴里就说什么!没有你肚子的那些弯弯道。至于你的那些狗屁理由,都不存在!我是团政委,给自己挑个通信员的权总有吧。"钟匡民说:"那你还跟我商量什么?"郭文云说:"团长与政委,相互之间总得通个气,打个招呼嘛。你说呢?你不能老跟我唱反调吧?"钟匡民无奈地笑着摇摇头,默认了。

河边。刘月季领着钟杨、钟柳一起走到程世昌跟前。刘月季对程世昌说:"这位同志,谢谢你救了我女儿,你就是我女儿的救命恩人。我怎么谢你呢?我给你磕个头吧。"刘月季说着要跪下。程世昌一把拉住她,说:"大姐,你千万别这样。河不深,就是水急了点。这没什么,不值得你这么谢。"刘月季说:"这女儿是我心尖尖上的肉,咋谢你都不过分。"程世昌说:"你女儿,长得真是太可爱了。"刘月季一笑说:"那就让我女儿认你当干爹吧?"程世昌高兴地说:"那好啊!"刘月季说:"钟柳,来,叫干爹。"钟柳喊:"干爹。"程世昌搂住钟柳说:"你叫钟柳,是吗?"钟柳说:"是。"程世昌想到了自己的女儿,眼里顿时涌满了泪水。他抹去泪水说:"我今天认了这么个干女儿,真是老天有眼啊!太让我激动了。"

凌晨。孟苇婷的地窝子。孟苇婷在痛苦地分娩,女卫生员小郑守在床边。钟匡民看看表说:"苇婷,我得上工地去了。"孟苇婷说:"匡民,你能不能再陪我一会儿?"钟匡民看看卫生员小郑说:"有小郑陪着你就行了。我守在这儿也帮不上你忙,何况我是个团长,开荒造田的任务又这么重。我得走了。"孟苇婷乞求地说:"匡民……"钟匡民一面走一面回头说:"小郑,请你多操点心。"小郑说:"团长,你放心吧。"

钟匡民走出地窝子。孟苇婷看着钟匡民出去,那眼神是痛苦、埋怨而无奈的。

橘红色的朝霞布满天空。地窝子里传出了婴儿的啼哭声,在荒原的上空回荡。这是第一个在这片亘古荒原上出生的孩子。孟苇婷在痛苦过后也绽开了笑脸。从地窝子天窗射进的阳光映在了她的脸上,也映在刚出生的婴儿的脸上。

小郑脸上也绽放着灿烂的笑容,说:"孟大姐,是个女孩。"小郑在给孩子擦洗。孟苇婷看着婴儿,疲惫的脸上的笑容变得那样的舒展与幸福。

刘月季正在烧水。小郑挑着桶走了过来。小郑说:"月季大姐,孟大姐生了,是个女孩。"刘月季笑了笑说:"好啊。"但她似乎想到了什么,脸上充满了担忧,她摇摇头,往炉里加了把柴。

开荒工地上。郭文云有意与钟槐同挖一棵枯树。钟槐说:"郭伯伯,还是让我干活吧,通信员这工作我可干不了。"郭文云说:"为啥?"钟槐说:"我不大会伺候人。"郭文云说:"这事我已经征求过你爹,他同意了。"钟槐说:

"他同意跟我有啥关系啊?"郭文云说:"他是团长啊,而且又是你爹,让你当我的通信员,我当然要征求他的意见了。"钟槐说:"我只认他是团长,但爹,我不认,他也同意了。"郭文云说:"你这小子!咋这么倔,不过我就喜欢你这脾性!所以我才要让你当我的通信员。这是组织命令,你得服从!"

　　程世昌夹着一卷图纸,急匆匆地走进帐篷。他看到钟匡民刚放下电话。程世昌犹豫地看看钟匡民。钟匡民看着程世昌说:"程技术员,你找我有事?"程世昌点点头。钟匡民说:"有什么事就说。"程世昌说:"有件事,我不知道该不该向你汇报。"钟匡民说:"是什么事?"程世昌:"……"钟匡民说:"怎么,有顾虑?"程世昌说:"是……因为这件事我不知道该怎么向你汇报才好。"钟匡民说:"是私事还是公事?"程世昌说:"公事,是规划上的事。"钟匡民说:"那就直说。"程世昌说:"事情是这样,当时大部队到后,为了尽快让大家可以投入到开荒造田的工作中去,所以我们在测绘时,只是考虑到局部,当然,当时郭政委的要求也是对的,不能让大部队全窝在那儿不动。但从现在我们测绘到的较全面的地貌看,发现我们已经开垦出来的这片土地,曾经受到过多次洪水的冲击,地势也有些低洼。虽然这些年没有出现过洪水的侵蚀,但以后会不会有,说不准。因此我想……"钟匡民卷起图纸果断地说:"走,到现场去看。"

　　展现在眼前的是已用拖拉机平整好的大片新开垦出来的土地。钟匡民把图纸铺开在地上,对照着地形在看。程世昌说:"从地貌上看,洪水是从西北面冲下来的。"西北方向,可以看到连绵的雪山。钟匡民说:"程技术员,你的意见呢?"程世昌说:"得赶快修条泄洪渠。"钟匡民说:"工程量有多大,需要多少劳力?"程世昌说:"如果现有的劳力全部上,也得几个月。"钟匡民发愁地长叹口气说:"那上级交给我们开荒的任务就根本完不成了。今年种不上冬小麦,明年我们全团就得喝西北风了。"程世昌说:"钟团长,现在我不知道该说什么好。"钟匡民说:"怎么?"程世昌说:"当初,如果拖上十几天,把地形全部勘察完成后,再确定开荒地点,恐怕就会避免这种情况。"钟匡民说:"如果当时把大部队整个窝在荒原上十几天,作为我,我也不会干。你想想,如果你处在我们当领导的位置上会是个什么感觉？当时为了尽快投入开荒，也只能这么摸着石头过河，郭政委当时的决定没有错，你们做得也没错。这样吧，你把泄洪渠设计出来，我们再议。目前撂下开荒去修渠，显然不合适。但这泄洪渠，迟早有一天总要修的。这事，我还要同郭政委通一下气。"程世昌说："那好吧，我会尽快拿出设计方案的。"

新开垦的土地上，钟匡民和郭文云站在地边。拖拉机在轰隆隆地响着。郭文云气恼地说："程世昌他说那些话是什么意思？按他的话说，我们干到现在都是白干？洪水一来，全完蛋！也等于说，我要求提早开荒，也错了。"钟匡民说："老郭，你看你，又往歪里想人家。作为技术员，他这么提醒我们是对的。让我们早有准备，不要到时措手不及，这是未雨绸缪嘛！"郭文云说："那也只有这样了。不过那个程世昌，他做的事总让人心里不顺，咋想就咋别扭。哎，老钟，我还要告诉你一件事，有人向我汇报说，月季大姐让你女儿钟柳认程世昌做干爹了。"钟匡民说："为啥？"郭文云说："听说你女儿掉进小河里，是程世昌把她捞了上来。这么点小事，值得认干爹吗？你是共产党的一团之长，同这样一个旧知识分子认了干亲，这可是原则问题，你得处理好！"

烟雾弥漫的开荒工地，有几棵枯树簇拥在一起。郭文云、钟槐等几个人在挖那一簇枯树。一棵腐朽的枯树突然倒了，郭文云躲闪不及，一条腿被压在树下。钟槐用力把树搬开，他扶郭文云站起来，但郭文云还没有站住，哎哟一声，又跌倒了。钟槐二话不说，背起郭文云就往营地跑。

郭文云说："钟槐，你这是干啥？"钟槐说："去卫生队。"郭文云说："我没事儿。"钟槐说："站都站不住了，还说没事儿。"郭文云说："钟槐，把我放下，要去我自己去！"钟槐说："不行！"郭文云说："为啥？"钟槐一副憨憨的认真的样子说："你不是代表组织下命令了嘛。"郭文云说："啥命令？"钟槐说："让我当你的通信员呀。"

郭文云在钟槐背上忍着疼痛，却满意地笑了。一个帐篷门前插着杆红十字旗。钟槐把郭文云背进帐篷。郭文云朝钟槐满意地挥挥手说："你干活去吧。"

　　卫生队帐篷里,护士正在医生的指导下为郭文云包扎腿。郭文云说:"没伤着骨头吧?"医生说:"没有。只是有些瘀血,休息两天吧。"郭文云说:"大家都豁出命在干活,我能休息? 轻伤不下火线,我就得带这个头。"郭文云瘸着腿走出帐篷。医生说:"那你晚上来换药。"

　　在孟苇婷的地窝子里,婴儿怎么也吮不出奶来,啼哭得越来越凶。孟苇婷又是心疼又是焦急,泪水直流。小郑端着碗盐水煮的囫囵麦子进来说:"孟大姐,吃饭吧。"孟苇婷看着那碗囫囵麦子,伤心地哭起来,越哭越伤心。小郑说:"孟大姐,你咋啦?"孟苇婷说:"每天都吃这个,我没奶水。"婴儿的嗓子都哭哑了,但还是一个劲地嗷。小郑说:"这怎么办呢? 我去找钟团长去。"孟苇婷赌气地说:"你别去找,找也没用。现在他除了工作外,没别的。"

　　孟苇婷坐在床上搂着婴儿。婴儿已哭不出声了。孟苇婷喊:"孩子! 孩子! ……"孟苇婷啼哭起来。小郑说:"我还是去找钟团长吧!"

　　新开垦出来的土地离河边不远。河边插着标杆。钟匡民和程世昌坐在河边抽着烟。钟匡民说:"程技术员,我特地找你,是有一件私事我想同你商量一下。"程世昌说:"钟团长,你说吧。"钟匡民说:"我听说,你救了我女儿。我女儿还认你当了干爹?"程世昌说:"是。"钟匡民说:"程技术员,你救了我女儿,我真的很感激你。但你这干爹,还是不要认吧。"程世昌说:"怎么了?"钟匡民说:"我们共产党人不兴这个。"程世昌说:"我真的很喜欢你女儿。"钟匡民说:"程技术员,你们测绘小组划归到我们团了,你又是测绘小组的组长,如果我俩有了这层干亲的关系,在我支持你工作时,我就会很被动,别人也就有闲话。这对工作很不利。你看呢?"程世昌说:"可月季大姐那面……"钟匡民说:"她的工作我来做。我前妻是个农村妇女,在政治上是很不成熟的。这事就这样吧,希望你能谅解。"程世昌说:"钟团长,你太客气了。你是当领导的,考虑问题比我们全面。我理解你的意思了。行,这干女儿我不认了。"但他的脸却是灰灰的。

　　伙房里,刘月季正在添柴烧水。钟匡民捧了一捆柴放到刘月季的身边。对钟匡民的这一表现,刘月季感到很奇怪。她看看钟匡民。钟匡民说:"月季,有件事我想同你谈一谈。"刘月季说:"啥事?"钟匡民气恼地说:"月季,以后你再也不要把你农村里那套封建的东西搬到部队里来好不好？什么干爹干娘的！部队里不兴这一套！"刘月季不服地说："怎么啦，人家救了钟柳的命，而且喜欢钟柳。"钟匡民说："你这样做，会给我添麻烦的，你知道不知道！他现在是我的下属，老郭对他很有看法。如果有了这层干亲的关系，我就没法公开地帮他说话，这会影响我们的工作的。"刘月季说："咱俩已经分开了，你有你的家，我有我的家！是我让钟柳认程世昌当干爹的。要说关系，是我同程技术员之间的关系，跟你不相干，你担忧什么！"钟匡民说："可她叫钟柳，名义上也是我的女儿！……"

小郑气喘吁吁地奔了过来，说："钟团长，我到处找你都找不到。你快回去看看吧。"钟匡民说："怎么啦？"小郑说："小孩饿得直哭，孟大姐又没奶。"钟匡民说："怎么回事？"

刘月季马上明白了，说："整天吃盐水煮麦子，她哪会有奶？一个当团长的，就没想到怎么给大家改善一下伙食。钟槐这些天就瘦了一大圈！像这样的大事你不操心，却来操心钟柳认干爹这种小事！"

钟匡民气恼地说："现在我不跟你说！"站起来就往回走。钟匡民走进地窝子。孟苇婷在哭，婴儿也在干哭。钟匡民说："怎么啦？"孟苇婷说："孩子要吃奶。"钟匡民说："那你喂呀。"孟苇婷说："我没奶，咋喂？！"钟匡民说："怎么会没奶？"孟苇婷说："整天吃这种水煮麦，我自己人都撑不住了，哪里会有奶水！"钟匡民也感到束手无策，抱怨地说："我不是早跟你说过等生完孩子再来，可你偏不听！"孟苇婷说："我也没想到会是这样！"钟匡民说："要不……"孟苇婷说："怎么？"钟匡民说："你回城去！"孟苇婷说："那得走几天几夜的路，孩子不早饿死了！"孟苇婷号哭起来。打起仗来天不怕地不怕的钟匡民，这时却也一筹莫展了。

河边。程世昌和小王、小张继续测绘着土地。钟杨在河边打水。钟柳在荒野上摘了一束野花，跳跳蹦蹦地走到程世昌身边，喊："干爹，这给你。"程世昌接过鲜花说："钟柳，谢谢你。不过钟柳，以后千万别再叫我干爹了，就叫程叔叔吧。"钟柳说："为啥？"程世昌伤感地说："不为啥。就叫程叔叔，啊?"程世昌情不自禁地在钟柳脸上亲了一下,说:"其实程叔叔也好想认你这个干女儿啊。"

钟柳疑惑地看着程世昌。钟杨和钟柳一起赶着毛驴车拉水往回走。钟柳说:"哥,程叔叔为啥不让我叫他干爹了?"钟杨说:"这我咋知道!"钟柳说:"你为啥不知道?"钟杨说:"我就是不知道嘛。你回去问娘去,说不定娘知道。"钟杨赶着毛驴车拉着水来到炉灶旁。钟柳与那头小毛驴也玩耍着走了过来。钟杨说:"娘,我拉水回来了。"

小毛驴跳跳蹦蹦奔到母毛驴跟前,把嘴伸向母毛驴的肚下想吃奶。刘月季突然喊:"钟杨,你赶快把小毛驴赶开。"钟杨说:"干吗?"刘月季说:"叫你赶开就赶开!"钟杨上去,一把把小毛驴拉开。刘月季扔给钟杨一根粗绳,说:"把小毛驴拴起来。"钟杨瞪着母亲看,满脸疑惑,说:"娘,你是要干啥呀?"刘月季说:"叫你拴你就拴,快!"钟杨把小毛驴用绳子套上后,小毛驴急得乱蹦乱跳。

钟杨可怜小毛驴说:"娘,你这是干啥嘛?"刘月季说:"你把小毛驴给我拴牢就行了!"

刘月季拿了只搪瓷缸子,走到母毛驴跟前,蹲下身子去挤毛驴奶。毛驴还套在车上,吃惊地往后一退,车把把刘月季一下撞倒了。钟杨说:"娘!"赶上去要扶刘月季。刘月季迅速地爬起来说:"钟柳,你看着小毛驴,钟杨,你把母毛驴给我牵住。"钟杨把小毛驴拴在木桩上。钟柳在边上看着。钟杨拉着母毛驴的绳套,刘月季继续挤扔。

钟杨说:"娘,你这是干啥?"刘月季说:"你孟阿姨给你们生了个小妹妹,可没奶吃。钟杨。"钟杨说:"啊?"刘月季说:"这两天你帮娘办一件事。"钟杨说:"啥事?"刘月季说:"去逮一只野兔或者野鸡什么的。"钟杨说:"那好吧。娘,小妹妹叫啥名字啊?"刘月季说:"恐怕还没起吧。"钟杨:"娘,我给小妹妹起个名吧。"刘月季说:"叫啥?"钟杨:"让她叫钟桃。桃树呀。哥叫钟槐,我叫钟杨,妹叫钟柳,小妹妹叫钟桃,咱们家像个森林了。"刘月季说:"这名好是好,但那得由你爹和孟阿姨定。"

孟苇婷还在地窝子里哭。钟匡民气恼地说:"你别哭了好不好? 哭能解决什么问题!"孟苇婷给激怒了说:"你是当团长的,你给我解决问题呀!"钟匡民说:"这是你们女人的事,我咋给你解决?"孟苇婷撕心裂肺地喊:"那你就看着女儿这么饿死!"钟匡民也心急如焚,不知怎么办好,说:"我去卫生队看看有什么办法。"孟苇婷说:"去卫生队有啥用? 孩子要吃的是奶,不是药!"

地窝子外传来敲门声,刘月季端着一缸冒着热气的奶走了进来。钟匡民、孟苇婷吃惊地看着刘月季。刘月季说:"有奶瓶吗?"孟苇婷说:"有。"刘月季把茶缸里的奶倒进奶瓶里。刘月季从孟苇婷的怀里接过还在啼哭的婴儿,把奶嘴塞进婴儿的嘴里。婴儿大口地吮着奶,不哭了。

孟苇婷、钟匡民如释重负地舒了一口气。孟苇婷说:"月季大姐,你哪弄来的奶?"刘月季说:"驴奶。我们那头毛驴前两天生崽了。现在这条件,也顾不上讲究什么了,只要孩子能活下来就行!"孟苇婷心酸地说:"月季大姐……"刘月季说:"就这样吧,这几天,我让钟柳把奶给你送来。先救救急,以后再慢慢地想办法吧。匡民,孩子还没起名吧?"钟匡民说:"没哪。"刘月季说:"钟杨可给她起了个名。"钟匡民说:"起了个啥名?"刘月季说:"钟桃。"

清晨,霞光万道。刘月季在挤着驴奶,毛驴很服帖地站着,不时地晃动着长耳朵。钟柳站在她边上,很有兴致地看着刘月季挤奶。

钟柳说:"娘,那个程叔叔不让我再叫他干爹了。"刘月季说:"为啥?"钟柳说:"不知道,他只是说,让我不要再这么叫他了。娘,你知道这是为啥呀?"

刘月季叹了口气,沉思了一下,说:"娘也不知道,这样吧,平时不叫也行,但在他身边没人的时候,你还叫他干爹。你说,这是我娘要我这么叫的。他救过你的命,这点你不能忘记,知道了吗?"钟柳点点头。

刘月季把挤满奶的茶缸递给钟柳:"去,给孟阿姨送去。叫她自己把奶煮一煮。"钟柳点头说:"噢。"

第八章

　　程世昌疲惫地拿着一个盆来到刘月季烧水的伙房打水。刘月季往炉里加了几把柴说："程技术员,我想同你说几句话,行不?"刘月季和程世昌坐在田埂上。刘月季说："程技术员,钟匡民找你谈过话啦?"程世昌说："是。"刘月季说："程技术员,我和钟匡民的关系你知道吧?"程世昌点点头。

　　刘月季说："正因为我是钟匡民的前妻,是他孩子们的娘,如果没有这一层关系,我让钟柳叫你干爹,谁反对我都不会听。但就因为有这一层关系,所以钟匡民所顾虑的那些事就不能不考虑。"程世昌说："月季大姐,我觉得钟团长考虑得对。我这干爹不叫就不叫了吧。不过月季大姐,我也跟你说句实话吧。我心里也真是憋闷得慌,我程世昌到底咋啦? 我是师里张政委把我请到团里来的,我又不是什么坏人,干吗要这么看我? 尤其是郭政委,他那对我不信任的态度,真让人受不了! 我不就是在旧社会上过几年大学嘛。"刘月季说："程技术员,我是个农村妇女,政治上的事我不懂。但我觉得你是个好人,所以我对钟柳说了,在没别人的时候,见了你,还是叫干爹,人家的救命之恩咋也不能忘!程技术员,这就是我要对你说的话!"程世昌突然变得激动起来,含着泪说:"月季大姐,谢谢你能这么看我!"

在新开垦出来的荒土地前,钟匡民卷起图纸对郭文云说:"如果秋天我们播上冬小麦后,真要遇到了洪水怎么办?"郭文云气恼地说:"这情况程世昌为啥不早点讲?弄到现在才讲?"钟匡民说:"这点你应该比我清楚。当时部队为了能及早地投入开荒,只做了局部的测绘,人马就上去了。现在整个地形都测绘完了,这问题才被发现。"郭文云说:"看来,程世昌这家伙把这事的责任全推到我身上了。他的报复心理可真够强的啊!"钟匡民说:"他没有把责任推到你身上,他只是把情况如实地反映了。"郭文云恼怒地说:"他是在哄鬼呢!"钟匡民说:"那我就是鬼了?"郭文云说:"我就觉得你老钟脑袋里少根弦,少了根政治上的弦。在我看来,他以前不说是因为他还没划归到我们团来,将来测绘一结束,他屁股一拍就可以溜号,现在划归到我们团了,真出了事,他就跑不了了,所以才把这事兜出来的!"钟匡民不以为然地摇摇头说:"你把这事想得太复杂了。你太不相信人了,我还是相信他自己的解释,当时急于找到立即可开垦的荒地,从整个地形地势上,我们忽视了。"郭文云说:"我才不信他的这种说法呢!老实说,从一开始我就不喜欢这个人。老是以为自己很懂行的样子,尾巴翘得老高的,根本就没把我们放在眼里!"钟匡民说:"老郭,你这是在用有色眼镜看人哪,我看他在工作上还是很认真负责的。他是个很有责任感的知识分子。"郭文云说:"你才是在用有色眼镜看他呢,所以看不到人的本质!我看这家伙,本质就有问题,我看了他的档案,出身不好不说,社会关系也极其复杂。"钟匡民说:"现在表现不还可以嘛。"

河边,钟杨打完水,躲在水车后面,手中捏着根粗短的棍子。

两只野兔一前一后地在水车前跳跳停停。钟杨瞄准着前面的一只,短棍飞了出去,棍子刚好砸到野兔的头上。野兔蹬蹬腿,便不动了。

钟杨得意地抓起野兔看看。兔子的鼻子流着血,钟杨又伤感地叹了口气。自语着说："嗨,你这家伙,别仇恨我,我得让你为我小妹妹去做点贡献,抱歉了啊。"

太阳升得很高了。钟杨赶着装满水的小车来到炉灶旁。刘月季因为钟杨送水有点晚,眼中流露出抱怨,但看到他手上拎着只刚被打死的野兔,心里就明白了,脸上露出笑容,对儿子的聪明能干表示满意。

钟杨说："娘,给。"刘月季说："你怎么弄到的?"钟杨说："它从我脚边跳过去时,我一棒子砸过去,它蹬蹬腿就没气了。"钟杨脸上露着不忍说："娘,你要野兔干吗?"刘月季说："为了让你钟桃妹妹有奶吃。"钟杨说："爹同意小妹妹叫钟桃了?"刘月季说："你爹说,钟杨起的这名字不错,就叫钟桃吧。将来咱们农场建的果园里,也要种上桃树,一到春天,就会开满桃花。这事过不了两年,就可以实现的。"钟杨笑得既得意又灿烂。

夕阳西斜。钟杨又赶着水车来到炉灶前,手上拎着大小不一的一长串鱼。

钟杨说："娘,给。"刘月季惊喜地说："哟,全是鲫鱼。这吃了是能下奶,哪儿弄的?"钟杨更得意地说："河边上有个小池塘,里面全是鱼,我下到池塘里,鱼就在我的小腿上乱碰。"刘月季说："我让张班长也去弄点来,好给战士们改善伙食。"

中午,钟杨赶着水车回来,手中拎着只野鸡递给刘月季。

郭文云和程世昌都拿着暖瓶朝刘月季烧水的地方走来。两人虽然刚开完会,但依然在争论着。程世昌："郭政委,你怎么批评我都行,我没意见,但有些事我想说明白我还要说明白。当时我提出,再等十五天,我就可以初步把这儿整个地形的概况告诉你,如果那样的话,就不可能出现现在这种情况。"郭文云说："这条防洪渠一定要修吗?"程世昌说："对!我在会上已经说了。"郭文云说："如果暂时不修呢?"程世昌说："入冬前一定得修。"郭文云说："我们全部劳力上,得干一个多月,是吗?"程世昌说："是。"郭文云说："你知道这一个多月我们可以多开多少荒地吗?"程世昌说："知道。但如果不修,洪水一来,就可能把我们已开出的农田和马上要种下的冬麦全部淹没。那我们今年辛辛苦苦干了一年的活儿就等于白干了。"郭文云恼怒地说："如果这样,我首先就要处分你!"程世昌说:"处分我一个不要紧。但这开垦出的大片土地和种下去的庄稼所造成的损失光处分我一个就可以弥补了?郭政委,你对我的话一直就持怀疑态度,你根本就不信任我!"郭文云说:"对,你没说错!"程世昌说:"郭政委,我虽是个旧知识分子,但我可以坦诚地告诉你,我是爱国的!我是愿意干社会主义的。我这么辛辛苦苦白天黑夜地在荒原上奔波,我是为了什么?不是在为国家做贡献吗?"郭文云说:"路遥知马力,日久见人心。看人我们不能只看他的一事一时,而是要看长久!"程世昌没再说什么,只是打了开水拎着暖瓶走了。

郭文云和程世昌的争论刘月季听到了。刘月季走上来替郭文云打开水,说:"郭政委,你咋对程技术员这么说话!"郭文云说:"他和我们不是同路人。"刘月季说:"咋不是同路人?他在这儿这么辛苦地干活,不是为我们在干那他在为谁干?我看这个人蛮不错的。"郭文云说:"月季大姐,咋回事?你怎么跟老钟一个样,脑子里少根弦啊。我听说,你还让你女儿认他做干爹?"刘月季说:"对,有这事,后来老钟不让认了,那就不认。可我不知道你说的我脑子少了根啥弦。我是个农村妇女,你们政治上的事我不懂,可我觉得程技术员这个人不错。工作上很认真,也很辛苦,他还救了我女儿,在我眼里他是个好人。"郭文云说:"这个人不但成分高,社会关系也很复杂,又是个旧社会出来的大学生。这个问题我这个当团领导的得考虑,月季大姐,你也不能不考虑哦。"刘月季说:"哪朝哪代都有坏人也都有好人。成分高,旧社会出来的大学生就一定是坏人?成分低不识字的就没坏人了?关键要看人,看他做了些啥。不能凭你说的那些个东西来定什么好人坏人。"郭文云说:"月季大姐,你这话说得可出原则哦!"刘月季说:"自古以来,人人都是这么看的,啥原则不原则的。"郭文云无奈地苦笑着摇摇头说:"月季大姐,你啊……"

钟匡民也过来打水,刚才的话他听到了几句。钟匡民抱怨地对刘月季说:"你刚才跟老郭说了些什么!不懂的事你不要胡说。"刘月季说:"我只是说了几句我想说的话!以后你们的开水,不用你们的警卫员打,也不用你们自己打,我来给你们打。你看看,战士们还在地里干活,你们开完会都自己跑来打开水,把开会的事弄到我这儿来说。我又不能装哑巴,我说了几句自己的想法,你又过来抱怨。"钟匡民说:"行了,行了,烧你的水吧!"

入夜,孟苇婷的地窝子里。孟苇婷搂着婴儿在喂奶。钟匡民回到家中,看到婴儿在香香地吮着孟苇婷的奶。钟匡民说:"怎么?你有奶了?"孟苇婷说:"那得感谢月季大姐还有钟杨、钟柳。钟杨弄来了野兔、野鸡,还有鱼。每天月季大姐熬好了让钟柳给我送来。没有他们,这孩子恐怕就活不下来了。"说着泪涟涟的:"唉,当初要是按我们的意思,让他们回老家去,我们这小钟桃可活不成了……"钟匡民沉思一会,内疚地摇了摇头说:"没想到啊。钟杨这孩子将来会有出息的。我得想办法把他送到县城的学校去学习,要是把他耽搁了真是可惜了。"孟苇婷说:"那钟柳呢?这孩子长得越来越漂亮了。唉,可怜的孩子!"钟匡民说:"我把她一起送去上学。"

伙房后面那片菜地的大白菜已长得很旺盛。菜地四周的荒原已显出初秋的迹象。钟匡民站在地边上与刘月季说话。刘月季说:"你当爹的能想到这点,就是个当爹的样子了。县城那边的学校你已经联系好了?"钟匡民说:"联系好了,学校这两天就要开学了。我明天就想把他俩送过去。"刘月季说:"这就好。"钟匡民说:"他俩在哪儿?"刘月季说:"抽空帮着割苇子去了。"

苇湖一望无际。钟匡民来到苇湖边。见到小秦,钟匡民说:"你见到钟杨没有?"小秦说:"在里面帮着割苇子呢。"朝里喊:"钟杨,你爹找你呢。"

芦苇挤出一条线。满脸满身涂满泥浆的钟杨钻了出来,后面跟着也是全身涂满泥浆的钟柳。像两个泥人,只有眼睛是鲜活的。

钟匡民生气地说:"你们这是干啥?图好玩?钟柳,你个女孩子家怎么也跟着学?"钟匡民边说边劈劈啪啪地打着脸上脖子上成群叮上来的蚊子。钟杨说:"爹,我这是防蚊子咬呢。"

结果苇湖里钻出来的全是泥人。一战士说:"团长,你儿子想出这办法好啊,不然苇子没割成,蚊子就把我们吃了。"钟匡民有点哭笑不得地对钟杨、钟柳说:"回去,好好洗一洗。让你娘给你俩都做个书包,明天爹让小秦送你们到县城上学去!"

第二天清晨。小秦赶着一辆单匹马拉的马车,跟着钟匡民来到刘月季的地窝子前。钟匡民说:"月季,你们准备好了没有?"刘月季的声音传来:"准备好啦。"随着声音,刘月季拉着穿着一新的钟杨、钟柳走出地窝子。钟匡民说:"上路吧。从这儿到县城有几十里地呢。"刘月季看到程世昌等扛着标杆正准备出工。刘月季:"你们等一等。"刘月季拉着钟柳走到程世昌跟前。刘月季说:"来,钟柳,跟你干爹告个别。"钟柳说:"干爹。"钟柳鞠了个躬。程世昌看到不远处的钟匡民有点不自在。

刘月季说:"钟柳是我的女儿,我就让她这么叫你。钟柳,叫。"钟柳说:"干爹,我今天要上县城上学去了。"程世昌既惶恐又激动,说:"好,好。"想了想,从上衣口袋里拔出一支金笔:"来,给你,程叔叔没啥好送你的,就给你这支金笔吧,去学校后要听老师的话,好好学习,啊?"钟柳看看刘月季。刘月季说:"拿上吧。好好上学,将来要报答你干爹的救命之恩,啊?"钟柳说:"知道了。"程世昌情不自禁地搂着钟柳亲了一下。他突然鼻子一酸,眼泪汪汪的。

刘月季走回来,又拉上钟杨。刘月季说:"走。"钟匡民说:"你又要去哪儿?"刘月季说:"让他俩去给你老婆告个别不行吗?"

孟苇婷抱着两个月大的婴儿从地窝子里走出来。钟杨、钟柳向孟苇婷告别。孟苇婷从口袋里掏出一支钢笔给钟杨。孟苇婷说:"你们去上学的事,昨天我就知道了。钟杨,到学校后,一定要照顾好你妹妹。钟杨、钟柳,我要谢谢你们,不是你娘和你们这么照顾我,钟桃可能活不下来了。"钟匡民说:"快上车吧,路远着呢。"钟杨说:"爹,娘,孟阿姨,我们走了。"

钟杨、钟柳坐上马车。小秦也跳上马车,甩了个响鞭:"驾!"马车叮叮当当地上路了。钟匡民、刘月季、孟苇婷都有些依依不舍地目送着马车消失。

钟匡民有些气恼地跟着刘月季向伙房走去。钟匡民说:"月季,我不知道你这么跟着我,是来跟我作对的还是真想来帮我忙的。"刘月季说:"你说呢?没有我和钟杨,还有钟槐为我买的那头毛驴,钟桃能不能活下来还说不上呢!我说人家程世昌救过钟柳的命,是我让钟柳认他当干爹。既然认了,就不能变,哪能今天认了,明天就不认了,人活在世上能这么不讲信义吗?钟柳是我女儿,你要不认这个女儿,那我就让她改姓刘!"钟匡民感到又气又恼,无奈地说:"刘月季,你让我好为难啊!"

秋风染黄了荒原。营区中间,盖起了一栋平房,团机关就设在这栋平房里。

王朝刚背着个挎包,满面春风,风尘仆仆地走进团部。王朝刚走到政委办公室门口,喊了声报告。里面郭文云说了声进来,王朝刚推门走了进去。郭文云看到是王朝刚,高兴地站起来同他握手。郭文云说:"培训结束啦?"王朝刚说:"结业了,整整三个月的时间,快要把我憋死了。"郭文云说:"你回来就好。回来后就去勘察组工作,程世昌有钟匡民做靠山不太听我话,弄得我的一些想法都实现不了。"王朝刚说:"政委,我在那边听说,钟团长真的要提副师长了。"郭文云说:"真有这事?"王朝刚说:"是,不过还兼任咱们团的团长,升副师长后让他主管瀚海市的基本建设,这样,师部明年下半年就可以搬过来了。"郭文云说:"我说嘛,他坚持要把团部设在瀚海市的边上,就是有野心嘛。说不定张政委事先就给他透了风。"王朝刚说:"钟团长的运气可真好。"郭文云不服地说:"要说呢,能打仗,人也聪明,又有点文化。这是他的长处。可在生活作风上,他在没跟刘月季离婚前,就同孟苇婷勾搭上了,这总不妥当吧?而且思想也有点右,尤其在用人上,缺乏政治原则。好了,不说了,朝刚你在我身边跟了这么些年,我这话只对你说,你要把话传一点出去,我可饶不了你!"王朝刚说:"政委,咋会呢?你那么看重我,我咋会做这种昧良心的事呢?"郭文云说:"唉,钟匡民这家伙真是运道好啊,当团长不到一年,就要升副师长了。"王朝刚看到郭文云心里不服气就劝解道:"政委,钟团长在师部当作战科科长时就是个团职干部,也那么些年了。再说剿匪又有功,又有张政委那一层关系。"郭文云说:"所以俗话说,朝中有人好当官啊。"

郭文云来到团长办公室。钟匡民正坐在办公桌前看地图。郭文云说:"老钟,啊,现在该叫你钟副师长了。"钟匡民说:"还是叫老钟吧。"郭文云说:"你要的基建队的人员我已经组织好了。我让高占斌协理员担任基建队的队长你看怎么样?"钟匡民说:"就他吧。"郭文云说:"那孟苇婷跟不跟你去?"钟匡民说:"她带着这么小的一个婴儿,去了还不够添麻烦的。"郭文云说:

"我怕你离不开老婆。"钟匡民说:"我是这样的人吗?"郭文云说:"那谁知道。"钟匡民说:"你这个老郭啊,整天老婆老婆的,我看你倒是该赶快找一个了。"郭文云说:"那就请你钟副师长为我多操心了。"钟匡民说:"怎么,你想让我给你包办一个?我看你还是自己找吧。包办婚姻的苦水我可是喝够了。"郭文云说:"怎么,刘月季不好吗?我看包办上这么个老婆,那是男人一辈子的福气。老钟,你要也能给我包办上这么一个,那我就谢天谢地谢你钟副师长了。"钟匡民说:"刘月季是个好女人。但世上的好女人很多,不见得你都能爱上她们。孟苇婷在好些方面比不上刘月季,但我们却产生了感情。所以感情这东西,是很说不清的。"郭文云说:"你把这事说得太玄了。老钟,你们基建队去瀚海市,谁给你们做饭?"钟匡民说:"你看派谁好?"郭文云一笑?说:"我已经物色好了。"钟匡民说:"谁?"郭文云说:"刘月季。"钟匡民说:"你在开什么玩笑?"郭文云说:"这怎么是开玩笑呢?让她跟着你们是最合适的。顺便还可以照顾你。我再给她配个助手。"钟匡民说:"你这个老郭啊,看上去是个直性子,其实肚子里弯弯道也多得很。不行,她跟我们去不合适。"郭文云说:"那我派不出更好更合适的人了,你自己挑选吧。"钟匡民说:"让炊事班的张班长去吧。"郭文云说:"那团部这几百号人的伙食怎么办?"钟匡民说:"你就再找,刘月季跟着我去绝对不合适?"郭文云说:"她有什么不合适的?"钟匡民说:"因为,她只会给我添乱,她要硬跟你打起仗来,会把你逼得连一点办法都没有!不行,不能让她跟我去!"

钟匡民和郭文云走出办公室,向开荒工地走去。

开荒工地上尘土飞扬。钟槐光着膀子,在用钢钎撬一棵枯朽的大树。他看到钟匡民朝他走来,他用力把大树撬倒,然后转身朝别处走去,显然有意不想再理钟匡民。郭文云看看钟匡民,钟匡民感到很不自在。

郭文云说:"老钟,你是不是把钟槐也带上?"钟匡民说:"他现在不是你的通信员吗?我带上他干啥?让他跟我作对啊?老郭,你干吗老爱搅和我们家的事!我跟我儿子的事已经让我够烦心的了!"郭文云笑着说:"你看你,误解我的意思了吧?我是觉得你们父子关系有点那个。我想让你们多接触接触,这样可以改善一下关系嘛。"钟匡民说:"关系肯定要想办法改善的,但现在不是时候。"说着伤感地叹口气说:"我离开他时,他才两岁,是刘月季把他带大的,他又特别孝顺他娘,看到我跟他娘离了婚,对我当然有看法。还是让他待在你身边当你的通信员吧。我看你俩的关系不错。只要你不在我后院烧火就行。"郭文云说:"我喜欢这孩子,特别忠厚,当然脾气也特犟。"钟匡民说:"你不会利用我儿子同我作对吧?"郭文云说:"这事你放心,你不还是我的团长吗?我干吗要在你后院点火?我会那么缺德吗?哎,你是不是认为我把月季大姐派到你们基建队去当炊事员,也是我想利用她同你作对吧?"钟匡民说:"好了,好了,你把张班长留下,就让刘月季去我们基建大队吧!咱们再上冬麦地去看看。把程世昌和王朝刚也叫上。"

冬麦地里。拖拉机正在新开垦出来的土地上压种冬小麦。钟匡民、郭文云、程世昌、王朝刚站在地边的一个土包上。钟匡民说:"现在我们研究一下麦田防洪的事。程技术员,你谈谈你的看法。"程世昌说:"钟副师长,郭政委,根据我的经验,如果冬天降雪量大,积雪厚,一到开春,冰雪融化时也会发生洪水。我还是那个建议,入冬时,最好修条排洪渠,起码在地边也要筑道防洪堤。"钟匡民说:"那就先筑道防洪堤吧。等有劳力了,再修防洪渠。老郭你看呢?"郭文云说:"你现在是副师长,你说了算!"钟匡民说:"那就这么定了。老郭啊,现在勘察组一共有六个人。我看分成两个组,我们基建队要一个组去,你们这儿留一个组。"郭文云说:"那就程技术员和王朝刚各带一个组吧。程技术员连同小张、小王,原班人马,跟你钟副师长去。王朝刚那个组就留在这儿。"钟匡民说:"我看这样吧,王朝刚跟小张、小王编成一个组,程世昌和另外两位新同志编一个组,这样新老交替,可以经验互补。王朝刚这个组跟我走,程世昌这个组留下。让程技术员他们负责防洪堤的修建。要是开春真的发洪水把麦田淹了,全团就要跟着喝西北风,我和你老郭都要吃不了兜着走了。"郭文云不悦,但又没有更充分的理由来反驳,再加上钟匡民已是副师长了,便敷衍地说:"也行,就这样吧!"钟匡民看了郭文云一眼,笑了笑。

晚上,刘月季的地窝子里。刘月季正在整理行李。钟槐不悦地坐在一边。钟槐说:"娘! 你干吗一定要跟着爹走呀?"刘月季说:"不是跟着你爹走,是跟着基建大队走。这是组织上安排给娘的工作。娘走后,你一定要好好听郭政委的话! 自己也要照顾好自己! 过了年,你就十八岁了,是个大人了,啊?"钟槐说:"娘,我咋也想不通你。郭政委说你一点都没原则性!"刘月季说:"那郭政委为啥要安排我给基建大队去做饭? 钟槐……"刘月季想起了什么,眼里突然涌上了泪。钟槐说:"娘,你咋啦?"刘月季说:"钟槐,今天你又对你爹耍态度了是不? 一想到你对你爹那个样子,娘心里就像刀割的一样。他毕竟是你爹呀!"钟槐说:"娘,他对你这么无情,我干吗要认他这个爹? 我从小就是娘一把屎一把尿抚养大的。他就没尽到当爹的责任! 我们千辛万苦地从老家来到这儿找到他,不到几个月,他就把娘给撇下了,这哪像个当爹当丈夫的样子啊! 这件事我咋都想不通,理不顺!"刘月季说:"钟槐,你这心实的,咋就直得转不成一个弯呢? 离婚的事,娘已经给你说清楚了。不要再怪你爹了。"钟槐说:"娘,你说你说清楚了,但我心里咋也想不通。他跟你已经生下了我和钟杨,他就有责任跟我们生活在一起,就不应该跟那个孟苇婷结婚。娘,你愿意跟爹去,你就跟他去。我没法认他这个爹!"刘月季叹了口气说:"钟槐,你是个好孩子,你这么看你爹,娘也没法说你的不是。不过娘还是求你一件事。"钟槐说:"啥事?"刘月季说:"明天去送送你爹,然后再叫他一声爹,也跟娘道个别,让你爹和你娘痛痛快快地走。这一去,说不定要有好长时间见不上面了。别让你爹和你娘这么牵肠挂肚的,行不?"钟槐说:"娘,今晚我跟政委讲一下,不睡在办公室值班,回家来睡。明天一大早我跟娘道别后再去上班。娘,明天你自己套车,坐着毛驴车走吧。"刘月季说:"这么说,你还是不肯跟你爹道别?"钟槐说:"不想!"刘月季说:"儿子,你要不肯跟你爹道别,不去叫一声爹,你为娘置办的这毛驴车,娘也不用了!"钟槐说:"娘! ……"

深秋的早晨,荒野已是一片枯黄,新开垦的土地上拖拉机仍在播种。郭文云带着钟槐在察看播种进度。

郭文云和钟槐沿着地边匆匆朝营区的方向走去。钟槐说:"政委,你干吗走得那么快?"郭文云说:"去送你爹呀,他带着基建大队今天就出发了。

走快点吧,不然就赶不上了。我不去送,你爹会有想法的。"钟槐突然停住脚步。郭文云说:"咋啦?"钟槐说:"我不去了。"郭文云说:"为啥?他现在可是副师长了。你还不认这个爹?"钟槐说:"他就是当司令员,撇下我娘,我照样不认!我娘是个多好的娘啊!"郭文云说:"行,你小子原则性挺强!"钟槐说:"政委,那我干活去了。"郭文云说:"去吧。"

钟槐向开荒工地走去。突然想起了什么,拔腿直奔伙房。钟槐赶到伙房,看到刘月季不在而木桩上拴着母毛驴,已经长得很大的小毛驴在一边蹦跳着。钟槐急忙解开毛驴,套上小车,赶着毛驴车直奔营地。钟匡民已骑着马,带着队伍,离开营地,走进荒原。

刘月季不但背着行李,还背着口铁锅,行进在队伍中。钟槐赶着毛驴车,追上队伍,追到刘月季身边。钟槐心疼地喊:"娘!"刘月季说:"啥事?"钟槐说:"娘,你坐上车吧。把锅和行李都放在车上,这多累人啊!"刘月季说:"娘说了,你不听娘的话,娘也不要你的这种孝顺。"钟槐哭丧着脸说:"娘,我求你了。"刘月季说:"那你去给你爹告个别,再上去叫声爹。不然,你对我的这份孝心我不领。"钟槐含泪喊:"娘!……"

钟槐含着泪追到钟匡民身边,咬着牙,想了想,喊:"爹。"钟匡民吃惊地看着钟槐,说:"你喊啥?"钟槐说:"爹,娘让我来跟你道个别。"钟匡民激动地跳下马,紧紧地拥抱住了钟槐。钟槐说:"爹,你要照顾好我娘。"钟匡民动情地说:"钟槐,这点你放心,我虽同你娘离婚了,但你娘给我的好处,我是怎么也不会忘记的,你跟着郭政委,要把活儿干好。"钟槐点点头,却说:"不过爹,你撇下我娘的事。我不会原谅你,也没法原谅你!"说着转身跑了。钟匡民很沉重地叹了口气,眼睛也湿润了,自语说:"这孩子!干活能气死牛,可这犟牛脾气却要气死人哪!"

钟槐把刘月季扶上小毛驴车,说:"娘,你一路小心。"刘月季不忍地点点头,她又觉得自己对儿子有点太苛刻了。钟槐目送着他娘和队伍走远,眼中渗出了泪。他舍不得他娘。

深秋的荒原已是一片萧条。夜幕降临。荒原的一个高坡上扎下了几顶帐篷。帐篷外燃着篝火。坐在篝火边的人都穿上了棉大衣,在抵御深秋夜晚的寒冷。大多数人都已歪倒在篝火旁入睡。

　　钟匡民坐在篝火前,抽着烟在沉思。刘月季端了碗汤走到他身旁。刘月季说:"匡民,喝口姜汤御御寒吧。"钟匡民接过碗,点点头说:"月季,你坐,我有话跟你说。"刘月季在篝火旁坐下。钟匡民说:"月季,辛苦你了。"刘月季说:"我小的时候,我爹给我讲,要是男人肯搞事业,女人可以帮衬上一把,那这女人也就是个有出息的女人了。"钟匡民愧疚地说:"月季,我真没想到。自我们结婚后,我一直嫌弃你,连话都不肯跟你讲一句,一直到我参军离家出走。从此以后,我几乎就把你彻底地忘记了。到全国解放了,新中国成立了,因为高兴,我才又想到了你。另外,我也不瞒你,我和莘婷之间有了感情。你和我的事要有个了结,我才能跟莘婷有个结果。所以我才给你写了封短信。这些年来,你对我来说,完全是个陌生人。"刘月季一笑说:"现在呢? 我听说,郭政委这次让我跟你来,开始你也反对,为啥后来又同意了呢?"钟匡民说:"很对不起,我又伤你心了。老郭的用意是什么,我不怎么清楚。但我知道,我如果真不让你跟来的话,会伤你的心的。"刘月季说:"匡民,你开始弄懂我的心事了。咱俩不可能再重新在一起了,这点我很清楚。但我毕竟当过你的妻子,是你两个孩子的娘。所以你能让我帮衬上你一把,我就知足了。我现在也就这么点心愿。"

　　篝火在熊熊燃烧,映红了他俩的脸,他俩眼里都含着泪。

第九章

在离麦田几百米的地方,郭文云、程世昌与战士们一起在挖土修防洪堤。

荒原上,王朝刚与小张、小王在勘察着土地。

钟匡民带着一些人,卷着裤腿,踩着泥浆水走进一片杳无人迹的湿地,在踏勘荒地。

钟匡民亲自动手,王朝刚、小秦等战士一起用树干芦苇撑起了一个半露天的伙房。钟匡民向刘月季说:"还满意吗?"刘月季感到的是另一种温暖,说:"满意! 只要是你为我做的,我都满意!"

天还没有亮,刘月季就起来烧水,她发现芦苇丛中,有一对绿绿的眼睛在闪光。刘月季有些紧张,因为她感到这可能是一只狼,她想叫人,但想到战士们都睡得很沉,不忍叫醒他们,于是继续烧水,不一会儿,那对绿眼睛在芦苇丛中消失。刘月季牵着毛驴,毛驴背上挎着两只木桶,后面跟着的小毛驴已经长得同它母亲差不多大了。刘月季牵着毛驴来到一条小溪边。小溪的边上也是一片扬花的芦苇。清晨那橘黄色的阳光抹在芦梢上。刘月季解下水桶,到溪边舀水。

毛驴突然仰起脖子叫了一声,在草地上蹦跳的小毛驴也突然躲到母驴身边。

一头狼从芦苇丛中蹿出来,那闪着绿光的眼睛盯着刘月季看,刘月季知道可能就是凌晨看到的那只狼,惊慌了一阵后马上便镇定了下来。回身走到母驴身边,拿着空桶准备对付狼的袭击。狼一步一步地越走越近,眼看只有几米了,母驴突然扬了扬脖子,朝狼冲去,然后转过身,甩起后蹄,狼躲闪不及,下颚被踢得垂了下来,而且满嘴的血。狼回头看看他们,钻进芦苇丛里。

刘月季怕狼会引更多的狼过来,急忙打好水后,赶着毛驴快步地往营地走。

当看到帐篷后,刘月季才松了口气。刘月季感叹地摸着毛驴的脖子说:"今天全靠你救了我。钟槐把你请到我们家来,就是来帮咱们家的忙的。咱们家的钟桃也全靠你的奶活了下来。你可是我们家的救命恩人哪。"

第二天凌晨,天还黑沉沉的。刘月季又在加火烧水,钟匡民神色严峻地朝她走来。刘月季说:"匡民,你咋不再睡会儿?"钟匡民说:"月季,听说你昨天遇见狼了?"刘月季说:"你咋知道的?"钟匡民说:"你不是告诉高协理员了吗?"刘月季说:"他嘴倒快,我让他不要告诉你的,怕你会分心。"钟匡民说:"月季,以后去河边打水,让小秦带上枪跟着你去。荒野里正是狼和野猪出没的地方。你要是有个三长两短,钟槐这小子可饶不了我。而且我也没法向孩子们交代。"

刘月季甜蜜地一笑,因为她还从来没听到钟匡民说过这类关怀她的话。刘月季说:"全靠这毛驴救了我。我知道,它是为了保护它的女儿这头小毛驴,才这么奋不顾身的。可毕竟是它救了我啊!"钟匡民笑着拍拍毛驴的脖子说:"嘿,你为我们家立了功,也为开荒造田出了力啦,将来也给你记功啊!"刘月季说:"坐会儿吧。"

钟匡民在刘月季身边坐下,刘月季盯着炉火似乎在回忆着什么。钟匡民说:"月季,你在想什么呢?"刘月季说:"我想起了我进你们家门的那些事。

那时,生活上没啥,但我心里却很苦。现在,生活上这么苦,但我心里却不那么苦了。"钟匡民说:"月季,你为我钟家所做的事,我钟匡民是不会忘记的,我们结婚拜天地那晚上,我那样对待你,到现在我一想起来就感到很对不住你。事情是过去了,但话我却从来没有给你说好的。那时,我并不恨你,而是对包办婚姻不满,对我们老家那种小男人娶大媳妇的恶习不满。结果我却把这种不满宣泄到你身上了,所以我现在要对你说,月季,当时我真的很对不起你。"刘月季眼里含满了泪。钟匡民说:"但是,月季,你也知道感情上的事……"刘月季心酸地说:"我知道,你别再说了! 现在能这样跟你相处,我也知足了!"

雪花飘舞。一道防洪堤蜿蜒于麦田的边上。积雪覆盖在麦田上。防洪堤已修到离麦田很远的地方。

郭文云对程世昌说:"我看防洪堤修到这儿就行了。"程世昌说:"郭政委,这不行。一直要修到大干沟那儿,这样,才能把洪水挡进大干沟里。"郭文云恼火地说:"那还得再向前修两公里多。"程世昌说:"那也得修!"郭文云说:"这儿离麦田已经很远了,洪水还能绕过防洪堤倒流过来? 我不信!"程世昌说:"我们的麦田地势低,水是活的,哪儿低它就往哪儿流。要是不修到大干沟那儿,那现在修的这几公里防洪堤也等于是白修。"郭文云说:"程世昌,你以为我们这些人都是闲着没事儿干是不是? 开荒的任务还重着呢!多开些荒地,明年开春还可以再多种上些春小麦,彻底解决部队的吃饭问题。"程世昌说:"可保护好这几千亩的冬小麦也很重要啊,我们不能熊瞎子掰苞谷,掰一个丢一个呀。"郭文云又恼了,说:"怎么? 你说我是熊瞎子?"程世昌说:"政委,我哪敢说你呀,我只是打个比喻。"郭文云说:"没有变通的余地了?"程世昌说:"目前没有。"郭文云没好气地说:"好,那就修!"

县城,师部所在地。张政委办公室。钟匡民已向张政委汇报完工作。张政委看着桌子上的地图说:"行,你们的工作很有成绩。开春后,你们把卫生院、总机房、食堂、司政后办公室、招待所等先建起来。到九月,师部正式迁往甘海子。我们的瀚海市就有了雏形了。"钟匡民说:"好。"张政委说:"目前还有什么困难?"钟匡民说:"粮食。眼看全团,还有我们基建大队都要断粮了。"张政委说:"师里正在紧急从关内调粮,你们再坚持几天吧。不出四五天就可以到。是呀,粮食是个大问题啊! 现在我们十几万人的部队全靠关内调粮,而且路程又远,道路又难走,这怎么行? 所以咱们一定要多开荒,多打粮。明年一定要做到粮食自给,还要有积余!"钟匡民说:"是!"

初春,积雪开始融化。钟匡民骑着马,踩着泥泞的地面回到营地。正在做饭的刘月季看到了他。刘月季说:"匡民,回来啦。粮食的事跟上级提了没有?"钟匡民说:"提了。目前我们粮食还可以吃几天?"刘月季说:"最多只能吃到大后天。"钟匡民说:"节约点吃。四五天后粮食就可以到。"

凌晨,甘海子荒原营地。天色还黑黑的。刘月季又起来往炉子里添柴火,准备烧水。钟匡民一面穿衣服一面朝她走来。刘月季看了面有喜色但却说:"匡民,你每天一早外出摸黑回来的搞勘察,走那么多的路,够辛苦了,再去睡会儿吧,我这儿你不用帮!"钟匡民说:"我现在搞勘察走的路跟以前行军打仗走的路可差远了。打仗行军时,连着几天脚就没离开过地。你倒是给我们这么几十个人又是烧水,又是做饭,还要洗衣服,我们睡下了你才能睡,我们还没起床你就要干活的。我再不帮你一把,心里总感到有些过不去!"刘月季说:"有你这话,我啥都有了,你还是回去再歇一会儿吧。"

钟匡民蹲下来,帮刘月季往炉里添柴火。刘月季起来去抱柴火,她突然叫了起来:"天哪,这哪来这么多水呀!"钟匡民抓出一把燃着的柴火一照,发现营地四周已是一片汪洋。

这时,东方已吐出一丝白光。钟匡民朝帐篷叫:"小秦,快起来叫醒大家!"在小秦的叫喊声中,大家冲出帐篷,看到营地四周大水还在慢慢往上涨,只有芦苇梢在水面上抖动着,营地已被洪水包围。大家看着泛着水波露在水面上抖动的芦梢,所有人的眼睛都射向了钟匡民。

钟匡民问:"王朝刚、小张、小王昨晚回来了没有?"小秦说:"没回来。"钟匡民说:"这太糟糕了! ……"钟匡民心情沉重地点上支烟,"看来是我疏忽了。昨天回暖了一天,积雪在迅速地融化,就会出现洪水。我应该想到这一点。"高占斌说:"钟副师长,在这种情况下,你急也没用。我想,王朝刚他们也不会那么傻，会想办法自救的。"钟匡民说："这太消极了。高协理员，你派几个战士，站到最高的高包上，朝四处瞭望。我们这里的地势比较高，可以望得比较远。有一点动静就来告诉我。"高占斌说："好吧。"钟匡民说："小秦，你骑上我的战马，先去团部报个信，再看看那儿有没有粮食先接济我们一点，如果没有，再去师部找张政委，估计粮食这几天就可以到。你告诉张政委，我们只是被洪水围困住了，人员现在都安全。"小秦说："钟副师长，那你呢？"钟匡民说："我跟大家在一起！你快去，不用怕，我这匹战马大河大湖都能泅过去。"小秦说："是！"小秦骑上马，马蹚水过去。

三十米后，只有马脖子探在水面上，水已没到小秦的腰间，但马依然奋力向前游着。

荒坡上，钟匡民等人望着远去的小秦和马。小秦和马已变成一个小黑点。

一轮血红的太阳映在水面上。钟匡民端着一碗清汤来到刘月季身边。钟匡民说："月季，没粮了？"刘月季说："没了。明天粮食还来不了，那就挖芦根吃吧。"

有一战士从高坡上奔下来，喊："钟副师长，你快来看。到上面来看！"

高坡顶上。钟匡民看到两公里外，有一块高地上竖着一根标杆。钟匡民说："高协理员，你找上五六个识水性的战士，跟我一起过去。"高占斌说："钟副师长，你不能去，我带着他们过去就行了。"钟匡民说："你识水性吗？"高占斌说："我……我是个旱鸭子。不过，钟副师长你怎么也不能去，刚化的雪水，太凉了，你顶不住的！"钟匡民说："别人能顶住，我为什么顶不住？他们已经两天没吃东西了。高协理员，刚才报名识水性的有几个？"高占斌说："十五个。"钟匡民说："挑六个身体强壮的，每人都找个棍子，好探路，立即跟我下水。"高占斌急得喊："钟副师长，你不能去啊。"他一眼见到刘月季，忙拉着刘月季说："月季大姐，你劝劝钟副师长吧，现在只有你来劝了。"刘月季很平静地说："这事我不用劝，我只知道古时候打仗，都是先锋大将冲在最前面，士兵跟在后面。匡民，能不能把我这棚子拆了？"钟匡民说："干吗？"刘月季说："扎木筏呀！"钟匡民眼睛一亮说："行，高占斌，赶快去动手！"木筏扎好后,钟匡民和两位战士跳上去。刘月季端着一缸子姜汤赶来说:"匡民,喝口姜汤再走吧!"钟匡民说:"回来再喝吧。"

郭文云、程世昌、钟槐和许多战士走到防洪堤上。洪水已被隔在防洪堤外,往大干沟里倾泻,但洪水还在往上涨。郭文云倒吸了一口冷气,看看程世昌说:"天啊!"然后对钟槐说:"钟槐,快通知各单位,集合人员,上堤!"

郭文云、钟槐、程世昌与数百名战士站在堤上严阵以待。郭文云说:"钟槐,你去通知各单位的领导,严防自己负责的那一段,谁要出了差错,我就处分谁!"钟槐说:"是!"

防洪堤上。夕阳西下,映着晚霞的洪水还在往上涨,人们已在挖土加固防洪堤。钟槐干得特别卖力。

旭日东升。防洪堤上的人们经过几天几夜的奋战,都已是一脸的倦态。

郭文云看着堤外的洪水正在下降,于是长长地松了口气,接连打了几个哈欠。看到有些战士已把头埋在膝盖上睡着了。他走到程世昌身边。程世昌也是一脸的倦态。

郭文云说:"程技术员,你看是不是让战士们先撤下去歇一歇?"程世昌说:"政委这事你决定。但危险并没过去,防洪堤被水泡了这么几天,很容易决堤。"郭文云说:"那留下一些人巡堤,其他的人都撤下去休息。这疲劳战再打下去,战士们都要顶不住了。"程世昌说:"我也留下吧。"郭文云说:"你还能顶得住?"程世昌说:"顶不住也得顶啊,我是技术员,这方面的经验我怎么也要比别人多点。"郭文云说:"那好吧,钟槐,你也留下,有情况就立即来向我报告。"钟槐说:"是!"

木筏回来了,筏上躺着奄奄一息的王朝刚、小张、小王,钟匡民和两位战士在水里推着木筏来到营地,高占斌和战士们把他们接上岸。钟匡民和两位战士全身湿漉漉的,冷得发抖。

高占斌喊:"快,加火。"钟匡民对刘月季说:"烧姜汤。"刘月季说:"我已经把姜汤烧上了。"钟匡民说:"粮食还有多少?"刘月季为难地说:"连一点粮食屑子都没了。"钟匡民说:"那怎么办?他们已经两天没吃一点东西了。"刘月季说:"这到哪儿去找吃的呢?"钟匡民说:"快把姜汤端来再说。"

王朝刚、小张、小王躺在草垫铺的床上,嘴上长满了燎泡。小郑正在给他们打针。钟匡民看着他们,眼里含着泪。钟匡民走出帐篷,眼睛一亮。他看到母毛驴带着小毛驴在坡上吃草。

刘月季正在煮芦根。钟匡民走到刘月季的身边。刘月季问:"王朝刚他们咋样了?"钟匡民痛苦地摇摇头说:"发着高烧呢,再不吃点东西,恐怕很难坚持下来。"刘月季说:"那咋办? 这儿除了芦根,再也找不到什么吃的东西了!"钟匡民沉默了一会说:"唉,如果我的战马在的话,我就只好宰战马……救人要紧啊!"刘月季心头一惊,警觉地说:"怎么? 你想打我那两头驴的主意?"钟匡民叹了一口气,果断地把话点明了说:"只有这样了。先一头吧,如果粮食还来不了,再说吧。"刘月季说:"不行! 那是钟槐买了孝顺我的。它的奶救过你的钟桃,它用蹄子从狼口里救下了我。"钟匡民说:"那,那头小的吧?"刘月季说:"把小的杀了,我咋向钟杨、钟柳交代? 他们会受不了的。尤其是钟柳。我舍不得看到这孩子伤心。""月季,我也不强求你。但你考虑考虑。三条人命呢,再说其他的战士也饿得不行了,也顶不了两天了。我是一个副师长,我能看着战士们这么一个一个就因为没吃的倒下去? 月季,你不是说过吗? 你能帮衬我一把,就一定会帮的! 我同意你跟我来,就是相信你在我为难的时候能为我出把力……"钟匡民含着泪,"月季……"刘月季看看钟匡民说:"让我想想……"小郑飞也似的朝钟匡民和刘月季奔来喊:"钟副师长,王朝刚已经昏死过去了!"钟匡民说:"走,去看看。"

钟匡民冲进帐篷,刘月季也跟着进来。钟匡民看到王朝刚已昏死过去,另两个战士也在喘息着。钟匡民看看刘月季,然后说:"小郑,先给王朝刚喂点水。"小郑说:"再不进点东西,恐怕……"说着摇摇头。

刘月季心情沉重地走了出去。钟匡民也默默地跟了上来。刘月季搂了几捧干草放在母驴跟前,抱住母驴的脖子,泪如雨下。小毛驴伸过头来吃母驴前面的草,母驴深情地舔了舔小毛驴的脸,它不吃,让小毛驴吃。它似乎感觉到了什么。钟匡民走上来,看看刘月季。刘月季说:"把它牵走吧,它为我们家,为你女儿,为开荒造田,就全贡献了吧……"

钟匡民把母驴牵到后山坡上。母驴似乎知道自己的命运似的,站在那儿不动。钟匡民举起手枪。母驴的泪水往下流。

高占斌和几个战士站在一边。钟匡民把枪口对着母驴的头,母驴看着枪口,一动不动,视死如归的样子。钟匡民迟迟下不了手,枪一直举着,眼泪从眼角滚了下来。

高占斌说:"副师长,你咋啦?什么样的枪林弹雨都经过了。"钟匡民举枪的手放了下来,滚下泪说:"我下不了手啊,这是钟槐为他娘买的啊……老高,你来吧……"

夕阳如血。刘月季一面在炉前加着火、烧水,一面在听着,但枪声迟迟未响。她似乎猜到什么了。她突然站起来,大声地朝坡的那一边喊:"钟匡民,救人要紧啊!"枪声响了。刘月季一下晕倒在炉前,炉腔里的火在熊熊地燃烧着。小毛驴惶恐地奔过来,用嘴拱着刘月季。

入夜了,刘月季还昏睡在窝棚里。她眼里仍在流着泪。钟匡民守在她身边。钟匡民望着刘月季的脸,回忆着自己和刘月季的往事。

内地某乡村。钟匡民和刘月季拜完天地,被送进洞房。花烛在淌着泪。钟匡民一把掀开红盖头,怒视刘月季说:"没有人要的老姑娘,跑到我们家来干什么?"刘月季说:"我也不愿意,是你爹几次三番跑我家来求我爹的!"

夜,书房。外面在闪电打雷,下着大雨。刘月季拿着衣服走了进来。一声雷声,刘月季一下跪在钟匡民跟前,眼泪滚滚而下……

钟匡民愧疚地望着昏睡着的刘月季。钟匡民理了理刘月季的头发说:"月季,我对不住你啊……"刘月季睁开眼,朝钟匡民凄然地一笑,说:"我把水给你们烧好了……"钟匡民的眼泪夺眶而出。

高占斌把头伸进窝棚,轻声地说:"钟副师长,你出来一下。"高占斌端着一碗驴肉。钟匡民走出窝棚。高占斌说:"大姐醒了没有?"钟匡民点点头。高占斌说:"这一碗是给大姐留的,你喂她一点吧。我们大家心里都不是滋味啊!"钟匡民说:"快拿走!留给病号吃吧。"高占斌说:"咋啦?"钟匡民说:"这不是在她流血的心上再戳一刀吗?"他俩都没发觉刘月季已走出窝棚。

高占斌说:"那大姐吃啥?"刘月季说:"我吃芦根就行了。那东西清火。

高协理员,你快把这碗东西拿走,要不,我会在你们每人身上咬上一口的……"说着泪水又止不住地落下来。

小毛驴走到刘月季跟前,舔了添她的手。

月光如水,程世昌和钟槐在防洪堤上一起巡堤。钟槐说:"程伯伯,你为啥一定要和我巡这段渠呢?"程世昌叹了口气说:"我最担心的就是靠近干沟的这段渠,那时修得太急躁,质量上恐怕有点问题。这话我不敢跟郭政委说,一说他一定又会恼火,这渠堤他本来是不主张再修的。我一再坚持,他才勉强同意的。不说了,来,坐下歇会儿吧。你也几天几夜没睡,一定累坏了。"钟槐说:"没事,我这身体是铁打的。"但话没说完,却深深地打了个疲惫的哈欠,"程伯伯你不累不困吗?"程世昌说:"我也是人,咋不累不困。但我感到负在我身上的责任比谁都大。再坚持一夜,明天,洪水就会小下来,郭政委也会派人来换我们的班的。"

月色朦胧。两人坐在堤边上,洪水已退到防洪堤的半腰间了。程世昌说:"再过两天,洪水就可以退走了,这儿的洪水,来得快,退得也快。"程世昌点燃支烟,说:"钟槐,你不抽烟吗?"钟槐说:"不抽,我娘不让抽。"钟槐仰望着明月。程世昌说:"钟槐,你在想什么呢?"钟槐说:"想我娘呢。这么大的洪水,我娘不知咋样了,我真想去看看我娘。"程世昌感慨地说:"你娘,真是个了不起的女人哪。"钟槐说:"我娘是天下最好的娘,所以我爹把她撇下了,我咋也想不通。我恨我爹,也恨那个女人,把我们好好一家给拆散了。"程世昌说:"我也有点弄不懂,你娘这么好,为啥钟副师长会对你娘没感情呢?"钟槐说:"他嫌我娘比他大六岁,嫌我娘不好看。"程世昌说:"你娘长得蛮好的呀,尤其那双眼睛!唉,世上有些事是很难说得清的,尤其是感情上的事。我结婚时,我女人比我小六岁,长得也很好看。但感情上却并不很融洽,性格上有差异。所以,感情上的事,很难从年龄上、长相上来衡量的。你娘是个好女人哪!不但善良,懂得体贴人,而且还明事理。"钟槐说:"那你女人呢?"程世昌说:"两年前,她带着女儿,从老家到新疆来找我,她被土匪杀害了,女儿失踪了,至今不知下落!"钟槐说:"你女儿当时多大?"程世昌说:"八岁,跟你妹妹钟柳一样的年纪。所以我看到你妹妹钟柳,就感到特别地亲。好了,不说了,说了让人伤心。"钟槐想说什么,但把话又咽了进去,然后摇摇头,他显然又否认了自己突然冒出来的想法。程世昌站起来说:"你娘不会有事的。这儿的地形高低不平,洪水一来,只要往高包上一爬就没事了。而且他们的营地肯定设在高坡上。小张、小王有这方面的经验。钟槐,洪水退到堤半腰了,不会有什么大事了,你可以睡一会儿。我去巡巡堤去,有事我来叫你。"

程世昌走出几步,钟槐就歪在堤上睡着了,他实在是太困太累了。刚才程世昌说的话,他也忘在了脑后。程世昌抽着烟,提着马灯巡堤。他走到防洪堤干沟的接口处,洪水正在缓慢地往干沟里流淌。洪水继续在下降,他稍稍地松了口气。程世昌转身往回走。走了几十米后,他突然感到一阵头晕,摔倒在渠堤上。他晕了过去,然后睡着了。几天几夜的劳累与紧张,他的身体也顶不住。

月光中,堤下有一股暗涌正从堤底咕嘟咕嘟往外流,流向麦田。钟槐猛一醒来,看到堤内水汪汪的一片,大惊失色。钟槐往堤的另一头奔,喊:"程伯伯! 程伯伯!"程世昌仍昏睡在堤上。钟槐死命地摇着程世昌,喊:"程伯伯,程伯伯,堤跑水了,麦田淹了!"程世昌猛地跳起来说:"什么? 你说什么?"

钟槐领着郭文云和人群带着工具,冲向防洪堤。堤已冲开一个小缺口,由于洪水的水位已降低了,水流已不太急。程世昌躺在堤的缺口里。这样水流会流得更小些更慢些。

天已大亮。早霞中,缺口已堵上了。堤内,几百亩冬麦被水淹了。郭文云冲着程世昌、钟槐喊:"你们俩先给我写检讨! 尤其是你程世昌! 我们这几天几夜拼死拼活,全白搭了!"程世昌和钟槐满脸的犯罪感。程世昌说:"政委,检讨我一个人做,要处分也处分我。钟槐是我让他休息的。"郭文云说:"光是处分? 你这是在犯罪! 破坏生产罪!"钟槐说:"政委,我不该睡得那么死,这事不能全怪程技术员。"郭文云盯着程世昌,冷笑一声说:"程世昌,你回去休息,明天先把检讨交上来再说。"程世昌走后,郭文云神情严峻地对钟槐说:"钟槐,你跟我说实话,是不是程世昌让你睡觉的?"钟槐说:"是。"郭文云说:"后来他干什么去了?"钟槐说:"提着马灯巡渠去了。"郭文云说:"他还对你说了什么?"钟槐想了想说:"没说别的,只说他的责任重大。说我的娘好。"郭文云说:"还有呢?"钟槐还想做解释说:"政委,程技术员他……"郭文云说:"钟槐,你太年轻,政治上的事你太幼稚。我们国家刚解放两年,有些人的心跟我们共产党可不全是一条心。程世昌就是其中的一个。他跟我郭文云不是同心同德的。"钟槐说:"郭伯伯,程技术员是个好人。他对工作很认真负责。他是太劳累了,晕倒在防洪堤上的。"郭文云说:"你亲眼见了?"钟槐说:"我找到他时,他还没醒过来,是我把他摇醒的!他头上还跌出好大一块青块。"郭文云说:"是这样吗?"钟槐说:"是!"郭文云说:"那好吧。"钟槐说:"郭伯伯,程技术员和我会不会受处分?要处分就处分我!"郭文云说:"为什么要处分你?"钟槐说:"因为我身强力壮,又年轻,在巡渠时应该多担点责任。"郭文云说:"钟槐,我看你,还有你娘和你爹,脑子怎么都缺根弦啊!"说完,气得转身就走。

第十章

郭文云气恼地大迈步地在往前走,钟槐从后面追了上来。

钟槐说:"郭政委,刚才你那句话我没听懂。这事跟我娘还有我爹又有啥关系啊?"郭文云说:"这事当然跟你娘你爹没关系。"钟槐说:"那你把我娘我爹扯上干吗?"郭文云说:"我是说,那几十亩麦田被淹的事,你们俩都有责任。但主要责任在程技术员身上!"钟槐说:"郭政委,你这么说对程技术员不公平!"郭文云说:"你瞧瞧,又来了。所以我说嘛,你们全家对程世昌这个人的认识上有问题! 就因为他把你妹妹从河里捞上来,你们什么事都帮他说话。好,你说说,我咋对他不公平啦?"

钟槐说:"出问题的那段堤当初修的时候质量上就有点问题嘛。"郭文云说:"这话是他对你说的?"钟槐说:"对,但他说的是实话。如果当初修时……"郭文云恼怒极了,说:"好了,别说了,我明白了。钟槐,你别跟我争了。那几十亩麦田被淹的事,由我负主要责任! 但你和他的检讨也还得做!

这样总行了吧?"钟槐说:"郭伯伯,你这话才说得像政委说的话。"郭文云哭笑不得地说:"钟槐啊钟槐,你这小子脑袋想问题咋是直来直去不拐弯的呀!"钟槐说:"咋拐弯啊? 是啥就是啥嘛,总不能把白的说成黑的嘛。"郭文云说:"行,小子! 你这个通信员我算是挑对了。"钟槐说:"咋啦?"郭文云苦笑了一下,但实心实意地说:"我可以对你彻底放心了呀!"

洪水已经退尽,但天又纷纷扬扬地下起雪来。

刘月季正在烧水,病已初愈的王朝刚端着碗朝刘月季走来。王朝刚说:"月季大姐,这是分给我的第二碗驴肉,我没再舍得吃,想留给你!"刘月季眼里又突然涌上泪,痛苦地挥挥手说:"你快拿走!"王朝刚说:"月季大姐!"刘月季喊:"谢谢你,你快拿走!"

夕阳西下。小秦牵着马,马上驮着几袋粮食,踩着泥泞的土地朝营地走去。看到营地上的人群,他就兴奋地喊:"钟副师长,我回来啦——"营地上的人们看到小秦牵着马,驮着粮食过来,顿时一片欢腾。有的冲下高坡去迎接小秦。

钟匡民和刘月季的脸上也露出欣喜。刘月季正在做饭。钟匡民牵着他的战马走了过来,说:"月季,我把这匹战马送给你吧。要不,我可没法向钟槐交代。"月季说:"你这匹战马顶替不了我那头好驴子。你还是留着自己用。钟槐我会向他解释清楚的。"钟匡民说:"你真不要?"刘月季说:"不要!匡民,这战马跟了你七八年,你跟它有感情,可我没有。你别小看我刘月季,道理上我懂,一头毛驴换来了那么多人的生命,尤其是那三个重病号,怎么也值的。也让你这个当副师长的尽到了职责,没损失一个人。我还有什么好抱怨的。只是我在感情上受不了。我只求你一件事。"钟匡民说:"啥事?"刘月季说:"把它的皮和骨头包起来,给它置一个坟,竖一块碑,以后我买点香烛来祭祭它……"钟匡民说:"月季,我一定给你办好,而且我亲自来办。"刘月季望着钟匡民,满眼的深情。

五年后,团部已是一番崭新的面貌。团机关是刷着深黄色的两层楼房,两旁是两幢刷着同样颜色的平房,那是招待室与会议室。楼房背后是大礼堂,大礼堂两边连着两栋厢房,一边是食堂,一边是库房。

清晨,钟槐从团部值班室出来,伸了伸腰,踢了踢腿。他长得越发的健壮而英俊。虽然值了一夜的班,显得有些疲倦,但他依然精神抖擞地朝食堂方向走来。

刘月季已是机关食堂的司务长。她在食堂边上有自己的一间小办公室。她走到办公室门口,钟槐朝她走来,喊:"娘。"刘月季说:"值了夜班,不去休息,又跑这儿来干什么?"钟槐说:"我再帮你去拉一趟水嘛。"刘月季说:"炊事班刘班长已经安排人拉水了。你睡你的觉去!"

离伙房不远的地方有个窝棚。那头小母毛驴也已长大,而且也大腹便便了。毛驴冲着钟槐啊哦啊哦叫了几声。刘月季笑了,说:"已经是二十几岁的人了,还那么贪玩,去吧!"钟槐说:"在屋子里捂了一夜,又要让我回房子再睡上一天,闷死我呀!娘,我到水渠边去换换新鲜空气不好吗?顺便帮伙房拉一趟水嘛。"刘月季体谅地一笑说:"去吧。毛驴快要生了,别拉得太重,也别赶得太快。"钟槐说:"知道!我看到这毛驴,我就想到它娘,活活地被打死让那些人吃了。全是因为爹!我爹心也太狠了。"刘月季:"这事你别再提了。你要怪就怪娘,当时是娘同意的!救人要紧呀!"钟槐说:"那也是我爹逼着你同意的!"

林带在晨风中沙沙地响。钟槐给毛驴卸了套,把毛驴牵到渠边,用刷子蘸着水,仔细地为毛驴清洗着。钟槐伤感地说:"唉,你现在也要生娃了。想想你娘真可怜。那时我要在,我咋也不会同意我爹我娘把你娘处理掉。我可以下水捉鱼,用套子套野兔。人咋也有办法让自己活下来呀,干吗非要那样做呢!你娘可是为咱家为开荒造田立过大功的呀!"小毛驴仿佛听懂了似的晃晃长耳朵。钟槐说:"你可千万别怨我娘,我娘为你娘的牺牲心疼到现在呢,这我心里清楚。我娘是天下最好的娘!你知道吗?"小毛驴又晃晃耳朵。钟槐说:"你能理解就好。咱们走吧。"

王朝刚风尘仆仆地走进郭文云办公室。郭文云看到王朝刚,面带喜色地说:"怎么,探亲回来啦?"王朝刚也高兴地说:"回来啦。政委,我还为你办了件事!"郭文云说:"啥事?"王朝刚从口袋里拿出张照片,那是一位长得很漂亮的姑娘的照片。王朝刚放到桌子上说:"你看看这姑娘,长得咋样?"郭文云拿起照片看了看,说:"长得蛮漂亮,咋啦?"王朝刚说:"政委,你要是喜欢,她愿意给你当媳妇。"郭文云说:"多大?"王朝刚说:"二十一岁。"郭文云把照片往桌上一拍:"扯淡!我都四十好几了,可以当她爹了!"王朝刚说:"可人家姑娘愿意!"郭文云说:"我人她都没见过,咋会愿意?"王朝刚说:"你听我说嘛,这姑娘叫刘玉兰,她家是我们家的一门远房亲戚,有一天……"

王朝刚说起去刘玉兰家的事。

王朝刚赶到刘玉兰家时,刘玉兰家正吵成了一锅粥。刘玉兰的父亲喊:"就是他了!你嫁也是他不嫁也是他!"刘玉兰哭喊着:"爹,他比你年岁还大呢,五十好几了,长得又是贼眉鼠眼的,我不!"刘玉兰父亲说:"人家是村支书,你还求个啥!"刘玉兰喊:"你们要我嫁给他,我就去死!"刘玉兰父亲也喊:"那你就死给我看!"

王朝刚推门进去……

王朝刚对郭文云说:"我就把你的情况一讲,他们一听说你是个县团级干部,每月又有一百七八十元工资,不但姑娘的父母愿意,姑娘自己也愿意了。"郭文云说:"啊,是这么个情况,那倒可以考虑。来,照片我再看看。"郭文云看着照片说:"这样吧,把我的照片也寄一张去。"郭文云从抽屉里翻出张照片来说:"不过这是几年前照的,是不是我今天再去照一张?"王朝刚拿过照片说:"就这一张吧,你现在跟照片上没啥变化嘛。"

中秋节,刘月季正在准备晚上中秋节机关干部的聚餐。食堂的几位炊事员正在煮鸡、蒸肉,忙碌着。张班长也在里面,刘月季走进伙房。

张班长说:"月季大姐,你家乡的扒鸡还是你来做吧,大家都说你做出来的正宗,好吃。"刘月季爽朗地说:"行啊。"

郭文云走进伙房,笑着说:"刘司务长,今天是中秋节,你给大家准备什么了?"刘月季说:"政委,你可别这么叫我,还是叫我月季大姐吧。我这司务长还不是你给任命的。这么叫我,我耳朵发烫。"郭文云说:"月季大姐,不是我说,让你当个司务长屈才了。你要参加革命的资格再老点,让你当个行政科长也没问题。"刘月季说:"不敢,我虽识几个字,可我毕竟是个农村妇女,让我管个面管个油管管大伙儿的伙食还可以,让我当什么科长,那就要坏你们的事了。"郭文云说:"钟副师长让你留在师部,你为啥不留?"刘月季笑着说:"匡民现在忙虽忙,但条件好多了,孟苇婷又在师机关工作。人在困难时,需要别人帮衬的时候,你在他跟前,他觉得你有用,可当人的日子好过了顺当了,你再戳在他跟前,他就会嫌你,觉得你是多余的。再说,他有孟苇婷。而钟槐在你这儿。我得跟儿子一起过。钟槐也已经二十二岁了,再过两年娶个媳妇,我就该抱小孙孙了。再说,师部离咱团不远,真有啥急事,赶过去也方便嘛!"

郭文云说:"月季大姐,你把人生的有些事看得这么透,我这个当团政委的,真该向你好好学呢。"刘月季说:"政委,你笑话我了,我说的这些都是些人活在世上的常理。不过政委,你四十都出头了,干吗还单过?"郭文云说:"找过几个,有山东的,湖南的,但都不称心,没成。月季大姐,不瞒你说,凭我这条件,我不能找个太次的。要找,也得找个年轻漂亮的,虽不一定比得上孟苇婷,但也要差不多。"刘月季一笑说:"政委,你跟着匡民也学坏了。你还说匡民呢!"郭文云说:"这可不一样! 老钟是休妻再娶,我呢,是想找个好的,要白头偕老。那性质可完全不同啊!"郭文云满面喜悦地凑到刘月季耳朵跟前:"最近我真的找到了个好的。"刘月季惊喜地说:"真的?"郭文云说:"我啥时候骗过你,你瞧。"郭文云得意地从上衣口袋里掏出一张照片,"你瞧。"刘月季接过照片看,说:"好漂亮的姑娘,多大?"郭文云说:"二十一岁。"刘月季说:"那也太年轻点了。"郭文云说:"可人家愿意。我也没瞒人家什么。对方听说我是个团政委,县太爷级的官儿,就一口答应。他们那边生活艰难得很。水往低处流,人往高处走嘛。我把路费都给她寄去了,还给她家里多寄了一千元钱,在他们那儿,一千元钱,可以买两三头牛呢。姑娘再过几天就可以到。"刘月季端详着照片说:"长得倒真不错,她叫啥?"郭文云说:"刘玉兰。"刘月季说:"哦,是我们刘家门的人啊。"

郭文云办公室。

王朝刚兴冲冲地拿着一份电报走进办公室,对郭文云说:"政委,电报,刘玉兰已经从老家来了。"郭文云看看电报,喜滋滋地说:"那好啊!你去接她!"王朝刚说:"政委,本来应该我去接,从辈分上讲,她该叫我表哥,但这几天师土地科的人同苏联专家正在咱们团规划土地呢,我这个基建科副科长得陪着他们。"郭文云说:"那你看让谁去接好?我是团里的一把手,过几天就要麦收了。我要撂下身边这么多工作跑去接老婆,那也不像话!"王朝刚想了想一笑说:"政委,让钟槐去吧!他可是你最放心的人哦!"

钟槐走进郭文云的办公室,说:"政委,你找我有事?"郭文云满脸的幸福,拍了一下钟槐的肩膀,兴奋地说:"要交给你一个任务,这任务交给别人我还不放心呢。"钟槐说:"郭伯伯,你说吧。"郭文云说:"去乌鲁木齐把这个人接回来。"郭文云把刘玉兰的照片递给钟槐,钟槐一见是个姑娘,脸羞得通红。钟槐扭捏地说:"是个姑娘啊?政委,你还是找别人去吧?"郭文云说:"咋啦?"钟槐说:"我……我见了姑娘,说不出话。"郭文云哈哈大笑说:"没事的。她是我老婆,年龄虽小点,但你也得叫她伯母!去吧,住在乌鲁木齐的人民饭店,二楼6号房间。"钟槐为难地说:"郭伯伯……"郭文云说:"怎么?连这点忙都不肯帮帮我郭伯伯?"钟槐说:"你自己去接嘛。"郭文云说:"就你去,这是命令!"

荒原边上可以看到农场的林带。王朝刚和程世昌等人陪着一位苏联专家在勘察土地。程世昌抓起一把土看看,又跑到另一个地方抓一把土看看,然后沉思着回到人群中。

钟槐走在路上,看看路牌。想了想,从口袋里掏出刘玉兰的照片看。照片在他口袋里他一直没敢看,现在要去见这个人了,他不看不行了。这姑娘真的长得很漂亮。那双眼睛似乎在对他笑。不知不觉,他来到了乌鲁木齐人民饭店。

刘玉兰比照片上还要显得年轻漂亮。此时,她坐在旅馆饭店的床上,拿着郭文云的照片在看。

她在沉思。郭文云的脸变成了一个五十几岁,尖下巴小眼睛的一张脸。一个老女人的声音:"就是他了!你嫁也是他不嫁也是他!"一个老男人的声音："人家是村支书,你还求个啥?"刘玉兰的声音喊:"那我就去死!……"刘玉兰想着,眼泪滚了下来。

那张尖下巴小眼睛的脸又变成了郭文云的脸。刘玉兰长长地叹了口气,把照片收起来。

有人敲门。刘玉兰去开门。两个流里流气的男青年出现在她门口。青年甲说:"喂,我们是公安局的,来查房间,你有没有通行证?"刘玉兰看着那两个眼里充满邪念的青年,说:"什么通行证?"青年乙说:"什么通行证? 连通行证都不知道? 走,跟我们到局子里走一趟。"刘玉兰害怕地说:"不! 我在等个人,等那人来了,我就跟你们走。"青年甲朝青年乙使了个眼色,两人夹着刘玉兰就要往外拉。

钟槐推门走了进来,一看这情景说:"你们干什么?!"他一看那姑娘,就知道是刘玉兰,他一把拉开那两个青年说:"你们是干什么的?"青年甲说:"你是干什么的?"钟槐问姑娘说:"你是刘玉兰吗?"刘玉兰点点头说:"是。"钟槐问那两个青年:"你们是干什么的?"青年甲说:"我们是公安局的。这个女人没通行证,让她跟我们去局里走一趟。"但这时他的底气已不那么足了。钟槐说:"你们是公安局的? 拿证件出来! 快,拿呀!"青年甲朝青年乙一使眼色,拔腿就往外跑。钟槐马上明白是怎么回事,一个箭步冲上去,像老鹰抓小鸡似的一把一个,然后把那两个人的头狠狠地对撞了一下,一把推出几米远说:"臭流氓,光天化日敢跑到这里来耍流氓。"刘玉兰看着钟槐问:"你是?……"钟槐这时又显得很腼腆,说:"我叫钟槐,郭政委让我来接你的。"他从口袋拿出刘玉兰的照片说:"这是你吧?"刘玉兰点点头说:"是。"同时也拿出郭文云的照片说:"是他让你来接的?"钟槐说:"对! 他是我们团里的政委。"刘玉兰望着钟槐说:"你好大的劲啊! 把那两个家伙……"钟槐让刘玉兰望得不好意思了,忙说:"走吧!"

钟槐前脚刚走,王朝刚就冲进政委的办公室,说:"政委,你把程世昌从我基建科调走! 我不要这个人。"郭文云说:"又怎么啦? 现在你是科长,他是科员,现在你领导他!"王朝刚说:"这样的人我领导不了。思想问题太严重了。"郭文云说:"什么问题?"王朝刚说:"就是在规划新开垦出来的土地上，他敢公开对抗苏联专家！"程世昌也在外面不服地喊："报告政委，我可以进来吗？"郭文云不悦地说："进来吧。"程世昌进来说："这件事我可以当面跟你讲吗？"郭文云说："那好。你们谁先说？"王朝刚与程世昌同时说："我先说吧。"郭文云说："让你们王科长先说。王科长你说。"王朝刚说："在规划新开垦出来的土地上，我坚持仍按苏联专家的意见办，每块条田长一公里，宽五百米。可他程世昌说这样做不科学。"郭文云不满地瞪着程世昌说："怎么不科学，你说？"程世昌说："我认为，几百亩一块的大田，当然有它的好处，有利于机耕作业。但也有它的不足。在我们老家都是小块小块的地，一般一块只有几分地，一亩多一块就算大的了。这样的地当然不利于机耕作业，但它的好处是每块地的土质基本是相同的，有利于根据土质来选择作物。而大田的不足就是在同一块田里会有不同的土质，但却种同一种作物，这就是不科学的地方。"郭文云说："那你说怎样才科学？"王朝刚说："他坚持说，按土质和地形来规划条田，这样更科学。我就说，那你比那些苏联专家还要高明？"程世昌说："我没有说比他们高明，我只是说不能盲目信任和崇拜。我们也该有我们的自信和看法。"王朝刚说："政委，你听听，这话多出原则啊！"郭文云说："你这个程世昌啊，能不能老实点，少发表自己的这些谬论行不行？你老是要跟大家唱些反调，来显出你的高明是不是？或者是没让你担任基建科科长，你有情绪？程世昌我告诉你，那次洪水淹麦田的事，没处分你，是我郭文云为你担了责任。但由谁来担任基建科科长这件大事上，团党委不能不全面来考察。"程世昌说："郭政委，你太小看我程世昌了！今后我还会发表我的看法的。至于你们采纳不采纳，那是你们领导的事。"

　　长途公共汽车上挤满了人。站着的人把坐着的人也挤成一团。钟槐和刘玉兰也只好紧紧地挤在一起。钟槐感到局促不安，但刘玉兰却感到无所谓，不时地主动与钟槐说话。刘玉兰问："你们政委在你们团是多大的官？"钟槐说："最大的官，他还兼着团长呢，又是团里的党委书记。"刘玉兰说："你们团有多少人？"钟槐说："职工连带家属有一万多人。"刘玉兰说："你们政委是多大的官？"钟槐说："县团级，在地方上跟县委书记一样大。"刘玉兰说："这么大啊？你们团有多远？"钟槐说："离乌鲁木齐有几百公里。先坐这公共汽车,再坐拖拉机,然后还要走一段路。"刘玉兰说:"你们政委没有小车?"
钟槐说:"有一辆嘎斯车。但是公车,不让私用。所以政委才让我来接你。"

拖拉机突突突地行驶在农场的土路上,扬起一团团尘雾。

钟槐和刘玉兰坐在颠簸的拖拉机上。

刘玉兰问:"钟槐,你多大了?"钟槐说:"今年足岁二十二。"刘玉兰说:
"那你比我还大一岁呢。那我就叫你大哥吧。"钟槐说:"不行,不行。你怎么
能叫我大哥呢。我该叫你伯母呢。郭政委比我爹还大一个月,我叫他叫郭
伯伯的。"

由于拖拉机的突突声太响,两人说话只好放大声音。

刘玉兰:"钟槐大哥。"钟槐说:"我不是说了嘛,不要叫我大哥,叫钟槐
就行。"刘玉兰说:"那好吧,钟槐。你觉得我嫁给一个比你父亲还要大的男
人是不是有点那个?"钟槐说:"有点啥?"刘玉兰说:"是不是很傻?"钟槐说:
"我不知道。反正只要自己愿意的,也说不上傻。"刘玉兰说:"为啥?"钟槐
说:"我爹现在的老婆比我爹就小十二岁。"刘玉兰说:"可是郭政委比我大二
十几岁了。听你刚才的话,现在你爹的老婆不是你娘?"

钟槐说:"不是。"刘玉兰说:"那你娘呢? 不在了?"钟槐说:"在! 是我爹
把我娘抛弃了。"刘玉兰说:"你爹是干啥的?"钟槐说:"副师长。"刘玉兰说:
"天哪,这么大的官啊! 比郭政委还大,是吧?"钟槐说:"可以这样说吧。但
他官再大,我也不认他这个爹!"刘玉兰说:"为啥?"钟槐说:"喜新厌旧,不像
个好男人!"

拖拉机在通往农场的路口停住。钟槐、刘玉兰跳下车。钟槐为刘玉兰
背上蓝布包。

西边的太阳在降落,东边的天空上布满了阴云。

钟槐说:"走吧,还有十公里的路才到团部。"两边是绿油油的林带。

钟槐、刘玉兰靠在林带边往前走。

刘玉兰说:"钟槐哥,你走得慢点嘛。我跟不上嘛。"钟槐有点气恼地说:
"再不走快,到不了团部天就黑了。喂,你不要再叫我哥行不行,你不能叫我
哥。不知道吗?"刘玉兰说:"钟槐哥,你干吗对我那么凶啊?"钟槐生气地说:

"你还要叫！你是我伯母！你叫我哥那就乱了辈分了！"刘玉兰说："我偏要叫,在我没跟郭文云办结婚前,我就要叫你哥！钟槐哥！钟槐哥！嘴在我身上,我爱咋叫就咋叫。"钟槐一脸的羞涩与无奈。

乌云密布。大雨倾盆而下。

钟槐领着刘玉兰躲进地头一个旧瓜棚里。雨在飘洒。

刘玉兰说："钟槐哥,你在团里是干啥的,政委干吗让你来接我?"钟槐说："原先我是政委的通信员,后来团里成立了值班室,我就当上了值勤班的班长。"刘玉兰说："这么年轻就当上班长啦。你还没对象吧?"钟槐扭捏地说："我还年轻着呢,找什么对象!像郭政委四十都出头了,才解决个人问题,我急啥。"刘玉兰说："唉!人不出来不知道,一出来才知道,人可以走的路多得很呢。"钟槐说："咋啦?"刘玉兰说："咱们老家穷啊。我娘对我说,出去找个有钱有地位的男人,总比在这儿这么苦熬着强。去年邻村的一个村长看上我了,那村长都五十几岁了,长得尖嘴猴腮的,下巴尖得像鹰嘴巴,眼睛小得像两粒黄豆子,又老又难看。可我娘说,年龄大点怕啥,长得难看怕啥,过一天好日子就算一天!我有点不愿意,就这么拖了两个月。可再往后拖,娘就要把我赶出家门了。正在这时候,我们村有一个从新疆回来探亲的人,就给我介绍了你们政委。"钟槐说："你爹你娘待你咋这么狠心啊?"刘玉兰叹口气说："那也是没办法,穷啊。可我真要离家到新疆来,我娘送我上车时,她也拉着我的手哭了。我爹呢,凡家有的,能让我用上的都让我带上了,我们山里人自制的草药丸,像治感冒,治拉肚,甚至连治被蛇咬伤的药丸都让我带上了。"

钟槐很同情地叹了口气。雨渐渐小了。

刘玉兰说："那人说,政委是个县级干部,老革命,工资也高,才四十岁。还说,他们那儿粮食可以敞开肚子吃,每月还能吃上一次肉。我娘就让那人赶快给政委回信,说我很愿意,还去镇上照了张相寄去。后来,政委寄来了盘缠,还有一千元钱是给我们家的。我娘我爹去邮局拿回那一千元钱,高兴得手抖得连话都说不出来了。一千元钱,在我们那儿可以买三头牛了。"钟槐说："你看,郭政委待你家多好啊!"刘玉兰说："就因为这,我才一口答应的。心想他肯定是个好人。"钟槐说："他就是个好人！"刘玉兰说："是呀，他跟我们那个村长比起来，是要好多了。但一想到他比我爹还大两岁呢，我就……"钟槐说："就咋啦？人不能三心二意啊。看着这个比那个好，后来另一个比那一个更好。这样比下去，还有个完呀！"刘玉兰说："找对象就应该要找个称心如意的嘛。毕竟那是一个人一辈子的大事！"钟槐说："那也不能见一个爱一个，这种人我最看不上眼！"刘玉兰说："我一个人都还没爱呢，咋是见一个爱一个？就是那个郭政委，我连面都没见，起码的感情都还没呢，爱就更说不上了。"钟槐说："反正你是答应做人家媳妇了，再说也没用！"刘玉兰说："有没有用，我自己心里清楚！"

雨停了。夕阳已落到西边的山顶上。钟槐说："走吧，到团部天就要黑透了。"钟槐带着刘玉兰走过一片荒野。由于下了一场雨，原先的一条干沟里蓄满了水。两人被隔在了对岸，而对面就可以看到农场的条田和林带。钟槐往林带那边一指说："再有两公里，就到团部了。"刘玉兰说："钟槐哥，我怕水。"钟槐看看天色，叹了口气，犹豫了一阵。钟槐说："那我背你过去吧。"钟槐背着刘玉兰过河，刘玉兰搂着钟槐的脖子，把脸紧贴在钟槐的背上。

钟槐喊："你脖子上没长骨头啊，把脑袋挪开！"刘玉兰说："我偏不！"把脸贴得更紧了。钟槐说："你再不把脑袋挪开，我把你扔到水里了。"刘玉兰说："那你扔呀！扔呀！你把我扔在水里，回去你咋向郭政委交代！"钟槐又气又无奈，一脸的尴尬。

团部政委办公室。雨水拍打着玻璃窗。王朝刚对郭文云说："郭政委，程世昌的事咋办？他老跟我不在一个调里，这样我咋工作呀！"郭文云叹了口气说："是呀，这是个问题。他救过钟匡民女儿的命，跟月季大姐关系又很好。"王朝刚说："正因为这样，他才敢这么跟我顶牛。"郭文云说："这样吧，最近上面有文件，让一些干部下放到下面去参加劳动锻炼。这也是党对干部的一项政策。就让程世昌下放劳动一段时间再说吧。再说，因为历史上的原因，他又属于内控对象，这点，钟匡民也知道。这样，月季大姐也说不上啥。让他这么个出身不好的旧知识分子，下去劳动锻炼一段时间，咱们这是在按党的政策办事嘛。"王朝刚说："我看这样最合适了。就把他下放劳动。

看他尾巴再翘到哪里去!"

钟槐领着刘玉兰在小路上走着。前面团部办公室有几扇窗户上闪着灯光。钟槐指着靠大门边的那个窗户说:"那是郭政委的办公室,他肯定在等你呢。"刘玉兰突然停住脚步说:"钟槐哥……"钟槐说:"我跟你说了,你不要叫我钟槐哥!郭政委是我伯伯,你马上是他媳妇了,再小的爷也是爷!按辈分就得这样,这你难道不懂吗?"刘玉兰说:"钟槐哥,我还能见你吗?"钟槐说:"你这话是啥意思?快走吧!"刘玉兰犹豫了好一阵,才迈开步跟着钟槐走。

团政委办公室里。郭文云和王朝刚一面在谈话,一面似乎在等人。王朝刚说:"政委,程世昌我是不敢让他再留在基建科了。"郭文云说:"那你说把他放到哪个部门工作合适?总不能把他赶到大田里去劳动吧?"然后看看手表说:"怎么还没来?"王朝刚说:"可能刚才下了一场大雨,路有些不好走!"钟槐在外面喊了声:"报告!"郭文云高兴地说:"来了。"钟槐把刘玉兰领进郭文云的办公室。刘玉兰看到王朝刚,忙喊了声:"朝刚表哥。"王朝刚说:"政委等你们都等急了。"郭文云看到刘玉兰,高兴地咧着嘴笑。郭文云说:"没淋着雨啊,刚才那场雨好大啊。"钟槐说:"我们在一个瓜棚里躲了躲,没淋着。"郭文云说:"钟槐,辛苦你了。朝刚,你先领着你表妹到你月季大姐那儿,给她做点好吃的。她想吃点什么,就给她做点什么,啊?"王朝刚说:"好,表妹,走吧!"

刘玉兰看看郭文云,发现比照片上要老,那照片肯定是前几年照的。接着她又看看钟槐,钟槐转身走了,刘玉兰满腹心事地长长叹了口气。

第十一章

王朝刚领着刘玉兰在林带的小路上走着。

刘玉兰说:"朝刚表哥,郭政委看上去咋比照片上要老呀?"王朝刚说:"郭政委现在是比照片上的看上去要老点,但咋说也比那个村支书要年轻得多,相貌要好得多!郭政委原说是要再去照张照片的,是我没让他去照的!怎么?你有想法了?"刘玉兰说:"既然来了,我还能有啥想法呀。"王朝刚说:"这就好,我告诉你,郭政委可是个好人,你能嫁给他,那是你的福分!"

王朝刚把刘玉兰领进食堂边的那间小办公室。刘月季正戴着老花镜在记账。王朝刚说:"月季大姐,来,我给你介绍个人。"刘月季摘下老花镜说:"哎哟,好俊俏的姑娘啊,谁呀?"王朝刚说:"她叫刘玉兰,是政委的媳妇,就是钟槐今天从乌鲁木齐接回来的,政委让你给她弄点饭吃。"刘月季说:"好。今天机关刚好宰猪改善伙食。姑娘,你可真有口福。"

刘月季去食堂打了一份肉菜,端了一碗面条和两个玉米面发糕走进办公室。刘月季说:"姑娘,吃吧,一路上走了几天?"刘玉兰说:"一个多星期。"刘月季说:"那也很辛苦了。不过我从老家到这儿来时,整整走了两个多月呢! 路上还遇到过土匪。现在火车已经通到兰州了吧?"刘玉兰说:"我就是在兰州下的车。"她想起什么说:"大妈,钟槐哥怎么没来吃饭,他也还没吃饭呀?"刘月季说:"他的饭已经打回去了,他回他的值班室吃。姑娘,你以后不能叫钟槐叫哥,礼貌是要的,但串了辈了。你马上是郭政委的媳妇,他得叫你伯母,你哪能叫他哥呢? 你也不用叫我大妈。郭政委、王科长都叫我月季大姐,你就随着他们叫就行了。"刘玉兰还是固执地叫了一声:"大妈……"刘月季说:"叫大姐。"刘玉兰:"你比我妈还大呢,我叫不出口。"刘月季说:"多叫几次就叫惯了。"刘玉兰说:"不,大妈,在我没同政委成亲前,我还是叫你大妈吧,成亲后,我再改口还不行吗? 要不,太别扭了!"刘月季想了想,善意地一笑说:"那也行。"门口突然有人叫了一声:"刘司务长,政委来了。"

郭文云笑嘻嘻地走进刘月季的办公室。郭文云说:"刘玉兰,吃得怎么样?"刘玉兰:"吃得很好。政委,今晚我睡在哪儿呀?"郭文云说:"睡招待所。"想一想,"不过睡新房也行。新房都布置好了。在没有举行婚礼前,我可以睡办公室。"刘玉兰想了想说:"政委,我一个人住在新房里,我害怕,再说,我刚来就往新房里住,是不是? ……"刘月季也笑着说:"让她今晚就睡新房,你这当政委的不怕人说闲话,这几天就等不住了?"郭文云想了想说:"那,你就同月季大姐住吧。月季大姐,你看呢?"刘月季笑着说:"行! 这几天你就给我做个伴吧!"

团部四周是一圈林带。油亮的树叶在月光下发出粼粼的闪光。

郭文云背着手,满面春风一脸幸福地朝自己的新房走去。郭文云掏出钥匙开门走进新房。在当时的条件下,新房布置也算华丽,崭新的双人床、椅子、桌子都漆得锃亮。郭文云满意地在新房里踱着步,想到自己也能娶上一个年轻美貌的妻子,再过几天,这一切都将成为现实,脸上透出的笑是又得意又甜美又陶醉。

团部家属区。由于钟槐住在值勤班的集体宿舍里,刘月季一个人住一间房。不过这间房还算宽敞,分里间和外间,里间是一张大床,钟柳回来可以同刘月季一起睡。外间有一张小床,是钟杨回来时睡的。

夜里,刘月季和刘玉兰同睡在一张大床上。刘玉兰没躺下,只坐在床上,在想心事。刘月季说:"玉兰姑娘,你咋啦?"刘玉兰哭了。刘月季说:"咋回事?你说呀?"刘玉兰哭着懊丧地说:"月季大妈,他都可以当我父亲了。"刘月季说:"你不是自己同意的吗?事先你不知道他年龄?"刘玉兰点点头说:"知道。"刘月季说:"不知道他长相?"刘玉兰说:"介绍人把照片给我们看了。"刘月季说:"那你还有啥好说的。"刘玉兰说:"那时我父亲母亲逼我嫁给一个五十几岁的村长。要比起来,郭政委比那个村长强多了。可……"刘月季想了想,长叹了口气,言不由衷地说:"睡吧。要说,这也是个缘。再说,你又是你表哥王科长介绍给郭政委的。别多想了。郭政委是个挺不错的人,我是很尊重他的。年龄是大了点,但人好就行。啊?……"

刘玉兰并不甘心,但又不知道再说什么,于是长叹一口气,也躺下了。

夜深了,躺在刘月季身边的刘玉兰没睡着,睁大着眼睛在想心事。她眼前闪着钟槐的形象。

她与钟槐挤坐在长途公共汽车上。她与钟槐在瓜棚里躲雨。钟槐背她过河。

她咬了咬牙,好像下了什么决心似的。……

清晨,程世昌一个人在打扫厕所。刘月季朝厕所走去。刘月季吃惊地问:"程技术员,你怎么在这儿打扫厕所?"程世昌沮丧地说:"月季大姐,我下放劳动了。"刘月季吃惊地说:"下放劳动?这是为啥?"程世昌说:"郭政委、王科长找我谈的话。说让一些干部分批定时定期地下放劳动一段时间。让干部在劳动中锻炼自己,提高自己。这是上面的政策。"刘月季说:"就下放了你一个?"程世昌说:"好像这次全团下放有十几个人呢。不过团机关好像只下放了我一个。"程世昌伤感地摇摇头,然后说:"都怪我这个人心直口快,冒犯了郭政委、王科长。"刘月季也同情地叹了口气,说:"那以后你就少说些话。少顶撞他们,你呀,也是个直肠子,迟早有一天要吃亏的。不过,你救过我女儿,在我心里,你是个好人。这事钟匡民知道不知道?"程世昌说:"我也不知道他知道不知道。月季大姐,你也不必为我的事去向钟副师长说情,既然上面有这个政策,钟副师长也帮不上忙,你千万别去麻烦他,我这是自作自受啊!"

团领导宿舍区里的新房。郭文云领着刘玉兰走进房间,说:"刘玉兰,怎么样? 新房收拾得还满意吧?"刘玉兰心不在焉地说:"蛮好。"郭文云说:"那今天我们就去扯结婚证?"刘玉兰犹豫着。郭文云说:"怎么啦?"刘玉兰说:"郭政委,咱们过上几天再去领吧?"郭文云说:"怎么啦?"刘玉兰说:"郭政委,咱俩总还得相互了解上几天吧?"郭文云说:"咱俩的情况不都相互介绍过了吗? 还要了解啥?"刘玉兰:"咱俩各自的脾性总还得摸一摸嘛。再说,一来就这么急急地去扯结婚证,让人笑话,我的脸也有些搁不下呀。"郭文云爽快地说:"你说得也有理。那就过上几天再说。三天后去办吧。就这么定了。"刘玉兰说:"五天吧?"郭文云笑了笑说:"五天就五天! 我再给你点钱,让月季大姐陪你去买几件新衣服。"刘玉兰说:"不用了,你给我的盘缠我还没用完呢。"

瀚海市。瀚海市已初具规模。林带、师部办公楼、花坛、招待所、家属区、商店,像座新兴的城市。钟匡民走上师领导家属楼二楼。敲门后,孟苇婷打开门。钟匡民走进屋,看到屋里坐着个十五六岁的少年,眉清目秀的。

孟苇婷说:"下班啦? 少凡,来见过你姑父。"孟少凡乖巧地朝钟匡民鞠个躬说:"姑父,你好。"钟匡民说:"叫什么名字?"孟少凡说:"孟少凡。"钟匡民说:"多大了?"孟少凡说:"十五岁。"钟匡民说:"上学了?"孟少凡说:"上了。"孟苇婷说:"是初二,我安排他到垦区中学,刚好同钟柳一个班。"钟匡民说:"那就好好上学,跟同学们一定要搞好团结。"孟苇婷不满地说:"匡民,这是在家,不是在办公室同你下级谈话! 问话不要像法官讯问犯人似的。"

有人敲门,孟苇婷噘着嘴去开门。

保姆阿姨抱着钟桃进来。钟桃已有六岁了,长得十分可爱。钟桃喊:"爸爸,妈妈。"扑进孟苇婷的怀里。钟匡民说:"吃饭吧!"钟匡民问:"干吗一定要到这儿来?"孟苇婷说:"他爸爸死后,妈妈改嫁了。我妈就让他投奔到我这儿来。"钟匡民说:"家里就没其他亲戚了?"孟苇婷不满地说:"匡民,这些情况我都给你讲过,你干吗还要再问一遍? 他不是来投奔我,是来投奔你的。就因为你是个副师长嘛,跟我一样,也想攀个高枝嘛。"钟匡民说:"你这话可说得有点出原则啊。什么攀高枝? 苇婷,有件事我要很严肃地同你谈一谈。程世昌你知道吧? 六年前,是张政委费了好大的劲才把他弄到我们师来的,后来调到我们团。一是他同郭文云之间的关系老是协调不好。二是平时说话又很不注意,虽说是知识分子,但政治上却很幼稚,也是炮筒子一个。好,前两天,郭文云就把他给下放劳动了,在打扫厕所。这是上面的政策,连我也说不上话。"孟苇婷说:"我听说了。"钟匡民说:"张政委也说,先下放劳动一段时间再说吧。不过,有一技之长的人,我们还得用。他说,匡民,你要记住这件事,你是负责基本建设、水利工程的。这样一个人才浪费了很可惜。这个老郭,咋能这么干!"孟苇婷说:"那……"钟匡民说:"所以你得注意,你的这张嘴有时也是把不住门的。现在师里也正在安排一些干部下放到基层去劳动。如果组织部门真要让你去,我虽然是你丈夫,但也没法帮你说话。连程世昌这样的技术人才,张政委除了惋惜外,暂时也没辙。他也不会任意去改变下一级党委的决定。"

这一天早晨,钟匡民问孟苇婷:"钟杨是不是上初三了?"孟苇婷说:"是,他在初三班里,年岁是最大的一个。"钟匡民惋惜地说:"上学太晚了。"孟苇婷说:"真是很难为他了。以前又没有上过什么学,现在硬是把初中的学业学完,听说各门功课也都合格。毕业是没问题的,就怕高中很难考上。"钟匡民说:"是呀,光凭点小聪明也是没有用的。他十八岁了吧? 考不上高中就让他参加劳动去。看来是我把他耽搁了。刘月季到底是农村妇女,往这儿来时,就没想到孩子上学的事。"孟苇婷说:"这也怪不上月季大姐,月季大姐要不来,我们哪能这么顺利地结婚? 所以这事一想起来,我也挺过意不去的。匡民,我想我们教育科正在筹办师农校,他要考不上高中,就让他上农校吧?"钟匡民说:"他农校能考上?"孟苇婷说:"农校招生对象除了一些在职的年轻干部外,还有初中毕业的职工子女。要求不是很严格的,这事我来办吧。"钟匡民说:"按你们的招生标准办! 不能搞特殊!"孟苇婷说:"这我清楚。"

伙房的边上有一间团领导吃饭的房间。郭文云正在里面吃饭。刘月季端了一盘菜进来,搁在饭桌上。郭文云说:"月季大姐,你坐,我有话要跟你说。"刘月季在郭文云的饭桌对面坐下。郭文云说:"月季大姐,刘玉兰昨晚跟你说啥了没有?"刘月季说:"没说啥呀,咋啦?"郭文云一笑说:"别看她是个农村姑娘,很有点心机呢!"刘月季说:"怎么,她不愿意啦?"郭文云自信地说:"那倒没有。她答应五天后,才肯跟我领结婚证。她说,人一来才见面就领结婚证,怕人笑话。我想也是,虽说我四十出头了,但也不能像饿狼似的速往就啃。几十年都熬卜来了,还在乎这几天。"刘月季松了口气说:"这就好。"郭文云说:"过几天婚宴你给我操办吧。"刘月季说:"那还用说。政委,我想问你件事,程世昌这人到底咋啦?"郭文云说:"他这个人啊,是个从旧社会过来的知识分子,旧思想太重,又不肯好好改造自己,说了许多出原则的话,群众揭发他的材料一大堆,要不是我松松手,他非判刑进劳改队不可。现在只是让他下放劳动,在劳动中锻炼提高自己,这是上面的干部政策。很正常嘛。"刘月季说:"一个有经验的工程技术人员让他去打扫厕所,合适吗?他是不是顶撞了你们几句,你们在报复他?"郭文云说:"月季大姐,你怎么会往这上头想。我们这样做是在爱护他,让他锻炼提高后,是想更好地使用他。"刘月季惋惜地叹了口气。

郭文云说:"月季大姐,我知道你这个人心肠软。但在执行政策上,我们当领导的要比你考虑得全面。"刘月季说:"话是这么说,但我觉得这里面你们说不定也有私心在作怪!"说着走了出去。

郭文云只好摇摇头苦笑一下。

入夜了,林带上空挂着圆圆的月亮。

刘玉兰鼓起勇气来到团部值勤班的宿舍门口。刘玉兰喊:"钟槐哥!钟槐哥!"有一战士探出脑袋说:"他在值班室值班呢!"刘玉兰问:"值班室在哪儿?"战士说:"在招待所边上的那个房间。"刘玉兰走到团部值班室门口,轻轻地敲敲门,喊:"钟槐哥。"钟槐开开门,看到是刘玉兰,有点吃惊。钟槐冷冷地说："你找我？啥事？"刘玉兰说："我想同你说说话。"钟槐说："我在值班呢！我们有纪律,值班时不许同别人聊天,而且现在我也没啥话好同你说！你回去吧！"钟槐砰地把门关上了。

刘玉兰在门口待了一会儿,咬咬嘴唇,眼泪汪汪不甘心地离开了。钟槐在值班室里坐了一会儿,有些心神不定,他忙去拉开门,看到刘玉兰消失在朦胧的夜色中……

早上。团部水池边上有几棵大柳树,柔软的柳条在风的吹拂下飘扬着。刘玉兰端着盆到水池边洗衣服。离水池边不远处有两个妇女也在洗衣服,一个是个大胖子,一个是个高个子。大胖子看到刘玉兰在水池边洗衣服,就厉声大喊："喂！姑娘,你怎么在水池边洗呀！"刘玉兰奇怪地看看她们。高个子就大声地说："这水池的水是咱们团部平时吃用的水,你把水弄脏了,叫人怎么吃呀！"大胖子又说："你这个姑娘懂不懂规矩,你把女同志的脏东西也洗进去,人家喝了不恶心吗？"刘玉兰顿时羞得脸一阵红一阵白。她赶忙端起盆子,走到离水池远一点的地方。那个高个子女人拎着个桶走到刘玉兰边上说："你连打水的桶都没带吧？"刘玉兰点点头。高个子女人说："那你怎么打水呀,就用你洗衣服的盆子打呀？这个先借你用！"大胖子说："姑娘,你是刚来的吧？"刘玉兰又点点头。

这时炊事班的张班长挑着桶来担水。两个女人的话他都听见了,忙说："高胖子啊,刚才你说的话也太难听了。这姑娘刚来,不懂这儿的规矩,你就好好同她说嘛。"大胖子就说："姑娘,你从哪儿来呀？"张班长代她回答说："她是郭政委接来的新媳妇。你们待人家客气点。"高个子有些吃惊地说："姑娘,你多大？"刘玉兰说："二十一。"大胖子说："天啊,郭政委都可以当你爹了！大概郭政委比你爹的年龄还要大吧？"张班长说："嗨！你们是怎么说话的！世上年纪大的男人娶年轻姑娘的事有的是！真是少见多怪！"高个子说："姑娘,你图个啥？"大胖子说："不就图郭政委是个官儿呗！那还能图啥？论姑娘你这条件,什么样的年轻小伙子不能找？"说着,轻蔑地撇了撇嘴。张班长挑着水,走着笑着说："大胖子,你这张把不住门的嘴,迟早有一天会叫人撕烂！"大胖子笑着说："张班长,我就是这么一说。要是我也有姑娘这条件，我也想嫁个政委呢！年纪大算个啥！"这时，刘玉兰的泪从眼中涌了出来。两个女人见状，伸伸舌头不说话了。刘玉兰也只是咬紧牙关，用力地闷头搓洗衣服，似乎在下什么决心似的。

晚上，刘玉兰脱衣服准备上床，但衣服脱了一半又穿上了，她给自己打了打气，脖子一硬，爽直地说："月季大妈，我可能要对不起郭政委了。"刘月季说："怎么啦？"刘玉兰说："我不能嫁给他！"刘月季说："你不是答应他，五天后就去扯结婚证吗？"刘玉兰说："不！我不能嫁给他！"刘月季说："为什么？"刘玉兰说："他是个好人，可我对他一点感情都没有。他年龄又比我大那么多，这个婚怎么结？我不愿意。"说着伤心地哭了。刘月季抱怨地说："那你当初就不该答应他呀。"刘玉兰说："月季大妈，所以我说我对不起他。可当初是当初，当初老家那情况，我对你说了。但现在是现在，现在不一样了。现在我看到了我还有别的希望。我不该就这么糟蹋我自己。我也想要有幸福。"刘月季同情地叹口气说："玉兰姑娘，我理解你也同情你。但有些话我不便说，也不能说。因为你现在这么改变主意让我很为难。"刘玉兰说："月季大妈，我知道，但在这儿，我只有对你说。我不可能对任何其他人说。我的心好乱啊。我不是想让你给我拿主意，我只是想把这事说出来给你听。"刘月季叹了口气："玉兰姑娘，以后你别再在我跟前提这件事。你说得对，我刘月季不会为你出别的主意，这是你自己的事，主意只有你自己拿。不过你该想想，郭文云把你接过来也不容易啊！"刘玉兰说："这我知道。但我的决心已经下了。我不能一步走出去就耽误了我一辈子。"

刘玉兰来到团部，走到政委办公室门口，犹豫了一下，深深地吸了口气，给自己鼓劲，然后敲门。郭文云的声音："进来。"刘玉兰看着郭文云。郭文云亲切地问："找我有事？"刘玉兰说："郭政委，我有个要求。"郭文云和气地问："啥要求？尽管说。"刘玉兰说："我想参加工作。"郭文云笑着说："想参加工作是好事呀。等我们结婚后，我就让劳资科给你安排，你想干啥？"刘玉兰说："不，我这两天就想马上工作。"郭文云有点疑惑了，问："为啥？"刘玉兰说："我想好好工作，把工资积下来，还你的盘缠钱和你给我家的那一千元钱。"郭文云吃惊地说:"刘玉兰,你这是什么意思?"刘玉兰说:"郭政委,你是个好人,你真的是个好人。但这两天我想了又想,我不能跟你结婚。"郭文云的脸一下灰白了,喊:"你说什么?"刘玉兰坚定地说:"我真的不能同你结婚!"郭文云恼火地说:"为啥?"刘玉兰说:"郭政委,我把话说直了吧,你想,让我跟一个可以当我父亲的人结婚,我心里咋也觉得不是个滋味,这算个啥? 况且我俩之间一点感情都没有,怎么在一起过日子?"郭文云双拳擂桌子恼怒之极地喊:"那你干吗要来?"刘玉兰说:"郭政委,你不会强迫我吧?"郭文云说:"我只是想问你,我的年龄,我的长相,你都知道。你既然有这么个想法,那干吗要来?"刘玉兰说:"想法是这两天才有的。来的时候我并没有。"郭文云说:"为啥这两天就改变主意了?"刘玉兰说:"有了就有了。说不出啥道道来。我现在只想能工作,能积下钱来还你。"郭文云气得直喘粗气说:"你先出去,让我好好想想。"刘玉兰含泪朝郭文云鞠了一躬说:"郭政委,对不起! ……"然后抹了一把泪,心情沉重地走了出去。

郭文云一下瘫坐在椅子上,傻了,然后突然抓起电话喊:"王朝刚,你到我办公室来一下!"

王朝刚急忙赶到了团机关,郭文云办公室。郭文云把刘玉兰的事跟他说了。

王朝刚吃惊地张大嘴对郭文云说:"刘玉兰真是这么说的?"郭文云说:"我还能骗你?"王朝刚恼怒地说:"我找她去!"

刘玉兰径直来到值勤班宿舍,刘玉兰用很坚定的姿势敲开值勤班宿舍的门。来开门的钟槐睡眼惺忪地看看她。

刘玉兰说:"钟槐哥,你有空吗? 我有话要跟你说,就一会儿。"钟槐说:"你没看到我正在休息吗?"刘玉兰说:"我知道你在休息,但我有话只能现在跟你说!"钟槐说:"啥话,说吧。"刘玉兰说:"这儿不行,找个地方说。"

钟槐和刘玉兰走到林带旁的水渠边上站住。

钟槐用很冷淡的口气说:"这儿没人了,说吧。"刘玉兰说:"钟槐哥,我有话要告诉你,这话现在不说不行了。"钟槐说:"啥事?"刘玉兰说:"我不跟郭政委结婚了。"钟槐说:"为啥?"刘玉兰说:"因为我爱上了一个人。要是不爱上这个人，我可能会同郭政委结婚的。但我爱上这个人后，我就不会也不能跟郭政委结婚了。"钟槐吃惊地说："你刚来这么两天，就爱上一个人了？"刘玉兰说："对！"钟槐说："那人是谁？"刘玉兰说："就是你，钟槐哥。"钟槐蒙了，傻愣愣地看着刘玉兰。刘玉兰说："我还要告诉你，既然我爱上你了，那这辈子我就只爱你一个人，不管你爱不爱我，我一直等着你，等到你跟别的女人结婚，我才会……也许，除了你，我这辈子不会再嫁给别人了。"钟槐："……"刘玉兰说："我要参加工作，把工钱积起来，还给郭政委。我活在这世上，不占人家这种便宜。这些，就是我要跟你说的话！"

刘玉兰说完转身就走。

壮实的钟槐突然两腿发软，背靠着树干，滑坐到地上。他看着刘玉兰优美的身影匆匆地消失在林带的拐弯处。

刘玉兰正往机关食堂方向走，王朝刚突然挡在了她跟前。

王朝刚怒气冲冲地说："刘玉兰，你刚才到哪儿去啦？让我好找！"刘玉兰说："怎么啦？"王朝刚说："还怎么啦？你问我我还想问你呢！刚才你跟郭政委说什么了？"刘玉兰说："我说让他给我个工作，我好积下钱来还他。"王朝刚说："为啥？"刘玉兰说："因为我另有想法了。"王朝刚："啥想法？"刘玉兰："我不能跟他结婚。"王朝刚恼怒地想举手扇她耳光，但手举在半腰中停了一会儿又放下了，说："那你跑到这儿干啥来了？刘玉兰我告诉你，既然你来了，这婚你结也得结，不结也得结。不然，我王朝刚的脸往哪儿搁！我告诉你，明天你就去跟政委办结婚证去！"

瀚海市。师部中学初二班。孟少凡与钟柳同桌。十四岁的钟柳已开始有点发育，长得非常的漂亮，大眼睛，小而挺的鼻子，嘴角上还有两个小酒窝。上课时孟少凡不时地斜眼看钟柳。老师正在黑板上出试题。老师说："同学们，大家拿出纸，把黑板上这两道题做一下。"孟少凡不满地嘟嘟嘴说："又是测验！"老师说："谁在嘟囔啊？"孟少凡伸伸舌头，低下头来从书包里拿出一张纸。同学们开始埋头做题。孟少凡显然做不出，伸长脖子偷看钟柳的。钟柳用手臂挡住孟少凡的眼光。孟少凡轻声地说："让我看一眼嘛。"钟柳说:"你想作弊啊。不行!"孟少凡说:"我是你表哥嘛。"钟柳说:"那也不行,让你作弊,其实是害你!"老师说:"不许交头接耳的!"孟少凡不满地瞪了钟柳一眼。

学生集体宿舍是一排平房。下课后,孟少凡拿着个纸盒,在女生宿舍门口喊:"钟柳,你出来。"钟柳走出来说:"啥事?"孟少凡把盒子给她说:"我送你一个礼物吧,请你收下。"钟柳疑惑地看看孟少凡,然后笑笑说:"那就谢谢了。"钟柳慢慢地打开盒子,一条四脚蛇爬了出来,吓得钟柳摔掉盒子大哭起来。孟少凡哈哈笑着说:"胆小鬼!"钟柳在宿舍门口哭。

男生宿舍有个男学生朝门外探了一下头,接着钟杨从里面走出来,十八岁的钟杨已是一个英俊的小伙子了。钟杨走到钟柳跟前说:"妹,咋回事?"

教室外面,钟杨把一个硬纸盒送到孟少凡手里。钟杨说:"孟少凡,我也送你一个礼物吧。"孟少凡不在意地说:"我知道,里面大不了也是条四脚蛇。你是想替你妹妹报仇,但我不怕。"钟杨说:"那就打开看看。"孟少凡满不在乎地打开硬纸盒,一条小蛇从里面爬出来,从孟少凡手臂上滑过,吓得孟少凡头皮发麻,一下跌坐在地上,用带哭的声音喊:"你想害死我啊!"钟杨说:"这次不算,下次我还要收拾你,看你还敢不敢欺侮我妹妹!你这个赖小子。"

晚上,在师部。钟匡民家。保姆正在准备晚饭。钟匡民、孟苇婷、钟杨、钟柳、钟桃、孟少凡,正准备就座。

钟匡民生气地说:"你看你干的好事!钟杨你已经过了十八岁了,已经是成年人了!竟还做出这种小孩子家做的事!弄一条蛇当成礼物送给人家,你怎么想得出来!"钟杨不服地说:"那他怎么想得出弄一条四脚蛇当礼物送给我妹妹。而且他所谓送的礼物其实是为了报复钟柳,因为上课测验时,他要偷看钟柳做的题,钟柳不让他看!"钟匡民问孟少凡:"是这样吗?"孟少凡说:"姑父,钟杨哥哥送给我蛇,那会要我命的!"钟匡民说:"我先问你有没有作弊的事?"

孟少凡不吭声。

钟柳说:"爹,他上课从来不好好听讲,老是在下面做小动作。"孟苇婷说:"少凡,你要是这样,我就送你回老家去!不过钟杨,你是当哥哥的,他做错了,你怎么教育他都行,甚至打他几下都行。但用蛇来惩罚他,是不是有些过分了?"钟匡民说:"是呀,做事总得有个分寸。孟少凡用四脚蛇来吓钟柳是不对,但四脚蛇没有毒,蛇是有毒的。那是要出人命的,这起码的常识你该懂!"钟杨说:"爹,你别看你当副师长,在这方面你就不懂,有些四脚蛇也有毒,而有些蛇就没有毒,我拿给他的蛇就没有毒。这方面,我研究过。有毒我自己都不敢拿,我还会拿给他?"钟匡民说:"钟杨,我知道你有点小聪明,但你的这些小聪明是不是用错地方了?!"钟杨说:"爹,你既然这么说,我也没什么好说的。钟柳,咱们走,咱们回学校吃饭去,这儿的饭臭,我们不吃了。"钟柳说:"哥!……"

可钟杨依然拉着钟柳往门外走。

孟苇婷去挡,说:"钟杨……"钟杨说:"你走开!你们俩都向着孟少凡,我们还在这儿吃什么饭!爹,我也总算清楚了,为什么哥到现在还不肯认你这个爹!因为你压根儿就不像我们的爹!"

第十二章

　　钟杨冲着钟匡民说完话后,就拉着钟柳走出屋外。钟匡民气恼地说:"孟少凡,你为什么只说钟杨送你蛇的事,不说你先送钟柳四脚蛇的事?"孟少凡耷拉下脑袋。钟匡民说:"孟苇婷,你把他给我送回去! 明天就送回他自己的亲戚家去!"孟苇婷说:"我就是他亲姑姑,你还把他往哪儿送?"钟匡民恼怒地说:"送到他奶奶那儿去!"孟苇婷说:"我妈妈七十多岁了,带不了他,才把他送到我这儿来的。匡民,你也别生气,我让少凡给你道歉,行吗? 少凡,给你姑父道歉认错,再去把钟杨哥哥请回来!"孟少凡说:"姑父,我错了,我向你道歉。"

　　钟匡民沉沉地叹了口气——清官难断家务事啊。

　　钟杨拉着钟柳在路上走。钟柳说:"哥,我觉得你这样待爹总不太好!"钟杨说:"你没看见吗? 爹一屁股就坐在那女人一边,就因为孟少凡是那女人的侄子。可我是他亲儿子呀! 为了那女人他甩掉我娘,也可以甩掉自己的亲儿子! 我现在是看懂了,爹全让那个女人给迷住了,哪里还有我们啊!钟槐哥这点比我们看得透!"钟柳说:"我觉得苇婷阿姨人也挺不错的!"钟杨说:"钟柳,你要这样,孟少凡再欺侮你,你别想让我再帮你!你回到那女人那儿吃饭去吧!"钟杨甩开钟柳自管自走。钟柳追上去,拉住钟杨说:"哥,你别这样嘛。我跟你走还不行吗?"

孟苇婷从后面追了上来。孟苇婷说:"钟杨,钟柳……"说着喘着气,"回去吧,回去吃饭去。这事是少凡的不是,你们误解你爹了。"钟杨说:"我们才没有误解他呢!他说的那话是误解说的话?你也用不着假惺惺的!钟柳,咱们走!"孟苇婷说:"这么晚了,你们上哪儿吃饭去?"钟杨说:"离了你们就没饭吃啦?我们回去!"孟苇婷说:"回哪儿?"钟杨说:"回我娘那儿!"孟苇婷说:"那要走十几里地呢!"钟杨说:"我们不怕!反正明天是星期天!"钟杨拉着钟柳消失在林带的拐角处。孟苇婷望着他们的眼睛里,含着委屈的泪。她两头都为难哪!

程世昌提着马灯仍在清扫厕所。刘月季去上厕所看到他,他正推着架子车把起出的粪倒在大堆上用土封上。刘月季很同情地叹了口气走上去说:"程技术员,你怎么还没下班?"程世昌说:"我一天要清扫五间厕所,干不完怎么能下班呢?"刘月季说:"唉,自有你打扫厕所后,每天厕所都是干干净净的,粪便起干净了,上面还撒上干土,厕所四周还撒上石灰,苍蝇也少多了。"程世昌苦笑一下说:"我这人就是这样,不把手上的活儿干好,心里就感到不踏实。恐怕我吃亏就吃亏在这脾性上。"刘月季说:"我倒喜欢像你这样脾性的人。啥事情要么不干,要干就得不但自己看得过去,也要让别人看着满意。程技术员,你家属呢?我咋从来没看到你家属,也没听你提起你家属?"程世昌伤感地摇摇头说:"这事我再也不想提起。一提起,我就几天几夜睡不成觉。"刘月季说:"咋啦?"程世昌说:"六年前,我家属带着女儿从老家到新疆来找我,但在从甘肃到新疆的路上,家属被土匪杀害了。女儿呢,也失踪了,至今没有一点点音信。现在我成这个样子,就是知道女儿在哪儿,我也不好去认啊!"刘月季问:"你女儿叫啥名字?"程世昌说:"叫程莺莺,女儿还不到一岁时,我离开她们,到新疆来了。唉,当时就是为了能挣口饭吃啊！但从此以后就再也没有见过她们了。"刘月季心头一惊，但仍平静地说："你女儿身上有啥念物没有？"程世昌说："一岁时，我给她买了串金项链，上面还挂了个长生果。长生果上面我还让金匠刻了程莺莺三个小字。"刘月季沉默了一会，想了想说："程技术员，你也不用太伤心，我想只要这个念物在你女儿身上，说不定有一天会找到她的。"程世昌说："我已经不抱任何希望了。这样的念物，如果在女儿身上，对她反而有害。遇到贪财的人，说不定抢了她的项链还会要她的命。世上谋财害命的人还是有的。有些大人都被害了，何况她这么个女孩子。"说着，程世昌用手指擦了擦渗到眼角的泪水。刘月季宽慰他说："但世上不会全是想谋财害命的坏人吧？总还有好人吧？程技术员，有些事别尽往坏里想，总也该往好里想想。我也不多说了，那你干活吧。饿了，就上我那儿吃口饭啊。……"程世昌点点头，心中充满感激地说："月季大姐……但愿你说的这些吉利话能够是真的！"

刘月季回到家，急忙锁上门，然后从箱子里掏出一个小布包，她从小布包里抽出金项链，然后在灯光下，看到在长生果上刻的程莺莺那三个小字。

她听到脚步声，很快把金项链放进布包，锁进木箱里。

钟杨、钟柳冲进屋里喊："娘！"刘月季端了两碗面条递给钟杨、钟柳。刘月季说："钟杨，你也有不对的地方，怎么全怪你爹和你苇婷阿姨呢？爹说得对，你已经过了十八岁了，不是小孩子了。孟少凡做得不对，但你也不能以错去对错的呀？"钟杨垂着脑袋闷头吃面条，不再说什么。他觉得他娘说得对。

门外响起急促的奔跑声。钟槐兴奋地从门外冲进屋里喊了声："娘！"他又看到钟杨、钟柳正在吃饭，说："钟杨，钟柳。"钟杨和钟柳放下碗喊："哥！"钟槐说："娘，毛驴生啦！是头小公驴！"钟杨、钟柳说："真的？走，快去看看！"

月光如水。伙房窝棚前。刘月季、钟槐、钟杨、钟柳高兴地看着母驴正在舔着刚生下来的小驴。钟杨说："哥，当时我的决策英明吧？我们家的毛驴也能愚公移山了。"钟槐说："啥意思？"钟杨说："子子孙孙呀！一代接一代。"钟槐在钟杨后脑勺上轻轻地拍了一下说："在学校喝了点墨水，说的话也拐起弯来了。毛驴不一代接一代,那天下毛驴不就绝种了,这跟愚公移山有啥关系!"钟杨轻声地说:"哥,我和爹也闹崩了。"钟槐说:"为啥?"钟杨咬着钟槐的耳朵咕叽了一阵。钟槐说:"我说嘛,他就不像个爹,别看他是个副师长,他这个爹我咋也不会认!"刘月季恼怒地说:"钟槐!你这话像个哥说的话吗?钟杨现在对你爹这样,全是你影响的!"钟槐不能跟娘顶嘴,但却不服地嘟着个嘴。钟杨只是伸了伸舌头。

夜深了,刘月季和钟柳已经睡下。刘月季把钟柳紧紧地搂在怀里,眼泪滚了下来。钟柳说:"娘,你咋啦?"刘月季想说什么,但话又咽了回去,说:"没什么,睡吧。你可不能像你那两个哥哥那样待你爹。你跟他们不一样!啊?"钟柳说:"娘,我知道。"刘月季轻轻地抚摸着钟柳,她想起今晚和程世昌的谈话。

刘月季问程世昌:"你女儿叫什么名字?"程世昌说:"叫程莺莺……"刘月季说:"你女儿身上有啥念物没有?"程世昌说:"一岁时,我给她买了串金项链,上面还挂了个长生果。长生果上面我还让金匠刻了程莺莺三个小字。"刘月季突然想起什么,立即翻身下床,穿衣要出门。钟柳说:"娘,咋啦?"刘月季说:"你快睡,我还要出去办件事。"

这天,王朝刚走进政委办公室,看到郭文云铁青着脸,一副恼怒而丧气的样子,王朝刚问:"政委,你咋啦?"郭文云一脸的恼怒。郭文云说:"王朝刚,我觉得这里一定有人在捣鬼。这事原先还好好的,怎么说变就变了呢?"王朝刚马上迎合说:"我想也是。要不,好好的事,两天工夫咋就变成这样了。政委,我帮你暗地里查一查吧。"郭文云说:"是呀,我越想越觉得这事蹊跷!"

夜很深了。此时,刘玉兰坐在机关食堂边的林带里哭泣。月色朦胧。刘月季朝她走去。刘玉兰看到刘月季,忙站起来,抹去泪。刘玉兰说:"月季大妈……"刘月季说:"你瞧,我儿子女儿回来了,差点把你这事给忘了。你怎么啦?"刘玉兰说:"月季大妈,我都想要去死!"刘月季在她的小办公室里为刘玉兰铺了张床。刘月季说:"你就在这儿将就一夜吧。我看,你最好还是同郭政委结婚吧。"刘玉兰说:"不!月季大妈,我铁心了,我不能跟郭政委结婚,决不能。"刘月季说:"原先好好的事,为啥成这样?郭政委虽说年岁大了点,但是个很不错的人。"刘玉兰说:"月季大妈,夫妻生活在一起,是不是该有个感情基础?"刘月季说:"按理说应该是。"刘玉兰说:"没感情的婚姻是不是会很痛苦?"刘月季想到自己的婚姻,叹了口气说:"是呀,光一头有感情还不行,得两头都得有。"刘玉兰说:"月季大妈,我心里也好矛盾,但我想婚姻这事是人一辈子的事。我不能把自己一辈子的大事就这么马马虎虎地打发了!"刘月季同情地点点头说:"睡吧,这事我没法表态,因为你能这样出来也不容易,这可是郭政委给你创造的机会。晚上你再好好想想,啊?"

早晨,钟槐赶着毛驴车去渠边拉水。大毛驴拉着车自己朝渠边走。钟槐则追逐着小毛驴,让它在草地上打着滚,搂着小毛驴的脖子玩耍,小毛驴也同他特别地亲,伸着舌头舔他的手。他突然看到有个人朝他走来。那人走近了。是刘玉兰。钟槐的心一下又变得很沉重。刘玉兰走到钟槐跟前,眼泪汪汪地说:"钟槐哥,我想再跟你好好谈一谈。"钟槐说:"你昨晚不都说了嘛。还谈啥!你想喜欢谁我管不着,但喜欢我可不行!我告诉你,你最好还是跟郭政委结婚,你本来就是来跟郭政委结婚的嘛。要不你来干啥?"刘玉兰咬牙说:"不!我是来跟你结婚的!"钟槐说:"你胡扯些啥!我告诉你,我跟你啥关系也没有!你别再来找我了。这对咱俩都不好!听见没有!"刘玉兰说:"不!我就要嫁给你!"

钟槐急匆匆地走进刘月季办公室。钟槐说:"娘。"刘月季说:"咋啦?"钟槐说:"娘……"刘月季说:"咋啦,说话呀。"钟槐说:"娘,你让刘玉兰住到别的地方去,别再让她住在你这儿了。"刘月季说:"为啥?"钟槐说:"你别再问为啥了,你让她找政委,让政委安排她住的地方好了。"刘月季说:"那你得说出个由头来呀!"钟槐说:"娘,你别问了。反正你不能再让她住你这儿了!要不会惹麻烦的!"说完烦恼地转身就走。刘月季困惑地说:"这孩子!怎么啦?"但又突然感到了什么,心头也一惊。

钟槐走进郭文云的办公室。钟槐说:"郭伯伯。"郭文云正在为刘玉兰的事想不开,一个劲地抽着烟,心里老大的不快。郭文云说:"钟槐,你找我有事啊?"钟槐说:"郭伯伯,你赶快跟刘玉兰结婚吧。"郭文云说:"怎么啦?你知道什么啦?"钟槐说:"我啥也不知道,反正你得跟她早点结婚! 要不你把她接到这儿来干吗?"接着用带哭腔的声音、哀求的口气说:"政委,快结婚吧!"说完扭身就走。郭文云一脸疑惑说:"这孩子怎么啦?"

这一天,机关食堂里,郭文云一个人在团领导的小餐厅吃饭,刘月季坐在他对面。郭文云说:"月季大姐,刘玉兰这几天跟你住在一起,她跟你说些啥了没有?"刘月季想了想说:"郭政委,今天钟槐来找我,要我不要让刘玉兰住在我这儿,我也摸不透这是为啥。我问他,他也不肯说,钟槐这孩子诚实厚道,但脾性却很犟。他不肯说的事,你咋问也问不出来。"郭文云说:"今天他也来找我了。要我赶快同刘玉兰结婚。我问他为啥,他也不肯说,这里肯定有原因!"刘月季猛地感觉到了什么,儿子的脾性她毕竟摸得比较清。刘月季说:"政委,那你就赶快结婚吧。今天就去扯结婚证,过两天就办婚礼。你这年纪还拖什么? 我也只让刘玉兰在我这儿住最后一夜。明天,就让她进新房去住!"郭文云说:"我也希望能这样。"刘月季说:"那你就这么办! 不要再拖了,夜长梦多。先把结婚证扯上再说!"刘月季说完站起来就走。郭文云想说什么,但却说不出口,一脸的尴尬与恼火。刘玉兰不肯跟他结婚了,这结婚证怎么去扯? 他这个当政委的真有些丢不起这个脸。

刘月季走进伙房。伙房的人正在炒菜做馍。刘月季说:"张班长,今天我要到师部去一下,晚饭前就回来。有些事你帮我招呼一下。"张班长说:"行啊!"刘月季把钟杨、钟柳送到师部中学的门口。刘月季突然又把钟柳搂进怀里,拍拍钟柳说:"好好上学,啊?"钟柳感到刘月季对她的感情变得有些特别,说:"娘,你咋啦?"刘月季说:"没啥,就是好好上学,争取考上高中考上大学! 钟杨,每个星期六你要是不想去你爹那儿,那就领着妹妹回娘这儿来,但不能惹你爹和苇婷阿姨生气。你是大人了,该懂事了! 娘有件事想去找你爹。"

刘月季敲开钟匡民家的门。保姆开的门。刘月季问:"邢阿姨,钟副师长没出差下去吧?"邢阿姨说:"昨天出差刚回来。今天在师机关办公。"刘月季说:"他办公室的电话你知道怎么拨吧?"邢阿姨说:"知道。"刘月季说:"你拨,我有话跟他讲。"邢阿姨拨通电话。刘月季接电话。刘月季说:"匡民,你赶快回家一下,我有急事找你!"钟匡民说:"那你就到我办公室来。"刘月季说:"这事不能在办公室说,只能在家说!"钟匡民想了想说:"那好吧。"

钟匡民赶回家里,和刘月季关紧书房门小声地说话。钟匡民说:"真有这么巧的事?"刘月季拿出金项链说:"你瞧这。上面程莺莺三个字刻得清清楚楚的。"钟匡民接过项链看了看。刘月季说:"匡民,你看这事咋办好?我可没了主意了,你是当领导的,帮我拿个主意吧。"钟匡民果断地说:"这事就你我两个知道吧,对谁都不要说。"刘月季说:"为啥?"钟匡民说:"你想想,程世昌现在是这种情况,出身问题,社会关系问题,现在又在下放劳动,要是把事情亮开了,虽然他们父女是相认了,但钟柳一生的前途说不定就会受影响。现在就这么个政策。这么好的一个女孩子,你忍心吗?她就是我们的女儿,我看这样更好。而且这对程世昌也好,如果他发觉因他的关系,影响了女儿的前程,那他会更痛苦的!"刘月季说:"程世昌也太可怜了!"钟匡民说:"现在只能这样。"刘月季说:"匡民,为啥要让程世昌下放劳动?他犯啥错啦,不就同郭政委和王科长顶了几句嘴?他也是个直性子嘛。我觉得这个人不错的呀。"钟匡民说:"月季,你这话问得我好为难呀。要我说,这当然主要是他自身的原因,但也有郭文云的因素。月季,别再提这事了。过些日子,让程世昌劳动上一段时间,我会为程世昌想点办法的。他的一技之长,我们会用的。张政委也有这个意思。你就留在这儿吃了饭再回吧。"刘月季说:"不了,我得赶回去,家里还有另一茬子事在等着我哪。"钟匡民一笑,无奈地摇摇头。

夜里,刘月季与刘玉兰已上床睡觉了。刘月季说:"玉兰,这两天你在忙啥呢?"刘玉兰说:"我到团部四周的好几个单位看了看,我想找份工作做。"刘月季说:"玉兰,这儿比不得内地。在这儿自己是找不上工作的。要想工作那得由单位领导写报告,自己写申请,然后送到劳资科,最后还要团领导批。所以你要想有份工作,没郭政委批准是弄不成的。"刘玉兰说:"那我咋办呢?"刘月季说:"玉兰,你听我一句劝吧,还是赶快跟郭政委结婚吧。我说,他年纪是大了点,但是个很不错的人。"刘玉兰已铁了心了,说:"月季大妈,你真的是个很好很好的人,比我妈还要好。按理,我应该听你的劝。既然我是答应了郭政委才来这儿的,那就该跟他结婚。可我昨晚就跟你说了,一想到以后的日子,我就害怕。我就觉得这辈子就要跟一个像父亲一样的人过那种没有一点感情的日子,我就怎么也不甘心。我咋啦?我干吗非要去过那种没有一点幸福的日子呢?"刘月季说:"是呀,话是这么说。可……"刘玉兰说:"不!月季大妈,我不愿意命运就这么安排我。我得抗一抗,梁山伯跟祝英台不是抗了吗?哪怕是变成一对蝴蝶,那也是幸福!"刘月季沉默了一会,想起了什么。

刘月季说:"玉兰,你是不是相中别的人了?"刘玉兰说:"大妈,我不瞒你,我是相中别的人了。我要跟他一起过幸福的日子。"刘月季说:"那你相中谁了?能告诉大妈吗?"刘玉兰说:"就是你儿子,钟槐!"刘月季一惊,她的预感没错,于是不知说什么好了。刘玉兰说:"大妈。"刘月季咬了咬牙,下决心说:"玉兰,今晚你在我这儿住上一夜后,明天就别住在这儿了。到别的什么地方去住都行。"刘玉兰说:"月季大妈,为啥?"刘月季说:"因为我儿子今天来求我说,让你别再住在我这儿。要找住的地方,你直接找郭政委去!因为我儿子不愿意!"刘玉兰说:"月季大妈!"刘月季说:"别说了,睡觉吧!你让我和我儿子钟槐都很为难哪!"刘玉兰哭了说:"对不起大妈,但我不会再回头了。"

刘月季没睡着。她的心情复杂,她在回忆。

她与钟匡民进入洞房。钟匡民对她的冷漠甚至厌恶。她在迫于无奈下泪流满面地向钟匡民下跪。她千里迢迢千辛万苦地带着两个孩子找到钟匡民,钟匡民对她的冷漠。

刘月季的眼里含着泪,翻身下床,穿上衣服,出门。刘玉兰忙问:"月季大妈!这么晚了,还出门?"刘月季说:"你睡你的!"

在值勤班集体宿舍里,钟槐也躺在床上,翻来覆去地睡不着。

他在回忆。

林带里。刘玉兰在说:"我还要告诉你,既然我爱上你了,那这辈子我就只爱你一个人,不管你爱不爱我,我一直等着你,等到你跟别的女人结婚,也许,除了你,我这辈子不会再嫁给别人了!"

渠边。

刘玉兰说:"不!我就要嫁给你!"钟槐回想着,感动得眼泪汪汪的。然后又烦躁地翻了个身。

刘月季来到营区,敲开值班室的门。刘月季问:"钟槐呢?"值班战士说:"大妈,今天他轮班,在宿舍休息呢。"刘月季敲值班室宿舍的门,喊:"钟槐,你出来一下。"钟槐开门说:"娘,这么晚了,有事?"刘月季说:"你出来一下,娘有话要问你。"

月亮在朦胧的云朵中时隐时现。

刘月季说:"钟槐,跟娘说实话。刘玉兰是不是找过你了?"钟槐说:"是。"刘月季说:"跟你说啥了?"钟槐说:"她说她看上我了。还说,既然她看上我了,她这辈子就只爱我一个人。她又说,她要等到我跟别的女人结婚。但就是这样,恐怕她这辈子也就不结婚了,要嫁就只嫁给我。"刘月季说:"你咋回答她的?"钟槐说:"我让她赶快跟郭伯伯结婚!"刘月季说:"那你是咋看她的?"钟槐说:"我……我觉得她挺可怜的。"刘月季说:"你想娶她?"钟槐说:"不!娘,我不可以做这种事的。她应该跟郭伯伯结婚才对!"刘月季说:"我知道了。回去歇着去吧。"钟槐说:"娘……"欲言又止。刘月季说:"咋啦?"钟槐说:"……那我睡觉去了。"

刘月季回到家中,刘玉兰也没睡着,正坐在床上看着电灯泡发愣。刘玉兰说:"月季大妈,你……"刘月季说:"睡吧,安安心心地睡。明天再说明天的事,世上没有过不去的火焰山。"刘玉兰自言自语:"月季大妈……"

第二天早上,在机关食堂。小餐厅里,刘月季端了两盘菜放到郭文云跟前。郭文云说:"月季大姐,你坐下,我有事想求你。"刘月季说:"啥事?"郭文云说:"月季大姐,我也不瞒你了。刘玉兰变卦了,不肯跟我了。这姑娘我真的很喜欢,你劝劝她行吗?"刘月季犹豫了一会说:"政委,本来这事我应该积极帮你的。可劝她的话,我已经说了许多次了,但姑娘硬是不愿意。我还让她今天住到别的地方去。但一个姑娘家,我硬是这么赶她,我也于心不太忍啊。"郭文云说:"这事也真让我烦心哪!也让别人看笑话了。"刘月季同情地说:"要是刘玉兰愿意跟你,我可以帮你把婚礼弄得热热闹闹、体体面面的。但人家不愿意,这事就不好办了。"郭文云说:"所以我才让你帮我再劝劝她做做工作嘛,我都四十出头了,我还要等到哪一天啊?"郭文云神色黯然。

刘月季同情地叹了口气说:"政委,不是我不肯帮这个忙。我也希望这事能成! 但这事恐怕就坏在你的年龄上了。郭政委,不是我说你,你的想法有点离谱了。"郭文云说:"钟匡民跟孟苇婷结婚,不是年龄也差一大截吗?"刘月季说:"这不一样,孟苇婷人家是自己愿意的。而且我知道,那还是孟苇婷追的匡民。如果玉兰姑娘也能像孟苇婷追匡民那样追你,那还有啥说的?"郭文云说:"月季大姐,娶个媳妇就这么难吗?"刘月季说:"政委,我想说句不太中听的话,没有感情的婚姻是过不到一块儿的。剃头挑子一头热怎么行? 我跟匡民的婚姻就是包办的,结果我们两个都很痛苦,相处得也很尴尬。现在离了,他有了新的家,我们相处得反而好了。"郭文云说:"月季大姐,看来这个忙你不能帮了?"

刘月季说:"不是我不帮,我已经帮不上了。再说,郭政委,你也知道我是个直肠子脾气,有啥说啥的。我自己在这上头吃了苦的人,怎么还能推你俩再去苦一遍呢? 再说,我不是没有劝过她,劝了好几遍了。但再劝下去,我也感到有些违心了。这种违心的事违心的话我刘月季也不大做不大说的。但我想到你郭文云这么个年纪了,人也是个好人,我才这么做这么说的。但人家姑娘硬是不愿意,我也没办法。政委,我看你还是给她在这儿找份工作吧。只要有缘,老婆总会有的。"郭文云难堪地摇摇头说:"那这事我就没指望了?"刘月季说:"这我也说不上。主要还是要靠你自己去争取了。要不你再找她好好谈谈。我也希望你们能成。只要能成,我一定帮你好好操办!"郭文云不悦地说:"好吧。我再找她谈谈试试吧。要这么着,我就不该把她接来! 月季大姐,那你就帮我找找她,让她到我办公室来。"

刘月季带着刘玉兰,一边往团机关办公室走,一边说:"玉兰姑娘,郭政委想再同你谈一次话。他让我来叫你。你好好跟他谈,你心里咋想的就咋说。如果他能说服你,你愿意跟他了,那也是我的愿望。如果你硬是不愿意,那也得把理由给郭政委说清楚。"刘玉兰说:"月季大妈,我现在心里只有钟槐哥。别人谁都装不进去!"刘月季说:"这事我不好说。但我看你也别剃头担子一头热。我儿子大概不会愿意的!"

两人快走到团机关办公室门口,刘玉兰说:"我说了,钟槐哥不要我,这辈子我就再不嫁人了。"刘月季说:"不要说这种话,我不爱听! 去吧。"

刘玉兰走进郭文云办公室,坐在郭文云办公桌对面凳子上。郭文云说:"刘玉兰,你知道我把你接到这儿来是干什么的吗?"刘玉兰说:"知道。"郭文云说:"那为啥又突然变卦了?"刘玉兰说:"理由我已经说过了。"郭文云说:"你讲的这些理由,你来之前就该想到!"刘玉兰说:"当时我只想赶快离开家!"郭文云说:"为啥?"刘玉兰说:"因为我爹我娘要逼我嫁给一个五十多岁的村长。我不愿意,我爹我娘就强迫我。我……郭政委,你不会强迫我跟你结婚吧?"郭文云说:"当时我还多给了一千元钱。你知道为什么?"刘玉兰说:"不会是买我的钱吧?"郭文云说:"你这姑娘,越说越离谱。那是聘金!既然不愿意,那就不该收下!"刘玉兰说:"所以我要找份工作,积下钱来连同盘缠一起还你。"郭文云说:"一点回转的余地都没有了?"刘玉兰说:"郭政委,请你原谅我。我知道你是个好人,我真的很对不起你。但感情上的事,我没法勉强自己。要不,我跪下给你磕头谢罪吧。"郭文云说:"不用! 我郭文云绝不会强逼你,也不是用那一千元钱把你买下了,我郭文云绝不是那种人。要不,我还能当什么团政委呢。既然你这么坚决,我也就不勉强你了。但是你太伤我心了,我再也不想见你了,你走吧。"刘玉兰走到门口,又回转身来,深深地朝郭文云鞠了个躬说:"郭政委,真的很对不起。"

郭文云又气又恼地走进已布置好的新房,把房里的东西砸得一片狼藉。他觉得自己的自尊心遭到了莫大的伤害。

他砸了一阵后,掏出烟来猛抽,自语:"我好失败啊! 我郭文云还从来没有这样失败过!"

他眼里含着泪。

第十三章

第二天,郭文云把一个装了钱的信封递给王朝刚。

郭文云沮丧地说:"朝刚,谢谢你关心我这个老领导,给我介绍对象,但我郭文云没这个福,现在你再帮我一个忙吧,这件事也只有你办。"王朝刚说:"政委你说。"郭文云叹了口气说:"把你表妹刘玉兰送回老家去吧。既然人家不同意,我也不能强迫。再说,强拧的瓜也不甜。这事我也想通了,这是盘缠,一路上你要照顾好你表妹,也别难为人家,把她安全送到家,啊?"王朝刚也丧气地说:"我劝了她好几次,也劝不动。政委,也怪我多事,弄得你有点那个……"郭文云摆摆手说:"这事不怪你,你是出于好心,送她回家吧。"

王朝刚气急地走出办公室时,迎面碰上急匆匆走上办公室台阶的小秦。王朝刚问:"小秦,你咋来了?"小秦说:"钟副师长有件急事让我找郭政委。"小秦背着挎包,喘着粗气走进团部政委办公室。小秦说:"郭政委,你好。"郭文云说:"小秦,啥事呀,这么急?"小秦说:"钟副师长交给我一个紧急任务,所以匆匆赶来了。"郭文云说:"啥事?"小秦说:"柳湾子水库很快要上马了,但缺技术人员,钟副师长请示了张政委后,决定把程世昌调到水库去工作。"郭文云说:"他正下放劳动着呢。"小秦说:"钟副师长请示张政委时,张政委说,你们团里暂时放着不用,水库上又缺技术人员,调上来再说。要劳动,在水库上一样可以劳动。这是公函。"郭文云气恼地说:"这个钟匡民! 当了副师长了,还老是这么跟我较劲。你回去告诉钟副师长,这事过些日子再说,现在正在麦收,我还要下地去呢。"小秦说:"可水库上也正急等着用人呢。"郭文云恼怒地说:"以后再说吧!"

条田里,麦子已是一片金黄。康拜因正在割麦子。郭文云带着机关干部,挥镰割麦。马车装着麦捆在往粮场拉。

师部中学,学校操场上黑压压地站满了学生。学校指导员正在动员学生回团场去参加麦收。

指导员说:"虎口夺粮,这是政治任务! 同学们回团场后,把自己的劳动成绩要登记好了交回到学校来,劳动成绩和你们的学习成绩一样,要进你们档案的。大家听到了没有?"学生们喊:"听到了!"

学生们冲进宿舍去背行李。钟杨和钟柳也高兴地回到各自的宿舍。钟杨和钟柳因为可以回家了,兴致勃勃地走在由瀚海市回家的路上。路两旁,林带茂盛,鸟儿鸣叫。钟杨、钟柳冲进屋里。钟柳一把搂住刘月季的脖子说:"娘,我们又回来了。"刘月季说:"放假了?"钟杨说:"让我们回来参加夏收。"

钟槐也拿着镰刀走进麦田。钟槐与郭文云的眼光相遇。钟槐心虚地把眼光移开,好像他真的做了什么对不起政委的事似的。郭文云说:"钟槐,昨夜你刚值过班,怎么不休息?"钟槐笑笑,赶忙到离郭文云较远的地方,弯下腰奋力割麦。郭文云虽感到有些奇怪,但也并没在意。钟槐割麦,一路冲在了前面。郭文云看着,赞赏地说:"这小子! 干啥事都有这么一股子虎劲!"

小秦走进师部钟匡民办公室。钟匡民问:"怎么样?"小秦说:"郭政委暂时不肯办,说等到夏收结束后再说。"钟匡民说:"这家伙! 心胸也太窄了点!

这样吧,我只有亲自去找他了。"

刘玉兰也在割麦子。王朝刚朝刘玉兰走去,怒气冲冲地对刘玉兰说:"刘玉兰,你过来!"刘玉兰直起腰说:"朝刚表哥,有事吗?"王朝刚说:"谁让你来干活的?"刘玉兰说:"月季大妈。"王朝刚说:"你别干了!"刘玉兰摇摇头说:"月季大妈说,虎口夺粮,你也别在家闲着,先去帮着割麦子,有些事放到以后再说!"王朝刚说:"没什么以后了,你现在就跟我走吧!"刘玉兰说:"去哪儿?"王朝刚说:"刘玉兰,既然你来是因为你答应要嫁给郭政委的,现在你又不同意了,那你就从哪里来回哪里去。我今天就把你送回老家去! 政委把送你回老家的盘缠都给我了!"刘玉兰惊愕地说:"你说什么? 送我回老家?"王朝刚说:"对!"刘玉兰惶恐地说:"我不回去! 我不能回去! 我在老家的情况你又不是不知道!"王朝刚说:"正因为我当时同情你,我想帮你忙,才把你介绍给政委的,可你却以怨报德。把我这个当表哥的……其实我也不是你什么表哥,我跟你们家也不知拐了多少弯的亲戚! 我的脸全让你丢尽了,你就跟我回老家去吧!"刘玉兰说:"我不去! 你这不是又把我往火坑里推吗? 我死也不能回!"王朝刚说:"你要不想回也行,那你就跟郭政委把婚事办了,好好地过你的好日子。"刘玉兰摇头说:"不行。"王朝刚厉声地问:"刘玉兰,我问你,你不想回老家,又不肯跟郭政委,你是不是又有别的心上人了?"刘玉兰不吭声。王朝刚说:"才几天工夫你就看上别人了?"刘玉兰仍不吭声。王朝刚说:"说呀! 你不说,好吧,那你现在就跟我走。上车队去搭个车,今天我们连夜上乌鲁木齐,再搭车回你老家去!"刘玉兰说:"我不!"王朝刚说:"看上谁了?"刘玉兰说:"我是对别人有感情了。"王朝刚说:"谁?"刘玉兰一咬牙,横下了一条心,说:"……钟槐!"王朝刚惊讶得嘴张得老大。

在另一块人工收割的麦田里,刘玉兰拿着镰刀在麦田里焦急地找着人。她看到割在最远的人好像就是钟槐。她像看到了救命稻草那样朝钟槐奔去。

刘玉兰奔到钟槐跟前喊:"钟槐哥!"钟槐吃惊地问:"你又来找我干吗? 当着这么多人的面,我可就说不清了。"刘玉兰说:"钟槐哥,救救我,你一定要救救我!"钟槐问:"咋啦?"刘玉兰说:"郭政委要派人把我送回老家去。我可不能回老家,要送我回老家,我只好去死了。"钟槐说:"干吗要把你送回老家去?"刘玉兰说:"因为我说,我相中你了!"钟槐说:"你咋能这么说?!"刘玉兰说:"我就只有这么说了! 要不我有啥理由再留在这儿?"钟槐心中像打翻了佐料盒,酸甜苦辣不知如何是好。刘玉兰乞求地看着他说:"钟槐哥……"钟槐看着刘玉兰,一股同情与仗义之情冲上心头,他一咬牙,说:"是哩,你不能回。你找我娘去,把这事告诉我娘,你对我娘说,我说了,你就住在我娘那儿!"刘玉兰说:"钟槐哥……"眼泪滚滚而下。她用力拥抱了钟槐一下,然后走出麦田。

在麦田割麦的人看到这一抱,都惊呆了。

几台康拜因正紧张地收割着麦子。康拜因在向行驶着的大卡车里喷泻着麦粒。郭文云兴奋地跟在康拜因的后面,同生产科的技术人员在检查着收割质量。听着这隆隆的机声,看着宏伟的丰收场面,他暂时忘却了那件烦心事,已是一脸的喜色。

王朝刚拼命地骑着自行车在路上疾驰,身后扬起一团尘埃。王朝刚跳下自行车,冲进麦田,一边奔一边急急地朝郭文云喊:"郭政委!"

郭文云和王朝刚走到麦田边的林带下。郭文云说:"刘玉兰真是这么说的?"王朝刚说:"是!"郭文云想起了什么说:"怪不得钟槐那小子看我的眼神不对,还有意躲着我,心中有鬼嘛。这小子,我待他这么好,看着他这么老实,他咋能干出这样的事!"王朝刚说:"说不定他俩……"郭文云后悔地说:"我失策了。不该让他去接刘玉兰,一个还没对象的小伙子,那股热劲,看到刘玉兰这么个俏姑娘,他会不动心? 我该让你去,你是个有媳妇的人。"王朝刚说:"就是呀,一个是漂亮姑娘,一个是年轻小伙子,那不是一对干柴烈火吗? 只要碰在一起,肯定烧到一块儿了。不过钟槐这样做也太缺德了。"郭文云冷笑一声说:"唉! 这事恐怕刘月季也在上面烧了火了,怪不得我让她帮我说情,她不肯!"王朝刚说:"政委,我今天就把刘玉兰送走,既然你得不到,他们也别想就这么顺手牵羊。"郭文云犹豫着说:"现在夏收这么忙! 过了夏收再说吧。"王朝刚为了显示自己的仗义,说:"政委! 你的心肠太软了。这事你既然交给我了,你就别管了!"王朝刚钻出林带,骑上自行车。郭文云想喊住王朝刚，但王朝刚已骑上自行车，下了桥，不见人影了。

团部机关食堂。刘玉兰匆匆走进刘月季的小办公室，对刘月季说："月季大妈。"刘月季说："你不去割麦子，跑回来干啥？"刘玉兰含着泪哀求说："月季大妈，救救我。"刘月季说："咋啦？"刘玉兰说："政委派人要把我送回老家。一回到我家，我爸我妈又会逼我嫁给那个老头村长。我还不如去死！"刘月季说："他们干吗要送你回老家？"刘玉兰说："今天有个人，他说他过去是政委的警卫员，现在是团里的基建科副科长。问我跟政委的事为啥变卦，是不是又有相中的人了？我就实话实说了。"刘月季说："你说你相中谁了？"刘玉兰轻声地说："钟槐哥。"刘月季跺脚说："唉！你把事情闹大了！"刘玉兰说："我不想骗人嘛。"刘月季埋怨说："你这不是把事情的责任都推到我儿子身上了嘛，连我恐怕也脱不了干系！"刘玉兰："钟槐哥当时也在场。我把事情也告诉他了。"刘月季说："他咋说？"刘玉兰说："他说，回去找我娘去。就说，他说的，让我就住在你这儿。月季大妈……"刘月季一挺腰说："既然事情已经是这样了，你也用不着太发愁。有我在，不能让你回老家再去跳火坑。我去跟政委说去，政委也不是个不讲理的人。"刘玉兰说："月季大妈，谢谢你，我给你惹下大麻烦了。"刘月季说："这话不说。"

王朝刚是一副要去完成一项重要使命的神情，又匆匆来到麦田，朝四周看着，寻找着刘玉兰。他没见到刘玉兰的身影，只见钟槐在埋头割麦，他就朝钟槐走去。由于钟槐毕竟是副师长的儿子，所以王朝刚对钟槐也有所顾忌，不像对别人那样狐假虎威。王朝刚说："钟槐，刘玉兰呢？"钟槐直起腰说："我让她回我娘那儿去了。"王朝刚说："钟槐，你跟刘玉兰是啥时候好上的？政委把她接来是干啥的？这事可是我介绍的，你不知道？"钟槐说："知道，我啥时候也没同她好上。但你们不能把她送回老家去！"王朝刚说："为啥？"钟槐说："啥也不为，就是不能送！你们要送，我就去把她接回来！"王朝刚说："那不就是好上了。"钟槐说："没有！但我说了，不能送！"王朝刚说："送，是政委的指示，政委把盘缠都给我了。你要想去接，你再去接，这就不关我的事了！"说完，王朝刚急匆匆地朝机关走去。

刘月季与刘玉兰正在办公室。刘玉兰从窗口看到王朝刚朝这边走来。

刘玉兰说:"月季大妈,他准是来找我的。"刘月季当机立断说:"你就在办公室待着。我去跟他说。"刘月季走出办公室,把门锁上。王朝刚刚好走到她跟前。

王朝刚说:"月季大姐。"刘月季说:"你找我有事?"王朝刚说:"不,我来找刘玉兰。钟槐说她在你这儿。"刘月季说:"我让她割麦子去了。"王朝刚说:"可钟槐说她到你这儿来了呀。"刘月季说:"你找她干啥?"刘玉兰在办公室的窗前听着。王朝刚说:"政委命令我把她送回老家去。"刘月季说:"干吗要把她送回老家去?"王朝刚说:"月季大姐,你知道,刘玉兰是我回老家后,看到她家的那种情况,我同情她,才把她介绍给政委的。现在她这样,弄得政委生气,弄得我也好为难。那既然她变了,不愿意了,所以政委决定让我安全把她送回老家去。我想把她送回老家,也是最好的办法!"刘月季说:"我看你也不用送了。"王朝刚说:"为啥?"刘月季说:"把她送回老家去,就等于把她往火坑里推。咱们做人积点德好不好? 干吗要这么报复人呢? 再说,你还是她表哥呢!"王朝刚说:"政委可没有报复她的意思。而且我也不是她什么表哥,她就是这么一叫而已。其实政委让我把她送回老家也是出于好心。"刘月季说:"真要有这么一份好心,那就让她留下。我已经认她做干女儿了。她的盘缠还有其他的钱我会还给政委的。"刘玉兰在办公室里听到了,潸然泪下。

王朝刚说:"月季大姐,你们这样做不是存心在跟政委同我作对吗?"刘月季说:"话可不能这么说。咱们做人不能光往自己这边想,还得为对方想想。我知道,这件事对政委来说也是挺委屈的,本来是件喜事,现在却成了这样。但你再想想那姑娘,她如果愿意,自然就没啥说的了。男大女小而且能过得好的婚姻也不是没有。但现在是姑娘不愿意!"王朝刚说:"那我不好给政委交差啊。政委一直很关照我,这你月季大姐也是知道的。我要连这么一点事都帮政委办不成,那我咋对得起政委对我的栽培?"刘月季说:"你就对政委说,我刘月季把她留在身边做干女儿了。"王朝刚说:"月季大姐,你恐怕不是认干女儿,而是弄个现成的儿媳妇吧?"刘月季说:"那我可做不了主。那是他们两个人的事。王副科长,你快去忙你的吧,眼下夏收这么紧张。这事我找政委说去。"王朝刚很不甘心地叹口气。想了想,就转身朝回走去。但不时地回头看看,他不能丢掉这么一次讨好政委、为政委出力的机会。

刘月季看着王朝刚走远了,这才回身开了办公室的门。刘玉兰一下跪在刘月季跟前,抱住她的大腿大喊了声:"娘……"顿时泪如雨下。刘月季两眼也情不自禁地滚下泪来……她同情这姑娘的遭遇。刘月季摸着刘玉兰的头发,叹一口气说:"我这么做,这么说,也全是你逼的啊!"刘玉兰说:"娘,我对不住你。"

师部办公楼前。钟匡民和小秦匆匆坐上小车。钟匡民说:"这个老郭,我在这儿火烧眉毛,他却在那儿稳坐钓鱼台。程世昌现在在干什么?"小秦说:"听说在让他打扫厕所。"钟匡民说:"浪费人才!"钟匡民的小车开到有康拜因收割的麦田旁。小秦跳下车,朝麦田里走去,他看到郭文云正在康拜因旁。小秦边跑边喊:"郭政委,钟副师长来了,找你呢。"郭文云一看是小秦,听到是钟匡民叫他,他就想到了钟槐,头就大了。郭文云没好气地说:"他来干吗?"小秦说:"钟副师长找你呢。"郭文云一挥手,说:"我不去!"

麦田的林带边。钟匡民与郭文云在谈话。两个人的情绪都显得很激动。郭文云说:"我们团党委刚研究决定让他下放劳动才没几天,你们就起用他,老钟,你不是存心让我难堪嘛!"钟匡民说:"老郭,你冷静点好不好?你们让他下放劳动,让他在劳动中得到锻炼,觉悟得到提高,这没错。但现在水库急需要技术人员,让他去发挥一技之长,这也是需要。张政委,在水库上也可以让他参加劳动嘛。"郭文云语塞。钟匡民说:"现在各个农场用水越来越吃紧,赶快把柳湾子水库建起来,这是当务之急。老郭,你得顾全大局啊!我们也是从大局考虑,才决定调程世昌去水库工地的。"

王朝刚骑着自行车,急急地朝麦田赶来。他看到正在林带的钟匡民与郭文云在谈话,车就骑得更快了。王朝刚骑着自行车一下冲到钟匡民和郭文云跟前。王朝刚很有礼貌地朝钟匡民一点头说:"钟副师长,您来啦?"然后对郭文云说:"郭政委,这事是真的,钟槐和月季大姐都承认了。"郭文云怒火中烧,冲着钟匡民说:"行,老钟,你来得正是时候。现在你倒给我评评这个理看。"钟匡民说:"啥事?"

郭文云刚把话讲完,钟匡民吃惊地说:"真有这样的事?"郭文云冷笑一声说:"老钟,你看我郭文云娶个老婆有多难。连你儿子和前妻都会在中间插上一杠子。"王朝刚说:"钟副师长,你可以亲自去问月季大姐和你儿子钟槐的。"钟匡民怒不可遏,说:"好,我去问他们。但程世昌的事你立即给我办!"

钟匡民坐的小车在公路上急驶。钟匡民满脸透着压抑不住的怒气。

机关食堂。张班长从伙房走出来,朝刘月季的办公室喊:"月季大姐,机关的饭还是你往地里去送吧?"刘月季走出办公室说:"不是我去,谁去送啊?"刘玉兰也跟了出来说:"娘,我去送吧。"刘月季:"还是我去吧,你现在去又会惹麻烦的。那你去帮我套车吧。"

刘月季和刘玉兰走到窝棚前,解下毛驴套车。刘玉兰在一边帮忙。母驴和小毛驴都亲热地舔了舔刘月季的手。刘玉兰看着刘月季,心里又涌上一股感激之情,眼泪扑簌簌地滚了下来。刘月季说:"玉兰,别难过了,你既然叫我娘了,一切事娘都会给你顶住!"刘玉兰抹把泪点点头,但这时却涌出了更多的泪。

刘月季赶着装着馍筐和菜桶的驴车走上公路。钟匡民和小秦坐在小车里,从车前窗看到刘月季正赶着送饭的毛驴车朝麦田走去。小秦说:"钟副师长,那不是月季大姐吗?"钟匡民对驾驶员说:"追上去,拦住她。"

林带边。小汽车拦住了毛驴车。钟匡民和小秦从车上下来。钟匡民喊:"月季。"刘月季说:"匡民,今天你怎么来了?"钟匡民说:"为程世昌的事来的。他现在还在打扫厕所吗?"刘月季说:"对,自从由他打扫厕所后,厕所就干净多了。也不知为啥,反正在我们老百姓眼里看到的人,有时跟你们看的不一样。"钟匡民说:"你这话是啥意思?"刘月季说:"这是个好人,这是个干啥事就像啥事的人。"钟匡民说:"所以我才要调他到水库工地上去,继续让他干技术活了。"刘月季说:"这还像话。"钟匡民说:"月季,我还想问你件事。"麦田里有人挥着手朝他们喊:"月季大姐,快呀,割了一上午的麦,肚子早就咕咕地提抗议啦！"刘月季说："来啦。匡民，你也顺便在地头吃一点吧。"钟匡民说："小史，把小史叫下来，我们就在这儿吃。"

麦田地头。

刘月季为拥上来的人们打菜，馍大家自己从馍筐里拿，一人两个。大家都很守规矩，没人多拿的。钟匡民的小车驾驶员小史从车上拿下两个饭缸，也上来打饭。钟槐把嘴凑到刘月季的耳边说："娘，她去你那儿了？"刘月季点点头说："钟槐，你爹来了，过去叫声爹。"钟槐有点不情愿。刘月季说："去呀！"钟槐端着菜缸，拿着两个馍，一步三挪地走到林带边钟匡民跟前。钟槐喊了声："爹。"钟匡民朝钟槐怒视了一眼说："你先坐这儿吃，等你娘把活儿做完了，我有话要问你们。"钟槐走到一边，坐在林带埂子上，埋头吃饭。

刘月季打完饭，端着一缸菜拿了两个馍走过来，她把自己吃的那缸菜倒进钟匡民的菜缸里。钟匡民看看她。刘月季说："今天刚宰的猪。你们吃。"

钟匡民吃完饭，把刘月季、钟槐领到与麦田隔了条公路的林带里。刘月季说："匡民，啥事？这么严肃。"钟匡民说："郭文云接来的那姑娘在哪里？"刘月季说："在我那儿。"钟匡民严厉地说："立即让王朝刚把她送回老家去！"刘月季说："干吗？"钟匡民说："你问我，我还要问你们呢！不把这姑娘送回去，你们要把她留下来干吗？"刘月季说："我已经认她当干女儿了。"钟匡民说："是留下她另有目的吧？钟槐，你跟我说实话。你们到底是咋回事？才这么几天工夫，你们就咬上了，速度倒是真快呀！"刘月季说："匡民，你说话怎么这么难听！还像个当领导的说的话吗？什么咬上了？"钟匡民说："你们嫌我把话说得难听，可你们做下的这事就不丢人现眼？"刘月季说："我们做下什么丢人现眼的事啦？"钟匡民说："老郭已经是四十出头的人了。以前我们给他介绍过湖南姑娘，山东姑娘，河南姑娘，都没有成功。现在他从口里接了一个来，那姑娘是满口答应了才来的。本来这是件好好的事，可你们，却从中插了一杠子，把这事搅黄了，弄得老郭人财两空。这事做得还不丢人现眼啊！"刘月季说："钟匡民，你把这事要扒拉清楚，怎么搅黄啦？是那姑娘看上了钟槐，不是钟槐看上那姑娘，是姑娘不愿意嫁给老郭，不是我们教唆姑娘不跟老郭。我们这头一点责任也没有。这有什么丢人现眼的！"钟匡民说："那你们就让王朝刚把那姑娘送回去！"钟槐说："不行！她在老家，是她爹妈逼她嫁给一个五十多岁的村长，她为了想逃出来，才答应下郭政委的事的。现在人家不愿跟郭政委了，她说郭政委都可以当她爹了。她想另外找人，有啥不行？为啥非要强把她送回老家，重新把她往火坑里推。爹，你们这些当领导的还有没有良心？"钟匡民说："就因为她看上你了，是不是？"钟槐说："看上我怎么啦？不行？非要让她看上郭政委才行？"钟匡民说："钟槐，你是我儿子，我和老郭是老战友，我们家的人咋也不能做出这样的事啊。你们这样让我钟匡民咋做人呢？啊？"刘月季说："我说了，这事我们没有责任。"钟匡民说："那就按老郭的意思把那姑娘送回去。你们不能留她，钟槐你更不能娶她！"钟槐说："不能送回去，你们送回去，我就去把她接过来。做人连这点人性都没有，那还做什么人！"钟匡民说："钟槐，你要这样做，那就太不道德了！"钟槐说："爹，你不要在我跟前摆什么道德。你撇下我娘，撇下我们跟那个女人结婚道德吗？你要说我不道德，那也是跟你这个当爹的学的！"钟匡民怒不可遏，一个耳光甩了上去。钟槐没用手去捂脸，而是直直地挺着腰，又往钟匡民跟前走了一步，钟槐说："你是我爹，你再打呀，你打多少下都行，我不会还手。但我要告诉你，我叫你爹，因为你是我爹。可我也要告诉你，自从你撇下我娘后，在我心里，你早就不是我爹了，我没你这样的爹！要不是为了不让娘伤心，我不会叫你一声爹！"钟槐说完，转身走了。刘月季气愤地说："钟匡民，你怎么能打他，你有什么资格打他！这儿子是我下跪跟你求来的，自从他出生的那一天起，不要说你抱一抱他，你连正眼都没看过他一眼！……"刘月季流着泪，"他能叫你一声爹就不错了。这件事，儿子一点点错都没有。就是儿子跟那姑娘好上了，他也没错！"刘月季说完，赶上毛驴车走了。

钟匡民也后悔自己在一时气急之下打了儿子。他看着远去的刘月季，一股愧疚涌上了心头，满脸的愧色。

第十四章

刘玉兰急急地往麦田方向跑,王朝刚在后面追。

钟槐也在路上大步往团部方向走。他看到刘玉兰朝他跑来。王朝刚在后面快追上她了。钟槐立马迎了上去。刘玉兰喊:"钟槐哥,救我!"钟槐把刘玉兰拉到他身后,对王朝刚说:"干吗?"王朝刚说:"你老爹,就是钟副师长要求我把她送回老家去。"钟槐愤怒地一拳把王朝刚打出几步远,并摁倒在地上。钟槐说:"王朝刚,你要再敢来缠她,我要让你去见阎王爷!"王朝刚说:"钟槐!你这是在犯错误。钟副师长是你老爹不说,他还是师里的领导呀!"钟槐说:"他是个狗屁!"钟槐拉住刘玉兰的手,说:"刘玉兰,咱们回家去!"王朝刚爬起来,傻愣愣地看着钟槐牵着刘玉兰的手朝机关食堂方向走去。刘玉兰看着钟槐,满眼是感激而幸福的泪。

康拜因在中午的烈日下显得越发的繁忙,被烈日烤干的麦子便于收割。王朝刚捂着被钟槐打肿的脸跑进地头喊:"郭政委!"

林带边的埂子上。

郭文云问:"你这是咋啦?"王朝刚指着自己的脸,左脸肿起好大一块,说:"钟槐打我啦!"郭文云说:"为啥?"王朝刚说:"我要刘玉兰跟我走。他上来就给了我一拳。你不知道钟槐这小子的拳有多厉害,半颗牙齿都让他打掉了。"郭文云低着头猛抽了几口烟,然后摇摇手,长叹了口气。郭文云说:"算了,这事算了,别闹了。这事再这么闹下去,我这个当政委的脸也丢尽了。人家姑娘不愿意,那也是没办法的事,我不能去强求人家。人家姑娘不愿回老家,也不能硬拉她强迫她回呀。人是活的,强迫也强迫不成。那姑娘想同钟槐好,就让他们好去,就算是我郭文云为他们办了件好事。"王朝刚说:"那也太便宜他们了。"郭文云说:"我想了,人还是大度点好。……你把那盘缠钱去给刘月季送去。"王朝刚说:"干吗?"郭文云说:"就说是我给钟槐他俩办喜事时送的礼。这事就这样了吧,啊? 眼下是虎口夺粮,不能为这么件事搅乱了我的工作。"郭文云站起来,踩灭烟,朝麦田里面走去。王朝刚摸着自己被打肿的脸,一脸的委屈。自己啥也没落着!

黄昏时分,程世昌在打扫厕所。刘月季走来。程世昌忙迎上去。

程世昌说:"月季大姐,过两天我就要去水库工作了。"刘月季说:"那好啊。还干你那技术活儿吧?"程世昌说:"是。听说这事是钟副师长给安排的。"刘月季点点头,看着程世昌突然想起了什么。刘月季说:"你啥时候动身?"程世昌说:"大后天吧。等接我班的人来了,我才能走。"刘月季思考了一下,下了决心说:"晚上,你上我办公室来一下,好吗?"程世昌说:"好,有事?"刘月季说:"是啊,对你来说是件大事,到时候你就知道了。"

下午,钟杨、钟柳背着行李回到家里。

刘月季说:"你们不是在六队割麦子吗? 怎么跑回来了?"钟杨说:"六队的麦子割完了,又让我们上三队去割。我们明天休整一天,后天一早就走。娘,给我们做点好吃的吧,都馋死了。"刘月季说:"好,明天我给你们宰只鸡。"钟柳说:"娘,我听说有个姑娘跟娘住在一起。"刘月季说:"对。"钟柳说:"那今晚我睡哪儿?"刘月季说:"娘另外给你搭个铺。"钟柳撒娇地说:"娘!"刘月季说:"好好,你跟我睡,我让玉兰姑娘睡我的办公室。"

刘玉兰回到家,刘月季正在做饭,钟柳和钟杨在一边帮忙。刘玉兰说:"娘,我割麦回来了。"刘月季说:"玉兰,来,认识一下,这是你的钟杨弟弟,这是你的钟柳妹妹。钟杨、钟柳,这就是娘新认的干女儿,叫刘玉兰。玉兰,就在这儿吃饭吧。"刘玉兰说:"不了,娘。我还有事。"说着就走了出去。钟杨和钟柳相互看了看。

第二天,在刘月季办公室里,王朝刚把装钱的信封放到刘月季的办公桌上。王朝刚说:"月季大姐,这钱是郭政委拿给我让我送刘玉兰回老家的盘缠钱。郭政委说,刘玉兰不想回老家,就不用回了。她想跟钟槐好,那就让她跟钟槐好吧。这钱就算是郭政委送他俩办婚事的礼金吧。还有,也算我为钟槐扯上了这根线吧。"刘月季笑着摇摇头说:"他俩还扯不到这事上去。钟槐是同情那姑娘,我呢,也是。你们不能送她回去,让她爹娘再逼她嫁给一个五十多岁的老头吧? 那不是把姑娘往火坑里推吗? 姑娘对钟槐是有那层意思,但钟槐没有! 这点我刘月季可以保证! 你把钱还给政委,谢谢他了。"

王朝刚说:"月季大姐,这是政委的一番好意。"刘月季说:"我知道,政委迟早会想通这事的。他是个好人。唉! 一想到这事会成这样,我也心痛,为政委心痛。王副科长,回去谢谢政委。为这事你还挨了钟槐的打。我在这里向你道歉,真是对不起你。"王朝刚说:"没什么。政委让我办事,我能不办吗? 我跟了政委这么些年来,政委待我那么好,月季大姐你是知道的。"刘月季说:"我知道。其实这事大家都没错。我真的不知道这事到底错在哪儿了。"

王朝刚委屈而失望地长叹一口气。王朝刚赶回政委办公室。王朝刚把装钱的信封放到郭文云的办公桌上说:"政委,月季大姐不肯收。"郭文云说:"为啥? 她不好意思收?"王朝刚说:"月季大姐说,钟槐同那姑娘扯不到那事上去。钟槐只是同情那姑娘。因为那姑娘回到老家,她爹娘肯定又要逼她嫁给那个老头村长。所以姑娘说,要叫她回老家,她只有死!"郭文云想了一会儿说:"是呀,我咋没想到这一层呢! 看来,我是冤屈了钟槐了,也冤枉月季大姐了。"王朝刚说:"月季大姐说,其实这事大家都没错。"郭文云说:"细想起来,月季大姐这话说得有道理呀。这事谁做错了呢? 错在哪里了? ……好了,这事在我郭文云身上就到此为止了。朝刚,你也别再操心了。你挨了钟槐一拳,就记在我郭文云账上吧。"

　　程世昌轻轻地敲开刘月季办公室的门。刘月季打开门说:"好,你来了,快进来吧。"程世昌走进办公室说:"月季大姐,你找我到底有什么事?"刘月季说:"我要给你看样东西。"刘月季上前去把门锁上,转回身拉开办公桌的抽屉,从里面拿出个布口袋,从布口袋里拿出个小红包。程世昌的眼睛一直盯着刘月季。刘月季打开小红包,里面是一条挂着一粒金长生果的金项链,程世昌震撼地眼睛倏地一亮。刘月季说:"程技术员,你认识这东西吗?"程世昌接过项链,他赶忙掰开长生果看上面的字。程世昌紧张得喘不过气来。程世昌说:"这是我女儿的,月季大姐,我女儿在哪儿?"刘月季说:"钟柳就是你女儿。"程世昌说:"钟柳就是我女儿?"刘月季说:"对,钟柳是我们在从甘肃到新疆的路上,路过一个小县城时收留下来的。我看着这孩子可怜,当时钟槐、钟杨也要留下这个小妹妹,我也喜欢这孩子,就这么留下来了。"程世昌说:"月季大姐,那你为啥现在才告诉我?"刘月季说:"程技术员,当我知道钟柳就是你女儿后,我去找过钟匡民。但他对我说,现在不能告诉你,也不能让你们相认。"程世昌说:"为啥?"刘月季说:"匡民对我说,你现在是这么一种状况,相认后,你就会影响钟柳将来的前程的。"程世昌恍然大悟说:"噢,对! 对对!"刘月季说:"所以匡民认为钟柳还是继续留在我们家好。这样对她的今后的发展有利。"程世昌激动地说:"正确! 正确!"刘月季说:"是呀,告不告诉你,我思想也斗争了好长时间。后来觉得还是应该告诉你,你为女儿牵肠挂肚了这么些年,应该让你知道你女儿还活着,就在你身边。你还救过她的命。这件事,我们不该给你做主,该由你自己来作决定。"程世昌说:"钟柳不知道吧?"刘月季说:"还没有告诉她。现在只有你、我和钟匡民知道。这事你自己拿主意!"程世昌说:"月季大姐,你和钟副师长想得周到,现在我不能认,你们也千万别告诉钟柳。我不能那么自私,为了一时的冲动,断送了女儿一生的前程。那我还是个父亲吗? 你能这么告诉我,我已经满足了!"刘月季说:"你啥时候去水库?"程世昌说:"后天,明天有人来接我班。"刘月季说:"钟柳就在三队割麦子,明天下午,我让她给你送吃的去,让你再见她一面。"程世昌眼里满含激动的泪水,点着头说:"谢谢,谢谢,月季大姐,太谢谢你了。"

夕阳西下。钟槐与刘玉兰坐在水渠旁,两人身边都放着把镰刀,他俩刚割完麦子。

刘玉兰说:"钟槐哥,我想问你句话,你别生气。"钟槐说:"说吧。"刘玉兰说:"咱俩的事啥时候办?"钟槐说:"什么咱俩的事?咱俩有啥事?"刘玉兰说:"你不喜欢我?"钟槐说:"说不上。"刘玉兰说:"那你就是喜欢我!要不,你不会这样帮我。"钟槐说:"刘玉兰,你别搞岔了。我和我娘把你留下来,并没别的意思,是因为同情你,不想让你再回去嫁给那个五十几岁的老头。你咋又往那上头想呢!"刘玉兰含着泪说:"可我已经把我的心向你表白了呀。"钟槐说:"光你表白有啥用?我钟槐咋敢要你,我要是要你,我钟槐成啥人了?留在这儿,找份工作,以后再找个称心的男人吧。"钟槐说着,拿起镰刀站起来就走。刘玉兰冲着他喊:"我称心的男人就是你!"钟槐的脚步停了一下,又继续往前走。

傍晚,机关食堂门口,刘月季把一个柳条编的小篮子递给钟柳,钟柳点点头。钟柳拎着小柳条篮,穿过林带。

程世昌住在一间离副业队家属区较远的孤零零的地窝子里。钟柳来到地窝子前,站在门口轻声地喊:"干爹,干爹。"程世昌从地窝子里探出脑袋。程世昌惊喜地说:"钟柳啊,快进来吧。"钟柳走进地窝子。看到地窝子里堆满了书,床上也堆着书。钟柳说:"干爹,这是我娘叫我送来给你的。说你明天一早就要去水库工地了。"程世昌看看自己的女儿,漂亮、健康、开朗,荡漾着青春的气息。钟柳说:"干爹,你咋有那么多书?每天你都在坚持学习啊?"程世昌说:"我虽然被下放劳动了,但书还得每天坚持看。书才是我永远的朋友!"凝视着钟柳,程世昌沉默了一会,他感到钟匡民和刘月季他们的决定是对的。他不能现在就认女儿,要不,女儿看到他这样的处境,也将会跟他一起陷入忧伤和痛苦之中。于是他舒了口气说:"钟柳,你还有一个名字,叫程莺莺是吗?"钟柳犹豫了一下说:"是,干爹,你咋知道?"程世昌强压着自己的狂喜与激动说:"是你娘告诉我的。"钟柳说:"我娘从不把我这名字告诉别人的。"程世昌说:"因为我是你干爹,救过你的命。"程世昌想了想:

"所以才告诉我的。钟柳,你回去吧。谢谢你娘。"钟柳说:"干爹,你要多保重。"程世昌点着头,满眼是泪。

程世昌从地窝子的小窗看着远去的钟柳,泪水便情不自禁地滚了下来:"女儿啊,我是你亲爸爸啊! 啥时候你才能知道呢? ……"

夜,团部值班室门前。

刘玉兰坐在值班室边上的台阶上,望着天空,数着星星。有一个值班的通信员走来,看看刘玉兰,然后走进值班室。紧接着钟槐从值班室出来,他惊讶地对刘玉兰说:"刘玉兰,你坐在这儿干吗?"刘玉兰说:"你们值班室不是不让外人进吗?"钟槐说:"对。那你坐在这儿干吗?"刘玉兰说:"陪你呀!我不能进值班室陪你,我就在外面陪你。"钟槐说:"刘玉兰,你别胡来好不好?"刘玉兰说:"我这咋是胡来? 我只要感到你就在我身边,我心里就踏实,心里也就美滋滋的!"钟槐说:"我要值一夜的班,你就在这坐一夜?"刘玉兰说:"对,只要我感到你就在我身边就行!"钟槐说:"叫别人看着这影响有多不好! 快回去!"刘玉兰说:"别人咋看,关我啥事? 我就只想待在离你最近的地方。"钟槐说:"刘玉兰,你回去,你要这样,既影响别人的工作也影响了我的工作。有话咱们明天再说吧。要不,我就要冲你发火了。"刘玉兰想了想站起来说:"那明天一早,你下班,我来陪你回宿舍。反正我有许多话要对你说。"钟槐说:"明天一早你也别来! 这像什么话! 你要知道,咱俩啥关系也没有!"刘玉兰说:"咋没有? 起码你是我哥! 你娘已经认我做干女儿了。"

此时,在刘月季家里,刘月季、钟杨、钟柳正在吃晚饭。钟柳:"娘,那个刘玉兰是咋回事,她怎么也叫你娘?"刘月季说:"你瞧瞧家里发生了这么大一件事,都没告诉你俩……"

钟匡民家,邢阿姨摆好饭。孟苇婷、孟少凡、钟桃坐下。钟匡民下班回来,坐下来。钟匡民看了一眼孟少凡,说:"你怎么没去割麦子?"孟少凡看看孟苇婷。孟苇婷说:"你让他去哪儿割? 师部又没有麦田。"钟匡民说:"到郭文云他们团去,师首长的孩子们都下去了。明天你把他送过去,让他跟着钟杨他们一起下地。你们这种家庭啊,只知道娇惯孩子!"孟苇婷不满地说:

"我把他送去就行了,你干吗要把我家庭扯上嘛!"钟匡民说:"这就是个根源! 我不提,你不就把他惯在家里了? 你看看钟槐、钟杨、钟柳,哪一个是这么娇惯的?"孟苇婷说:"行,刘月季好,我不如她。"钟匡民说:"你别往刘月季身上扯! 我知道你想说什么!"孟少凡不满地嘟着嘴。

钟杨、钟柳听刘月季把这事说完,钟柳气愤地说:"娘,这种婚姻不就是买卖婚姻吗?"刘月季说:"你别把这事说得这么严重。这种婚姻在咱们这儿又不是没有! 只不过你郭伯伯这事儿没做成罢了。"钟柳说:"反正我看这种婚姻就是买卖婚姻,比包办婚姻还要糟糕! 玉兰姐姐做得对! 敢于反抗这种不合理的婚姻! 敢于追求自己的幸福! 她追大哥一点儿都没错。娘,大哥是啥态度?"刘月季说:"你大哥是啥态度,他没告诉娘,娘也不好乱猜,反正他是挺同情那姑娘的。但好像还没往那上面扯。"钟柳说:"干吗呀! 玉兰姑娘多纯真多可爱呀,我要是大哥,我就接受她的爱!"刘月季一笑说:"你这姑娘,说这种话也不知道羞。"钟柳说:"娘,这有啥好害羞的。这是我的看法,又不是我在爱。"钟杨说:"哥肯定不会往那上头扯的。玉兰姐不管咋着也是郭伯伯要来的人,又是哥去乌鲁木齐把她接回来的。他俩要成了,闲话也会把我哥淹死。要不,爹就不会打我哥了。爹怕的也是这一茬。"钟柳说:"婚姻自由,谁也管不住。"刘月季说:"不扯了,不扯了,扯得你们俩要吵起来了。吃饭吧,吃了饭早点休息,明天还要去割麦子呢。"

刘玉兰推门进来,看到刘月季、钟杨、钟柳正在吃饭。刘月季说:"玉兰,吃饭吧。"刘玉兰说:"娘,我在大食堂吃过了。娘,今晚我睡你办公室吧?"刘月季说:"行,吃好饭我帮你去收拾。"刘玉兰说:"娘,我自己去收拾吧。"说着接过刘月季递过来的钥匙说:"钟杨弟弟,钟柳妹妹,你们慢慢吃。"

钟柳看着走出去的刘玉兰,想了想说:"娘,玉兰姐长得真的很漂亮哎!"

刘玉兰正在铺床。有人突然推门进来,刘玉兰回头一看,是钟柳。

刘玉兰一笑说:"钟柳妹妹,你找我?"钟柳说:"是,我想跟你说一句话。"刘玉兰说:"啥话?"钟柳说:"我支持你的正义行动! 不过你的眼光可真厉害!"刘玉兰说:"咋啦?"钟柳说:"一下就把我大哥给看中了。我大哥不但长得帅,而且又是这世上少有的好男人,而且绝对是个光明磊落的人!"刘玉兰说:"我也这么看!"钟柳说:"那你就别放弃,好好爱我大哥!"刘玉兰激动地含着泪说:"我会的。钟柳妹妹,谢谢你来告诉我这些话!"

凌晨,团值班室。刘玉兰坐在值班室外面昨晚坐的地方,看到太阳从东方喷薄而出。

钟槐走出值班室,刘玉兰忙站起来迎了上去。钟槐说:"你昨晚没回去?"刘玉兰说:"回去了呀,在娘办公室睡的。"钟槐说:"那你又来干什么?"刘玉兰说:"我不是跟你说了嘛,早上你下班,我陪你一起回宿舍。"钟槐有些气恼地说:"我值了一夜的班,回去睡上两个小时的觉,还要下地割麦子呢!"刘玉兰说:"我说了,我只陪你回宿舍,不耽误你休息呀。我等会儿也要去割麦子呢。"

早晨,团部小路。

路两旁的林带在晨风中哗啦啦地响,钟槐和刘玉兰走在路上。刘玉兰说:"钟槐哥,你知道爱一个人是啥滋味吗?"钟槐没好气地说:"不知道! 也不想知道!"刘玉兰说:"可我还是要告诉你! 爱可以让人胆子变得特别大,爱可以让人变得无私,爱可以让人感到幸福和甜美,爱可以让人去为那个人牺牲一切。我现在对你就是这样!"钟槐说:"可我俩的事成不了的。"刘玉兰说:"为啥?"钟槐说:"因为我不愿意! 我怕别人指着我的脊梁骨骂! 我钟槐绝对不去丢那个人! 知道了吧?"钟槐推门走进宿舍,把刘玉兰关在了门外。刘玉兰含泪喊:"钟槐哥!"

程世昌来到刘月季的小办公室。刘月季戴着老花镜在整理着票据。程世昌看看四周没人,就敲开了刘月季办公室的门。

程世昌一进办公室,立马关上门,一下子跪在刘月季跟前,庄重地磕了三个头。刘月季说:"程技术员,你这是干吗?"程世昌说:"月季大姐,谢谢你救下了我女儿,你又把她养得这么好。我不知该怎么谢你才好。等会儿我就要走了,我只能这么磕几个头来表达我的谢意。"刘月季说:"程技术员,你安心地去水库工地吧。总有一天,我会让钟柳来认你这个亲爹的。这你放心,要不,我就不会把这事告诉你了。"程世昌说:"月季大姐,这就足够了。

我看到了我女儿，女儿成长得这么好，而且在你们家过得这么幸福，我还有什么不放心的呢？就是钟柳她亲娘，在九泉之下也会安心的！"程世昌看着刘月季，眼睛中充满敬意，同时也流露出了深深的爱慕，说："月季大姐，我真有点舍不得离开这儿了。"刘月季说："咋啦？"程世昌说："因为有你在这儿啊！"刘月季说："不说这话！走吧，人只要有一颗平常心，在哪儿都一样。"程世昌点了点头说："月季大姐，你说得对。"

孟苇婷骑着自行车，后座上坐着一脸愁云的孟少凡。

孟少凡说："姑姑，姑父干吗对我这么凶啊？"孟苇婷说："那是为你好。你以后好好跟着钟杨、钟柳学学，为你姑姑争口气，别让姑姑老这么难做人！"

两人来到刘月季家。

孟苇婷说："月季大姐，我把少凡交给你了，你多关照点。他十二岁爸妈就相继去世了。我不抚养他，谁会抚养他呢？大概是因为我们那个官僚资本家的成分，匡民有些嫌弃少凡，弄得我好为难。"说着眼圈红了。刘月季说："我会招呼好他的，你去上你的班吧。匡民就是那么个脾气，你忍着点就行了。钟桃可好？"孟苇婷说："好着呢。越来越活泼聪明了。别看是个女娃娃，特别好动。匡民开玩笑说，全是喝毛驴奶喝的。"

刘月季笑，但又长叹一口气。她想起了那头可怜的母驴。

刘月季、钟杨、钟柳、孟少凡围着小桌吃晚饭。

钟杨说："娘，你把我们叫回来干啥？"刘月季说："你们这几天割麦子辛苦了，娘让你们回来改善改善伙食，顺便把孟少凡也带到队上去。"钟杨说："干啥？"刘月季说："去割麦子呀。"钟杨说："行了，还是让他回去吧"。刘月季说："为啥？"钟杨说："让他去割麦子，还不够他糟蹋的。"钟柳说："娘，他劳动观念可差了。班里轮到他打扫卫生，他从来打扫不干净，每次我都得留下来帮他。要不，孟阿姨的脸都要让他丢尽了。"刘月季说："那就更得让他干些活，啥事情多干干就会了。这是你们爹的意思。少凡，明天一早跟着钟杨去，学着好好干，啊？"孟少凡点点头说："哎！"但心里却老大地想不通，一肚子的怨气。

烈日炎炎,万里无云。孟少凡也在割麦子,由于是生手,割得既吃力又艰难。他一脸的烦躁与痛苦。

钟杨、钟柳已唰唰唰地割到他前面很远的地方了,钟杨不时地回头帮钟柳割上几镰,让钟柳一直跟上自己。孟少凡割不动了,伸开细嫩的手,上面打出了几个血泡,他熬不住了,眼泪滴滴答答地流了出来。麦田里人人都在奋力割麦。孟少凡抹去眼泪,叹了口气,想了想,就又割麦了,但他却站着割,麦茬留得有半腰高。钟柳又落在钟杨几步远处。钟杨又转回身帮钟柳割。他看到后面的孟少凡在站着割麦,就喊:"嗨!孟少凡,你是咋割麦的!"钟杨气冲冲地走到孟少凡跟前,钟柳也跟了过来。钟杨看到半腰高的麦茬与打不成捆的麦穗头,气得在孟少凡的屁股上踢了一脚。钟杨说:"滚回家去吧!我说了,你哪里是来割麦子的啊!你是来糟蹋麦子的!"孟少凡哇地哭了。孟少凡说:"我手痛,割不动。"钟柳掰开孟少凡的手,上面有血泡,有一个已磨烂了,在流血。钟柳掏出手绢为他包上。钟杨也有点同情,缓和了口气说:"谁都是这么过来的,好好干,练上几天就好了。钟柳比你还小一岁,又是个女孩子,她都练出来了,你也能练出来。"钟杨、钟柳又返回去割麦子。孟少凡说:"都是你们的爹,害得我跑来吃这种苦!"

晚上,刘月季回到家里,由于疲劳,三个孩子都沉沉地睡着了。孟少凡和钟杨在一张床上各睡一头。孟少凡一脸的疲惫与痛苦,刘月季轻轻为他们盖了盖毯子。看到孟少凡的手心上爬满了血泡,刘月季于是也心疼地叹了口气。

第二天凌晨,天上下着细雨。钟槐从值班室出来,看到刘玉兰淋在雨中。钟槐说:"刘玉兰,你这是干啥?"刘玉兰说:"陪你下班呀。"

两人在雨中走着。

刘玉兰说:"钟槐哥,你真的不喜欢我吗?"钟槐说:"我说了,不知道。"刘玉兰说:"那就是喜欢我。"钟槐说:"但咱俩的事成不了!"刘玉兰说:"你知道钟柳妹妹知道我们的事后咋对我说的吗?"钟槐说:"她咋说?"刘玉兰说:"她说,玉兰姐姐,你找我大哥可是找对了,只要有希望,决不能放弃。"走到宿舍门口,钟槐站住说:"刘玉兰,这事算了,咱俩肯定成不了的!"然后把门轻轻关上。他在门边站了好一会,刘玉兰在门口说:"我决不!"

早上,瀚海市通往农场的公路上,高占斌神色庄重地坐在小车里,耳边响着钟匡民在办公室对他说的话:"怎么你也得把钟槐给我弄到你们边境农场去!这也是政治任务!"

高占斌叹了口气,觉得这事有点儿棘手。

小车很快开到了团部,郭文云陪着高占斌在小餐厅吃早饭。

郭文云用手指点着高占斌说:"你小子进步得快啊,没两年就从协理员升当团长了。"

高占斌说:"什么进步,不过派我去干一份苦差事罢了。边境上啥都没有,要建农场又得白手起家,那儿的条件,比这里还要艰苦。"郭文云说:"你们什么时候动身?"高占斌说:"就这个星期吧。这两天我就要把钟槐带走。"郭文云说:"钟匡民非要让你把钟槐带到边境农场去是什么意思?"高占斌说:"我哪里知道,大概跟你有关吧?"郭文云说:"钟匡民这么干是什么意思?我郭文云就这么可怜?要他钟匡民这么帮忙?"高占斌说:"钟副师长也是出于好心。当然了不光是这个意思,他也想让儿子到边境农场去好好锻炼锻炼。而且建边境农场的事,师党委让他分管。他让儿子去,那也是一种姿态嘛。"郭文云说:"他想往自己脸上贴金,那我管不了,可他娘的别把我扯上。"高占斌说:"老郭,你干吗老跟钟副师长较劲?这对你有啥好处?"郭文云说:"你跟得紧,所以升得快,我嘛,也就这个样了!升官没门,娶个老婆,也这么难!我这辈子真是倒了什么邪霉了!"高占斌说:"好了,不说这些了。钟副师长让你亲自通知钟槐,也同月季大姐好好谈一谈,让月季大姐不要有抵触情绪。"郭文云说:"老高,这事我去谈合适吗?"高占斌说:"你是这个团场的政委,做好思想工作就是你的本分,为啥不合适?"郭文云冷笑一声说:"你让钟副师长亲自来吧。别人的工作我可以做,他们的工作我做不了。这点,他钟匡民心里也应该明白。"高占斌说:"可时间紧啊!钟副师长非要让我把钟槐带走,还说这也是政治任务!"郭文云说:"那就你去通知。你同月季大姐谈。老高,就算你帮我一个忙吧。"

第十五章

团部一间办公室里,高占斌正在同钟槐谈话。

高占斌说:"钟槐,我也不瞒你,是你爹要你去的。你要知道,目前边境的形势有点紧张,在边境上建农场,是为了巩固国防的需要。因此要派一批身体好,觉悟高,守纪律的人去。你爹让你去,也是想让你在那儿得到更好的锻炼。"

钟槐说:"高叔,你不用说了,我知道我爹是啥意思,但我会跟你去! 啥时候走?"高占斌说:"你在家休息上两天,然后收拾收拾,最好是大后天赶到师招待所集合。"

送走钟槐,高占斌赶到了刘月季办公室。

刘月季脸色严峻地在听高占斌讲。

高占斌说:"月季大姐,情况我已经跟你讲明了,钟副师长也是想让儿子能得到更好的锻炼。"刘月季生气地说:"高协理员,你把话说完啦?"高占斌说:"说完了。"刘月季说:"那你先回吧。"高占斌说:"钟槐呢?"刘月季说:"你们什么时候出发?"高占斌说:"就这个星期吧。"刘月季:"那出发前的一天,我一定把钟槐给你送去。耽误不了事的。"

夕阳正在西下,满手血泡叠血泡的孟少凡坐在田埂上哭泣。他看看眼前,他割下的麦子只有一小块,而且麦茬高低不平。

他一咬牙,把镰刀扔在地上,走出麦田。

孟少凡抹着眼泪,走在公路上。夕阳已把大地染成鲜红的一片。成群的小鸟正飞回林带里。

割麦子的人正陆续收工回家。

钟杨、钟柳走到孟少凡割麦的地方,只见埂子上那把镰刀,却不见了人影。

钟杨喊:"孟少凡!"钟柳喊:"孟少凡!"

钟杨、钟柳急忙赶回家里时,天已经黑了。

钟杨和钟柳看着刘月季。

刘月季说:"他会不会回师部去了?"钟杨说:"谁知道!娘.他干不成活,让他回去吧。"刘月季说:"你说得倒轻巧!让他来割麦子,是你们爹的意思。你们孟阿姨亲自把他送过来的,让我们好好关照他。再说这孩子吃不了苦倒也真该让他锻炼锻炼。"钟柳说:"他也不知道啥时候跑的。太阳下山时,我还见到他的。可等我们割完麦,就见不到他人影了。"钟杨说:"肯定是溜回家去了。"刘月季说:"那也得打电话去问一声,要是没回去呢?"

值班室里,钟槐正在向同事交班。.

刘月季走进值班室对钟槐说:"钟槐,你打个电话到你爹家里,问问孟少凡回家去了没有。"钟槐拨完电话朝刘月季摇摇头说:"阿姨接的电话,说没回家。"刘月季说:"这就麻烦了,他会上哪儿去呢?"

钟槐跟着刘月季一起回到家里。刘玉兰也跟着走了进来。

钟杨、钟柳已躺在床上累得呼呼地睡着了。刘月季看看他俩,心疼地叹了口气。

刘月季说:"别叫醒你弟弟妹妹了。钟槐,玉兰,还是咱们分头找吧。我去师部的路上找,你们就在团部四周找。"

月色朦胧,孟少凡走在林带相夹的道路上。四下空旷无人。他既害怕又惶恐。他一会儿朝前走,但想了想后又转身往后走。他知道回家后,他姑姑和姑父会训他,又会把他送回来。但回到团场,他看看疼痛的手,再让他割麦子,他真的受不了。他进退两难,又累又饿又害怕,坐在路边上伤心地哭起来。

刘月季赶着辆毛驴车,赶往师部,毛驴脖子上的铃铛叮叮当当地响。

孟少凡听到了铃铛声,站到了路中间。

刘月季也看到了孟少凡的人影。

刘月季喊:"少凡……"孟少凡像见到亲人一样地朝刘月季奔去:"月季大妈……"

刘月季对孟少凡说:"我听钟柳说,你比她还大一岁?"

孟少凡点点头。

刘月季说:"那也是小伙子了! 怎么能当逃兵呢? 多丢脸!"孟少凡说:"月季大妈,我明天一定好好去干活。不当逃兵了。"刘月季说:"这才是好孩子! 明天我让钟杨、钟柳帮你一把。你也好好跟着他们学。啊?"

钟槐打着手电在团部不远处的原野上高喊:"孟少凡!"刘玉兰也跟着喊:"孟少凡!"钟槐打着手电在原野上照射。

荒野里。钟槐说:"这儿不会有了。咱们往东边去找找吧。"刘玉兰说:"好。"钟槐走过一束草丛,他突然喊了一声:"哎哟!"刘玉兰说:"咋啦?"钟槐说:"我脚踝好像被啥咬了一下。"刘玉兰立即警觉地说:"快看看。"钟槐蹲下,拉起裤腿看,在手电下,脚踝上有两点牙印子,在渗血。刘玉兰说:"蛇咬的?"说着拿过手电,朝近处的四周找,她看到一条蛇尾巴刚好滑进草丛中。刘玉兰放下手电,立即趴下身子,用力挤伤口上的血,然后又用嘴去吮吸,吸后就往外吐。刘玉兰说:"这蛇是不是毒蛇不知道,但反正把血吸出来没错。在我们老家,被蛇咬了,就把蛇咬过的地方,放在水里往外挤血,然后再敷上草药!"

刘玉兰扶着钟槐紧张地往团医院走。

在夜色中,刘月季搂着孟少凡坐在驴车上。

刘月季:"干不动,就慢慢干,啥活儿都是干上些日子就会干的。"

孟少凡看看刘月季。他感到她特别地可亲。他不由自主地点点头。

急诊室。医生正在查看钟槐的伤口,说:"我们这儿虽然有蛇,但很少有人被蛇咬伤的。看你这伤口虽有些红肿,但没发青,好像那蛇不像是毒蛇。"钟槐说:"我被蛇咬着后,刘玉兰用嘴吸出了好多血,她说这样可以把毒血吸出来,就没什么危险了。"医生说:"那她就危险了,如果她口腔有伤,蛇毒就会进入她体内。"钟槐说:"是吗?"

钟槐又感动又担心。

刘玉兰在路上狂奔,冲进刘月季的办公室,拉出床上放的包,然后打开,找着一颗草药丸,又冲出屋外。刘玉兰捏着草药丸在路上狂奔。

刘玉兰赶到了医院急诊室。她喘着粗气,把化开的草药往钟槐的伤口上抹。

医生说:"这管用吗?"刘玉兰说:"管用。在我们老家,被蛇咬的事常发生,我们就用这草药治蛇伤的。"刘玉兰刚把草药抹完,她眼前一黑,一头倒在了地上。钟槐喊:"玉兰! 玉兰!"

天亮了,刘月季领着孟少凡进家,看到钟杨、钟柳正穿好衣服,匆匆地要出门。

钟柳说:"娘,大哥被蛇咬伤了,正在医院里呢!"刘月季说:"啊?!"钟杨推了孟少凡一把:"都是你这个害人精闹的!"

医院里,钟槐焦虑地看着昏睡在床上的刘玉兰。医生正在给刘玉兰打针。

刘月季、钟杨、钟柳冲进急诊室。接着孟少凡也一脸沮丧愧疚地跟进来。而这时刘玉兰突然睁开眼睛,一骨碌爬了起来说:"刚才我咋啦?"接着关心地说:"钟槐哥,伤口咋啦?"钟槐拉开裤腿看看说:"肿消下去了。"刘玉兰说:"看! 咱们老家的草药还是挺管用的吧?"医生说:"肯定不是毒蛇,真要被毒蛇咬了,哪有这么太平的。"钟槐说:"刘玉兰,你吓死我了!"

刘月季、钟杨、钟柳、孟少凡都松了口气。钟槐看着刘玉兰,眼里饱含深情。

两天后。

钟槐正在给毛驴套车。刘月季走过来。钟槐说："娘，再让我帮你拉一趟水吧。"刘月季说："水让张班长去拉吧。娘要跟你一起去师部。"钟槐说："娘，你去师部干吗？"刘月季说："我和你一起找你爹去！"钟槐说："找他干吗？他不就是想把我同刘玉兰分开吗？没有的事，我心虚什么！我跟高叔去就是了。"刘月季说："去当然要去！但话也要说清楚！你不能不明不白地背着个罪名走！"

刘月季交代好事情准备走，但看到钟槐搂着那头小毛驴依依不舍的，刘月季说："走吧。"钟槐说："娘，我走后，你要把它们照顾好。"刘月季伤感地说："娘会的。"

夜里，刘月季领着钟槐走进钟匡民的家。钟槐是第一次到这个家，有些好奇地观察了一下。钟匡民一家刚吃好晚饭。邢阿姨正在收拾饭桌。

孟苇婷说："月季大姐，你们还没吃晚饭吧？"刘月季说："我们吃过了。苇婷妹妹，你领着钟桃出去一下，我有话要同钟匡民说。"孟苇婷很知趣地说："好。"刘月季说："邢阿姨，你也离开一会儿，好吗？"邢阿姨也点点头，跟着孟苇婷出去了。

钟匡民说："月季，你是不是领着钟槐来兴师问罪的？"刘月季说："兴师问罪扯不上，只是想把事情同你摆明白。去边境建农场，都是自己主动报名，组织审查批准的。你为啥不跟我和钟槐商量一下，就这么决定了？"钟匡民说："但也有一部分骨干，是由组织决定的。"刘月季说："那首先由团里往上报。可团里就没报钟槐！"钟匡民说："我是负责这件事的副师长，我有权可以定！"刘月季说："你为啥一定要定钟槐？"钟匡民说："因为我是他爹！"刘月季说："如果是这样的话，你就没资格定！"钟匡民说："为啥？"刘月季说："你是他爹，但你尽过一天爹的责任没有？"钟匡民缓和语气说："月季，我现在就在尽爹的责任。我要让他学好，要让他去接受锻炼。"刘月季说："钟匡民，直接把话说白好不好？"钟匡民说："怎么说白？"刘月季说："你不说，我来说。你认为郭文云与刘玉兰的事没成，是钟槐的责任。所以你要把钟槐同刘玉兰分开。"钟匡民说："对，有这层意思。"钟槐说："你在冤枉我。这件事我一点错也没有!"刘月季按住钟槐说:"钟槐,你不说,让娘说。钟匡民,你说钟槐有责任,那他的责任在什么地方?"钟匡民说:"据我所知,那个叫刘玉兰的姑娘在老家把这事答应得好好的,可一到这儿来就变卦了,看上你钟槐了,你钟槐能说一点责任都没有?"

刘月季又拉了一把钟槐,不让他说,钟槐急得满脸通红。

刘月季说:"钟匡民,我告诉你。那姑娘是在老家一口答应郭文云这件事的,那是因为她父母逼着她嫁给一个五十几岁的村长。她是为了摆脱这桩婚姻,能赶快离开老家才答应下来的。来到这儿后,她是想跟郭文云办结婚的。但她觉得跟郭文云过那种没有感情的日子,她感到害怕。而那时,她看上了钟槐,她变卦了。照我说,姑娘没有错。就像你要离开我没错一样,因为没感情的生活,扯得双方都痛苦!郭文云也没有错,他也很痛苦,我也很同情他,钟槐更没有错!别人看上他了,怎么会是他的错!"

钟匡民无语,脸有些灰。

刘月季说:"让钟槐到边境农场去做贡献,去锻炼,我不反对,我还要鼓励他去。但让他戴罪去充军,我不愿意!所以我要带钟槐来,一定要把这事跟你摆清楚!你是他爹,这没错。为了让钟槐叫你声爹,我费了多大的劲。他叫你了。但你这个爹也得像个真正的爹那样对待他,像我这个娘待他一样!"钟槐说:"娘。"刘月季说:"钟槐,咱们走。咱们去师招待所报到去!"钟槐喊:"爹,我去边境农场,不会给你丢脸的,但你不能冤枉我!"

刘月季与钟槐走后,钟匡民一下跌坐在椅子上,满脸愧疚。

离开钟匡民家,刘月季和钟槐走在瀚海市的街上。

钟槐说:"娘,我们现在去哪儿?"刘月季说:"去找高协理员,我答应他今晚把你送到他那儿的。"钟槐说:"娘,高叔现在是团长了。"刘月季说:"在我看来,叫高协理员,跟叫高团长都一个样。反正他得叫我月季大姐。"钟槐说:"娘,我行李还没拿呢。"刘月季说:"我来时让玉兰帮你收拾好送到招待所去了。"

师部招待所旁的林带里。月色朦胧。钟槐与刘玉兰坐在林带的埂子上。

刘玉兰说："钟槐哥,你不能不走吗? 我知道,这都是我害了你。"钟槐说："这事跟你没关系,保卫边防本来就是咱男人的事,咋能不去呢?"刘玉兰含着泪说："那咱俩的事咋办?"钟槐说："刘玉兰,我知道你对我是真心的,这些天我都感觉到了。但咱俩的事,等上几年再说吧。在这几年里,你要是相中比我更好的,那你就跟他过。我跟郭政委比,你认为我比他好,可说不定……"刘玉兰伤心地说："钟槐哥,你不该说这话,你是不是把我看成一个水性杨花的女人了。我说了,就因为我是真心爱你,所以我才没能同意郭政委。我要不是真心爱你,我就跟郭政委过了。我变卦,那也不是件容易下决心的事,因为我这样做,不太道德,也太对不起郭政委了。要不对你真心,我下不了那决心。那天你被蛇咬了,我恨不得代你让蛇咬,我……"钟槐说:"我知道了,你别说了。"刘玉兰说:"钟槐哥,我会等你,一直等下去。你要相信我。"钟槐说:"不早了,我该回去了,我们明天一早就要上路了。"刘玉兰眼里渗出依依不舍的泪。钟槐说:"刘玉兰,我可以告诉你,只要你不结婚,我也永远不会同别的女人结婚。"刘玉兰说:"钟槐哥! ……"刘玉兰猛地拥抱了钟槐一下。

第二天,师招待所院子。锣鼓喧天。人们欢送去边境农场的队伍。装满人和行李的大卡车一辆接一辆地开出师部招待所。钟匡民站在欢送人群的最前面。

高占斌坐在最后一辆卡车的驾驶室里。钟槐坐在最后一辆卡车的上面。钟槐忍着泪,但当卡车开动时,还是朝钟匡民挥了挥手,喊了声:"爹……"钟匡民强忍着不流泪,目送着儿子。但在人们不注意时,还是低下头,抹了把泪。

卡车开进林带相夹的公路上。当最后一辆卡车开过后,刘玉兰从林带里冲出来,疯狂地尾随着卡车奔跑着,喊着:"钟槐哥……"刘玉兰在汽车扬起的尘土中奔跑着深情地哭喊着:"钟槐哥……"卡车拐了弯。刘玉兰飞奔着斜穿过林带,从捷径又追上了汽车,喊:"钟槐哥……"钟槐在车上朝她挥手。钟槐心里想:"玉兰,我一定要娶你!"卡车终于开远了,尘土也消散了。刘玉兰跪在公路上,捂着脸哭着:"钟槐哥……我一定要嫁给你……"刘月季走了过来。刘月季说:"闺女,咱们回家吧……"

装满人员与行李的大卡车来到边境线上。钟槐跟着其他人员都纷纷从卡车上跳下来。鲜红的夕阳抹在波浪起伏的草原上。高占斌也从驾驶室里跳下来。他看着广阔无垠的荒原,心情激动地舒了口气。

夜,荒原上帐篷外燃起了篝火。高占斌走到钟槐的身边坐下。篝火映红了他们的脸。

高占斌说:"钟槐,你有啥想法?"钟槐说:"没啥想法,不就是开荒造田建农场吗?"高占斌说:"不,我是说你爹把你弄到这儿来,你有啥想法?"钟槐说:"我爹是在冤枉我!但我娘说,边境要去,但话也得说清楚。"高占斌笑着说:"这事我也听说了。郭文云这个人呀,在这方面也太不现实了,要找对象就找个年龄上合适的。偏偏要找个年龄上已经可以当女儿的姑娘,这现实吗?"钟槐说:"那是郭伯伯的事,反正在这事上我没错。"高占斌说:"你当然没错!就是你看上那姑娘,那也没错!恋爱自由嘛!"钟槐说:"我娘也这么跟我爹说的。"高占斌说:"好了,不说这事了。你既然来了,那就好好在这儿安心工作。在这儿建农场意义可大得很啊,主要是政治意义。这儿的自然环境比甘海子那一带还要艰苦。因为这儿的气候不太适合种庄稼。但我们还是要在这儿长期地坚持下来,我们种的是政治地,收的是政治粮。"钟槐说:"高叔你放心,我钟槐不是孬种,这些道理我都懂。小时候我娘就给我讲过岳飞精忠报国的故事。"高占斌说:"你娘真的很了不起啊!我在当基建大队的大队长时,遇到了洪水,你爹要下水去救王朝刚他们。我让你娘劝他别亲自带着人去,可你娘说,古时候打仗都是将军先锋冲在前面的,他不带这个头谁带这个头?"钟槐说:"所以我就特别崇拜我娘。"高占斌说:"你爹也很了不起啊。过两天,他还要亲自到咱们这儿来,指导咱们这儿的工作。他还是管理咱们这个师的边境农场的第三管理局的局长。"钟槐说:"他当他的局长,关我什么事!"说着,站起来就钻进了帐篷。

师部大楼。刘月季走在通往大楼的一条直路上,路两旁的林带里已点缀着几片枯叶。刘月季来到师部大楼跟前,想了想,还是走进了大楼。

　　钟匡民办公室。刘月季推门进去。钟匡民正在打电话,做手势让刘月季坐下。刘月季坐在办公桌边上的沙发上。

　　钟匡民放下电话问:"月季,你找我有事?"刘月季说:"对,为儿子的事。"钟匡民说:"还在为钟槐的事生我气?"刘月季说:"钟槐的事已经跟你说清楚了。不说了,我是为钟杨的事来的。"钟匡民说:"钟杨咋啦?"刘月季说:"他高中没考上,你不知道?"钟匡民说:"还不知道,我想这事孟苇婷会告诉我的。怎么啦?"刘月季说:"我想让你想想办法,让他继续能上学。在老家时,钟槐跟着我学了一些字,你知道,我们那儿解放得早,钟杨上小学时我也让钟槐跟着上了两年完小。可钟槐十四岁那年,村里成立了互助组,钟槐就不再上学,跟着我在互助组里干活了。钟槐的学业就这么耽搁了。"刘月季说着,眼泪在眼眶里转,"后来为了来找你,我把钟杨的学业也耽搁了。"钟匡民说:"当初我在信里写得很清楚,不让你们来,可你偏要领着孩子们来!"刘月季说:"钟匡民,你到现在还说这种话,那你就是个没良心的人了!要不要我给你摆摆我们来后带给你和孟苇婷的好处给你听听!"钟匡民说:"好了,好了。算我刚才那话说错了,不该说。钟杨没考上高中,我有什么办法?他自己的意见呢?再上一年初三?"刘月季说:"他想参加劳动。"钟匡民说:"他也过了十八岁了,这么大年纪再上一年初三也不像话了。他想参加工作就让他参加工作吧!"刘月季说:"那我还来找你干啥?你就这么当爹啊?啊?!"钟匡民说:"你不会让我走后门吧?"刘月季说:"谁让你走后门啦?我是让你再想想还有没有别的学可以让他上!你对大儿子这个样,对小儿子又漠不关心,世上哪有你这样当爹的!"钟匡民回到家里,情绪有些低落。

　　孟苇婷说:"吃饭吧。"钟匡民说:"给我倒杯酒。"孟苇婷为钟匡民倒了杯酒。孟苇婷说:"匡民,我想告诉你一个不太好的消息。"钟匡民说:"是不是钟杨没考上高中啊?"孟苇婷说:"你知道了?但你不知道吧,他离录取分只差两分,真是太可惜了!不过钟杨这孩子确实是很聪明的。文化底子那么薄,但硬是把初中的学业全完成,而且考高中还考出这个成绩,太不容易了。但他这年龄再复读一年,明年再考也不现实。"钟匡民猛地喝了口酒,想了想说:"苇婷,你们农校筹备得怎样了?"孟苇婷说:"招生工作就这个月进行。今天就已开始报名了。"钟匡民说:"那就争取让钟杨进农校吧。"孟苇婷说:"好!"钟匡民的态度使孟苇婷感到宽慰。钟匡民说:"事先征求一下他和他娘的意思。"孟苇婷说:"我知道了。明天我就去找月季大姐。"

第二天,在刘月季家里,刘月季、孟苇婷、钟杨正在谈论着。钟杨说:"娘,算了,我不想再上学了,不考了。"孟苇婷说:"钟杨,名我已经给你报上了。你爹和我的意见,还是希望你去考一下。"钟杨说:"娘,我年纪都这么大了,还是在农场参加劳动吧。"孟苇婷耐着性子说:"我们这次农校招生还包括一些年轻的基层干部,他们的年纪比你还大呢。钟杨,你一定要考,而且凭你现在的学习成绩,也一定能考上,因为农校要招收的对象不一样,录取成绩要比考高中低 些。"刘月季说:"听你苇婷阿姨和你爹的!去考一考,能上学有什么不好? 多长点知识就能多干点大事。为你上学的事,娘昨天就去找过你爹!"钟杨的情绪不高,说:"娘,参加劳动不也一样吗?"刘月季说:"不一样! 就因为娘为了带你们来找你爹,把你的学业耽误了,娘心里一直在为这事内疚呢,现在又有可以去上学的机会,为啥不去争取?"孟苇婷说:"钟杨,你很聪明,你会有出息的。月季大姐,就这么定了,你再劝劝钟杨。只要他同意,其他的事我来办!"刘月季说:"苇婷妹子,让你操心了。"孟苇婷说:"月季大姐,别再说这种见外的话。你为我操的心还少吗?"刘月季说:"啥时候去考?"孟苇婷说:"下星期一。"几天以后。钟柳蹦蹦跳跳地走进刘月季的办公室。钟柳说:"娘,这是哥的准考证。苇婷阿姨叫我带来的。"

考试那天,刘月季帮钟杨穿好衣服。刘月季说:"走,娘陪你考试去。"钟杨说:"娘……"刘月季急了,说:"你要不去考,娘就给你下跪! 娘给你爹下过跪,为了你的前程娘也可以给你这个儿子下跪! 你平时都很懂事,怎么这次好歹都不知了?"钟杨感动地说:"娘! 不是的,我的意思是我自己能去。而且一定要争取考好!"刘月季笑着说:"这才像我儿子说的话!"

教室里钟杨正认真地参加考试。孟苇婷拿着面包在考场外等着。钟杨考完试走出考场。

孟苇婷迎上去把面包递给钟杨说:"饿了吧? 快吃点。"钟杨感动地点点头,接过面包。

钟杨被录取了。这一天钟杨背着行李走进农校。孟苇婷已经在门口等他。孟苇婷把钟杨领进宿舍,为他铺了床。孟苇婷说:"星期六,你和钟柳还是回家来吃饭吧。"钟杨点点头。

第十六章

边境线上。钟匡民和高占斌还有小秦坐在一辆吉普车里，车子行驶在杂草丛生的边境线上。他们在山坡下的一座已成废墟的院子前停了车。钟匡民等下了车。

高占斌对钟匡民说："钟副师长，你看，房子那边的那条车辙就是边境线。这边是我们，那边是他们。这儿既是边防前站，也是牧民们的转场站。每年春天，牧民们都要绕过这座山去夏牧场。"

钟匡民说："那这个院子就是我们的？"高占斌说："是。"钟匡民说："原先的人呢？"高占斌说："以前有对夫妻住在这儿。自从那个事件发生后，就没人了。"钟匡民说："那立即把这儿修复，这就是前沿阵地！派最可靠的人来守着它！"高占斌说："我也这么想。最好也是派一对夫妇来。但钟副师长你也知道，我们现在来的都还是单身汉。"钟匡民说："那就先派个单身汉来。人在阵地就在！像这样的前哨站归你们团管的有几个？"高占斌说："有三个。这儿是离团部最远的一个。"钟匡民想了想说："把钟槐派到这儿来。"高占斌说:"钟副师长……"钟匡民坚决地说:"就派他来!"高占斌说:"钟副师长,是不是……"钟匡民说:"我还是这儿的管理局局长,这个命令我下了! 你就照办吧!"

晚上,刘月季的住房里,刘月季在帮刘玉兰收拾行李。刘月季说:"政委给你安排工作了,说明政委把你这事是彻底丢开了。那你就好好在副业队工作。副业队离我这儿近,啥时都可以来。"刘玉兰:"娘……"刘月季说:"怎么啦?"刘玉兰含着泪说:"钟槐哥走了都快两个月了,可连一封信都没给我。是不是钟槐哥心里没有我?"刘月季说:"他临走时,你同他见过面没?"刘玉兰说:"见了。"刘月季说:"他咋对你说?"刘玉兰说:"他说,咱俩的事等上几年再说。他说,你要是相中比我更好的人,那你就跟他走……"刘月季说:"这话不是对你说透了。他让你找个更好的。要不,你就等他几年。"刘玉兰说:"娘,我不是那种见一个爱一个的女人。我等他! 不管他心中有没有我,我都等!"刘月季说:"这不结了? 钟槐这孩子是个直肠子,但性格内向,不要说没给你写信,连我他都没写。他可是个大孝子啊!"刘玉兰点点头。刘月季说:"住集体宿舍,要注意跟同宿舍的人搞好团结。"刘玉兰说:"娘,我知道了。"

在边境农场一间简陋的办公室里。钟匡民正在同钟槐谈话。钟匡民说:"钟槐,今天我不是以爹的身份,而是以边境农场管理局局长的身份同你谈话。"钟槐说:"你就说吧。"钟匡民说:"让你去边境线上的一个站去当站长。那里又是一个牧民的转场站。就你一个人,现在人员太紧张,一个人顶两个人都顶不过来,所以暂时不会给你派助手。别看就你一个人的站,但从政治上和生产上讲,都很重要。"钟槐说:"高团长都给我讲了。"钟匡民说:"有什么意见?"钟槐说:"我说了,我会干出个样子给你看的。"钟匡民说:"但你跟那姑娘的事,三年后再考虑。"钟槐说:"你用不着操这份心!"钟匡民说:"为啥?"钟槐说:"因为你还在冤枉我! 我和那姑娘的事,不像你想的那样!我没有对不起郭伯伯!你把你个人的想法往我身上套。你像个领导,但不像个爹!"

钟槐愤然出门。钟匡民突然感到头疼头晕,忙从口袋里掏出一瓶药,倒了一粒吞进嘴里。

山坡下,边境转场站的院子已修复,钟槐正在专心地粉刷房子。夕阳下,钟槐在打扫院子。扫完院子,他走到院门外,荒原一片苍翠。

早晨,在橘红色的霞光下,钟槐唱着国歌在升着国旗。蓝天,白云。钟槐赶着羊群在边境线上巡逻。钟槐戴着纱面的防蚊罩,挑着水桶,到河边去挑水。黑压压的蚊子围着他转。

入夜,边防站房子里。马灯下,钟槐在一张木板桌上写信。他文化不高,写得很吃力。屋外,大风呼啸。

刘月季在菜地用锄头锄草,累得满额的汗水。菜地里的大白菜长势很兴旺。

郭文云骑着自行车来到菜地。他跳下车,从自行车的后座上抽出锄头,也走进菜地锄草。

刘月季说:"政委,你好些时间没来我菜地了。"郭文云说:"月季大姐,这大白菜长得好旺啊!"刘月季说:"现在粮食紧张,菜也能顶粮吃啊!"郭文云说:"月季大姐,你想得比我这个当政委的都周到,月季大姐……"刘月季说:"政委,你咋啦,一口一个月季大姐的。"郭文云说:"月季大姐,钟槐去边境农场,那可不是我的主意,你可别怨我。玉兰姑娘的事已经过去了。我郭文云可不是那种小肚鸡肠的人。"刘月季一笑说:"政委,你多心了。难道我刘月季是那种小肚鸡肠的人。怪不得你这么些天都不来同我打照面!"郭文云说:"那么说,你还是我的月季大姐,是吧?"刘月季笑着说:"啥时候不是了?"郭文云说:"这我就安心了。玉兰姑娘的事闹成这样,把你、钟槐还有钟副师长都折腾进去了,这些日子我一想起这事,心里就很不是滋味。"刘月季说:"政委,好人迟早会有好报的!"郭文云说:"好了,月季大姐,你也别宽慰我,恐怕我郭文云就是个没老婆的命!"刘月季说:"这可不一定,俗话说,无缘相见不相识,有缘千里来相会!"

这天晚上,刘玉兰走进刘月季的房间,刘月季正在缝补衣服,刘月季穿着有补丁的衣服。

刘玉兰说:"娘,钟槐哥还没来信吗?"

刘月季摇摇头。

刘玉兰含着泪说:"娘,我想去看钟槐哥,我好想他。"刘月季看着刘玉兰同情地叹口气说:"玉兰,我知道你的心思,但你俩的事既没有说开也还没有定,你这样去看他不合适。再说,钟槐也刚去不久,我听说,那儿啥都没有,要重新开荒造田,重新建农场,你去会影响他工作的。"刘玉兰说:"我可以去帮他呀。"刘月季说:"那儿是边境线,不是随便什么人都可以去的,钟槐会来信的,我这个当娘的也盼着他的信呢!"

刘玉兰没再说话,好像在暗下什么决心似的。

晚上,在副业队集体宿舍里,刘玉兰趁人睡着了,在布包里放了几件替换衣服,把包扎好,放在枕头下。天亮了,她来到路口汽车站。太阳正在升高,刘玉兰在焦急地等着汽车,眼巴巴地往公路上望,但公路上空荡荡的。

中午,公共汽车带着满身的尘土,停在路口,王朝刚和一些乘客从车上跳下来。王朝刚看到刘玉兰,吃惊地问:"玉兰,你要去哪儿?"刘玉兰说:"我要去边境农场。"王朝刚说:"去那儿干啥?"刘玉兰说:"我想去看钟槐哥!"说着就要往车上爬。王朝刚一把把她拽下来说:"这车不去边境农场。而且边境农场现在还没通公共汽车呢。"刘玉兰说:"那我走去。"王朝刚说:"玉兰,你知道边境农场离这儿有多远吗? 四五百公里路呢! 而且不是没人烟的戈壁滩就是荒山野岭,要是迷路,不是渴死就是饿死,或者给狼吃了。你以为这是内地啊! 走,快跟我回去。"

团部郭文云办公室。王朝刚领着刘玉兰走进郭文云的办公室。王朝刚说:"政委,我开会回来了,开会的情况啥时候给你汇报?"郭文云说:"晚上吧,晚上让常委们一起听吧。刘玉兰,你这咋回事? 刚才月季大姐到我这儿两次,副业队的人说,你失踪了,把月季大姐急的!"王朝刚说:"我在车站上把她截回来的,她说她要去边境农场找钟槐去。"郭文云抓起电话:"值班室吗? 你们派个人去跟刘司务长讲,刘玉兰在我这儿呢,让她别再找了。"

王朝刚走后,郭文云对刘玉兰和气地说:"玉兰姑娘,你坐。"刘玉兰在郭文云办公桌对面坐下。郭文云说:"玉兰姑娘,我和你的事结束了吧?"刘玉兰点点头。郭文云说:"你参加工作的正式手续也办了是吧?"刘玉兰又点点头说："政委，所以我要谢谢你。"郭文云说："所以从正式批准你参加工作那天起，你就是个军垦战士了。是军垦战士了，那你就得遵守团里的纪律，怎么能不请假，不打招呼就随便走了呢？我作为一个团政委，我就要严厉地批评你，以后不能这样！要再这样，我就要处分你了，知道了吗？再说，新疆这地方地广人稀，你一个人出去乱窜，那有多危险哪！"刘玉兰感激地点点头。

刘月季敲门进来，走得满头大汗，看到刘玉兰又是心疼又是生气，说："玉兰，你要再这样，你以后别再叫我娘了！"刘玉兰说："娘，我以后不了，政委已经批评我了。"郭文云说："跟你娘回去吧！"

刘月季和刘玉兰一走出团机关办公室，刘玉兰就扑在刘月季肩上。刘玉兰说："娘，我错了，我以后再不这样了，让娘操这么大的心。"刘月季说："知道就好，娘也理解你的心，就耐心等上两年，啊？"

中午时，棉田里布满了拾棉花的人。刘月季赶着毛驴车来到棉田。她看到路边上停着钟匡民的小车。有人喊："月季大姐给我们送动力来啦！"郭文云陪着钟匡民在棉田拾棉花。在一边陪着的还有队上的指导员。

刘月季拿着两个菜团子和一碗糊糊汤走到钟匡民跟前说："吃吧，现在只有这。"钟匡民点点头说："月季，那事老郭跟我讲了，我是冤枉钟槐了。不过让他去边境，也还是应该的嘛。"刘月季说："老子冤枉儿子，那也得道歉。"郭文云说："老钟，我这事已经了了，你把钟槐从边境农场调回来吧。那个刘玉兰差点一个人去边境农场去找钟槐。"钟匡民说："那可不行，我是副师长，又是边境农场管理局局长。现在师里还要动员更多的人去边境农场，我把儿子调回来那我还怎么去动员人家？我冤枉了儿子，我会给儿子道歉，但让他在边境农场工作，这是他的光荣！你这个老郭，现在倒想做好人了。"刘月季说："好了，不说这事。你和郭政委都是当领导的。我作为农场职工提一点意见，现在是三秋大忙季节，劳动强度大，虽然眼下粮食紧张点，但这些日子得给我们吃得好一点啊！不能让人饿趴下了。"钟匡民忧愁地叹了口气说："知道了。"郭文云说："月季大姐说得对，眼下最棘手的就是粮食上的事。是得想个办法啊！"钟匡民说："再商量吧。"

晚上，钟匡民、郭文云、方指导员在指导员的办公室里，三个人的神色都很严峻。

钟匡民指着统计报表说:"老郭啊,拾花的进度太慢了。"郭文云说:"这我们都知道,职工们都尽了最大的努力了,什么原因,你也清楚。今天月季大姐,已经把话给我们挑明了。"方指导员说:"钟副师长,郭政委,再过十天就要下霜了。因此我们队决定开展十天的拾花大突击,尽量把霜前花都拾回来。"郭文云说:"职工们的身体顶不顶得住?"方指导员说:"所以我想让职工们吃顿饱饭。想稍微动用一点粮场上的玉米。"钟匡民说:"粮场上的粮食一粒也不能动啊,动了,这错误就犯大了。"郭文云突然激动地说:"那棉花收不回来,这个损失谁来负责? 方指导员,我批准,动吧! 让大家好好吃顿饱饭,再杀一口猪,在这十天大突击里把霜前花全都拾回来,这个错误我来犯,上级追究下来,我郭文云顶!"钟匡民咬了咬牙沉默着,一个劲地抽着烟,郭文云、方指导员的眼睛直视着他,最后他说:"好吧,动吧,我同意,不管什么事,还是要以人为本啊! 这个错误,还是我来犯吧。"

钟匡民走后,郭文云正在他的办公室里批阅文件。方指导员用报纸包了块肉,敲开了办公室的门。郭文云问:"职工们都吃上肉了吧?"方指导员说:"吃上了,大家都感动得不得了。决心在这十天里,一定要把霜前花全抢回来。"郭文云说:"这就好! 这样的话,我这错误也就犯得值了。有时候做人,不能只考虑到个人的得失啊。"方指导员说:"郭政委,这肉是给你的。"说着,把纸包放到郭文云的办公室桌上。郭文云打开纸包,看着油脂很厚的一块肉说:"这么好的肉! 拿回去! 我批准你们杀口猪,那是为了职工们,为了生产,不是为我自己。我为我自己,犯这错误,值吗? 而且,小方啊,这件事可闹大了,你们队这么做了,别的队也打电话来问我,我只准你们队做,不准别的队恐怕不行吧,所以我这错误就犯大了。还是钟副师长比我冷静啊,当时我太感情用事了,结果把他也逼得牵进来了。不过这事我犯下了,我就不会推卸责任的。为了全团的职工和全团的生产。你赶快回去搞生产吧。这肉还是拿回去给职工们吃,让他们多拾几朵棉花啊!"方指导员说:"郭政委……"郭文云说:"拿走! 我要收下这肉,那我犯这错误的性质也就变了,还不懂吗?"

机关食堂里,刘月季把一碗很肥的红烧肉放进一个柳条篮子里。然后拎着篮子往外走去。

刘月季提着篮子走到郭文云办公室,轻轻地敲了敲门。听到里面回话后,刘月季推门走了进去。郭文云说:"月季大姐,你怎么来啦?"刘月季说:"今天全团都吃上肉了,但就你一个人没吃。"郭文云说:"你咋知道?"刘月季说:"机关食堂打肉,是按名单打的。谁打了肉,就在他的名字后面打个钩。在名单上就一个名字后面没有钩。"郭文云说:"这肉我不能吃。"刘月季:"我知道你会这么做,你是怕人家说,你郭文云想吃肉了,就借着关心群众的名义吃这肉。上面查起责任来,你说起话来理也可以直一点。"郭文云说:"就是这意思。"刘月季从柳条篮里端出 碗红烧肉说:"那你把这肉吃了。"郭文云说:"为啥?"刘月季说:"这是我的那一份!"郭文云说:"那你呢?"刘月季说:"我是司务长,管伙房的。我可以多吃多占,肉我不能占别人的了,但肉汤总能喝上一口吧。"郭文云说:"月季大姐,我怎么能吃你的这一份呢。"刘月季说:"政委,如果你还认我这个大姐的话,你就把这肉吃了。你白天下地干活,晚上要看文件办公,这样下去,铁打的汉子也受不了呀! 快吃,你要不吃我就坐在这儿不走了!"郭文云感动地说:"那好吧,我吃。你回吧。"刘月季说:"我要看着你吃上几口,我再走。"郭文云看着刘月季,大口地吃了几块肉,刘月季这才舒了口气说:"这才像话! 那你忙你的,我走了。"

郭文云含着泪,看着刘月季走出办公室。

边防站。深秋后的第一场雪正在纷纷扬扬地下着。

钟槐同哈萨克族牧民木萨汉、哈依卡姆、克里木、阿依古丽在院子边上打木桩,围羊圈。木萨汉是个壮实开朗的哈萨克族牧民,他说:"钟槐兄弟,这个转场站又恢复了,我们高兴啊。每次转场就可以在这儿歇歇脚,喘口气了。"钟槐说:"正因为这样,所以边境农场一成立,第一件事就是恢复这个边防站和转场站。"克里木是个子很高满脸络腮胡子的人,他说:"没有这转场站,我们每转一次场,就得在路上直直地走上五六天,有时要七八天。把人累得要死。"钟槐笑。木萨汉说:"钟槐兄弟,这儿怎么就你一个人?"钟槐说:

"就我一个,又是站长又是兵。农场正在开荒造田,劳力太紧张,就因为这儿重要,硬把劳力抽上来,让我们一个人顶两个人干。"克里木说:"你没老婆?"钟槐羞涩地说:"还没。"克里木说:"那就找一个。有个老婆有个伴嘛。"钟槐说:"不急。"木萨汉说:"嗨,你这年纪,该找了!在这荒山野岭的,有个伴总比没有的好。"克里木说:"找不上?我给你介绍一个,我们牧业队有汉族姑娘,你这条件,姑娘会追着你不放的。"钟槐忙腼腆地笑着说:"不急不急!"

离边防站不远处,一个用木桩圈起来的大羊圈已经打好。钟槐帮着木萨汉和克里木高兴地把大群的羊赶进羊圈。大雪在纷飞。肥胖的羊只从圈门拥进去。

春来了,四下里一片翠绿。

钟槐又帮着木萨汉和克里木高兴地把羊群赶进大羊圈。肥胖的羊只夹着一只只小羊羔在咩咩地叫着,拥进羊圈门。木萨汉和克里木一人抱着一只小狗交到钟槐手中。

木萨汉说:"钟槐兄弟,娶老婆嘛,你说不急,但养两只狗跟着你放放羊,看看门,却是少不了的。这两只狗娃子嘛,是我和克里木送你的。给你做个伴吧!"钟槐感激地说:"谢谢,谢谢!"克里木说:"不用谢,现在有你在这儿,我们从夏牧场转到冬窝子去,再从冬窝子转到夏牧场去,你看,方便多了嘛。就是辛苦你一个人了。"钟槐憨笑着说:"这本来就是我们要做的事。"

六月,山坡上鲜花盛开。人们载歌载舞,欢迎一批上海支青来到边境农场。高占斌领着机关干部在欢迎队伍最前头笑着鼓着掌。上海女支青中有赵丽江、姜欣兰等,她们充满热情地同大家挥着手。

边境农场的场部已初具规模了。高占斌正在一间小会议室给农场业余演出队的演员们说话。他说:"我们农场各方面的条件都还很艰难,但我们还是尽最大的努力把你们业余演出队建立起来了。尤其是上海支青的到来,给我们带来了新鲜的血液,特别是文艺方面的人才,像赵丽江、姜欣兰、王勇等同志。我们知道,条件越艰苦,就越要鼓舞士气,越要丰富大家的业余文化生活。要靠你们,来更好地把大家凝聚到一块儿。你们一定要走遍各个角落,把创业的精神带下去!我看,你们先去边防站,虽然那儿只有一两个人,但你们也要把文艺节目送上去!"

演员们都精神振奋地在听着,尤其是赵丽江,她的神态庄重,眼睛此时充满了热辣辣的激情。

第二天清晨,业余演出队的赵丽江同另外两名女演员周巧娣、姜欣兰和两名男演员杨刚、王勇套好牛车准备出发。赵丽江脸长得漂亮,颀长的身材也显得特别匀称,她全身洋溢着一种青春而纯情的气息,还有着上海支青那种典雅的韵味。

杨刚问:"赵丽江组长,今天咱们去哪儿?"赵丽江说:"不是昨天就定好的,去最远的那个边防站吗?"周巧娣说:"赵姐,去那儿有十几公里路呢。这辆老牛车把我们拉到那儿,恐怕天都要黑了。"赵丽江说:"那也得去。高团长不是讲了吗?宣传演出不能留死角!"王勇说:"赵丽江讲得对,越是这样的地方,我们越要多去。"赵丽江说:"那么远的边防站,就只有一位同志长年累月地守在那儿,这多不容易啊。我最佩服这种有献身精神的人了!"杨刚说:"赵组长讲得对。咱们上路吧,牛车我来赶。赵组长,我是从小在这儿长大的,知道有一条近路可以从中间直插那个边防部。起码可以少走几公里路。"赵丽江说:"那咱们就上路。"

四下里,阳光灿烂,鲜花盛开。杨刚赶着牛车,王勇拉着手风琴。大家一起充满激情地唱着《我们走在大路上》。

中午,太阳当头。杨刚赶着牛车正在下坡。已被太阳晒得满头是汗的杨刚说:"赵组长,你看到没有,那条就是边境线。而这后面就是咱们团最远的那个边防站。我们已在边防站的前面了。咱们先歇一歇,睡上个午觉,吃口干粮,反正最多只要两个小时准能到那个边防站。"赵丽江说:"行,就地休息。大家都方便方便。"

山坡上,三个姑娘手拉手在鲜花盛开的坡上奔跑。她们绕过山坡,看到不远处有一个圆圆浅浅的小湖。小湖前的一个高包上有几棵树,树叶长得很茂密。周巧娣来到湖边,用手摸了摸喊:"赵姐,湖水好清好温暖啊。"赵丽江说:"那我们就洗个澡,怎么样?"姜欣兰说:"好呀!太棒了。"周巧娣朝那边喊:"喂……你们两个男的不许往这边拐……我们有自己的事儿……"山在回响。那边也有声音喊过来说："知道了……"

三个姑娘脱光了衣服,在小土包和树后嘻嘻哈哈地洗澡。衣服洗过后,晾在树枝上。

钟槐赶着羊群往这边坡上走来。两只几个月大的小狗跟着他。钟槐眯着眼看看天空,然后来到一条小溪旁,坐下。他把挎包往不远处一扔,对其中一只小狗说:"对,把挎包给我拿过来。"小狗衔着挎包送到钟槐跟前。钟槐摸摸小狗的脑袋说:"行!任务执行得不错。"

钟槐从挎包里拿出玉米饼子正准备啃。突然看到远处那个小湖里有几个黑点在动,他再仔细看看,立即用手捂着眼睛,然后转过身,把挎包里的东西全抖出来,然后把挎包套在头上,又转过身朝那边喊:"喂,你们是什么人?快出来,千万别往湖那边游。"

小湖里。姜欣兰会水,正在往湖的那边游。三个姑娘突然听到男人的喊声,吓得蹲下身子只在水中露出个头。钟槐又在喊:"别往那边游!"姜欣兰赶忙转回身,踩着水往回走。

一阵风吹来,姑娘晾在树枝上的衣服被吹下来,被风撒得满山都是。周巧娣喊:"赵姐,你看那人怎么长着这么个脑袋,吓死人了。他是个什么人呀?"赵丽江仔细看了看,笑了说:"那个人头上好像套了个东西。"已游到她们身边的姜欣兰说:"这个男的看来不会是那种流氓。"钟槐仍在喊:"喂……不许游到那边去!听到了没有?"赵丽江喊:"喂,这位同志,你能不能把衣服给我们捡起来,堆在一个地方,然后你再走!"

钟槐又转过身,把挎包从头上拿下来,对两只小狗喊:"小英,小雄,去把那几个姑娘的衣服捡起来,送过去!"

三个姑娘已穿上裤子、内衣。赵丽江又从一只小狗嘴上拿下外衣,说:"这多有意思啊!"然后朝山坡喊:"喂,这位同志过来吧。我们把衣服穿好了。"

钟槐气呼呼地冲下山坡。钟槐问她们:"你们几个是哪个单位的?跑到边境线上来干什么?"赵丽江说:"我们是边境农场业余演出队的,是到这儿来执行演出任务的。"钟槐说:"你们演出队跑到这儿来执行什么任务?你们知道不知道,刚才你们差点闯下大祸。"姜欣兰说:"怎么啦?"钟槐说:"这个湖是边境湖,湖从中间分开,湖的这边是我们的,湖的那边就是人家的了。你差点就出国了,成了叛国分子了!"姜欣兰伸了伸舌头,说:"这么严重吗?"钟槐说:"你要游过去,挨了枪子儿那也是白挨!你们都快离开这儿,往回走吧!"赵丽江说:"同志,你是干什么的?"钟槐没好气地说:"放羊的!你们赶快走!"夕阳西下。钟槐打开羊圈,把羊群赶进圈里。钟槐关上圈门,羊只看着他,对他咩咩地叫着,好像同他道晚安。钟槐朝它们笑笑。

钟槐走到院门口。看到院门口停着一辆牛车,而院子里传出了人的说话声。钟槐赶忙走进院子,刚好同赵丽江打了个照面。赵丽江高兴地说:"嗨!是你呀。那你就是这儿的站长钟槐同志了?"钟槐说:"对。"赵丽江说:"那你怎么说你是放羊的呀?"钟槐说:"是呀!我是一面放羊一面巡逻,一面巡逻也一面放羊,不对吗?"赵丽江笑着说:"钟槐同志,说得好!"

钟槐在降国旗,赵丽江他们五人庄重地围成一圈看着降旗。钟槐把国旗捧回房里。赵丽江看着这一切,感到特别的新奇和崇高。而这位高大英俊的边防站站长更让她感到敬服与爱慕。她想起了在湖边,他把挎包套在头上的那一幕,她笑了。

第十七章

赵丽江像记者采访似的问钟槐:"钟槐同志,就你一个人坚守在这儿吗?"钟槐腼腆地说:"对。"赵丽江说:"你不害怕吗?"钟槐说:"一个大小伙子,有什么好害怕的。"赵丽江说:"那你不感到孤单寂寞吗?"钟槐说:"这份工作就是这个样,谁来,都得这么过。既然我摊上了,那我就得坚持着。"赵丽江说:"钟槐同志。那你每天都是怎么工作生活的呢?"钟槐说:"早上起来升国旗。然后骑上我的小毛驴,赶着羊群一面放牧一面巡逻边境线。走到我看管的那一头就到中午了。就是离你们洗澡的那个湖前面点。然后吃点干粮,休息一会儿,再往回走,到家太阳就要下山了。你瞧,就这时候,我才回来。"赵丽江说:"天天这样吗?"钟槐说:"对,天天这样。无论刮风下雨,都是这样。"赵丽江说:"钟槐同志,你很伟大,我们要好好向你学习。"钟槐脸红着摇着手说:"不敢当,不敢当。"赵丽江说:"钟槐同志,我们是农场业余演出队的一个演出小组,我是组长,叫赵丽江。我们根据高团长的指示,来为你演出节目。"钟槐不好意思地说:"欢迎,欢迎。今天中午我是不是对你们太凶了一点?"姜欣兰说:"哪里!你要不凶,我就成了叛国贼了!"大家笑。钟槐对赵丽江、姜欣兰说:"你们是去年来的上海支青吧?"赵丽江说:"对,还有王勇同志也是上海支青。"钟槐说:"你们才真是了不起呢!"王勇说:"不,赵丽江说了,我们要向你学习!"黄昏时分,晚霞映红天空。钟槐坐在一个树墩子上。赵丽江等五人站在他对面为他表演节目。

王勇拉着手风琴。赵丽江在独唱。唱得很深情:

手心里捧一把热土,紧紧贴在心窝窝/丰茂的草原上我赶着羊儿在放牧,奔腾的界河这边是我的祖国/我要歌唱这里的一草和一木,把心里的话儿跟你说/啊,祖国/我们在放牧,我们在巡逻/我们为你守护,我们愿你富饶/啊,祖国/我们在放牧,我们在巡逻……

赵丽江唱这歌时,用敬慕的眼神看着钟槐。歌曲也激荡着钟槐的心。

第二天清晨,钟槐和赵丽江等人在边防站院子里一起庄严地升起了国旗。赵丽江的眼睛里闪着激动的泪花,她不时地看着钟槐那张英俊而憨厚的脸。

演员们坐上了院外的牛车,钟槐与赵丽江握手。钟槐说:"欢迎你们再来!"赵丽江说:"我们会的!"

钟槐打开羊圈,赶出羊群,朝与赵丽江相反方向的边境线走去。杨刚赶牛车朝山坡下走去。钟槐与赵丽江他们挥手告别。赵丽江突然激动地从牛车上站起来喊:"钟槐同志,你要多保重!"钟槐回过头来朝她笑着点点头。

团部林带中的小道。刘月季赶着毛驴车从加工厂拉回面粉往机关食堂走。一位三十几岁穿得很单薄,但长得很清秀的妇女冷得缩在路边的林带里。由于饥饿,她的脸色也显得很苍白,嘴唇发紫。她叫向彩菊。当她看到刘月季,忙从林带里走出来。向彩菊说:"大姐,求你帮帮忙,给我一口吃的,我已经快有三天没吃东西了。"刘月季把向彩菊带回办公室。向彩菊狼吞虎咽地啃着菜团子,喝着白菜汤。刘月季问:"你从哪儿来?"向彩菊说:"安徵。"刘月季问:"来我们这儿找人?"向彩菊点点头但突然想起什么忙又否认说:"不,我们老家闹饥荒,我逃荒逃到这儿来的。"

刘月季同情地叹了口气,问:"那你以后准备咋办?"向彩菊说:"我也不知道,但老家我是回不去了,也不想回去了。大姐,你帮帮忙,为我在这儿找一个落脚的地方吧!"刘月季说:"你先吃饭吧,吃了再说。不够,我再给你去拿。"向彩菊说:"不不,够了。大姐,我知道,我这是在吃你的定量。"刘月季慈祥地一笑说:"如果省下一口粮食,能让饥饿中的人吃上一口饭,那我情愿少吃几口饭。"向彩菊感激地点点头说:"大姐,我要感谢老天爷让我遇到你这么个好人了。我往后的日子,说不定也有靠了。"

眨眼间已是深秋。向彩菊正在菜地锄草。郭文云也来到了菜地。他走进菜地锄草。看看向彩菊。向彩菊看出郭文云是个当官的,因此有些恐慌。郭文云问:"你是哪个单位的啊? 怎么在这里干活?"向彩菊:"是刘月季大姐派我来这儿干活的。"郭文云问:"她是你什么人哪?"向彩菊局促地不知怎么回答。这时,刘月季也提着锄头来到地里,接上话茬。刘月季说:"政委,她是我的远房表妹。家乡闹灾了,特地来投奔我的。"郭文云问:"噢。那她想长期在咱们农场待呢还是只住一阵子?"刘月季说:"她是想长期在我这儿待。"郭文云问:"想在这儿参加工作?"向彩菊大着胆子说:"是。"郭文云问:"在老家是干什么的呀?"向彩菊说:"养蚕,也种地。"郭文云说:"我们这儿的活儿可重啊。"向彩菊说:"再重的活儿我也能干。"郭文云说:"可你长得不像个农村妇女啊。"刘月季说:"政委,瞧你说的。农村妇女就没长得细皮嫩肉的啦?"郭文云一笑说:"月季大姐,那就让她留下吧。"刘月季说:"那好啊!向彩菊,快谢谢政委!"向彩菊说:"谢谢政委。"郭文云说:"不用谢,我们这儿正缺劳力呢。你们愿意来,只要能干活,我们就收。"刘月季说:"政委,那你就给劳资科打声招呼,具体手续我去办。"郭文云说:"行。"刘月季一笑说:"政委,我听说这几天你正在写检查。"郭文云说:"就为那私自动用粮食的事。要不是老钟为我担了责任,上面要把我这个政委都撸了呢。"刘月季说:"匡民该这样做!害怕担责任,那就别当领导!"郭文云说:"话虽这么说,但我这检查还得写呀! 不过细想起来,我这错犯得值,全团十天大突击,霜前花全收回来了。比起来,我写这么个检查算得了什么!"刘月季听后会意地笑笑说:"我是个农村妇女,不懂个啥,但细想想,这账就该这么算。"

开早饭的钟声从伙房那边传来。郭文云抹了把额头上的汗说:"月季大姐,开早饭了。"刘月季说:"政委,你先去吃吧,我和彩菊得把这垄地锄掉。"郭文云收起锄头说:"那我先走了。吃罢早饭我还得去棉花地看看。"郭文云走出菜地,把锄头夹在后座上,对刘月季一笑,对向彩菊点点头,骑上车子走了。向彩菊说:"月季大姐,政委不是这儿最大的官吗?"刘月季说:"是,怎么啦?"向彩菊说:"但他看上去没啥架子。"刘月季一笑说:"哪里,架子大起来也吓死人。不过人倒绝对是个好人。"

这天早晨,向彩菊又在机关食堂的菜地用锄头锄草,累得满额的汗水。她甩了把汗,仰头看了看天。蓝天,白云,太阳正从东方升起。她的眼前,闪过一幕幕往事。

安徽某县城。七年前的一天。同样是一个清晨,同样是蓝天,白云。程世昌的妻子向彩兰领着八岁的程莺莺,同向彩菊在火车站告别。向彩菊说:"见到妹夫后,就给我来封信!"向彩兰说:"姐,等我找到世昌后,你也过来吧。咱姐妹俩都有个依靠。"向彩菊含着泪点着头。

向彩菊自言自语:"没想到妹妹已经死了,莺莺也不知下落。程世昌被下放劳动后,又上水库去了,也不知他犯了什么错误……"向彩菊痛苦地摇摇头,继续锄草。眼神显得惆怅茫然。

向彩菊埋头在菜地锄草。郭文云又骑着自行车过来了。郭文云提着锄头走进菜地。向彩菊抬起头一笑,说:"政委,你来啦?"郭文云说:"月季大姐昨天陪你去劳资科没?"向彩菊说:"去了。劳资科的人说,要过上几天才能安排我工作。政委,谢谢你。"郭文云说:"这有啥好谢的。我不是说了,我们农场正缺少劳动力呢。每年都要派车到口内去招劳力。你们自己能来,叫自动支边。欢迎还来不及呢。"向彩菊说:"政委,你每天都来干活?"郭文云说:"我从小就是干农活干惯的人。只要能抽出空,就来菜地干一会儿活,好舒舒筋骨。你叫什么名字?"向彩菊说:"向彩菊。"郭文云说:"老家还有人吗?"向彩菊摇摇头说:"有过一个妹妹,但九年前……死了。"郭文云同情地叹了口气说："你三十好几了吧?"向彩菊说："三十六了。"郭文云说："那丈夫呢?"向彩菊说："我是童养媳。可还没成亲,丈夫就被拉壮丁拉走了,从此再也没回。说是被打死了。我们老家规矩大,不管成亲没成亲,反正我是有过丈夫的人。所以没人肯再娶我……"郭文云说："这算什么规矩! 太封建了!"

第二天,郭文云又骑着自行车来到菜地,同向彩菊一起锄草。又一个早晨,两人说说笑笑。刘月季扛着锄头也来到菜地。看到他俩说笑的情景,若有所思。

孟苇婷在吃晚饭,但她吃了几口就吃不下了。放下碗,把菜碟子推开了。邢阿姨说："孟股长,你怎么又吃这么一点点?"孟苇婷说："我吃不下。"邢阿姨说："去医院看看吧?"孟苇婷说："去医院看过了,也查不出啥病来。"邢阿姨说："钟副师长又下去检查工作去了,又得好几天回不来。你得自己照顾好自己。"孟苇婷说："我没事,你吃吧。"

夜深了,孟苇婷坐在床上打毛衣。她感到很疲倦,哈欠连连,人也感到很不适。但她看看毛衣快完工了,于是咬咬牙,坚持把毛衣打完。

第二天,孟苇婷来到农校宿舍。孟苇婷把毛衣放在钟杨的床上。钟杨却拿起来,还给孟苇婷。钟杨说："孟阿姨,你还是拿回去吧。这毛衣我不能穿!"孟苇婷问："为什么?"钟杨说："我也说不上来,反正我不能穿。"孟苇婷说："怕你娘说?"钟杨说："不,我娘不会说,我是怕我哥知道了要训我。"孟苇婷说："钟杨,我知道,你和你哥对我有看法。但你们知道吗? 其实在这世上,最最恨我的,应该是你娘。因为我,你爹才离开你娘的,而且我知道,你娘非常爱你的爹。但你娘不但宽恕了我和你爹的婚姻,而且还时时主动来照顾我。有些恐怕连我的亲戚都做不到的事,你娘都为我做了。我知道我自己娇气、自私,但你娘为我做出了榜样。我关照你们,是为了报答你娘对我的宽容。钟杨,毛衣你穿上,这样我的心里才感到踏实点。你给我一个能报答你娘的机会,行吗?"孟苇婷含泪祈求地看着钟杨。钟杨感动了,说："孟阿姨,好吧,我穿! 我现在也慢慢地理解你了,你也挺不容易的。就因为爱我爹,得承受那么多的责难。我这就穿!"

孟苇婷听了这话,鼻子发酸。钟杨穿上毛衣很合身。孟苇婷抹了一下泪,笑得很舒展了。钟杨送孟苇婷出门。钟杨说:"孟阿姨,谢谢你。"孟苇婷眼前一黑,差点摔倒。钟杨忙扶住她说:"孟阿姨,你怎么啦?"孟苇婷说:"没什么,有点头晕,现在没事了,你回吧。"钟杨说:"孟阿姨,你脸色不太好。千万要注意身体呀。好,再见。"钟杨望着孟苇婷走远,眼中流露出同情与感激。

夜深了,刘月季的住房里,刘月季与向彩菊在谈话。刘月季说:"彩菊妹子,你要信得过我月季大姐,你把你的身世老老实实告诉大姐好吗?"向彩菊看着刘月季那双真诚和善的眼睛,点点头。刘月季说:"你一定是到这儿来找人的吧?"向彩菊:"是。"刘月季说:"找谁?"向彩菊说:"程世昌。程世昌的女人是我的妹妹。"刘月季说:"那你为啥早不说?"向彩菊说:"我听别人说,他犯了错误,被下放劳动了,我就害怕了。我父亲是个大烟鬼,把家产抽光了,就把我卖给别人当童养媳。我妹妹福气好,被我姑姑领走了,后来嫁给了程世昌,可没想到……"向彩菊说着,泪流满面。刘月季同情地为她绞了把毛巾,递给她。刘月季说:"程世昌是不是因为犯错误才下放劳动的,我问过政委,政委也不肯跟我明说,只说是干部下放参加劳动,是上面的政策,以后还是要用的。现在不已经调到水库工作去了?"向彩菊说:"我妹夫出身不好,家里成分高,社会关系也蛮复杂的,我就怕他又犯了什么政治上的错误,所以……"刘月季说:"向彩菊,今天我来问你情况,就是我发现郭政委对你有好感。所以我得了解你。"向彩菊说:"月季大姐……我怕。"刘月季说:"你怕什么?"向彩菊说:"我不知道,反正我怕。"刘月季说:"只要做人坐得正站得直,有什么好怕的!"

师机关大楼。会议室刚散会。钟匡民走到高占斌的跟前。钟匡民问:"钟槐在边防站那儿怎么样?"高占斌说:"你的儿子,那还有啥说的。老子英雄儿好汉嘛!"钟匡民说:"占斌,还要请你时常让人去看看他。"高占斌说:"钟槐单独一个人守边防站的事要不要跟月季大姐讲? 钟槐让我给她捎了封信。"钟匡民说:"讲吧,她会理解的。"

高占斌来到了刘月季的办公室。高占斌把一封信交给刘月季说："钟槐的情况就是这样，这是他让我捎给你的信。"刘月季说："这肯定又是匡民的意思，是不是？"高占斌说："是。钟副师长是让他能更好地得到锻炼。他说，我这个儿子是块好料，能打造成才的。"刘月季想了想说："高团长，你啥时候回去？"高占斌说："后天。有事吗？"刘月季说："没事。谢谢你能来看我。"高占斌说："月季大姐，你没忘记我们基建大队那年开春被洪水围困的事吧，要不是你，我们恐怕要成饿死鬼了，所以再忙我也得抽空来看你呀。何况钟槐又在我那儿。"

高占斌前脚刚走，刘月季也出了门。她背着一个包袱，走进钟匡民家。保姆为她开的门。孟苇婷躺在床上，面容憔悴。孟苇婷撑起身子说："月季大姐，你来啦。"刘月季说："苇婷妹子，你怎么啦？"孟苇婷说："身子不大舒服。"刘月季说："病了？去医院看过没有？"孟苇婷说："去看过几次了，只是没力气，也吃不下东西。医生也说不上病因来。"刘月季说："那上乌鲁木齐的大医院去看呀。"孟苇婷说："我是这么想，但匡民忙得抽不出一点空余的时间。"刘月季说："那我请几天假，陪你去。"孟苇婷说："月季大姐，你背着包袱是要出远门？"刘月季说："我想到边境农场去。"孟苇婷说："怎么啦？"刘月季说："匡民把钟槐弄到一个离团部有五六十里，前不着村，后不着店的站上当站长，就他一个人，我咋放心得下。我得陪我儿子去！"孟苇婷说："我听匡民说了，我也抱怨他。可他说，我这个当领导的，不让儿子带这个头，谁来带这个头！"刘月季说："什么苦差事他都让儿子带头。钟槐不是他带大的，他当然不心疼！可我心疼啊！"孟苇婷说："月季大姐，可你这一走，钟杨、钟柳他们咋办呢？如果我身体好，我可以关照，受点累也没啥，可我现在这……身体。"

孟苇婷眼泪汪汪的。刘月季也不知怎么办好，感到为难。刘月季想了想，很果断地说："苇婷妹子，我这事先搁一搁吧。我回去一趟，明天一早，我就陪你去乌鲁木齐看病去。匡民这个人，除了他的工作外，啥事他都不管！"孟苇婷说："月季大姐！……"

晚上，刘月季牵着那头小公毛驴来到师部招待所。

招待所的一间房间里。刘月季找到高占斌。刘月季说:"高团长,你明天回边境农场去?"高占斌说:"对。明天一早就走。"刘月季说:"你坐啥车走?"高占斌说:"坐我的小车。为了工作方便,师里给我配了辆吉普。"刘月季说:"那就算了。"高占斌说:"月季大姐,有啥事你尽管说。"刘月季说:"原先我想让你捎一样东西给钟槐,但现在看来你捎不走。"高占斌说:"捎啥东西啊?"刘月季说:"一头小毛驴。"高占斌说:"捎这东西干啥?"刘月季说:"让它给钟槐做个伴吧。你要知道,这头小毛驴的外婆,就是救你们命的那头母毛驴,它是钟槐用他的津贴买来孝顺我的。所以他特别喜欢这头小毛驴。本来,我想去! 但这儿又有那么多的事让我脱不开身。"刘月季眼里渗出了泪。"我心疼我儿子!"高占斌说:"我明白了。月季大姐,这事我给你办! 明天,还有两辆拉物资的大卡车去我们农场。我让他们把这头小毛驴捎上,一定送到钟槐那儿。"

刘月季把小毛驴拴在招待所院子的一根桩子上。高占斌走到小毛驴跟前,拍着小毛驴的头:"新疆的小毛驴啊! 有时比马还要管用!"刘月季说:"高团长,那就拜托你了。你对钟槐说,娘惦记着他呢。他知道自己该怎么做!"高占斌说:"月季大姐,我知道你当娘的心,你放心好了,我们会关照他的。钟槐这小伙子,绝对是块好料!"

清晨,郭文云骑着自行车来到菜地。但菜地空荡荡的。向彩菊不在。而菜地里的草,也似乎都锄尽了。郭文云望着菜地,心中充满了惆怅。他慢悠悠地回到小餐厅里。

郭文云在吃早餐。他问端着馍走过来的张班长:"月季大姐呢?"张班长说:"请了几天假,说是陪孟苇婷去乌鲁木齐看病。"郭文云说:"噢。"忍了忍,但还是忍不住:"那个向彩菊呢?"张班长说:"劳资科已经安排她工作了。"郭文云说:"安排到哪儿了?"张班长说:"学校菜地。郭政委,你找她有事?"郭文云说:"随便问问。就这样吧。"

郭文云吃着饭,想着心事,然后摇摇头,很失望地长叹一口气。

学校菜地里,工间休息时,向彩菊同一位中年妇女在聊天。

向彩菊说:"这么说来,郭政委到现在也没结婚。"中年妇女说:"刘玉兰姑娘的事刚过去不久,他跟谁结婚去!要说起来郭政委也太那个了,四十出头了,又是个团政委,单了大半辈子,却连个老婆都娶不上。"向彩菊:"郭政委的要求是不是太高了点?"中年妇女说:"男人嘛,娶老婆总想娶个年轻漂亮点的。何况像郭政委这样有地位,工资又高的人。要是我是刘玉兰,我就嫁给郭政委。开始时可能没感情,但时间一长感情就会有的。感情也是要培养的嘛。"向彩菊很同情地叹了口气说:"郭政委这个人其实挺好的,待人蛮和气的。"中年妇女说:"但发起脾气来,那也吓死人。不过人倒真是个好人。"向彩菊沉思着又叹了口气,并且摇了摇头。中年妇女说:"怎么了?"向彩菊说:"没什么……"

公路上,刘月季搂着孟苇婷坐在长途公共汽车里。孟苇婷说:"月季大姐,我真后悔。"刘月季说:"后悔什么?"孟苇婷说:"我不该在你和匡民中间插一杠子,拆散了你们俩。"刘月季说:"苇婷妹子,这话你不要再说了,也不要再自责了,我和匡民从结婚那天起就是散的。现在我们这样,反而更好。没有感情的婚姻真怕人。当然,开始时我也伤心,我也恨你。但后来我想通了。我硬要扯着匡民,他痛苦,我也痛苦,我何必要让两个人都这么痛苦一辈子呢?所以苇婷妹子,你千万别再把这事放在心上了。人生在世,各有各的缘哪!"孟苇婷又感动又伤感,说:"月季大姐,我怕我大概活不长……"刘月季宽慰她说:"你还年轻,不会有事的。"

她们来到了乌鲁木齐的一家医院。孟苇婷被推进手术室。刘月季焦灼地在手术室的门前等。

孟苇婷被推出手术室。医生满意地朝刘月季点点头。医院的病房里。孟苇婷眼泪汪汪地看着刘月季:"月季大姐,你回去吧,我这儿没事了。"刘月季说:"苇婷妹妹,那你就好好在这儿调养。"孟苇婷说:"月季大姐,太辛苦你了。"刘月季说:"说不上辛苦,只要你能把身子养好,我也放心了。你也别太怨匡民了。他是副师长,又当着边境农场管理局的局长,事儿太多。我在电话里已经说他了,他也很后悔。"孟苇婷含泪点点头。刘月季在邮局的长途电话亭给钟匡民打长途电话。刘月季气呼呼地说:"医生说,苇婷的病再拖上几天那就没法治了！匡民,你当爹不像个爹,当丈夫不像个丈夫!"钟匡民满面愧色。

晚上,钟匡民家里。孟少凡坐在餐桌上等得有些不耐烦了,饥饿得不住地咽口水。

孟少凡说:"邢阿姨,我饿死了。能先吃吗?"邢阿姨说:"不行!"孟少凡忍不住抓了一口菜吃。邢阿姨在他手上打了一下说:"这孩子! 怎么这么不懂规矩!"孟少凡不满地嘟着嘴说:"你们全欺侮我!"钟匡民开门走了进来。钟匡民说:"谁欺侮你了?"孟少凡害怕地看了钟匡民一眼。钟匡民坐下吃饭。钟匡民说:"自你姑姑病了以后,我也一直忙。没问你的功课。最近的学习成绩怎么样?"孟少凡不吭声。钟匡民说:"问你话呢!"孟少凡说:"姑父,我不想上学了。"钟匡民说:"你说什么?"孟少凡说:"我真的是不想再上学了。"钟匡民说:"那就说说你不想上学的理由。"孟少凡说:"因为我觉得姑姑活不长了!"钟匡民一拍桌子说:"你胡说些什么!"

在边境农场业余演出队的女生集体宿舍里,赵丽江躺在床上,双手托着后脑勺,在想着心事,脸色时而激动,时而庄重,时而又露出甜美羞赧的微笑。

坐在她对面的女演员姜欣兰发现后说:"赵丽江,你在想些什么呢?"赵丽江说:"我在想一件很崇高的事。"姜欣兰说:"什么事?"赵丽江说:"现在不能告诉你。"姜欣兰说:"你真不够朋友,我把心里的什么秘密都告诉你,可你干吗不告诉我?"赵丽江说:"我会告诉你的。但现在还不行,因为这事关系到我整个人生的重大决定。"姜欣兰说:"这么大的事,那你就更应该告诉我了。让我也给你参谋参谋嘛。"赵丽江说:"姜欣兰,你想过没有,人活在世上,不应该平平庸庸地活,要活得崇高活得伟大。"姜欣兰说:"那怎么活才崇高才伟大呢?"赵丽江说:"我觉得边防站那个钟槐就活得挺崇高挺伟大的。"姜欣兰说:"为什么?"赵丽江说:"因为他活得无私! 我们从上海支边来到新疆不就是怀着建设边疆保卫边疆的崇高理想来的吗? 我觉得我这也是一种无私!"说到这,赵丽江从床上起来,穿衣服。

赵丽江走进了高占斌的办公室。赵丽江神色庄严地说:"高团长,我有个请求。"高占斌说:"请说。"赵丽江说:"我听说,三个边境站上,原先都是单身男同志,现在一位把自己的妻子从口里接来了,另一位最近经组织介绍也结婚了,只有钟槐同志还是单身一人。"高占斌说:"是这么个情况,那你的请求是什么?"赵丽江说:"我想……我想去他那儿。协助他一起完成守边巡逻的光荣任务。"高占斌说:"你了解他吗?"赵丽江说:"他已经用他的行动使我对他崇敬和了解了。"高占斌说:"你是要让我给你们牵牵线?"赵丽江说:"不是,我只要你批准我去就行了。我自己一个人去,用不着人送。到那儿,我会努力去同他相处好的!请你批准吧!我恳求你!"高占斌笑说:"如果这样,我再不批准,那不太打击你的上进心了吗?行,我批准!"

早晨,霞光万道。赵丽江背着行李往边境线上走。赵丽江站着歇了口气,看着辽阔的草原与绵延的山峦。她脸上充满了自信与激动。太阳正在慢慢西下,赵丽江来到一条小溪边,从背包里拿出干粮,用瓷缸舀了缸溪水。然后坐在草地上歇脚,吃着干粮,她已经走得很累了。

西下的太阳已经快接近群山的山顶。赵丽江走进边防站的院子。钟槐不在,她叫了几声,知道钟槐还没有回来。

赵丽江走进房子,房子里有些乱。她把行李包放到钟槐的床上。想了想,开始打扫卫生,接着找到面粉、清油和一些干瘪了的蔬菜,动手做饭。她觉得自己已经是这儿的女主人了。她为自己的行为感到自豪与幸福。

夕阳染红了天际。钟槐骑着小毛驴,赶着羊群向边防站走来。钟槐远远看到屋子的烟囱在冒烟,他感到吃惊。钟槐从小毛驴上跳下来,奔向院子。羊群和毛驴跟着他一起奔。

钟槐跑进院子,冲开门,看到赵丽江正在炒菜,钟槐一下傻愣住了。钟槐说:"你……赵丽江同志,你怎么来了?"赵丽江说:"高团长把我分配到这儿来工作了。"钟槐说:"啊?!……"钟槐愣住了,眼睛也直了。

钟槐仰望着满天晚霞,庄重地把国旗收下。赵丽江也庄重地站在他身边。收完国旗。钟槐问赵丽江:"你来这儿干什么?"赵丽江说:"我不是说了嘛,高团长让我到这儿来工作,当你的助手,当你的兵!"钟槐不再说什么,捧着国旗回到房间里。两人坐在木墩上吃饭。天已黑透下来。钟槐吃着饭，看着赵丽江，一副局促不安的样子。赵丽江却显得自然而大方。赵丽江说："我做的饭好吃吗？"钟槐点点头。赵丽江说："我们家也是苦出身，所以我从小就帮着我妈妈做家务。你瞧瞧房子，收拾得还干净吧？"钟槐又憨愣愣地点点头。赵丽江嗤地一笑说："钟槐同志，你怎么啦？"钟槐说："你歌唱得好。"赵丽江："是吗？"钟槐说："那句'我们在放牧，我们在巡逻'，唱到我心里去了。"赵丽江说："那今后我天天给你唱。"钟槐涨红着脸说："明天你回去吧。"赵丽江吃惊地问："干吗？"钟槐说："我不收女兵！"赵丽江说："为什么？"钟槐说："没有为什么，就是不收！你明天就回！"赵丽江说："不！我决不回，因为我是带着崇高的理想才从上海到新疆来的，所以我决定要与你共同生活，组成家庭！"

第十八章

　　马灯的火焰在闪动。钟槐与赵丽江面对面坐着，神情严肃。钟槐在卷莫合烟，显然他刚学会抽烟，因此卷莫合烟还卷得很笨拙。

　　赵丽江说："钟槐同志，你认为我配不上你是吗？"钟槐说："不是。是因为……"赵丽江说："因为什么？"钟槐点着莫合烟，抽了两口，他还不适应莫合烟那火辣的味道，咳了两下。钟槐说："因为没感情。"赵丽江说："钟槐同志，我不是由于感情才来找你的。我是为理想来找你的。我认为，我与你结合，是一种理想的结合，那是一种崇高的结合，那是比感情更高尚的结合。我们一起放牧巡边，我们共同守着这边防站，我们双双在为国出力做贡献，这样的结合难道不更伟大更有意义吗？"钟槐说："赵丽江，不行。你再说也不行！"赵丽江说："为啥？"钟槐说："因为我不能对不起人！"赵丽江说："你有爱人了？"钟槐诚实地说："还说不上是爱人。但我答应她了，只要她不结婚，我就永远等她，永远不娶。你不能让我做对不起人的事！"

赵丽江看着钟槐,眼里充满了对钟槐的敬意,同时也流出了深深的爱慕。但心里却感到酸酸的。赵丽江说:"我既然来了,我决不走! 今晚我怎么睡?"钟槐说:"你就在屋里睡!"赵丽江说:"那你呢?"钟槐说:"屋外!"赵丽江说:"今天我们在火墙中间拉上个床单,把房子隔开。明天再收拾出一间屋子,好吗?"钟槐说:"不用! 你明天就走!"赵丽江说:"我说了,我不会走的!"深夜,大风吹着草地在哗啦啦地响。钟槐披着件大衣站在门口。棉大衣不时被大风掀开。月亮四周乌云在翻滚着。风越来越大。赵丽江在屋里听着呼叫着的风声,不安地在屋里来回走着。她忍不住了,打开门,大风灌进屋里。赵丽江说:"钟槐同志,请你进屋吧。"钟槐说:"天一亮你就回去,我才进屋。"赵丽江说:"既然我来了,我决不走。"钟槐说:"那我就天天晚上站在屋外过!"风依然在呼啸。赵丽江斜倚在床上,她心里充满了不安与不忍。由于走了整整一天的路,她在疲乏中昏昏地睡去。等她再睁开眼,一丝晨曦已透进屋里。她翻身下床,开门冲出屋外。钟槐已经不在了。她又奔出院子。

远远的青翠的山坡上,可以看到钟槐赶着羊群的身影。而院子里的旗杆上鲜红的国旗在飘动。赵丽江喊:"钟槐……"只有山的回声,没有钟槐的回话。赵丽江心疼得泪水滚滚:"钟槐……"

夜里,乌云翻滚,电闪雷鸣,然后大雨瓢泼。钟槐站在屋外,裹紧棉大衣,他全身都已湿透。

屋里,赵丽江内心被矛盾的心理煎熬着,但她终于打开门。赵丽江说:"钟槐,你进屋吧。"钟槐说:"你答应我,明天回去。"赵丽江泪流满面地说:"我……我答应。"

钟槐进屋。

钟槐内疚地说:"赵丽江,对不起。我知道,你不是那种会让我去做对不起别人事的人。"赵丽江:"……"

清晨。青草上挂满了闪光的雨珠。赵丽江背上行李与钟槐告别。钟槐说:"你要走好。"赵丽江点点头。赵丽江走出几步,突然转身,冲向钟槐,一把抱住钟槐。赵丽江说:"钟槐,从昨天开始,我真正地爱上你了。感情的分量也是好重好重的啊!"钟槐说:"我知道了。你回吧,顺着那山坡走,会近些。"赵丽江说:"钟槐,我也会等着你,你千万别忘了我……"

赵丽江挥手同钟槐告别,大步走下山坡。

钟槐赶着羊群,不时回过头来,看着远去的赵丽江,一直看到她消失在一片翠绿之中。那头小毛驴突然仰起脖子,冲着天,大叫了几声。钟槐也举起双拳大喊了几声。他的感情是复杂的。就这样把一个姑娘赶走,他心里也很不好受啊。

师部中学教室里。

钟柳、孟少凡他们班正在考试。钟柳与孟少凡是同桌。孟少凡咬着钢笔套,一副因做不出题而愁眉苦脸的样子。钟柳在认真地做着题。但做着做着发现钢笔没水了,急得直冒汗。

孟少凡轻声地说:"怎么啦?"钟柳说:"笔没墨水了。"孟少凡说:"用我的吧。"钟柳说:"那你呢?"孟少凡说:"这些题,我都做不出。"钟柳想了想,拿过孟少凡的钢笔,从里面挤出两滴墨水,灌进自己的钢笔里,感激地朝孟少凡点点头。

下课铃响了。学生纷纷把考卷交上。孟少凡看看自己没写上几个字的考卷,叹了口气,也把考卷交了上去。已交完考卷的钟柳同情地看着孟少凡。他们俩走出教室,来到操场林带边。钟柳说:"少凡哥,你干吗不好好上学呀! 每次上课,你总是做小动作。"孟少凡说:"反正这个学我是上不下去了。"钟柳说:"为啥?"孟少凡说:"我没心思再上学了,寄人篱下的生活太难熬了。"钟柳说:"怎么啦? 我爹和孟阿姨待你不好?"孟少凡说:"姑父待我太凶了,姑姑什么事都是一味地迁就姑父。"钟柳说:"饭能让你吃饱吧?"孟少凡说:"那倒没说的。他们吃啥就让我吃啥。"钟柳说:"有没有做功课的地方?"孟少凡说:"我有,姑姑单独给我腾出了一间房子。"钟柳说:"那你条件比我和我哥都强。我哥和我是我爹的儿子女儿。可住学校的集体宿舍,吃学校的大食堂。我爹待你比待我们都好,你还有啥可抱怨的。"孟少凡说:"可我在精神上受折磨。我现在只想找份工作,自己养活自己,不再受你爹的那份气!"钟柳说:"你才多大呀,初中都没毕业,就想参加工作了?你还是好好把初中上完再说吧。你不要身在福中不知福。我爹可能待你严厉点,但他绝对是为你好!"孟少凡说:"钟柳,你是站在你爹那边说话,如果你是站在我这一边,恐怕就不会这样说了。"钟柳说:"我要是你。我就会坚持把学业学完,然后再去找份工作做。"孟少凡说:"但人跟人不一样!"

刘月季由钟杨陪着走进操场。钟柳看到刘月季,高兴地奔向刘月季,一把搂住刘月季的脖子喊:"娘。"钟柳说:"娘,我们考试考完了。明天就放假,今晚我就跟你回去吧?"刘月季说:"你哥也放假了。你们俩都该去看看你们的爹。"

远处,孟少凡看到他们一家亲热的样子,伤心地叹了口气,转身想离开。刘月季也看到了孟少凡。刘月季喊:"少凡。"孟少凡走到刘月季跟前。孟少凡说:"月季大妈。"刘月季说:"少凡,你怎么啦? 愁眉苦脸的!"钟柳说:"娘,他不想上学了。"刘月季问:"为啥?"孟少凡说:"月季大妈,我没心思上学了。"钟柳说:"他说他想参加工作。说寄人篱下的生活太难熬了。"刘月季说:"是这样吗?"孟少凡说:"是。"刘月季同情地叹了口气说:"那也不能不上学呀! 走吧。"她对钟杨、钟柳说:"去你们爹家。"然后又转向孟少凡说:"你的事,我也跟你姑父说说。到底是咋回事,连学都不想上了,那还行?"钟杨有些不情愿地说:"娘,一定要去吗?"刘月季说:"一定要去! 意见归意见,但爹总是爹!"

晚上,在钟匡民家里,除孟苇婷外,钟匡民、刘月季、钟杨、钟柳、钟桃、孟少凡围在一个桌上吃饭。钟匡民问刘月季说:"苇婷的病真的没事了?"刘月季说:"医生说没事了,过几天就可以出院。但这病有可能复发,再复发就难治了。匡民,你不能只管自己的工作,也得关照关照孟苇婷呀!"钟匡民内疚地说:"我知道了。"孟少凡忍不住地说:"姑父,我觉得你特别的自私! 从来不管我姑姑! 姑姑才会得这样的病的。"钟柳说:"孟少凡,不许你这么说我爹! 我爹是因为工作忙,才照顾不上苇婷阿姨的。你什么都怪我爹,连自己不想上学都怪到我爹头上。"钟匡民说:"怎么,你不想上学是因为我的原因? 这点我倒没想到。你说说缘由,是我错,我就改。"孟少凡:"……"钟匡民说:

"是不是我对你太严格了?"孟少凡:"……"钟匡民说:"我要求你做人要诚实,反映问题要全面,错了? 我让你去农场参加夏收,不对吗? 我问你成绩怎么样了,不该问?"孟少凡流泪说:"我不知道! 自我爹我妈死后,我什么都没有了! 我爹我妈给过我的东西,都没有了!"刘月季说:"匡民,你不能这样待少凡。少凡的情况同钟杨、钟柳不一样。"钟匡民说:"有什么不一样的? 都是自己的孩子,要求严一点对他们有好处!"刘月季说:"钟杨、钟柳有爹有娘,少凡没有!"钟匡民说:"先吃饭,吃了饭再讲!"

饭后,钟匡民回到书房。刘月季为钟匡民泡了一杯茶。

刘月季说:"我今天来你这里,是有事要同你理论理论。尤其是钟槐的事!"钟匡民说:"好吧,我们先从钟槐的事说起。当然,你为我所做的那些个事,我真的很感激你。但对待孩子的教育和培养上,我们各自的想法真的很不相同。"刘月季说:"我跟你说过了,孩子的事,是他们自己的事,他们都长大了,他们的前程干吗都该由你来安排?"钟匡民说:"因为我是他们的爹!"刘月季说:"你是在为你自己!"钟匡民说:"在为我自己?"刘月季说:"因为你觉得自己是个领导干部,要做样子给别人看,结果反而苦了孩子! 我告诉你,过几天,我把这儿的事料理好了后,我也要上边境农场去。"钟匡民说:"你上边境农场去干吗?"刘月季说:"你把钟槐一个人孤零零地搁在荒原上,我不放心,我得去陪他!"钟匡民说:"月季,你这话说得可没水平啊。一个人在边境线上守站的又不是他一个!"刘月季说:"可他离场部最远! 你的心可真狠! 我知道,他顶撞你,不肯认你这个爹,你是在报复他。"钟匡民说:"月季,你这话说得越来越不着边了?"刘月季说:"不是我说得不着边! 是我说出了实话。怎么,你受不了了!"钟匡民说:"月季,你是领着儿子女儿来看我来了,还是跟我吵架来了?"刘月季说:"你是他们的爹,当然得领他们来看你。但理,我也得跟你论!"钟匡民说:"可报复儿子的事,我钟匡民不会做! 我觉得我所做的事是在尽一个当爹的责任!"刘月季说:"当爹不是只有责任,那你当爹的义务呢? 你当爹的那份爱孩子的心呢? 你给了孩子们多少?"钟匡民无语。

边境线上。一个农工赶着一辆牛车,车后拴着头小毛驴,来到钟槐的边防站。钟槐从院子里迎了出来。钟槐和农工扛下面粉、清油和一些蔬菜。农工从一个油腻腻的布口袋里掏出一条腊肉。

农工说:"钟槐,这腊肉是高团长老家的人捎来给他的。他没舍得吃,让我捎给你了。这毛驴是你娘让高团长……"钟槐说:"我知道了。"毛驴看着钟槐叫了几声。钟槐激动地搂着毛驴的脖子,亲着毛驴的脸。感动得满眼都是泪。夕阳西下,草坡上羊群叫着汇成一团,钟槐与毛驴在快乐地奔着追着。钟槐在草坡上翻着筋斗,打着滚。

钟槐搂着毛驴的脖子,朝远方叫着:"娘……娘……我好想你啊……"热泪滚滚而下。

羊群叫着朝他拥来。

钟匡民来到乌鲁木齐那家医院,走进孟苇婷的病房。孟苇婷已穿着好,准备出院。孟苇婷看到钟匡民走进病房,感到有些吃惊,说:"咦,你怎么来啦?"钟匡民说:"你不是打电话给小秦,说你今天要出院吗?所以我特地赶来接你。"孟苇婷在感到意外的同时也突然感到心酸,苦笑一下说:"这真是太阳从西边出来了。你会特地来接我。大概是到这里来开什么会,顺便来接我的吧。"钟匡民有些愧疚地说:"没什么会,真的是特地来接你的。而且坐的是长途公共汽车。"他们一起走到长途汽车站,上了汽车。

拥挤的长途公共汽车上,钟匡民和孟苇婷挤坐在一起。孟苇婷说:"是月季大姐说你了吧?"钟匡民说:"是。我对你关心得太少了。所以我今天怎么也得抽空接你出院。"孟苇婷眼泪汪汪地说:"其实只要你心到就行了,用不着亲自来的,你工作太忙了,这我知道。"钟匡民说:"啥叫心到?人到了心才真正到了。"孟苇婷感动地说:"匡民……"钟匡民说:"忙,是忙啊!我们从事的事业让我就是有三头六臂也不够用啊。但再忙,夫妻之情总还该要吧?"

清晨,团机关食堂菜地。刘月季在菜地摘菜。郭文云也骑着车子过来了。郭文云走进菜地说:"月季大姐,摘菜啊。"刘月季说:"我走了几天,想不到菜地里的草锄得这么干净。政委,这全是你的功劳。"郭文云说:"这怎么是我的功劳。是你月季大姐用了一个很能干的人。"刘月季意味深长地一笑说:"政委,你跟我说实话。你是不是对向彩菊有意思了?"郭文云抓了两下头皮,不好意思地笑了笑说:"月季大姐我也不瞒你,有这么个意思。"

郭文云帮刘月季摘完菜,抽着烟坐在田埂上与刘月季聊天。刘月季说:"这事要搁在两年前就好了。"郭文云问:"月季大姐,你这话是什么意思? 她告诉我,她当过童养媳,但没有成亲。就是成过亲,那也没啥嘛。"刘月季说:"政委,既然你提出了这件事,我也得老实告诉你。她合适不合适,你得考虑好。"郭文云说:"怎么啦? 她政治上有问题?"刘月季说:"她本人政治上没问题。但她是程世昌死去的太太的姐姐。你不是说程世昌这家伙出身不好,社会关系复杂,而且思想上也有问题吗? 你还把人家下放劳动了。"郭文云说:"月季大姐,你这话说得有点让我下不了台了。让程世昌下放劳动,那是组织上定的,又不是我郭文云一个人可以说了算的。"刘月季说:"要是钟匡民在这个团当家,程世昌恐怕就下放不了。现在正是匡民把他调到水库工地工作去的。政委,世上有不少报应的事,我知道你是不信,但我信! 真的,向彩菊是个多好的女人啊,又聪明,又漂亮,又贤惠,又能干。哪个男人摊上她,那真是享福了!"郭文云说:"月季大姐……"

早餐的钟声从伙房那边传过来。

刘月季说:"吃饭去吧。政委,这事你要自己考虑周全。真要我帮忙,我会尽力的。"郭文云有些不知如何是好。

钟匡民家。孟苇婷正在训孟少凡。孟苇婷说:"今天,你们班主任把我叫去。说你学习成绩下降,有好几门功课亮红灯,这是怎么回事? 你看看钟柳,比你还小一岁,学习成绩在班级里是前几名。你是怎么搞的? 真要气死我了!"孟少凡说:"她有爹有妈,可我没有!"孟苇婷想说什么,但还是把话咽了下去。她不能把钟柳的实际情况讲出来。于是改口说:"你这不是理由! 没爹没妈的孩子学习好的有的是! 说不定他们更刻苦,更努力! 你没了爹妈,这是事实,但你到姑姑家来,缺你吃的缺你穿的缺你住的啦? 你的学习条件比起别的学生来要好得多！"孟少凡说："我不想上学了，我要工作！我要自己养活自己！"孟苇婷说："你连初中都毕不了业，怎么养活自己？"孟少凡说："文盲都能养活自己！"孟苇婷气得一个耳光甩了上去说："那明天就把你送回你奶奶那儿去！"孟少凡捂着脸哭说："我不！我就想参加工作，我不想再蹭你们的饭吃了！"孟苇婷气得流泪说："那也得到初中上完了再说呀！"

刘月季赶着毛驴车来到学校菜地。向彩菊正在菜地干活，看到刘月季忙迎了上去。向彩菊说："月季大姐，你咋来啦？"刘月季说："我上加工厂去，拉面粉、清油，路过这里，顺便来看看你。"

林带边，刘月季与向彩菊坐在埂子上说话。刘月季说："彩菊，郭政委可能对你有点意思，你感觉到了没有？"向彩菊点点头。刘月季说："你咋个想？"向彩菊说："月季大姐，我说了，我害怕。"刘月季说："为啥？"向彩菊说："他那么大的官，我呢？我的情况我都跟你说了。月季大姐，我配不上他的。"刘月季说："配得上配不上暂不说，我只问你对他是啥感觉？"向彩菊说："我觉得他蛮平易近人的。而且，我也很同情他。我听说，他从口里接了个姑娘，开始姑娘同意了，后来又变卦了。但他没有强求那姑娘，还为那姑娘安排了工作，他是个好人。"刘月季说："行了，我心里清楚了。我得去拉面粉了，你去忙吧。"

第二天早晨，早霞映红了天际，雪山顶上也闪着霞光。郭文云已早早地赶到菜地摘菜，不时地看着路上。终于，刘月季在林带边出现了。郭文云舒了口气。

刘月季走进菜地，看郭文云已摘了一大堆菜。刘月季说："政委，你很早就过来了吧？"郭文云似乎让人看透了自己心中的秘密，不好意思地笑笑。刘月季说："这些菜就够伙房用一天的了。"郭文云说："月季大姐，我猜你准去找过向彩菊了。"刘月季一笑说："你咋知道？"郭文云说："因为你是个热心人，我的事你不会不管。"刘月季说："我先问你，你到底是个啥态度？"郭文云说："我只有知道她的态度，才能决定我的态度。"刘月季说："你只要不计较她的那些个社会关系，我看她是愿意的。"郭文云松了口气，笑得灿烂，然后点上支烟说："月季大姐，我跟你说句心里话吧。向彩菊跟刘玉兰不一样，我是想跟刘玉兰结婚,因为我该有个女人成个家了,但我对她说不上感情。所以她变卦后,我很生气,但只是生气,并不感到有多痛苦,而且年龄也实在是相差太大,生气是因为她弄得我很丢脸。所以这事了了之后,我也就不觉得那个啥了,可向彩菊不一样,我觉得我对她有感情了。而且年龄相差也不很大。"刘月季说:"那你愿意了?"郭文云说:"愿意是愿意。但月季大姐你再帮我一个忙。"刘月季说:"又咋啦?"郭文云说:"劝她再等我两年到三年。"刘月季说:"这为啥?你们都不小了。"郭文云说:"月季大姐,你是个明白人,你能琢磨出来。我在为我自己,人哪……不说了。"郭文云懊丧地摇摇头说,"你说了,报应啊……月季大姐,这工作你一定要帮我做。"刘月季说:"我明白了。行,这事我帮你去做,而且尽力去做。在这事上你有这个态度,我很高兴,人能做到这点,不容易啊。可惜,你还得熬上两三年。"郭文云说:"这没啥,虱多了不痒,债多了不愁,年龄已经拖到这份上,再拖两三年怕啥?只要能找到个称心如意的就行!"刘月季捂着嘴笑说:"你熬得住?"郭文云说:"月季大姐,你也打趣我。在这方面,我可比钟匡民要坚强得多!"

刘月季在林带的埂子上找到了向彩菊。向彩菊说:"郭政委真的这么说的?"刘月季说:"是!"向彩菊说:"那为啥要我再等两三年呢?我俩这年纪……"刘月季说:"这就是郭政委的为人,因为他觉得有件事他做得有点对不住一个人,啥人,你自己琢磨吧。我想,他是想把这事处理好了,再同你结婚。"向彩菊想了想说:"月季大姐,我心里有数了,那你就告诉郭政委,不要说等两年三年,等五年十年我都等。我向彩菊能嫁给他,那是我的福分!"刘月季高兴地说:"真是有缘千里一线牵哪。那就这样说定了。"向彩菊坚决地点点头。刘月季说:"彩菊,那么我就跟郭政委这么传话了。"

农校的夜晚,钟杨一个人还在教室里做作业。孟苇婷提着一个饭盒,走进教室。孟苇婷走到钟杨身边,钟杨才发觉。钟杨说:"孟阿姨,你怎么来了?"孟苇婷:"我听农校的老师讲,你学习很用功,每天都要熬到深夜。所以我给你送点吃的来。"孟苇婷摸摸饭盒。"是鸡蛋面条,还热着呢。快趁热吃吧。"钟杨说:"孟阿姨,在这儿学习了一年多后,我越学兴趣就越浓。我心里真的很感激你。要不是你和我娘这么强迫我来,我哪能体味到这学习的甜头。"孟苇婷打开饭盒说:"快吃吧。钟杨,快别这么说,我这条命都是你娘帮我捡来的,我怎么也得为你们做点什么。钟杨,你要处在我这样的位置上,肯定也会这样做的,人活在这世上,应该懂得以德报德。不能只想到别人帮自己,自己却想不到别人,你说是吗?"钟杨吃着面条点点头。

从农校出来,孟苇婷回到家里。孟苇婷对丈夫说:"匡民,今晚我去农校看了一下钟杨。他学习很用功。农校的老师说,这孩子的学习心很强,原先的功课还在下游,但经过了这一年多的努力,已经赶到中上游了。我总觉得钟杨会有出息的。"钟匡民说:"希望是这样。但我最怕他是聪明反被聪明误。"孟苇婷说:"我想不会的,这孩子本质好。匡民,我现在最烦心的还是孟少凡。钟柳已经考上高中了。可孟少凡初中学业是学完了,但他这么个学习成绩,不要说上高中、农校,连个技工学校都进不了。现在整天浪在社会上,你想法给他安排个工作吧?"钟匡民说:"他多大了?"孟苇婷说:"十七了,比钟柳大一岁。"钟匡民说:"想当年,我们部队里十六岁的孩子参军的都有,十七岁也可以工作了。这样吧,商业处刚建完仓库,让他到仓库去干活吧。干上几年体力活再说。"孟苇婷想了想说:"那也行。这孩子也真的该让他去吃点苦了。"钟匡民说:"要照我的意思,最好让他到农场下农田干活去。但算了,就这样吧!"孟苇婷知道,钟匡民是为了照顾她的情绪。于是领情地点了点头,但又叹了口气。钟匡民说:"过几天,我得去看看钟槐了。要不,月季又要来说我不像个当爹的了。"孟苇婷说:"其实你早该去看看了。钟槐一个人待在那个站上,也不知是咋生活的,真难为他了。"钟匡民叹口气说:"是啊……"

第十九章

　　边境农场。钟匡民在高占斌的办公室里,听高占斌的汇报。高占斌笑着说:"他就这样把赵丽江姑娘给挤对走了,你儿子就这么绝。钟副师长,他可不大像你啊!"钟匡民慨叹地说:"像不像,也是我儿子啊!"

　　钟匡民和高占斌坐着小车来到钟槐的边防站。钟槐已经外出了。钟匡民到屋里屋外看了看。屋子有些乱,显然没有精力来收拾。钟匡民心里很不好受。高占斌看了也叹口气说:"钟副师长,其他两个边防站都是夫妻两个人了。只有钟槐还是孤单单的一个人。我听赵丽江说,有个姑娘在等着钟槐,那个姑娘是谁,你知道吗?"钟匡民无语。他走到院子门口。

　　钟匡民说:"占斌,你坐车回去吧,我想在这儿住两天。"高占斌说:"要不我陪你一起在这儿住两天?"钟匡民说:"用不着。我只想单独跟儿子说说话。你要知道,我和儿子的关系有些紧张。可他毕竟是我儿子啊! 我们不能老这样僵下去。这样下去,哪里还是老子和儿子啊!"高占斌会意地笑了笑说:"那好吧。"钟匡民说:"后天上午来接我吧。"

车子开走了。钟匡民站在院子外面。浓绿的山坡,广阔地接连着地平线的草原,一只鹰在蓝天上孤零零地盘旋着。钟匡民突然感到一种被世界所遗弃了的孤单与寂寞。他面色阴沉,眼中充满着内疚,用颤抖的手点燃一支烟,大口大口地抽着。并且不时用期待而急切的眼神望着山坡那儿。他盼着钟槐的出现。

太阳西下,成群的蚊子突然像一团团黑球似的向他袭来,他招架不住,只好逃进屋里,把门关紧。

屋子用火墙一隔两间,外间是厨房,里间是卧室。钟匡民又抽完一支烟后,天已近黄昏了。他想了想,觉得不能干等着,该给儿子做顿饭吃。他打开面粉袋看了看,又提起清油瓶瞄了瞄,墙上还挂着一条吃了一半的用报纸包着的腊肉。钟匡民开始蹲在炉灶前生火。他从来就没有生过火做过饭,弄得满屋子里浓烟滚滚……

赶着羊群回来的钟槐戴上了防蚊面罩。他又从远处看到烟囱在冒烟,而且院子里也在飘着烟雾。他以为屋子着火了,急急地飞奔而来。

门已被打开,浓烟从屋里冒出来。钟匡民再也熬不住,从屋里逃出来,看到了戴着防蚊罩的钟槐。钟槐吃惊地喊:"爹……"成团的蚊子扑向钟匡民。钟槐把自己的防蚊罩脱下来给钟匡民戴上,自己冲进屋子。朝门外涌出来的烟渐渐地消失了。

夜里,钟匡民和钟槐坐在木墩子上吃饭。屋梁上挂着盏马灯。一只大一点的树墩上搁着一小碟咸菜和几块蒸腊肉。他们喝着玉米糊糊,啃着干硬的玉米饼子。钟槐说:"爹,你吃腊肉吧。这腊肉还是高叔叔捎给我的,平时我也舍不得吃。"钟匡民啃玉米饼,但硬得啃不动。钟槐说:"爹,放在糊糊汤里泡软了再吃吧!"钟匡民说:"饼子都干透了。"钟槐说:"我烤一次饼子,得吃一个星期。中午带它晚上吃它,到晚上就多了碗糊糊,还加一碟咸菜。"钟匡民说:"每天都这样?"钟槐说:"就这条件。有时团里给我送面粉和清油时还能捎些新鲜蔬菜来。但两三个月才来一次。"钟匡民心疼地看着儿子,越来越感到内疚。但却说："改善生活要靠自己。"钟槐说："咋个靠法？从早上起床，赶着羊群到这儿的最后一个巡逻点，几十里的路，一天要一个来回，现在夏天还好，天长，到冬天试试，两头都得赶天黑。"钟匡民说："怎么？泄气了？"钟槐说："就为给你争个面子，我也不能泄气呀，何况这是公家的事。"钟匡民说："钟槐，你是不是觉得我这个爹特不像个爹？"钟槐说："对，没错！"

边防站的屋子里的马灯还闪着幽幽的光。由于床小，钟匡民的身子已发胖，钟槐又是个大个子，两人只好相对躺着说话。钟匡民说："钟槐，你大概认为爹把你弄在这儿是在报复你？"钟槐说："有没有你自己心里清楚。"钟匡民沉默一会，抽了口烟说："也许有吧。"钟槐："为啥？"钟匡民说："因为到现在你也不肯好好认我这个爹。"钟槐说："可你做的事就不像个爹嘛。娘有哪点儿不好？你要抛弃我娘。"钟匡民说："你娘很好，你娘是个天下少有的好女人。"钟槐说："那你为啥不要我娘？"钟匡民说："可我同你娘没感情。婚姻是需要感情的。你长大了，应该懂！"钟槐："我已经长大了，我懂！所以我要问你没感情为啥要生我们！"钟匡民："……"钟槐说："我知道，生我，是娘跪着求你的。可生钟杨是你主动的。"钟匡民说："因为当时我要离开你娘了。……"钟槐说："反正是你主动的，你主动了，就等于你承认我娘是你的女人了。那你就应该忠于我娘。结果你看上别的女人了，那就是在骗我娘！一想到这点，我就不愿意！"

钟匡民又感到很恼怒，但他强压着自己，点上一支烟猛吸了一口，终于下了决心说："钟槐，我知道，你不会像我，你会是个好男人的。钟槐，爹现在向你认个错吧。爹养了你这么个好儿子，爹心里感到自豪。爹再不会有想要打击报复一下你的那种情绪了，那是爹的不对。只是，爹也求你原谅爹的过错，别再这么恨你爹了……"钟槐吃软不吃硬地说："爹……其实我知道，不管咋着，你总还是我的爹！……"钟匡民眼泪汪汪的。他被钟槐的话感动了。

钟槐带着一种与爹和解的心情舒了口气，睡着了。钟匡民还是睡不着，带着一种内疚与深情在马灯幽暗的灯光下看着儿子。钟匡民突然感到肚子不舒服，下床，提上马灯要往外走。钟槐惊醒了。钟槐问："爹，你上哪儿去?"钟匡民说:"想出去方便一下。"钟槐说:"你等一下。"钟匡民说:"咋啦?"钟槐说:"你这样出去,屁股和脸回来就不是你自己的。我去帮你收拾一下。"钟槐提上马灯,戴上防蚊罩出去。

院子外,天上的云隙间闪着金色。钟槐用铁铲铲出一小方空地,往上堆上一小堆干草,把干草点着后,又用水把火扑熄。干草顿时烟雾腾腾。钟槐奔回屋里,把面罩给钟匡民戴上,把马灯递给他说:"你就蹲在烟里去解,蚊子就咬不上了。"钟匡民点点头。他又感到一阵心酸与愧疚。

钟匡民蹲在烟雾中,眼泪汪汪。钟匡民说:"我亏我的儿子了……"

钟匡民到天快亮时才睡着。晨光刚射进窗口。钟槐毫不犹豫地把钟匡民摇醒。钟槐喊:"爹,起来。"钟匡民说:"咋啦?"钟槐说:"该升国旗了。"

钟槐唱着国歌,庄重地把国旗升起。钟匡民感动得满眼是泪。

太阳高高升起来,荒原上热气在微风中飘曳。钟槐和钟匡民一起赶着羊群牵着小毛驴走在边境线上。两条已经长大了的牧羊狗在羊群的两边奔着叫着。不远处可以看到邻国的瞭望所。钟匡民已走得浑身是汗。由于发福,再加上当官后不是骑马就是坐车,一下走那么长的路,又是上坡又是下坡,他感到累了。

钟槐说:"爹,你骑毛驴吧。"钟匡民说:"用不着。在战争年代,我这两条腿一走就是几百里,现在这点路算个啥!"钟槐说:"可我看你累了。"钟匡民说:"爹顶得住。"两人来到一条小溪边。

钟匡民和钟槐在一条小溪边上吃干粮。钟匡民说:"钟槐,在刘玉兰的事上,爹恐怕真的是误会你了。"钟槐说:"我知道,你以为我是个年轻小伙子,见了漂亮姑娘就会动心的。"钟匡民说:"你没动心?"钟槐说:"当时我是郭伯伯派去接她的,那是郭伯伯的对象,我去动哪门子心啊,我连往这方面想的念头都没有!"钟匡民说:"赵丽江这姑娘我见了,又活泼又开朗又漂亮。"钟槐说:"你不是想把她介绍给我吧?"钟匡民说:"不!从你对她的态度,爹知道在刘玉兰的事上我误会你了。这事你确实没责任。你娘讲得对,这事你、郭文云,还有刘玉兰都没错。"钟槐说:"爹,我好想我娘!"钟匡民说:"是呀,你从小长到这么大,就没离开过娘。但男子汉,总不能老在娘的眼皮下生活吧?"钟槐说:"这我懂!"钟匡民说:"刘玉兰还在等着你吗?"钟槐自信地说:"她一定在等! 爹,做人得有同情心啊! 不该强迫人家做人家不愿做的事,尤其是婚姻上的事!"钟匡民点点头感慨地长叹一口气,他望着白皑皑的雪山,沉思着……

第二天清晨。高占斌坐着吉普来接钟匡民。钟匡民同钟槐告别。钟匡民抱住钟槐说:"钟槐,你是我的好儿子,爹对不起你! 也对不起你娘! 我真的不配当你爹!"钟槐深情地喊:"爹! ……"

两人松开后,又猛地拥在一起,两人的眼泪都滚了下来。院子里,初升的五星红旗在风中啪啪作响。

吉普车在朝山坡下开。钟匡民与高占斌坐在车里。钟匡民说:"占斌,你是不是觉得,如果父子之间有了隔阂就更难沟通。"高占斌说:"这你应该有体会。你们父子之间那个结也闹得够长够深刻的了。"钟匡民说:"是呀,以前我也以为是这样。其实呢,父亲毕竟是父亲,儿子毕竟是儿子。父子之间的感情别人是替代不了的。在这种时候,父亲不能老仗着自己是父亲,不肯放下父亲的架子,那事情就不太好办了。但只要当父亲的放下架子,主动一点儿,那父子之间的感情就会沟通得特别的顺畅。"高占斌说:"你们和解了?"钟匡民说:"我该让儿子找个媳妇啰!"高占斌笑笑说:"早该这样了。"

钟匡民风尘仆仆地回到家里。孟苇婷发觉钟匡民的心情特别好。钟匡民说:"吃饭吧,在路上颠簸了一天,肚子都颠空了。"孟苇婷说:"好,马上开饭。"

钟匡民说:"邢阿姨回老家去啦?"孟苇婷说:"回去了。再不让她回去,我可顶不住了。说我雇保姆是在怀念旧社会,怀念过去失去了的生活,典型的资产阶级思想。"钟匡民说:"帽子也大了点,不过让她回去也对。工钱、路费都给够了吧?"孟苇婷说:"按你的意思,多给了一些。"钟匡民说:"很好!"孟苇婷说:"匡民,你这次回来,心情好像比以前好多了。"钟匡民说:"钟槐正儿八经叫我爹了,是真心地叫我爹了。"孟苇婷说:"你们和解了?"钟匡民说:"是。"孟苇婷说:"那太好了。"钟匡民说:"嗯,你做的菜味道要比邢阿姨做得好。"孟苇婷说:"以前我们家有个厨师,我向他学过两手。好吃你就多吃点。

匡民,少凡已经到商业处的库房去工作了。当勤杂工,活儿倒不是很重,就是繁杂一点。"钟匡民说:"不肯好好上学,也只能这样。想自己养活自己,那也是一种志气。现在回想起来,以前我们对他的关照是少了点。让他好好在那儿干吧,让他锻炼上几年再说。"孟苇婷叹了口气说:"有你这话就行。"

第二天天还没大亮。钟匡民急匆匆地坐上小车。

小车在林带夹道的公路上行驶。整齐的望不到头的条田,波光粼粼的渠道,碧绿的平坦的条田,开荒造田时的一些镜头在钟匡民眼前闪现。钟匡民很感慨地舒了口气。

太阳初升时,刘月季在菜地摘菜,看到一辆小车停在菜地边上。钟匡民从车上跳了下来。刘月季有些吃惊。钟匡民这么早赶来找她,以为发生了什么事。刘月季问:"匡民,出啥事了? 你这么早就赶来。"钟匡民笑了笑说:"没出啥事,我昨天刚从边境农场回来。"刘月季说:"怎么,钟槐出事啦?"钟匡民说:"我在他的边防站住了两天。他表现得很好。月季,我到你这里来,想同你商量件事。"刘月季说:"啥事?"钟匡民说:"刘玉兰姑娘还在吗?"刘月季说:"现在分在副业队的大田里干活,前天来看我,脸晒得黑黑的。"钟匡民说:"她对钟槐的态度还没变吧?"刘月季说:"我看只要钟槐不变,她也不会变! 这是个好姑娘。"钟匡民说:"那你就陪着她去一趟边境农场,让她去同钟槐完婚吧。顺便你也去看看儿子。钟槐也想你呢。"刘月季说:"你不是说要三年后才能让他们结婚吗?"钟匡民说:"我误会他了。在这件事上他没错,做得也很光明磊落。不过,他确实该有个媳妇了。你去了就知道了。月季,这些年来,我这个当爹的没疼过他一回,以后我要好好疼他。你养了个好儿子啊。"刘月季说:"光是我的儿子?"钟匡民说:"我不配当他的爹。……"刘月季高兴地说:"那我现在就去找玉兰。"

刘玉兰正在大田里劳动。刘月季高兴地向她招手。刘月季把刘玉兰拉进林带里,在她耳边说了两句。刘玉兰一把抱住刘月季激动地喊:"娘,这是真的吗?"刘月季说:"这样的事娘会骗你吗? 娘告诉过你,世上有些事急不得,你得有耐心等。有些事成功靠的就是耐心。"

刘月季陪着刘玉兰赶到瀚海市汽车站坐上长途公共汽车。钟匡民、孟苇婷在车站上为她们送行。刘玉兰一脸的幸福。

长途公共汽车行驶在去边境农场的公路上。刘月季不时地看看刘玉兰,脸上也闪出舒心的微笑。

高占斌等几个机关干部正在车站等。赵丽江路过车站忙问:"高团长,你在这儿等谁呢?"高占斌开玩笑说:"小赵啊,我正在接个跟你有关的人。"赵丽江说:"高团长,你真会开玩笑,你接的人哪能跟我有关呀?"高占斌说:"我在接钟槐同志的母亲,还有钟槐同志的那一位。你说跟你有没有关系?"赵丽江脸一红,笑了笑说:"要说有那当然有,可要说没有呢,也没有!"高占斌说:"吃醋了?"赵丽江说:"我才不呢! 不过高团长,我也想见一见钟槐同志的母亲和他的那一位,行吗?"高占斌说:"那怎么不行! 就一起等吧。"

长途公共汽车停在了场部车站。刘月季和刘玉兰下车。高占斌忙迎了上去。赵丽江也跟在后面。高占斌握着刘月季的手说:"月季大姐,钟副师长打电话来,我就在车站等你了。"刘月季说:"你这么忙,干吗干巴巴地在这儿等我呀!"高占斌说:"那可不一样! 月季大姐,来,我给你介绍一下,这位就是赵丽江。"刘月季握着赵丽江的手说:"哎哟,好俊俏的姑娘啊。"然后转脸问高占斌说:"这位姑娘咋啦?"高占斌说:"赵丽江姑娘的事,钟副师长没跟你说?"刘月季丈二和尚摸不着头脑说:"没呀,怎么回事?"高占斌笑了,说:"那等会儿我再告诉你。"赵丽江很大方地朝刘月季鞠了一躬说:"大妈,您好!"然后握着刘玉兰的手说:"高团长,这位就是钟槐同志在等着的那位姑娘吧? 好漂亮啊!"高占斌问刘月季说:"月季大姐,是吗?"刘月季说:"是。"刘玉兰看着赵丽江问:"你是?"赵丽江说:"我是钟槐同志的崇拜者,也是他的爱慕者。但姑娘,你可比我幸福多啦。"刘玉兰说:"娘,这是咋回事?"高占斌说:"等会儿我告诉你们,你们就知道啦。"

高占斌陪着刘月季、刘玉兰来到食堂吃饭。高占斌向她们讲有关赵丽江的事。

赵丽江在边境线上走着,脸上充满了自信与激动……钟槐对赵丽江说:"你歌唱得很好。"赵丽江说:"是吗?"钟槐说:"尤其是那句'我们在放牧,我们在巡逻',唱到我心里去了。"赵丽江说:"那今后我天天给你唱。"钟槐涨红着脸说:"明天你回去吧。"……

夜,马灯下。赵丽江说:"钟槐同志,我们一起放牧巡边,共同守边防站,这种结合难道不更伟大更有意义吗?"钟槐说:"赵丽江,不行! 你再说也不行!"赵丽江说:"为啥?"钟槐说:"因为我不能对不起人!"……

深夜,大风吹着草地在哗啦啦地响,钟槐披着件棉大衣站在门口。赵丽江说:"钟槐同志,你进屋吧。"钟槐说:"天一亮你就回去,我才进屋。"赵丽江说:"既然我来了,我决不走!"钟槐说:"那我就天天晚上站在屋外过!"……

夜,乌云翻滚,电闪雷鸣,然后大雨瓢泼。钟槐站在屋外。赵丽江哀求说:"钟槐,你进屋吧。"钟槐说:"你答应我,明天回去!"赵丽江泪流满面说:"我……我答应……"

清晨。

赵丽江背上行李与钟槐告别。

钟槐说:"赵丽江,对不起,我知道,你不是那种会让我去做对不起人的事的人。"

讲完故事,高占斌说:"月季大姐,玉兰姑娘,就这样,钟槐他把她这么挤对走了。"刘玉兰感动得满脸是泪说:"娘,我没看错爱错人!"刘月季欣赏但又抱怨,说:"这孩子,虽说不能答应人家赵丽江姑娘,但也不能这样挤对人家姑娘啊。玉兰我告诉你,以后见了赵丽江姑娘,客气点。可不能给人家使性子! 你们姑娘家,心眼有时比针眼还小!"刘玉兰有些酸酸地说:"娘,我才不会呢!"

饭后,高占斌、刘月季、刘玉兰和一位机关干部上了吉普车。翠绿的山坡连绵起伏。高占斌说:"月季大姐,让钟槐去边防站可不是我的主意噢。"刘月季说:"就是你的主意也没错呀,让孩子到艰苦的地方锻炼,对他也有好处呀。古时候,守边关本来就是男人该担的责任。我怨匡民不是因为派钟槐去了边防站,而是他的那个情绪不对。"高占斌说:"不过这次钟副师长在边防站住了两夜,把儿子可心疼坏了。"刘月季说:"当爹的就该有这份心! 不疼儿子的爹就不是个爹!"高占斌笑着说:"人心哪,都是肉长的,何况是自己的亲儿子呢。刘玉兰,你去了后,可要做好吃苦的准备哦!"刘玉兰说:"只要能同钟槐哥在一起,我啥苦都能吃!"

黄昏时分,山坡上抹着鲜红的晚霞。刘月季看看院子,又走进钟槐的房子看了看,毕竟是个没多少生活经验的单身男子,一切都显得有些凌乱。但钟槐的床铺却整得好好的,锅台也整得好好的。刘月季心疼地含着泪,叹了口气说:"也难为这孩子了,从小就没离开过娘。这个当爹的,心也太狠点了。"刘玉兰说:"娘,从今以后,有我呢!"

夕阳已沉在地平线上。院子和屋子都收拾干净了。刘玉兰对刘月季说:"娘,你做饭吧。我在院门口等钟槐哥。"刘月季笑笑说:"为啥? 饭该由你做呀。"刘玉兰说:"娘,今晚你做。你也别出来。我要给钟槐哥一个惊喜。我想看看钟槐哥,这两年过去了,他还认不认得出我来。"刘月季笑着说:"这孩子! 要知道这样,刚才我该跟高团长一起下山。"刘玉兰撒娇地一笑说:"娘……"

钟槐赶着羊群往回走。两只牧羊犬突然狂叫起来,朝边防站方向冲去。钟槐看到院子的烟囱在冒烟。又不知出了什么事,也立即跟在牧羊犬后面朝站上奔去。

刘玉兰听到狗叫声,走出院子,她看到钟槐朝这里奔来,也立即奔迎上去喊:"钟槐哥!"两人奔到跟前,都突然急刹住自己的脚步,相互对视着,因为他俩在临离开时,还没有挑明他俩的那种关系。钟槐说:"刘玉兰,你咋来啦?"刘玉兰说:"娘跟我一起来的。"钟槐说:"那我娘呢?"刘玉兰说:"在房里做饭呢。"钟槐撇下刘玉兰朝院子奔去。刘玉兰失望地看着钟槐的背影,知道在钟槐的心目中,更重的还是他娘。

刘月季正在烧火做饭。钟槐冲进屋子,连哭带喊地叫了声:"娘! ……"钟槐一把抱住刘月季,眼泪就滚了下来。钟槐说:"娘,我好想你啊……"刘玉兰出现在门口。刘月季摸着钟槐的脸说:"儿子,让我看看你,瘦了,黑了,但更壮实了。"钟槐说:"娘,你们咋来啦?"刘月季说:"你爹从你这儿回去,就对娘说,带上玉兰姑娘,让我来看看你,然后叫你和玉兰姑娘完婚。"钟槐这才又笑着朝刘玉兰点点头,刘玉兰这才冲上去,抱住钟槐说:"钟槐哥……"

幸福的泪流了出来。钟槐说:"娘,我恨了这么些年的爹,但爹总还是爹啊!
……"

第二天,边防站屋子的门上贴上了红喜字。高占斌领着赵丽江等十几个人兴高采烈地笑着,纷纷走进院子。刘月季、钟槐、高占斌、刘玉兰、赵丽江还有一些机关干部模样的人,围坐在院子的地上,用瓷缸子碰着酒。

赵丽江热情而大方地走上去同钟槐和刘玉兰碰杯,说:"钟槐同志,刘玉兰同志,祝你们幸福!"钟槐点点头。刘玉兰也笑着点头,但却含着些醋意。刘月季却很欣赏地看着赵丽江。笑着。

夜里,钟槐、刘玉兰被人们送进洞房。刘玉兰一把抱住钟槐哭了起来。她感到心酸、激动和幸福,说:"钟槐哥,咱们这是真的吗?"

……

第二天清晨,山花烂漫。钟槐满脸幸福地赶着羊群巡视在边防线上。但他嘴里却哼着赵丽江唱的那首歌:"手心里捧一把热土,紧紧贴在心窝窝,沿着界河我赶着羊儿在放牧,河水的这边是我的祖国,我要歌唱这里的一草和一木,把心里的话儿跟你说,啊,祖国,我们在放牧,我们在巡逻,我们为你守护,我们愿你富饶,啊,祖国,我们在放牧,我们在巡逻……"

刘玉兰在院子外的空地上打着土坯,一副能干、泼辣的劲头。院子里又盖起了一间新房子。卧室与伙房分开了。刘玉兰看着她辛劳后的成果,一脸的幸福感。

夜里,钟槐与刘玉兰甜蜜地拥坐在床上。刘玉兰紧紧地搂着钟槐的脖子。两人沉浸在幸福之中。

一天,一位老职工赶着牛车来到了边防站,给他们送来了面粉、清油、一些蔬菜,还有一只小纸箱。打开纸箱,里面蠕动着十几只小鸡和小鸭。老职工说:"这是高团长送你们的。"刘玉兰高兴得直拍手。

第二十章

　　刘月季满脸喜悦、风尘仆仆地回到家里。钟杨、钟柳正在家做饭。钟杨在切肉,钟柳在揉面。刘月季说:"你俩咋回来了?"钟柳说:"娘,今天是星期天,伙房分肉了,知道你要回来了,我就跟二哥说,我们好好做顿饭给娘吃。"刘月季高兴地说:"好啊,这一路折腾的,娘也真的累了。"钟杨说:"娘,哥那儿还好吧?"刘月季说:"唉,这两年,你哥孤零零地一个人在那边防站上,真不知道是咋熬过来的。要说铁打的汉子,你哥就是一个。你们都要好好学他。现在刘玉兰去了,娘悬着的这颗心也总算落地了。"钟柳说:"娘,我觉得大哥和大嫂的爱情也挺伟大的。"钟杨说:"磨难之中见真情。爱情也是这样。"刘月季说:"在娘看来,婚姻那是一种缘。"钟柳说:"娘,你这是迷信。"刘月季说:"啥迷信? 你们不信,我信! 刘玉兰不是奔着郭政委来的,而是奔着你哥来的。咋拆也拆不散。"钟杨说:"娘,你越说越玄了。"刘月季一笑说:"娘是个农村妇女,就信这个。"

农校操场。孟苇婷与师教育科的人来到农校检查工作。孟苇婷看到正在与同学们一起打篮球的钟杨,朝钟杨招招手。钟杨奔到孟苇婷跟前。钟杨说:"孟阿姨,你找我有事?"孟苇婷说:"明天星期天,你和钟柳晚上过来吃个饭。你爹明天也在家吃饭,你们好长时间没聚在一起了。"钟杨说:"孟阿姨,我知道了。"孟苇婷说:"钟杨,校领导表扬你了,我听了也感到很高兴。下个月就要毕业了吧?"钟杨说:"是。"孟苇婷说:"毕业后,想到哪儿工作?"钟杨说:"师里不是成立农科所了吗? 我想到农科所去工作。"孟苇婷说:"那明天回家,你就可以跟你爹讲。"

晚上,钟杨回到家里,吃晚饭时,孟苇婷有意问:"钟杨,再过一个月,你就要从农校毕业了吧?"钟杨说:"是。"钟匡民看着钟杨说:"农校毕业后,你准备干什么?"钟杨说:"我想到农科所去工作。"钟匡民说:"去农科所工作的人都是一些技术上有专长的人才。你刚从学校毕业,怎么能去? 我看你先去农场,到生产连队去当几年农业技术员再说。"钟杨说:"农科所也有干具体农活的人,我问过了。"钟匡民想了想说:"还是去生产连队当上几年农业技术员再说吧。这样对你有好处。"钟杨不满地说:"为什么?"钟匡民说:"先到基层去工作!"孟苇婷说:"匡民,钟杨肯动脑子,农科所不就是个动脑子的地方吗?"钟匡民说:"到连队当农业技术员就不用动脑子了吗?"钟柳说:"爹,二哥想当个农业科学家。"钟桃说:"爹,将来我长大了,也想当农业科学家!"钟匡民说:"不过这事我说了不算,你说了也不算。分配工作是组织部门的事,你就服从组织分配吧!"钟杨不满地说:"爹,这用不着你说。我在毕业分配的表格上填的就是坚决服从组织分配!"钟匡民说:"那就好。"钟杨话里带着刺,大声地说:"爹,你放心,在工作问题上,我不会来走你后门的! 因为你是我爹! 是个当领导干部的爹! 这点我心里很清楚。在你对待大哥的态度上,我就很明白了。"钟匡民气恼地说:"钟杨! 钟槐已经理解我了!"钟杨说:"可我现在还没法理解你! 我的爹!"孟苇婷说:"我觉得钟杨去农科所也没什么。"钟匡民气恼地说:"我们家的事你别瞎搅和!"孟苇婷说:"我就不是你们家人了?!"委屈得眼里涌满了泪。钟杨说:"孟阿姨就是我们家的人,她是钟桃的亲娘。是你现在的爱人,不是吗?"

第二天，孟苇婷去了师部机关大楼。孟苇婷从组织科办公室一面往外走，一面对组织科的一位女同志说："顾大姐，那就拜托你了。"四十几岁的顾大姐说："没什么，本来农科所就提出要从农校分几位毕业生到他们那儿。我们会研究的。你放心吧。"

星期天，满脸喜色的钟杨和刘月季、钟柳围着小桌在一起吃饭。钟杨说："娘，我的工作分配了。"刘月季问："分到哪儿了？"钟柳说："农科所！那是组织部门分配的。"钟杨诚实地说："娘，听说孟阿姨跟组织部门打了声招呼。"刘月季猛一惊，说："真去打招呼了？"钟杨说："是。"刘月季说："这不好。你爹要知道了，你们苇婷阿姨的日子可要不好过了。"钟柳说："苇婷阿姨只是打了声招呼。而且农校分到农科所的有四个人，又不光是我哥一个。哥的学习成绩，个人表现都很不错的，分到农科所那也很正常呀。"钟杨说："娘，我打听过了，农科所下面有个小农场，有三个生产队，一万多亩地。我到农科所后，要求到一个队去当技术员，这样爹也说不出啥了。"刘月季说："这不行！明天你还是跟娘一起去趟师部，去找你爹，把这事给你爹摆清楚。你苇婷阿姨是好心，不能让她为你担责任。"钟杨说："娘，我干吗要有这么个爹，明明很正常的事，可一到他那儿就不正常了！非要节外生枝地搞出点麻烦来！"刘月季说："你摊上了这么个爹！那你就得认！我和你爹合不来可以离，可以不做夫妻！但你和你爹合不来，他还是你爹！你这一辈子永远得叫他爹！"

师部大礼堂正在开大会。上级领导正在宣布任命。上级领导："你们师张永平政委调离后，由姜振尚同志任政委，钟匡民同志任师长。"会场响起一片掌声。

钟匡民走进师机关大楼。许多人同他打招呼："钟师长，你好！"钟匡民也微笑着朝他们点头示意。

钟匡民朝自己的办公室走去，迎头碰上组织科的顾大姐。顾大姐讨好地说："钟师长，你儿子钟杨已经分到农科所工作了。"钟匡民有些吃惊地说："你们组织部门定的？"顾大姐说："对，我们从档案中了解到，钟杨在农校的学习成绩不错，政治表现也相当好。"钟匡民说："这中间你们是不是也把我的因素掺和进去了?"顾大姐率直地说:"这倒没有。只不过孟苇婷同志同我打了声招呼。我想,孟苇婷同志与钟杨并没有直接的亲属关系。"钟匡民严肃地说:"怎么没有? 孟苇婷是我老婆,钟杨是我儿子!"顾大姐说:"但我们更多的是考虑到钟杨的学习成绩和政治表现。"钟匡民不满地说:"好,我知道了。"

晚上,钟匡民走进家门。孟苇婷已摆上了一桌子的菜。钟匡民说:"这是干什么?"孟苇婷说:"庆贺你当师长了呀。外面不让庆贺,家里庆贺庆贺总可以吧。"钟匡民恼怒地说:"孟苇婷,你能不能少给我惹点麻烦?"孟苇婷说:"又怎么啦?"钟匡民说:"当师长有什么好庆贺的? 无非是责任更重点,要做的事更多些。你把这桌菜给撤下去!"孟苇婷也恼了,说:"你说什么?今天一下午,我特地把我的拿手菜一个个这么辛辛苦苦地做出来。你就这么个态度? 你太扫人兴了!"钟匡民气恼地一拍桌子说:"我问你,钟杨分到农科所去,是不是你去组织科打的招呼?"孟苇婷说:"是! 那又怎么啦? 我为钟杨出这个力,是因为要报答月季大姐一次次帮助我,这次她又救了我的命! 你又为我做了些什么? 钟杨在学校表现不错,农校又有四个名额分到农科所去。让钟杨去有什么不可以的? 他可是你的儿子啊!"钟匡民说:"就因为他是我钟匡民的儿子,不管我出不出面,人家肯定会把我的因素加在里面的,我刚刚当上师长,这影响有多不好!"孟苇婷说:"那你就把责任推到我身上好了。"钟匡民说:"你就把公家的事当作私情来送?"孟苇婷说:"钟匡民,你把帽子扣大了吧? 难道钟杨就不配到农科所去工作?"钟匡民说:"他配! 这我心里也清楚。但他是钟匡民的儿子,他就不可以去。你要顾及党在群众中的影响。"孟苇婷说:"钟匡民,大概你是在顾及自己的影响吧?"钟匡民说:"这是一致的。因为我是党的领导干部!"孟苇婷说:"那你说怎么办? 组织部门已经通知钟杨了。真要有什么事,你就推到我身上吧,哪怕处分我都行!"钟匡民说:"苇婷,你让我做人难哪。你也知道我跟两个儿子的关系都比较僵。我跟钟槐刚把关系搞得好了些,现在又遇到钟杨这档事。我硬要不同意他去,他又会怎么看我! 你这不是硬在给我制造麻烦吗?"

孟苇婷委屈气恼地哭了,一下把桌上的菜全推倒在地上,喊:"那我就不给你再制造麻烦了！这总行了吧？"在一边的钟桃哇地哭了。钟匡民猛拍桌子喊："孟苇婷，你这是要干什么？"

正巧，刘月季和钟杨走上楼，楼里传出一阵碗筷着地的声音。刘月季赶忙敲门。

钟匡民恼怒着去开门，一看是刘月季和钟杨。钟匡民说："你们来啦？"刘月季以为桌上的东西是钟匡民撸的，说："再不来，我看你要掀屋顶了！"孟苇婷忙抹干泪，强露笑脸，说："月季大姐，桌子是我掀的，不关匡民的事。"

说完，孟苇婷急急忙忙收拾地上的东西。

刘月季赶忙到厨房做饭。刘月季说："我就怕你钟匡民为钟杨去农科所的事为难苇婷，果然是这样！"钟杨抱着吓哭了的钟桃，很不平地说："爹，这样吧，我也不给你找麻烦，你让组织科的人重新分配我的工作好了，就按你的意思，到农场连队去当一名农业技术员，反正你是师长，有权这么做！"钟匡民说："你以为当师长的就可以不按党的组织原则办事？"刘月季说："匡民，我看这样吧，钟杨已经到农科所打听过了，农科所下面也有个小农场，也有三个生产连队，就让钟杨到队上去当个技术员吧。"孟苇婷说："是呀，你有必要发那么大的火吗？"钟匡民气恼地说："不说了，吃饭吧，晚上我还有个会。"想了想，对钟杨说："钟杨，你去农科所后，要用你的实际行动证明，分配你到农科所去是正确的，你要像你哥的表现一样。"钟杨说："爹，我也用我哥的一句话，我不会给你丢脸的！"

第二天，在钟匡民办公室里，钟匡民把农科所所长朱常青叫来了。朱常青四十几岁，戴着副黑边近视眼镜，人有些瘦弱。

钟匡民说："老朱啊，我儿子钟杨分在了你们农科所。"朱常青说："这我已经知道了。钟师长有什么指示？"钟匡民说："你们农科所下面有个小农场是吧？"朱常青说："是。"钟匡民说："你先让我儿子到你下面的农场农业队去当农业技术员，不要放在所部。让他锻炼一阵看看表现再说。"朱常青说："在你儿子分配到农科所来前，组织部门已经把档案给我们看过了，他的政治表现和学习成绩都不错呀。而且所里也正缺人手。"钟匡民用不容商量的口气说："还是先让他到基层锻炼一阵。这孩子头脑活，是有点小聪明，但人不太安分,我担心他聪明反被聪明误,先锤炼上一阵,恐怕对他有好处。"朱常青笑了笑说:"知道了。我会合理安排的。"

朱所长离开师长办公室,回到农科所办公楼。农科所小会议室的舞台上面拉着条横幅:"热烈欢迎农校毕业生来我所工作"。下面前排位置坐着钟杨、周亚军等四位学生。后面坐着农科所的工作人员。农科所所长朱常青在上面讲话。他显得很自信,说话的声音也很洪亮。朱常青说:"法国的拿破仑曾说过,不想当将军的士兵就不是个好士兵。当然,每一个士兵不可能都当将军,但这是在表明一种志向,在表明一种奋斗的目标,在给自己争取上进的一种动力。我在这儿要借用他的这句话,改动一下,就是在我们农科所,每一个农业科技人员,都要争取当上农业科学家,在农业的某一领域能做出自己的贡献!"大家鼓掌。钟杨鼓掌得特别热烈。他用热烈的鼓掌表明自己的志向。

散会后。农科所的杨协理员叫住钟杨他们。杨协理员说:"钟杨,周亚军,你们等一等。朱所长要同你们每一个同学都个别谈一次话。因为下一步将要分配你们在农科所里的工作。"

朱所长办公室门口。一位毕业生正在里面谈话。钟杨、周亚军,还有另一名毕业生正在办公室门口的窗下站着等着。他们相互闲聊着。周亚军说:"听说朱所长是一位棉花育种方面的专家。北疆好几个垦区的棉种都是我们所提供的。"钟杨说:"周亚军,刚才朱所长引用了拿破仑的一句话。拿破仑是法国人,我想引用中国古人的一句话。"周亚军说:"谁?"钟杨说:"项羽。"周亚军说:"他的话有什么好引用的?"钟杨说:"你记得秦始皇出外巡游时,他的仪仗队浩浩荡荡在路上经过,项羽说了句什么话吗?彼可取而代也。"周亚军说:"你引用这句话是什么意思?"钟杨说:"这也是一种志向!当然,我不是说我想将来去取代所长。我只是说,我也要像朱所长那样成为棉花育种方面的专家。"周亚军说:"钟杨,你野心不小啊!"钟杨说:"有野心有什么不好!志向其实就是一种野心!"一位学生从朱所长办公室出来说:"钟杨,朱所长让你进去。"

朱常青说:"你是钟师长的儿子?"钟杨说:"是。不过朱所长,这并不重要吧?"朱常青说:"不,随便问问。我跟你父亲私人关系不错。钟师长对我们这些知识分子一向很关照。他是个很重才的人。"钟杨说:"不过,开始时他不赞成我进农科所,让我先到农场的生产连队去当技术员。"朱常青说:"作为父亲,他这样严格地要求儿子也是对的。不过,既然分到农科所来了,那就安心在所里工作吧。在安排具体工作上你有什么想法?"钟杨说:"来农科所时,我同我爹说了,农科所下面有个小农场,那儿有三个生产队。我去一个队当实习农业技术员吧。"朱常青说:"这话你父亲事前也同我打了招呼,他也是这个意思。但我反复思考过,也同所里的其他领导商量过,根据你在农校的表现和学习成绩,还是留在我身边工作吧。搞棉花育种,现在棉种需求量越来越大,因此育种这方面的人手就显得很不够。"钟杨说:"朱所长,恐怕我爹不会同意吧?"朱常青说:"在这儿我是领导,我说了算。就这么定吧,啊?"

在边防站,刘玉兰望着西下的夕阳,在焦急而期待地看着远处。夕阳正在渐渐地往群山下落。刘玉兰脸上的焦虑与期待变得越来越浓,甚至流出了一丝痛苦,终于山峦上出现了羊群。钟槐赶着羊群回来。刘玉兰飞也似的兴奋而幸福地冲了上去。成群的鸡鸭进了鸡舍与鸭舍。刘玉兰张罗着给它们喂食。钟槐看着,脸上露出欣喜与幸福的笑容。刘玉兰的脸也变得白胖了。

刘玉兰说:"钟槐哥。"钟槐说:"啥事?"刘玉兰说:"我不想离开你。"钟槐说:"傻话!我们不是在一起吗?"刘玉兰说:"我是说,我每时每刻都想跟你在一起。"钟槐说:"我也想,可我不去放牧巡逻能行吗?你不在家守着能行吗?快吃饭,吃了饭还要干活呢。"

深秋,边防站的四周已是一片枯黄。钟槐和刘玉兰在打扫大羊圈,准备迎接转场的牧民们。钟槐和刘玉兰打扫出一间房间,炕上铺上干草。

第二天清晨。钟槐和刘玉兰升完国旗后,刘玉兰撒娇地说:"钟槐,我还是想跟你在一起。"钟槐说:"让我待在家里陪你?"刘玉兰说:"不,我跟你去巡逻。"钟槐说:"不行。"刘玉兰说:"为啥?"钟槐说:"你跟着去干啥?"刘玉兰说:"我说了,我离不开你嘛。早晨出去,晚上才能见到你。你不在的时候,我干啥都没劲。带我一起去吧。"钟槐说:"我也说了,你跟我一起去,这个家咋办?我娘对我说过,咱们中国人的习惯,男主外,女主内。你娘没有教你?"刘玉兰说:"教了。但我一分一秒也不想离开你。"钟槐说:"越说越离谱了!好好看着家,守好院。巡逻边防是我们男人的事!"刘玉兰说:"大男子主义!"钟槐说:"该男人干的事就得由男人干!我走了!"

刘玉兰看着钟槐远去。天空万里无云,阳光灿烂。

边境农场,赵丽江带着他们演出组的另四位演员,又坐上了牛车。姜欣兰问:"赵姐,今天去钟槐他们那个边防站?"赵丽江说:"对。时间过得真快呀,离我们第一次去那儿,一眨眼就两年了。现在他们两个人了,可不是一个人了。"姜欣兰说:"赵姐,你这话听上去,咋有点酸酸的?"周巧娣说:"姜欣兰,你干吗爱往人家伤口上抹盐啊!"杨刚喊:"上车!"王勇拉起了手风琴,唱起了《我们走在大路上》。

刘玉兰在院子里打开鸡舍和鸭舍,把鸡群与鸭群赶向草原。刘玉兰锁上院门,背上装有干粮的挎包和水壶往边境线上走去。

山坡在阳光下,变得金光灿灿。杨刚赶着牛车。车上赵丽江看到在山坡上有个人在走,那人也迎面朝他们走来。赵丽江似乎看出那人是谁了,赶忙跳下车也迎了上去。果然是刘玉兰。赵丽江说:"刘玉兰,你怎么走到这里来了?"刘玉兰:"我要去找钟槐。"赵丽江说:"刘玉兰同志,你走错路了。钟槐巡逻的边境线是在那条路上,你走的这路是往回走到农场去的。你这是第一次上边境线吧?"刘玉兰说:"是。"赵丽江说:"那你干吗不跟着钟槐同志一起走呢?"刘玉兰说:"他不让我跟他。"赵丽江说:"那你一个人这么出来多冒险哪。这儿方圆几十里见不到一个人影的。这样吧,我陪你去找他。我们今天就到你们边防站去演出。"刘玉兰不愿意地说:"你跟我去算哪门子事嘛。我是从小在大山里长大的,一个人都走过山路。我不怕!你们忙你们的去吧!"赵丽江笑笑说:"那你千万当心!"

赵丽江他们坐在牛车上。赵丽江看到刘玉兰的身影消失在山坡下。赵丽江想了想说:"王勇,跟我下车。"王勇说:"干吗?"赵丽江说:"刘玉兰这么一个人走,真要迷了路怎么办?"

中午,刘玉兰在小溪边坐着吃干粮喝水。突然看到草丛中钻出一只狼来。吓得她背上挎包就逃。狼在后面追。刘玉兰惊慌地叫着,还不时地往后看。但脚下一滑,猛地一个翻身,滑进一个深坑里。坑里长满了一人多高的草。

狼在坑边走了走,见不到人影。也许虽是深秋,但狼并不缺食物或许是别的什么原因,狼在坑边转了转,就走了。

刘玉兰吓得跪在草丛中,发现没有动静了,就想往上爬。但坑沿的坡很陡,她怎么也爬不上来。于是她大声地喊救命。但她的喊声在山谷间回响,却没有任何其他回音。刘玉兰绝望地哭着喊着,喊着哭着。

正在刘玉兰感到彻底绝望的时候,看到大坑边上突然出现了赵丽江的脸,接着出现了王勇的脸。刘玉兰喜出望外,激动地喊:"赵丽江,救我!"赵丽江一面脱外套一面对王勇说:"王勇,把你的外套也脱下来。"赵丽江把衣服拧在一起,然后放到坑下,刘玉兰抓住衣服,赵丽江和王勇抓着衣服,用力往上拽。

但刘玉兰人很沉,赵丽江的那件外套比较单薄,只听嘶啦一声响,刘玉兰又跌回坑里。赵丽江又把那一件半衣服放下去,但太短了,刘玉兰怎么也够不着。赵丽江想了想说:"王勇,抓住我的两只脚。"赵丽江趴到坑边,半个身子弯到坑下。把衣服又放下去,刘玉兰这才又够着了衣服,赵丽江就喊:"王勇,把我人往上拽!"王勇抓住赵丽江的脚跟,拼命往上拽。赵丽江的上身被拖了上来,王勇然后又奔到前面,弯下身把刘玉兰拖了上来。赵丽江站起来,上身衬衣被地上的小草根划破了,可能里面的皮也被划破了,渗出了血。刘玉兰说:"赵丽江,你咋出血了。"赵丽江说:"没事儿,划破了一点皮。"

他们突然听到狗叫声,向前一看,钟槐正赶着羊群在往回走。刘玉兰突然奔上去喊:"钟槐……"钟槐也奔到他们跟前,吃惊地问:"你们怎么在这儿?"刘玉兰扑进钟槐的怀里说:"钟槐,我差点就没命了……"

钟槐、刘玉兰、赵丽江和王勇赶着羊群一起往回走。钟槐说:"赵丽江,王勇,谢谢你们救了我女人的命。"王勇说:"开始赵组长要陪刘玉兰同志一起去找你,可刘玉兰同志不愿意,就自己一个人走了。可赵组长越想越不放心,刘玉兰同志是第一次一个人走边境线,要真迷路了怎么办? 所以就让我和她一起又跟了上去。还好我们跟上去了,要不……"钟槐冲着刘玉兰喊:"你再这样,我把你送回我娘那儿去! 在这件事上我娘咋跟你说的? 不能使小性子! 你瞧见没有? 差点把命搭上。女人不能不听男人的话,懂了没有?!"赵丽江捂着嘴笑了,说:"钟槐同志,你这话可太大男子主义了。"刘玉兰说:"就是嘛。你要是带我走,不就没这事了嘛!"钟槐发急地说:"我说的不是这个意思。我是说,你刘玉兰真要有个啥,还叫我咋活在这世上呀!"赵丽江又捂着嘴笑,眼中却流出了更多的敬爱。钟槐却依然一肚子的气,有意不理刘玉兰。

山坡上,杨刚、姜欣兰、周巧娣他们正坐在牛车旁等赵丽江他们。赵丽江说:"我不是说让你们先去边防站吗?"杨刚说:"你们走后我们也不放心,在这儿等不离你们近点吗? 要有个啥事,我们也可以立即过去帮忙。没什么事吧?"赵丽江说:"有点事儿,但不那么严重。"

钟槐他们走进院子,鸡鸭在乱跑乱飞。钟槐看看刘玉兰。刘玉兰自责地说:"以后我把家看好不就行了嘛。"钟槐仍然不理刘玉兰。刘玉兰说:"钟槐,你这是咋啦?"钟槐板着脸说:"你赶快做饭吧,我去安排赵丽江他们住的地方。"刘玉兰说:"钟槐哥,你别这样,你这样我心里好难过。"钟槐说:"快去做饭去! 把鸡蛋、鸭蛋都拿出来,再宰两只鸡!"赵丽江说:"钟槐同志,你太大男子主义了。王勇、杨刚、欣兰和巧娣,来! 我们自己动手,丰衣足食!"

夕阳正沉入群山之中,突然一阵鞭响,羊叫声和狗叫声四起。钟槐奔出院门,看到木萨汉和哈依卡姆骑着马赶着羊群来了。两只已长大的牧羊狗也像看到亲人一样扑了上去。

钟槐高兴地挥手朝他们喊:"嗨……"刘玉兰、赵丽江他们也拥出了院子。赵丽江说:"哈,今天这儿可真热闹,杨刚,咱们今晚就在这儿开个篝火晚会吧,把我们新排的节目,在这儿好好给他们演一演。"

第二十一章

暮色已降临,西边的天空只露出一丝橘红色,院子里却热闹非凡。

哈依卡姆在煮奶茶。赵丽江走上前来说:"哈依卡姆,我来煮吧。"哈依卡姆说:"你也会?"赵丽江笑了笑说:"我们演出队也到牧业点去演出,演出前,我就跟着你们学会了煮奶茶。连烤馕也学会了。"哈依卡姆称赞说:"你这个上海鸭子啊,了不起!那我去烤馕了。"赵丽江在一边熬奶茶,刘玉兰也上来帮忙。刘玉兰说:"赵丽江,你是属啥的?"赵丽江说:"属兔的。"刘玉兰说:"你是几月生的?"赵丽江说:"六月。"刘玉兰说:"那你比我还大一个月,我就叫你丽江姐吧。丽江姐,谢谢你今天救了我的命。我不该给你使小性子。"赵丽江说:"不说这事了。既然你叫我姐了,那今天我做了件一个姐该做的事。以后我也会像个姐的,你完全可以放心。"刘玉兰说:"钟槐还在生我的气呢。"

赵丽江说:"因为他爱你,才生你气的。没事的,过一会儿就会好的。他是个真男人,有男人的那股脾性,也有男人的那份炽热。他说那句'还叫我咋活在这世上呀'时,眼里都涌出泪了。刘玉兰,我这个当姐的好羡慕你啊!你一定要珍惜他的这份感情。"刘玉兰含着泪点点头。

哈依卡姆正在烤馕。木萨汉正在教钟槐宰羊,剥羊皮。木萨汉:"羊皮上不能沾上血,也不能沾上泥。"钟槐接过木萨汉手上的小刀,用刀尖细细地剥着羊皮。钟槐学得很到位。木萨汉在一边赞赏地点着头。木萨汉:"这样嘛,羊身上干干净净的,不用洗就可以煮着吃。"钟槐:"木萨汉大哥,谢谢你们。"木萨汉:"不说谢的话。我们经常路过这里,我就可以在你们这儿吃上手抓肉和吃上馕了嘛。"

杨刚他们已经在院门外架起了篝火。

赵丽江舀了碗奶茶给刘玉兰。刘玉兰喝了一口。赵丽江问:"怎么样?"刘玉兰笑着点点头说:"很香!"赵丽江说:"那我现在就教你怎么煮奶茶。"

赵丽江又舀了两碗奶茶,走到钟槐与木萨汉跟前说:"先喝碗奶茶吧。"钟槐喝了口,说:"你熬的? 好喝。"木萨汉也喝了一口:"啊,跟哈依卡姆煮的一样正宗!"然后竖起大拇指说:"佳克斯啊!"赵丽江说:"钟槐同志,我给你提点意见行吗?"钟槐说:"可以呀! 啥意见?"赵丽江说:"不要太大男人。你也应该带玉兰同志一起去巡逻边防,熟悉这儿的一草一木。因为她不但是你的妻子,她也是你的战友,不是吗?"钟槐点点头。篝火在熊熊燃烧。

钟槐、刘玉兰、赵丽江、木萨汉、哈依卡姆、杨刚、王勇、周巧娣、姜欣兰围坐在一起,吃着手抓肉,喝着酒。木萨汉说:"今天,我们转场到这里,演出队的同志也来了,你们好好地演几个节目,让我们高兴高兴。现在嘛,我们已经把这儿当成自己的家了。来,我们一起好好地喝!"大家相互用大碗碰酒。

天空上布满了星星,月亮在云中穿行。篝火在燃烧。姜欣兰报幕:"下面是女声独唱,演唱者赵丽江。歌曲是由我们场业余演出队集体创作,叫《红柳歌》。"

王勇拉着手风琴,赵丽江在歌唱:"红柳啊红柳,第一次见你不知是什么时候,只记得满天黄沙我苦苦寻路走,只记得狂风扑面你高昂着头。一次次飘落一次次扎下根啊,一回回伤感但泪已不再流,风风雨雨我会大胆地往前走……"

赵丽江嗓音甜美,唱得动听而感人。钟槐凝视着她,在想着什么。唱完后,大家热烈鼓掌。

微醉的木萨汉弹起了冬不拉。王勇用手风琴为他伴奏。哈依卡姆、赵丽江、姜欣兰、周巧娣围着杨刚跳起了哈萨克舞。刘玉兰咯咯地笑着,上去学了几下,但觉得学得不像,笑着跑回钟槐的身边。荒凉的边境线上,这时充满了生机。

夜深了。刘玉兰坐在床上。刘玉兰说:"钟槐哥,今晚可真热闹,你也累了,快睡吧。"钟槐说:"你睡吧,我不想睡。"刘玉兰说:"钟槐哥,你别这样,是我错了,我以后再不这样了。"钟槐情急地大声喊:"玉兰,我越想越害怕,我说了,你要真有个啥,叫我咋活在这世上!我不能没有你,你知道不知道?"钟槐眼中闪着泪。刘玉兰扑向钟槐,搂着他的脖子哭了,说:"我知道,我全知道了,以后我根本用不着在丽江姐跟前使那小性子了!钟槐哥,以后我一定好好地把家看好!"钟槐说:"这也用不着,我看以后我还是隔上几天就带你一起在边防线上走走吧。也要让你熟悉熟悉这儿的路,这儿的环境。你也是这站上的人。再说见不到你,我也真有些不放心。"刘玉兰说:"钟槐哥……"

刘玉兰已是一脸的幸福。

夜很深了,赵丽江依然坐在篝火旁。唱着她心中的歌:"红柳啊红柳,为什么别离我已无法再张口,只知道你永远在我梦里头。只知道今生今世同你长相守,一道道坎啊一步步走啊,一声声呼喊着我心中的柳,生生死死我要与你一起度春秋。"姜欣兰走上来说:"赵姐,不早了,该休息了。"赵丽江充满激情地说:"多美丽的草原之夜啊……今晚,过得真的很难让我忘怀。"姜欣兰说:"赵姐,我知道你的心事,但你也要尊重现实。"赵丽江点点头说:"但你也不能不让感情的波涛在心中奔腾呀。我会理智的……"她的眼中还是涌上了一股泪。

春天来了,农科所试验田里,棉花已长出新苗。钟匡民在朱常青的陪同下,朝试验田走去。钟匡民对朱常青说:"老朱,我听说你把钟杨留在你身边了?"朱常青说:"这是所里领导研究定的。"钟匡民说:"我不是说,让他先到生产队去锻炼一段时间吗? 你们在研究决定时,肯定把我的因素掺和进去了。"朱常青说:"钟师长,这孩子聪明,我看了他的档案,开始进农校时,学习成绩很一般,但一年一个跨步,进步十分明显,到毕业时,他的学习成绩已是全班第一了。是个好苗子啊!"钟匡民说:"那就更应该到基层锻炼上一段时间。"朱常青说:"我身边也缺人手,况且现在育种的任务这么重。我需要一个年轻的好帮手。"钟匡民叹了口气,也不再坚持:"那你得对他严格要求。"朱常青说:"响鼓也得重锤敲,这我心里清楚。"

试验田里,钟杨、周亚军等人正趴在田里定苗。钟匡民走到田边,钟杨抬头看到钟匡民,于是喊了声:"爹!"钟匡民想了想说:"钟杨,你过来一下。"

父子俩来到试验田的林带里。钟匡民对钟杨说:"你不是说先到生产队去工作吗?"钟杨说:"可所里领导让我在所里工作,我得服从组织分配呀。"钟匡民说:"钟杨,你说实话。在你的工作分配问题上,有没有我的因素在起作用?"钟杨说:"应该是有吧。"钟匡民说:"绝对有! 所以我要告诉你,既然这样了,那就好好跟着朱所长学。他可是我们这个地区棉花育种方面最权威的专家。做出成绩来,不要给我丢脸!"钟杨说:"是。"

郭文云正在机关食堂小餐厅吃早餐。刘月季端了一碟咸菜走进去搁到饭桌上。

刘月季笑着说:"政委,你天天吃大伙房的饭,你就吃不腻?"郭文云笑了,说:"月季大姐,你的意思我明白了。你别皇帝不急急太监嘛。再过些日子,等我把那件事办好了,再结也不迟。"刘月季说:"你到底想要办啥事?"郭文云说:"月季大姐你瞧你,明知故问。"刘月季说:"啥明知故问,我真的不知道。"郭文云说:"程世昌是我把他挤走的。人家是来找程世昌的,得把这事摆平了。这样,两人结婚才会心里舒服呀。程世昌毕竟是她的妹夫。"刘月季说:"你这想法对。要不一起睡到床上,你心里愧疚,那头心里又在抱怨,那不就不顺心了? 不过我听说,你跟彩菊的恋爱谈得还挺热烈的。"郭文云说:"什么热烈! 只不过是经常见见面罢了。"刘月季说:"前天彩菊来见我,说要把她调到招待所去当管理员,这是你的主意吧?"郭文云说:"月季大姐,这你冤枉我了。让她去当管理员,那是行政管理科王科长看上的。不过像向彩菊这样热心肠的人,到招待所当管理员也合适。你说呢?"刘月季一笑,说:"你觉得合适就行!"

各团领导干部在师部会议室的会议刚结束。郭文云走到前台,迎上钟匡民。郭文云说:"老钟,水库工程快结束了吧?"钟匡民说:"正在收尾。你有啥事?"郭文云说:"我想让你把程世昌放回到我们团里来。"钟匡民说:"怎么?你们那儿就缺他一个打扫厕所的人?"郭文云说:"老钟,我们现在缺的是建筑方面的技术员。团场每年要搞那么多的建设,没这方面的技术员怎么行?"钟匡民说:"程世昌在水库上表现很不错。我准备要把他正式从你们团调出来呢。"郭文云说:"钟师长,还是让他回到我们团来吧。"

钟匡民说:"为啥?"郭文云说:"解铃还须系铃人嘛!"钟匡民用手指点点他说:"你啊!月季已经把你的有关信息透露给我了!"

钟匡民和郭文云来到钟匡民办公室。钟匡民说:"现在我已把程世昌派到山上去勘查新的水利工作了。你要真想让他回到你们团里,最好你自己亲自出面找他谈。要征得他本人的同意。"

郭文云想了想,说:"好吧。既然当初我不像你老钟那样懂得爱护人才,那我只好亲自去请。其实月季大姐给你透的信息也不全对。"钟匡民说:"怎么?"郭文云说:"自从团里的水利建设、房屋建设、农田建设全面展开后,我才知道这方面的人才短缺,事情有多难办。"钟匡民说:"要处理一个人,那是很容易的事,但要认识一个人,使用一个人却并不容易。当领导的,做事一定要理智,谨慎,切不可感情用事!"郭文云说:"过两天我就上水利工地去找他。"

钟杨和周亚军跟着朱所长等人一起在棉田察看棉花。朱所长得意地向钟杨和周亚军介绍:"小钟小周啊,你们看到了吧?这是我同苏联专家经过几年的试验最后才定型下来的棉花品种。产量高,抗病抗旱力强。"钟杨,周亚军都敬服地点点头。朱所长说:"搞科研,就要有抱负,有理想,有追求,有毅力,要有一股不达目的誓不罢休的劲头。"钟杨说:"我来时,我爹就关照我,要好好向朱所长学习。"周亚军说:"我们能直接跟着朱所长学习,是我们的荣幸。"

钟杨和周亚军同住一间房子。夜深了,周亚军睡了。钟杨还在埋头看书,记笔记。

月光下,钟杨、周亚军在棉田察看。钟杨、周亚军跟着朱所长在棉田给棉花授粉和进行棉花选种。朱所长说:"钟杨、周亚军,你们过来。你们看到了吧,目前我们的选种过程就是采用苏联专家的良育程序,采用杂交、选择、培育的三结合的复壮方法。你们一定要把握好。这是搞好棉花良种培育的一项最基本的工作。"钟杨思考着,点点头说:"知道了。"

钟杨一个人在认真而仔细地察看着一小块棉化地。深更半夜了,钟杨才从棉田踏着月光回来。

钟杨推门进屋。周亚军醒来,睡眼惺忪地看着钟杨。周亚军说:"钟杨,我发觉你好像在搞地下活动。"钟杨说:"什么地下活动!我只不过对目前的棉花育种方法上有些新的想法。"周亚军说:"啥想法,能不能告诉我听听?"钟杨说:"我觉得朱所长目前的育种方法好是好,但太烦琐了,而且产量也太有限。已经有些跟不上全师棉花大面积种植的需要了。"周亚军:"你想搞新的育种方法?"钟杨:"有这么点野心。但我还没有思考成熟,正在慢慢摸索着想。"周亚军说:"钟杨,我跟你有同感,如果你愿意的话,咱俩一起搞。多个人总多一份力嘛。"钟杨说:"那当然太好了。"周亚军说:"你把这种想法告诉朱所长了没有?"钟杨说:"目前还没有。"周亚军说:"你应该尽快告诉他,争取得到他的支持。"钟杨说:"我想他会支持我们的。不过,还是等我思考比较成熟后再说吧。"

试验田里,棉花已开花。钟杨、周亚军正跟着朱常青在给棉花授粉。周亚军看看钟杨。钟杨鼓了鼓勇气说:"朱所长,搞棉花育种只能用这种方法吗?"朱常青说:"目前只有这一种是最好的,也是最科学的。"钟杨说:"能不能再改进一步呢?"朱常青说:"我也想过。但这需要很长时间,也需要反复地试验。这是以后的事,目前就这么做吧。"钟杨又想说什么。朱常青说:"钟杨,老实一点。你父亲关照过我,说你这个人有点不安分。让我要严格管教你,你要有什么想法,跟我学上十年后再说!"

师部中学女生宿舍里,钟柳正和几个同学在宿舍里复习功课。十八岁的钟柳已出落得非常美丽了。一位姓王的同学问:"钟柳,你准备报考什么专业?"钟柳说:"我想报考财经专业。"另一位姓李的同学:"为啥?"钟柳说:"我征求过我爹的意见,我爹说考财经吧,现在搞建设,全国这方面的人才太缺了,尤其在我们新疆,我们师。"小王说:"你爹是当师长的。只会从这方面考虑。我觉得你考文艺类的最合适。长得这么漂亮,又能歌善舞的。你就不考虑你的兴趣爱好?"钟柳说:"兴趣也得服从建设需要嘛。"小李挖苦说:"小王,你别跟钟柳争,人家是师长的女儿,当然得从建设需要出发了。"钟柳说:"那有什么错。"正好一位姓黄的同学从外面进来,嬉笑着说:"喂,钟柳,你的那一位又来找你了。"钟柳说:"什么我的那一位,讨厌死了!"小黄说:"快去吧,在门口等着呢。"

钟柳走出宿舍,看到孟少凡正在笑眯眯地等着她。十九岁的孟少凡长得也很英俊,但脸上却透出某种无知和油滑。孟少凡伸出背在身后的手,手上捧着一捧鲜艳的野花。

孟少凡说:"今天我们上山了,这是我特地从山上给你摘的,快拿着,多漂亮啊!"钟柳皱着眉说:"我不要! 孟少凡,你能不能不要再来烦我!"孟少凡说:"怎么啦?"钟柳说:"再过十几天,我就要高考了,你三天两头地这么打扰我,像话吗?"孟少凡说:"我这是向你表示友好!"钟柳说:"我不稀罕你这种友好。以后别再来烦我了,听到了没有?"孟少凡嬉皮笑脸地说:"那这次你把花收下,我就再不来了。"

钟柳想了想,接过花。

孟少凡说:"这就对了。既然你接过我的花了,那过两天我还要来。"钟柳气得用力把花摔在了孟少凡的脸上喊:"你给我滚——!"

机关食堂办公室。刘月季正戴着老花镜在记账。钟柳一下冲了进来,搂着刘月季的脖子喊:"娘!"刘月季问:"你咋回来了?"钟柳说:"娘,再过十几天我们就要高考了。"刘月季:"那你不在学校好好复习功课,跑到家里来干什么?"钟柳说:"娘,我是在学校好好复习功课的,有时我还去找苇婷阿姨,她是个大学生,有些功课我还可以去问问她。"刘月季说:"那不很好吗?"钟柳说:"娘,可……"刘月季说:"咋啦,吞吞吐吐的,有话就说。"钟柳说:"孟少凡老来干扰我!"刘月季说:"他干吗要去干扰你?"钟柳说:"娘!——这话咋说呢,你一想就想出来了。"刘月季:"咋啦?娘想不出啥呀!他干吗要去干扰你?"钟柳说:"他老给我送花呀,送吃的呀,还有……"刘月季懂了,说:"这孩子,怎么这样!对,你们都大了,我还把你们当小孩子呢。可大了,也还不到那个年龄呀!"钟柳说:"所以我只好回家来复习了。"刘月季笑了说:"行!就回家复习,走,娘给你把屋子收拾收拾!孟少凡比你大一岁吧,那才十九岁呀,怎么就……嗨,我跟你爹结婚时,你爹才十八岁。"钟柳说:"娘!干吗往那个年代扯呀。"

钟柳埋头认真地复习功课。刘月季端了碗绿豆汤进来说:"钟柳,喝口绿豆汤,这天气太热。"钟柳接过绿豆汤说:"娘,谢谢你。"刘月季看看钟柳那漂亮的脸蛋,疼爱地摸了摸她的头。

孟少凡骑着辆崭新的自行车,车前挂一挎包苹果,吹着口哨在路上行驶着,可以看出,他生活得很得意。孟少凡骑着自行车来到刘月季家门前,跳下车喊:"钟柳,钟柳在家吗?"

钟柳一听是孟少凡的声音,气得把笔往桌子上一扔,冲到门口喊:"孟少凡,你怎么知道我在这儿?"孟少凡说:"我去学校找过你呀。你们同学说,你回家了。我去姑姑家,你不在,那你肯定在这儿!"钟柳说:"那你又来这儿干什么?"孟少凡说:"找你呀,给你送苹果呀!喏,落花甜,这苹果花一落就甜。给你,尝尝,真的很甜哎!"钟柳气急地喊:"娘……娘……"孟少凡说:"你叫月季大妈干什么?"钟柳说:"我要让我娘来管教管教你。孟少凡,你简直是个无赖!"

刘月季正套毛驴车准备去拉水。听到钟柳的喊声,忙赶着毛驴车往家门口走。她一眼看到孟少凡,马上明白是怎么回事了。孟少凡看到刘月季,忙喊了声:"月季大妈。"刘月季说:"少凡,你来干什么?"孟少凡说:"我给钟柳送苹果来了。"刘月季说:"钟柳,那你就收下吧。"钟柳抗议说:"娘!"刘月季说:"收下!"钟柳不情愿地接过那一挎包苹果。刘月季说:"说声谢谢呀。"钟柳勉强而轻声地说了声:"谢谢。"刘月季说:"好了,少凡,钟柳苹果收下了,那你就跟大妈一起拉水去吧,我有话跟你说。钟柳,回去复习功课吧。"

刘月季和孟少凡来到水池边。孟少凡打水,刘月季接着往大水桶里倒。刘月季说:"少凡,你怎么不上班呀?"孟少凡说:"今天是星期天呀。我特地买了苹果来看钟柳的。"刘月季说:"谢谢你这么想到她。可是,她马上要高考了。我听说,这些日子,你也经常到学校去找她?"孟少凡说:"月季大妈,我喜欢钟柳。"刘月季说:"少凡,你们年龄还小。钟柳刚高中毕业,还要考大学,上大学,还不是谈这种事的时候。听大妈的话,以后别再来打扰钟柳了,尤其是这些日子,考大学,那是人生的一件大事呢。"孟少凡说:"大妈,可我……"刘月季严厉地说:"你要再来打扰钟柳,大妈可要生气了!"孟少凡揉揉鼻子,有些沮丧。

打完水,刘月季赶着毛驴车往回走,孟少凡在边上跟着。刘月季说:"少凡,现在你在干什么工作?"孟少凡得意地说:"在商业处供销科当采购员。大妈你知道吗?现在采购员是最吃香的工作。人家说,方向盘,听诊器,人事参谋,采购员。干上这些工作,就能吃香的喝辣的。"刘月季说:"那就好好干,工作干好了再说别的事。"孟少凡说:"不过大妈,你的工作也挺有油水的。"刘月季说:"是呀!管伙房当然有油水。可大妈干了这么些年,只多喝过一口肉汤,别的可从不多占。就这样,在民主生活会上,大妈还主动做了检查!你当采购员,更不能在经济上犯错。你能当上采购员,钟柳他爹起着作用呢!你可别给你姑父、姑姑丢脸。"孟少凡又揉揉鼻子。

刘月季和孟少凡走到家门口。刘月季说:"少凡,骑上自行车,回去吧。好新的一辆车呀!"孟少凡说:"大前天买的。大妈,现在车不好买,要凭票,你要要我可以给你买一辆。"刘月季说:"大妈不会骑车。你赶快回吧。"孟少凡说:"那让我跟钟柳告个别吧。"刘月季沉下脸说:"这可不行!回吧!你连大妈的话都不听了?"孟少凡嘟着嘴,骑上自行车走了。刘月季苦笑着摇摇头,心里感慨地说:"人世间啊,啥样的事都会有啊!想不到小钟柳,也要开始染上这种事了……"

农科所集体宿舍。钟杨在看书,做笔记,周亚军在吹口琴。钟杨转过脸说:"周亚军。"周亚军放下口琴说:"啊?"钟杨说:"你看见朱所长的态度了吧?"周亚军说:"这事看来恐怕有些难度了。"钟杨说:"但我现在越想,越觉得朱所长的这种育种方法有问题。一是工序复杂,费工费时,二是原种生产量少,根本跟不上师里的棉花生产发展的需要。"周亚军说:"那你说怎么办?"钟杨说:"向朱所长摊牌,把我们的想法直接向他汇报。看看他的态度再说。"周亚军说:"对,咱们做事就该这么光明磊落!"

两人径直来到农科所朱所长办公室。朱所长听完钟杨的汇报,立即吃惊而恼怒地张大嘴说:"什么,你想另搞一套棉种的选种方法?"钟杨说:"朱所长,我们现在棉种的选种方法还是套用过去苏联专家的那套方法,显然不适合现在生产发展的需要了。所以我……"朱所长愤怒地一拍桌子说:"钟杨,你个毛孩子到农科所才不到两年的时间,能知道多少?该学的还没学上,就想另搞一套,太狂妄了!"钟杨说:"朱所长,你不是说,搞科研要有理想,有追求,有抱负吗?"朱所长说:"对! 不错。但没要求你狂妄! 我说了,你先跟我学上十年再说!"

钟杨、周亚军回到宿舍里。周亚军说:"天哪! 朱所长怎么会是这么个态度?"钟杨说:"当时我也蒙了。好像我在他家偷一件他十分珍惜的东西一样,那双狂怒的眼睛简直要把我立即捏成粉末。"周亚军说:"这老家伙怎么会这样! 那我们怎么办?"钟杨说:"我也不知道。但就此罢手,我是决不甘心的! 因为我觉得我的想法,肯定有价值!"周亚军说:"钟杨,我有个想法。"钟杨说:"说!"周亚军说:"找你老爹去。争取他的支持。"钟杨想了想说:"恐怕也行不通。"周亚军说:"你没有去争取,怎么就知道行不通?"钟杨:"我那位老爹你不知道。要别人去说,可能还会得到支持,可我去谈,准碰一鼻子灰!"周亚军说:"碰了灰,我们再想别的办法,天无绝人之路。而且你的想法我认为是很有价值的。现在朱所长的育种方法,确实存在着可以进一步改进的地方……"钟杨想了想,一咬牙,把毛巾用力往脸盆里一摔说:"行! 今晚我就去!"

第二十二章

　　夜里,钟匡民书房里。钟杨与钟匡民的谈话显然很不投机。两人的脸色都不好。钟匡民说:"钟杨,我告诉你,朱所长讲得对,你好好跟着他学上十年再说。刚进农科所才不到两年时间,就想另搞一套。就像婴儿,路还没学会走就想跑一样,你不觉得可笑吗?"钟杨说:"这有什么可笑的? 这样的婴儿无非是多摔几个跟头,但他会比别的孩子成熟得更快!"钟匡民说:"这样的婴儿你见过吗?"钟杨说:"我就是! 你可以问我娘,娘说我路还不会走的时候就想跑,所以老摔跤,但后来我比我同龄的孩子走路走得稳也更快!"钟匡民说:"但我不会支持你!因为我是这个师十几万人的师长,不是你钟杨的师长。想用我的权力和地位支持自己的儿子去做那种不切实际想法的事,那我还算什么党的领导干部? 你真要想做,首先要得到农科所领导,具体地说,就是朱所长的支持,朱常青同志是我很尊重的一位专家! 这点你要搞清楚!"钟杨说:"爹,你的说法我不能接受。我的想法也不是为我钟杨个人,我也是为师里将来棉花种植的发展着想。正因为你是师领导,我才来找你。如果你光是我爹,我才不来找你呢!"钟杨说着,失望地站起来走出书房。钟匡民为难而无奈地叹了口气。

钟杨回到宿舍。周亚军收起正在吹奏的口琴。周亚军问:"怎么样?"钟杨说:"能怎么样?我早就预料到我爹是一屁股坐在朱所长那一边的。"周亚军说:"那怎么办?"钟杨说:"从目前来看,我们只有两条路可走。一条是放弃,另一条就是我们自己偷偷地干。"

天山山谷下的水利工地。一条水渠已蜿蜒伸向山的深处。郭文云沿着渠堤往上走,山坡上,四处散落着被炸后堆起的石头。郭文云继续往上走,但工地上空无一人。他感到很奇怪,突然有人朝他喊:"喂,别上去!"郭文云又往上走了几步。朝他喊的人从掩体里跳出来,朝他飞奔而来,那人正是程世昌。程世昌也认出了郭文云。程世昌喊:"郭政委。炮要炸啦,快趴下!"较远处炮已炸响,飞石滚滚而下,近处的山也震动,也有几块石头震了下来。程世昌一把把郭文云推倒,趴在郭文云身上。一块石头从程世昌身边滚过,石刃把程世昌裤子划破,小腿上也划开一条小口子,血流了出来。

郭文云急忙把程世昌扶进卫生所,卫生员在给程世昌包扎伤口。郭文云坐在一边。

程世昌说:"政委,我还是在这儿工作吧,我觉得这儿更需要我。而且这儿的人对我都很好。"郭文云有些愧疚地说:"我知道你在这儿表现得不错。领导上对你的工作也很满意。但是,你是借调到这儿来的,你的户口,你的行政关系还在我们团。另外,我也要告诉你,当时让你下放劳动时,我们把你定为内控对象下放的。要撤销内控,具体手续还需要由我们团来办。"程世昌说:"原来是这样……"郭文云说:"这次我亲自来找你,让你回团里去,一方面是工作上的需要,另一方面,也是为了让你争取早些把那个'内控'撤了。"程世昌感到郭文云对他的态度有了很大的改变,心动了。郭文云递给他一支烟。程世昌说:"那钟师长是什么意见?"郭文云说:"不通过钟师长,我敢这样同你谈话吗?"

郭文云与程世昌同坐在一辆小吉普里,行驶在崎岖的山路上。郭文云说："程技术员，你爱人有个姐姐，是吗？"程世昌说："是。政委，怎么啦？"郭文云说："她是不是叫向彩菊？"程世昌说："好像是叫这个名字。"郭文云说："怎么是好像？"程世昌说："是这样的。她姐妹俩从小死了父母。我爱人被领到她姑姑家去了，在她姑姑家长大的。她姑姑当时的家境比较好。在她被姑姑领走前，她姐姐就被她父亲卖给别人家当童养媳了。我只在同我爱人结婚时见过她一面，所以她叫什么名字，我也知道得不确切。只是我爱人叫向彩兰，所以她叫向彩菊大概没错。她怎么啦？"郭文云说："她现在就在我们团。"程世昌吃惊地说："啊！"

波浪起伏的山峦在晚霞下变成一片金黄色。刘玉兰站在院门口，亲热地迎接赶着羊群回来的钟槐。

钟槐与刘玉兰对坐在小凳上。墙上挂着马灯。刘玉兰说："这是为你熬的鸡汤，你多喝点。"钟槐说："这两年，你天天给我做好吃的，我感到我胖了。"刘玉兰笑，说："你这不是胖，是结实。每天来回走这么几十里的路，怎么胖得起来。晚上还要加班。"钟槐憨憨地一笑，说："玉兰，你肚子有动静没有？"刘玉兰失望地摇摇头说："例假准得很，到时就来。这是咋回事？"钟槐说："去医院检查检查。"刘玉兰说："谁去检查？"钟槐说："你呀，我这么棒的身体会有啥问题！"刘玉兰说："我才不去呢，丢死人了。反正我觉得我身体也没问题。钟槐，我问你，娘跟爸感情不好才离的，那娘不也生了你们兄弟俩吗？"钟槐说："照娘的说法，娘生我是娘给爹下了跪求的爹。生我弟弟是爹参军要走的那晚，爹主动了一回。"刘玉兰捂着嘴笑，说："你爹可真有本事，一次就一个。钟槐，咱们是不是太勤点了，你隔上几天，再来试试？"钟槐说："那能熬得住吗？"刘玉兰笑着说："你可真没出息！"钟槐说："那我们就分房间睡几天。"刘玉兰说："那可不行，不跟你睡在一起，我怕！"钟槐说："怕啥？"刘玉兰娇嗔地说："不习惯了！"

钟槐得意而深情地憨笑起来。

团场刘月季家门前。刘月季轻轻地关上门。回头一看,发现孟少凡就在身后,他跳下车来喊了声:"月季大妈。"刘月季说:"少凡,你怎么又来啦?"孟少凡嬉皮笑脸地说:"我想见见钟柳!"刘月季说:"不是告诉过你,不要再来打扰钟柳了吗?"孟少凡说:"月季大妈,我真的特别想见见钟柳,哪怕看上一眼也行!"刘月季说:"不行!明天就要考试了,昨天熬了夜,正在睡觉呢!走!跟大妈一起拉面粉去。"孟少凡牛皮糖似的说:"月季大妈……"刘月季说:"少凡,你再这样,我可打电话去叫你姑了。"

刘月季赶着装满面粉的牛车从加工厂往回走。刘月季和孟少凡都坐在牛车上。

孟少凡说:"月季大妈,我想同钟柳好行不行?"刘月季说:"行不行,我说了不算,那得钟柳点头才行。"孟少凡说:"大妈,你帮我同钟柳说说嘛。"刘月季说:"这大妈可做不到。大妈可是吃过包办婚姻苦的人。再说,钟柳还小,还要上大学,我想她还不会考虑这件事。所以少凡,大妈劝你一句,眼下先死了这条心。"孟少凡说:"那我能不能再同钟柳往来?"刘月季说:"那当然可以。只要钟柳愿意。"孟少凡说:"这么说,我想同钟柳好就没希望了?"刘月季说:"以后咋样我不知道,但现在肯定没有。"

孟少凡失望而痛苦地嘟着嘴。

向彩菊站在路边林带,朝刘月季挥手。向彩菊喊:"月季大姐,月季大姐。"刘月季看到向彩菊就"吁……"的一声勒住车,跳下来朝向彩菊走去,说:"彩菊妹子,我正要找你呢,你跟老郭的事准备啥时候办呀?"向彩菊说:"我也急呀,可他不急,他说,我只有把一件事办妥了,才能办咱们的事,我问他啥事,他也不肯说。"刘月季一笑说:"唉!也是个实心人哪。那就叫他办吧,以后你会知道的。这是个好人哪!"向彩菊说:"好什么好,他可专制了,说出话没一点转弯的余地。"刘月季说:"当领导就这样,要不哪来的威信。"向彩菊说:"月季大姐,我昨天见了你女儿了,好漂亮啊!可我老觉得她像一个人。"刘月季问:"像谁?"

刘月季和向彩菊在林带边说话时,孟少凡嘟着嘴坐在牛车上,一肚子的不痛快。他拾起刘月季赶车用的柳条,突然在牛的屁股上狠狠地抽了几下。

牛突然惊了，奔跑起来，孟少凡也吓坏了，大声喊："月季大妈！月季大妈！"刘月季看到牛车惊了，忙奔向牛车，把惊了的牛拉住，但牛车前档顺着惯性在刘月季喊着"吁……"一声后，狠狠地撞在了刘月季的胯上。刘月季哎哟一声。刘月季抱怨说："这孩子，怎么这样打牛的！"

刘月季把孟少凡送到路口说："少凡，你回吧。大妈知道你喜欢钟柳，但这种事剃头挑子一头热不行。还要看钟柳对你是个啥态度。今天我不让你见钟柳，是因为她明天就要高考，耽搁不起。以后再说。"孟少凡说："大妈，你好像让牛车撞着了。"刘月季说："没事的。本来大妈要留你吃饭。但我怕你会影响钟柳，所以大妈也不留你了。等钟柳考完试再说吧。啊，别记恨大妈！啊？"

农科所的棉田里，朱所长正陪着钟匡民察看着棉田。钟匡民说："老朱啊，全师棉田的播种面积正在不断扩大，你们供应的棉种有些跟不上趟啊！"朱所长说："我们也正在做最大的努力。不过有件事我得向钟师长你汇报一下。"钟匡民问："什么事？"朱所长说："看来，在对待你儿子的问题上，我可能失误了。我应该听你钟师长的，知儿莫如父啊！所以在这件事上，我感到好为难啊……"朱所长欲言又止。钟匡民说："朱所长，你就直说吧。"朱所长说："他到所里不到两年，但在选种问题上，他却想要另搞一套了，如果大家都像他一样，那我这个所长怎么当？选种问题就会出麻烦，那全师棉田种子的供应，我就更无能为力了。"钟匡民说："那你就告诉他，就说是我说的，要他不要再胡思乱想了，集中力量配合你搞好全所的选种工作。不然的话，就把他调出农科所。我说了，从小就不安分！老是想自己弄点什么新花样。"

钟匡民其实也是言不由衷，眼中也流出某种无奈。他不能支持儿子同农科所的所长唱对台戏，而儿子所做的事，却正是他所希望的。但作为领导，他得暂时权衡利弊。

师部中学教室里，钟柳和学生们正在聚精会神地考试。

中午，考试完了。钟柳朝宿舍走去。她看到自己的宿舍门口停着辆毛驴车，于是高兴地朝宿舍奔去。

　　集体宿舍里,刘月季坐在床沿上,桌子上放着一个柳条篮。钟柳冲进屋里。钟柳说:"娘,昨天我不是告诉你别来嘛。"刘月季说:"娘给你做了点好吃的。娘知道考试是最伤神的,营养得跟上呀。娘赶着小毛驴车来的,不累。"钟柳感动地说:"娘……"刘月季从篮子里端出一大碗鸡汤说:"来,吃吧。这几天,娘每天都来给你送。"钟柳说:"娘,用不着的。"刘月季说:"这你不用管,这是娘的事。在咱们钟家,你可是第一个考大学的人,你不知道娘有多高兴。"

　　几天后,钟柳和学生们都高兴而轻松地拥出教室。

　　小毛驴车又停在了门口。钟柳冲进宿舍,看到刘月季坐在床沿上,脸色有些苍白。钟柳说:"娘,你咋啦?"刘月季说:"考完啦? 考得咋样?"钟柳说:"考完了。老师给我估了分,大概上大学没什么问题了。"刘月季说:"这就好。吃饭吧。吃了饭陪娘走一趟。"钟柳说:"娘,去哪儿?"刘月季说:"吃饭,吃了饭再说。"

　　钟柳吃完饭对刘月季说:"娘,我吃好了,咱们去哪儿?"刘月季说:"去医院,来,扶扶娘,娘走不动路了。"钟柳说:"娘,你咋啦?"刘月季说:"去医院就知道了。扶娘上毛驴车。"

　　在医院门诊室里,医生把刘月季的裤子往下褪,胯部被牛车撞的地方是一大片又红又青的肿块。钟柳吃惊地说:"娘,这是今天撞的?"刘月季说:"前几天撞的。"钟柳说:"那你为啥不早来医院?"刘月季说:"你不是要高考吗? 娘怕你知道了会分心,也不肯再让娘给你送饭吃。我觉着没伤着骨头,不碍事的。"钟柳眼泪涌了出来,喊:"娘……"医生说:"去拍张片子再说吧。"

　　夏末初秋,炎热的中午。钟杨正在棉田观察棉花的生长,钟柳高兴地朝他奔来。钟柳喊:"哥……"钟杨从棉田走出来。钟杨问:"考上什么学校啦?"钟柳说:"考上乌鲁木齐的财经学院了。"钟杨说:"那好呀。"钟柳说:"哥,你在这儿干啥呢? 叫我好找。大热天的,也不怕在太阳底下中暑! 看你满头的汗。"掏出手绢心疼地为钟杨擦汗。钟杨拿开她的手说:"我可没那么娇气。我在观察棉花的生长。"钟柳说:"干吗?"钟杨说:"我想搞新的棉花育种方法。我们现在的育种方法既费工又费时，而且产量也太低，根本跟不上目前棉花种植的需要。而且现在的棉花品种，也不见得就定型了，还可以改良和提高嘛。不过，这事你千万为我保密。"钟柳说："搞科研还要保密，为啥？"钟杨说："农科所的朱所长和爹都反对我的做法。他们认为目前我们种的棉花品种已经定型了，是不可超越替代的优良品种。而且在选种上，也得严格地按目前的程序来进行。他们认为我们的任务就是繁殖好品种，只要符合这一品种的就保留下来，不符合的就一律淘汰。他们说，你这个小技术员能把这项工作做到位就算很了不起了。"钟柳笑了说："哥，我看你也别野心太大了。改良品种，实行新的育种方法，这不是你干的事。"钟杨说："你也这么认为？"钟柳说："那是像米丘林那样的大科学家干的事，啥时你成了大科学家，我就支持你干！"钟杨说："好了，我不同你争。同你争也没用。但你一定得给我保密！"钟柳说："这点我保证能做到，来！"

两人笑着击了一下掌。

钟杨说："你考上大学的事，告诉娘啦？"钟柳说："待一会儿我就回去。我考大学时，娘可没少费心。受了那么重的伤也不让我知道，还每天赶着个毛驴车来给我送饭。还好拍了片子，看了没伤着骨头。"钟杨说："那你就赶紧回去告诉娘去。娘指望的不就是能让你考上大学吗？"

刘月季戴着老花镜在认真地记账，向彩菊笑嘻嘻地推门进来说："月季大姐，告诉你一个好消息。"刘月季说："啥好消息？"向彩菊说："你女儿钟柳考上大学啦。录取的是乌鲁木齐财经学院。"刘月季笑着说："我还不知道呢，你咋就知道了？"向彩菊说："我那儿是招待所，什么事儿都传得最快，咱们团录取了的学生正在咱们招待所食堂开会庆贺呢。"刘月季说："要真是这样，我心中的石头可是落了地了，总算能上大学了。这是咱们钟家第一个大学生啊。"向彩菊说："所以我特地跑来祝贺你。"刘月季："彩菊妹子，那天你说我女儿像谁？"向彩菊一笑说："月季大姐，我说了你别见怪。我咋看你女儿就咋像我那妹妹，不过她比我妹妹可漂亮多了。"刘月季说："是吗？不过我告诉你，在钟柳九岁那年，她在河边玩，掉进河里是你妹夫程世昌把她救上来的。我就让钟柳认了程世昌做干爹。后来钟柳他爹不愿意，说部队里不兴这个,才没让钟柳公开叫程世昌干爹。不过在没人时,钟柳仍偷偷叫你妹夫干爹。"向彩菊笑了说:"是吗?那钟柳就是我的干外甥女了。我原先想买套衣服送她的,现在看来我还得给她多买些东西。"说着,笑着就走。刘月季说:"彩菊妹子,你千万别这样!"

晚上,刘月季和钟柳都已躺在床上。刘月季想起了什么说:"钟柳,你原先的名字你还记得吗?"钟柳说:"娘,我记得。咋啦?"刘月季:"记住了就好。没什么,娘是随便问一句的。你能上大学,娘就放心了,娘就觉得对得起你死去的母亲和你那还不知道在哪儿的亲爹了。"钟柳扑在刘月季的怀里,流着泪说:"娘,你就是我的亲母亲!"刘月季说:"钟柳,我还有一句话要关照你。"钟柳说:"娘,你说。"

刘月季说:"钟柳,没想到,眼睛一眨你就长大了,娘还把你当了小姑娘呢。那天少凡来找你,才提醒了娘。以前在咱们农村,你这年纪是该谈婚论嫁的年龄了。"钟柳说:"娘,我还要上大学呢。而且我现在见到他,心里就烦!"刘月季说:"是呀,娘也是这么想。但你现在这年纪,就会遇到这事儿。像少凡,娘知道,你看不上少凡,但只要他没伤害你,你也不要待人家太凶,不要对人家横眉竖眼的,人活在世上要懂得宽容。好好把话给人家说清楚就是了,啊?况且他毕竟是你苇婷阿姨的侄儿,啊?"钟柳说:"娘,我知道了。"刘月季说:"你能上大学,娘真是高兴啊!心里头就像灌进去了一坛子蜜。"

第二天,在瀚海市一家较大商场的门口。孟少凡穿着时髦,正在焦急地等着什么人。他看着穿着素色的连衣裙,充满青春活力、美丽的钟柳朝他走来,便高兴地迎了上去。孟少凡说:"钟柳,我在这儿等你好长时间了,怎么你到现在才来?"钟柳说:"你约我是几点?"孟少凡说:"下午四点半呀。"钟柳说:"现在几点?"孟少凡看看自己的表说:"哟,才四点二十五分。"钟柳说:"谁让你这么早等着。"孟少凡说:"我以为你也会早来呢。"钟柳说:"你约的我是四点半,我干吗要早来。说,什么事?"孟少凡说:"你要去上大学了。我想同你告别一下,再送你两样东西,作个纪念。"钟柳说:"你本来也可以上高中考大学的,干吗非要工作,不肯再上学了?孟阿姨和我爹又不是供不起你。"孟少凡说:"我现在不也挺好吗?商业处的采购员,吃香的,喝辣的,不比你上大学强？"钟柳说："那也全靠我爹，要不，你能弄上这么个好差事？我爹都不肯给我两个哥安排工作，偏偏为你的工作一再出面帮你说话。"孟少凡说："行了，这个情我领了。"钟柳说："送我什么？"孟少凡说："给，一个笔记本，一支好钢笔。"钟柳翻开笔记本的扉页，上面写着："亲爱的钟柳……"钟柳没看完，把笔记本一下摔给孟少凡，说："你又来了！谁是你亲爱的，恶心，我不要。我不是跟你说过嘛，我们可以正常往来，但往这方面走是不可能的。"孟少凡说："你看你，如果你不喜欢，我就把它划掉好了。纸上写的可以划掉，但我心中刻下了的，你划也划不掉。在我心里，你就是我亲爱的。"钟柳说："狗屁！拿给我，我自己划。孟少凡，要不是看在孟阿姨的面子上，你今后再这样，我非撕烂你的嘴！而且决不再跟你往来！"

朱常青的办公室里。钟杨和周亚军在朱常青的对面站着。

朱常青铁青着脸说："钟杨，周亚军，我为什么要把你们俩叫到办公室来，你们知道吗？"钟杨看看朱常青，他当然知道了，但没吭声。

朱常青说："我听说，你们俩背着我，在偷偷地搞你们的育种试验田。有没有这事？"钟杨说："有。但我们是利用业余时间，在荒地上搞的。"朱常青一拍桌子说："你们只要在农科所工作就不存在什么业余时间，只要你们在农科所范围内的地里搞的，就不存在什么荒地！立即停止你们的地下试验！不然的话，我把你们俩都请出农科所。"钟杨说："朱所长，我觉得你是位老专家，你就该理解我们年轻人的这种想法和做法。"朱常青说："钟杨，你是钟师长的儿子，本来我指望你到我身边后，能带个好头，但没想到你却带了这么个无组织无纪律的头！我会告诉钟师长的。要不，我这个所长就很难再当下去了！"

晚上，钟匡民为钟柳饯行。同桌有孟莘婷、钟杨、钟桃。钟匡民说："钟柳，明天爹要去北京开农垦会议，只好今天给你饯行了。到了学校后，一是在政治上要要求进步，二是要跟同学搞好团结，三是要好好学习，将来做个又红又专的接班人。"钟柳说："爹，我知道了。"钟桃说："爸爸妈妈，我将来也要像姐姐那样,当个大学生。"孟苇婷笑着说:"你一会儿像二哥那样当农业科学家,一会儿又要像姐姐那样当大学生,以后又不知道要当啥了。"钟桃喊:"妈妈!"钟匡民想起了什么,说:"钟杨,今天朱所长又给我打电话了,说你又在队上偷偷地搞你的私人地下试验田?"钟杨说:"爹,我现在正在进一步学习遗传学。毛主席说,实践是检验真理的唯一标准。我在棉花品种上也想做些试验,这怎么叫搞私人的地下试验田呢?"钟匡民生气地说:"目前我们全师种的棉花品种是朱所长同苏联专家经过多年的试验才培育出来的,已经定型了!作为一个师的师长,我命令你,把你的试验停下来!"钟杨说:"爹,你们这种做法是违背科学的,从遗传学上讲,遗传的稳定性是相对的,变异性则是绝对的,由于植物品种变异的不断发生,就决定了良种需要不断改良!这才是科学!"钟匡民说:"钟杨,我知道你这嘴从小就会说。但我告诉你,我不允许你跟朱所长唱对台戏,你要绝对服从朱所长的领导,服从他对你的工作安排,不允许你自己另搞一套。"钟杨不服地说:"爹,我知道,你是师长,你要维护下面领导的权威。而我是你儿子,所以你才这么说,如果我不是你儿子,你恐怕就会是另一种态度了。如果是这样的话,我就不当你的儿子了!其实我早就不想当你儿子了!真让人受不了!"钟杨放下筷子转身就走。钟柳喊:"哥……"钟匡民气恼地说:"让他去!这两个儿子,全是让刘月季惯成这样的!"

深秋的边防站。钟槐和刘玉兰在客房里挂上马灯,在炕上铺干草。刘玉兰说:"木萨汉他们这两天就会到吧?"钟槐说:"说不定明天就会到,听说明天下午就会有暴风雪,他们肯定得提前一点到。"刘玉兰说:"反正我们这儿都准备好了,圈也清了,柴火也砍好了,房间也收拾利索了。这儿又得热闹上几天了。"刘玉兰说着突然含羞地一笑说:"钟槐,你没发觉我有啥变化吗?"钟槐想了想说:"没发觉呀,啥变化?"刘玉兰说:"怪不得,俗话说,十个男儿九粗心,我已经有两个月没来例假了。"钟槐说:"咋回事?有病啦?"刘玉兰说:"死鬼!有啥病呀,可能肚里有娃了!"钟槐惊喜地说:"啊!有娃了?那明天去农场医院检查一下。"刘玉兰说:"急啥,等把转场的事忙过去再说嘛。"钟槐笑着点点头,然后激动地搂着刘玉兰在她脸上亲了一下,说:"那你得小心点了,重活累活全由我来做。"刘玉兰幸福地笑着说:"没那么娇气。不过,你晚上时别那么使劲就行了。"钟槐一笑,冲着她喊:"行!"

下午,大风开始呼啸,雪花纷纷扬扬地飘洒,第一场特大寒流突然袭向边境农场,大雪一下改变了深秋的景色。木萨汉、哈依卡姆顶着风雪,艰难地赶着羊群朝前走着。木萨汉说:"哈依卡姆,我们在山坡下等等克里木和阿依古丽吧,他们可能也快到这儿了。"鹅毛般的雪花遮天蔽日,雪团像圆球似的从他们身旁滚过。哈依卡姆只好点点头。

天色越来越昏暗,风雪也越来越大。木萨汉和哈依卡姆把羊群赶到一座山坡下。那儿风雪稍稍小了些。然而山坡上松松的积雪却越来越厚。克里木和阿依古丽也赶着羊群来到山坡下。天色变得越来越昏暗,风雪呼叫着撕裂着大地。

风雪在边防站的院子里旋转。钟槐和刘玉兰站在窗前,听着风雪的呼叫,窗户被风扯得咯咯响。钟槐担忧地说:"木萨汉和克里木这时候应该到了。"刘玉兰说:"会不会让风雪挡在路上了?"钟槐沉默了一会,说:"不行,我得去迎迎他们。"刘玉兰说:"现在你都不知道他们在哪儿,怎么去?"钟槐说:"他们真要被风雪拦在半道上就糟了,这寒流会冻死人的,去年不就有个牧民冻死在半道上了?"刘玉兰说:"再等等,说不定他们很快就会到的。"

钟槐毅然地披上皮大衣。刘玉兰说:"你干吗去?"钟槐说:"先到院门口去看看嘛!"

山坡下。木萨汉他们把羊群赶出山坡,风雪把羊群又推了回去。扬鞭声、吆喝声、羊叫声、狗叫声搅在了风雪的呼啸声中,给人一种惶恐不安的感觉。木萨汉说:"哈依卡姆,你骑上马,去钟槐兄弟那儿,让他们过来帮帮忙。"

夜色中,哈依卡姆骑着马,顶着风雪朝前走。远处,有一盏灯光在闪烁。

哈依卡姆喊:"喂……"钟槐提着马灯和刘玉兰行进在风雪中。钟槐在风声中听到了喊声。钟槐也用力喊:"喂……"风掀起了钟槐身上的皮大衣,刘玉兰发现钟槐穿的裤子很单薄。刘玉兰说:"钟槐,你咋没有穿棉裤?"钟槐说:"有皮大衣呢,冻不着。快! 他们就在前面!"

哈依卡姆迎上他们。哈依卡姆说:"钟槐兄弟,快! 羊群在山坡下,赶不出来。木萨汉和克里木让我来找你们呢!"

风雪撕扯着大地。

第二十三章

风雪也在农场上空呼啸。郭文云在办公室里坐立不安。王朝刚用担忧的口气说："政委，这事你一定要慎重，现在这形势，你要为程世昌做这样的事，那是要担政治风险的。"郭文云说："话虽这么说，但办事还是要实事求是。那时把他定为'内控'对象，又把他下放劳动，没有去发挥他的一技之长，我们这样做是有问题的！钟师长就做得比我们强。何况他在水利工地上的表现也确实不错。我们党的原则还是要重在政治表现嘛。"王朝刚说："政委，我觉得在这件事上，你一定要慎之又慎！"郭文云说："那你说怎么办？"王朝刚说："拖，拖上一段时间，看看形势再说。"郭文云说："这恐怕不行。是我去把他接回来的。我不能出尔反尔啊。况且，这事钟师长也点了头的。"

王朝刚不以为然地长叹了一口气，说："郭政委，你想过没有，你把程世昌请回来，却把我推到一个很难堪的境地。"郭文云说："咋回事？"王朝刚说："程世昌回来后，你准备安排到哪个部门？"郭文云说:"当然是安排在你们基建科呀!"王朝刚说:"可我不能要!"郭文云说:"你不要? 为什么?"王朝刚说:"郭政委,把他下放劳动,是我跟他谈的话。我是科长,他肯定认为这是我的主意,他肯定恨透我了。而且我也不隐瞒,我对他不感冒! 我不能同他这样一个人合作,这也是个原则问题,立场问题。"郭文云有点吃惊,说:"怎么,朝刚,你想同我唱对台戏?"王朝刚说:"这我可不敢,但我不能盲目地跟着你,同你犯可能是一个政治上的错误!"说着扭身就走。

郭文云睁大眼睛,蒙了。

晚上,在团部招待所里。向彩菊见到了程世昌。程世昌说:"向彩菊,你不该来找我,我现在这种情况,你来找我有什么用? 虽然领导对我还算关照,但我毕竟是个家庭出身不好,又被下放劳动的人,夹紧尾巴做人还要战战兢兢的,这也会牵连你的!"向彩菊说:"妹夫,到了这儿后,我才知道你的事,才知道来这儿恐怕是来错了。但我有福,我遇见了两个好人,一个是刘月季大姐,一个是郭政委。你瞧,我在这儿的日子比在老家要舒心得多了。你现在用不着为我担忧了。"程世昌说:"是月季大姐收留你的?"向彩菊说:"是。"程世昌点点头,想到了女儿,感动得不住地点头说:"那就好,那就好!"向彩菊说:"妹夫,妹妹的事我早就知道了,可莺莺的下落怎么样? 难道到现在还没打听到消息?"程世昌想了想,摇摇头说:"还没有消息啊! 但我相信她还活着。"向彩菊说:"但愿她还活在这世上,而且能活得好好的。"程世昌说:"好人会保佑她的。"

向彩菊亲切地送程世昌出来。走到招待所门口。向彩菊说:"世昌,你也调到这个团来工作了。替换的衣服,你就拿来让我洗吧。有啥事要我做的,你也尽管说。"程世昌说:"好,就谢谢你了。"此时,王朝刚刚好走过团招待所,听到他们的谈话,疑惑地看看他们,然后皱了皱眉。

深夜的暴风雪变得越来越猛烈。哈依卡姆领着钟槐和刘玉兰顶着风雪,艰难地走上山坡。

哈依卡姆骑在马上,由于是顶风,马怎么也不肯往前走了,哈依卡姆只好下马用力牵着马走。刚走上坡顶,钟槐急了,说:"刘玉兰,你和哈依卡姆在一起,我先走一步!"

钟槐走出一会儿,因为是下坡,哈依卡姆也急了,又骑上马,与刘玉兰一起策马往前赶,但在风雪中,哈依卡姆突然惊叫一声,一下连人带马都不见了。

刘玉兰喊:"哈依卡姆……哈依卡姆……"走在前面的钟槐听到喊声,只好又拐回来说:"怎么回事?"刘玉兰说:"哈依卡姆连人带马突然不见了。"钟槐也喊:"哈依卡姆……哈依卡姆……"

哈依卡姆连人带马滚进了一个山沟里。哈依卡姆爬起来,用力牵马,马用力挣扎着,却怎么也站不起来了,马腿摔断了。哈依卡姆喊:"刘玉兰……刘玉兰……"

钟槐和刘玉兰在风雪中听到了喊声,赶忙滑下山坡。在山沟里,他们看到了哈依卡姆。哈依卡姆伸出手,钟槐也往下伸手,但怎么也够不上。钟槐脱下皮大衣,风雪旋转着。刘玉兰喊:"不行! 你这样要冻坏的! 快穿上!"刘玉兰死命地拉住钟槐,不让他脱大衣。然后她一下趴到地上喊:"钟槐,抓住我的脚腕! 来呀!"刘玉兰说着把上身探了下去,钟槐只好抓住她的脚腕。刘玉兰把手伸向哈依卡姆。哈依卡姆抓住刘玉兰的手,刘玉兰喊:"钟槐,往上拉!"钟槐跪在地上,用力往上拽着,哈依卡姆终于爬上来了。哈依卡姆说:"快走!"刘玉兰说:"马呢?"哈依卡姆果断地一挥手说:"不行了,走吧!"

深夜的暴风雪变得更猛烈了。哈依卡姆领着钟槐和刘玉兰顶着风雪,艰难地走到山坡下。

木萨汉高兴地迎上来说:"钟槐兄弟,我们可有救了。"他们赶着羊群,风雪又把他们推了回来。钟槐说:"等风雪歇一歇的时候再往外走吧。"山坡上的积雪越压越厚。风雪歇了口气。他们终于把羊群赶出了山坡,但风雪猛地又刮起来,几只羊又被吹回山坳里。刘玉兰说:"钟槐,你领着他们先走。我去赶那几只羊。"钟槐不放心地看看往山坳里走的刘玉兰,只好同木萨汉他们赶着羊群往前走。

刘玉兰赶回山坡下,把五六只羊吆喝到一起,正准备往外赶。但山坡上的大块积雪突然滑了下来,把刘玉兰埋在了雪堆里。刘玉兰挣扎出来了,她看到一只羊被雪埋住了身子,于是又转回身去扒雪,想把羊从雪堆里扒出来。但这时又有几堆积雪滚了下来,把她和羊一起埋住了,雪堆似乎动了动……

风雪在怒吼,刘玉兰再也没有挣扎出来。雪花依然无情地飘落在掩埋着刘玉兰的雪堆上。

……此时,钟槐在风雪怒号中艰难地往前走着,但他感到腿越来越不听使唤。他不时地回头喊:"玉兰,你跟上来没有?"除了风声,没有回音。钟槐想转身往回走,但风推着羊群与人不断地往前走。钟槐想了想,叹口气,决定继续再往前走。

看到远处边防站房子的灯光,钟槐咬着牙又往前走了几步。钟槐冲着木萨汉喊:"木萨汉,克里木,你们先去站里,我去接刘玉兰!"木萨汉点点头。钟槐艰难地转身,他木木地迈了两步,一头栽倒在积雪中,昏了过去。木萨汉扶起他喊:"钟槐! 钟槐兄弟……"

木萨汉马上驮着钟槐,和克里木一起策马在风雪中飞奔。

哈依卡姆和阿依古丽把羊赶进了羊圈。哈依卡姆对阿依古丽说:"刘玉兰咋还没有回来? ……"

山坡下,埋着刘玉兰的雪堆越积越高。

地区医院里,医生从昏迷不醒的钟槐的病房里出来。高占斌和木萨汉、克里木紧跟在医生后面。他俩用焦虑的眼神看着医生。医生心情沉重地说:"两条腿都冻坏了,从目前情况来看,左腿还可以恢复,右腿是保不住了,要立即截肢,不然就要危及生命了。"高占斌说:"没有别的办法了吗?"医生肯定地摇了摇头。高占斌说:"我同他的父母联系一下吧。"医生说:"越快越好,现在对病人来说,每一秒都是很宝贵的。"

高占斌拿起电话给钟匡民打电话。钟匡民声嘶力竭地喊:"让医生想尽所有的办法要保住他的腿!"高占斌说:"这也是我的想法。但再不动手术就要危及他的生命了……"钟匡民说:"真的就到这一步了吗?"高占斌说:"医生是这么说的。"钟匡民突然泣不成声地说:"儿子,我对不住你,让我咋向你娘交代啊!……"

小吉普在公路上急驰。车里坐着钟匡民和刘月季。刘月季说:"那玉兰呢?"钟匡民说:"她去赶羊时,被压在了从山坡上滚下来的积雪里。当哈依卡姆和阿依古丽把她从积雪里挖出来时,早就没……"钟匡民咬着牙摇摇头。刘月季欲哭无泪冷笑着挖苦地说:"匡民,你是一个很了不起的爹,真的,你真的很了不起啊……"钟匡民去拉刘月季的手说:"月季……"刘月季一下把他的手甩掉了。刘月季说:"我知道我这个娘该怎么当!我儿子是好样的,我儿媳妇也是好样的!但你欠我们母子的情你休想再还得清!"

医院里,刘月季、钟匡民、高占斌、木萨汉、克里木看着护士把已全身麻醉的钟槐推进了手术室。刘月季、钟匡民他们在焦急地等待着。

手术室的门终于打开了。被锯掉右腿,仍处在昏迷中的钟槐被推了出来。刘月季一看钟槐那条用纱布包着依然在渗着血的还剩下半截的右腿,突然扑了上去。她用手去抚摸着儿子的断腿,号啕痛哭起来。钟匡民和高占斌把她拉开,钟槐的手术车被推进了病房。刘月季突然冲着钟匡民喊:"钟匡民,你还我儿子的腿!还我儿子的腿呀!"钟匡民说:"月季,你冷静点,你冷静点好不好?"刘月季说:"我冷静不下来。我要你赔我儿子的腿!你赔我儿子的腿!"钟匡民说:"月季,钟槐是为了牧民们,为了羊群。你应该为儿子的英勇行为感到自豪和光荣!"刘月季说:"我不要这种自豪,也不要这种光荣,我只要我儿子的腿!"

刘月季喊着,又向钟槐冲去,一下跪在钟槐躺着的活动床边,她用嘴去亲吻钟槐那渗血的断腿,泣不成声。高占斌在一边劝,说:"月季大姐,月季大姐,你养了个好儿子!我们都为你的儿子感到骄傲!"钟匡民扶起刘月季坐在医院走廊的长条凳上,刘月季又悲痛欲绝地哭着说:"可我那么好的一个媳妇也没了啊……"

钟槐的病房。刘月季守在钟槐身边。钟槐慢慢地醒了过来,看到的是刘月季那张和蔼而关切的脸。钟槐喊了一声:"娘。"刘月季说:"儿子啊……"钟槐说:"娘,我的腿……"刘月季点点头说:"娘知道。可儿子啊,自古以来,男子汉,守边关,为国捐躯的事多的是。娘在小时候,你外公就教娘念过很多很多的诗,有两句诗叫:秦时明月汉时关,万里长征人未还。自古以来,有多少守边关的人都是这样啊。还有两句诗叫:古来青史谁不见,今见功名胜古人。你做的这些事,虽然没了一条腿,但也是件取功名的事。娘为你感到光荣感到自豪。"说着流下泪来。钟槐含着泪说:"娘,你别伤心,儿子听懂你的意思了。玉兰呢?玉兰好吗?"刘月季说:"娘来了,玉兰就去守边防站了,边防站总得有人守呀。"钟槐说:"木萨汉他们呢?"刘月季说:"放心吧,都很好。"

　　一个多月后,山顶上,积雪皑皑,松柏树下,用石块砌起了一座坟。刘月季陪着十分悲伤的刘玉兰的父母,以及钟匡民、挂着拐杖的钟槐、高占斌、木萨汉、哈依卡姆、克里木、阿依古丽还有其他一些人,正向刘玉兰鞠躬告别。

　　高占斌庄严地读着悼词:"生命的意义就在于奉献。刘玉兰同志为了国家为了他人奉献出了自己的生命,你会永远活在我们的心里,你也永远地守在了边防线上,我们向你致敬。刘玉兰同志,安息吧!"钟槐猛地甩掉拐杖,扑向刘玉兰的坟墓,悲痛欲绝地大喊着:"玉兰!……娘,她肚子里已有孩子了呀……"钟匡民、刘月季、钟槐、高占斌、木萨汉、哈依卡姆、克里木、阿依古丽朝边防站的院子走去。高占斌拉住钟槐说:"钟槐,我们团党委已经决定,除了给你记二等功外,你的工作也从边防站调回到团部来!"钟槐说:"我说了,只要我活着,我就要守在边防站里,我身残志不残。你们不是说了嘛,玉兰永远地守在边防线上了,我决不离开她!"钟匡民说:"钟槐,既然这是团党委的决定,你就要服从!"钟槐说:"我不会离开边防站的!"刘月季眼泪汪汪地说:"高团长,孩子的脾性我知道,让他再守上几年吧……"

　　院子里的旗杆上已升起的五星红旗在寒风中猎猎飘扬。

　　钟槐由刘月季陪着,朝边防站的院子走去。

　　赵丽江站在了院门口。

　　钟槐看到赵丽江,有些吃惊地说:"你怎么在这儿?"赵丽江说:"这些日子以来,我一直在这儿工作。"钟槐说:"又是你自己要求来的?"赵丽江说:

"对,是我坚决要求来的,而且我还写了血书。你钟槐同志能为理想而献身,那我赵丽江也能做得到!"钟槐说:"现在就你一个?一个姑娘守在这儿?"赵丽江说:"这有什么好奇怪好吃惊的?时代不同了,男女都一样,这不是大家常爱说的话吗?你钟槐同志就这么小看我?"钟槐说:"那好。不过你明天还是回去吧。"赵丽江说:"为啥?"钟槐说:"因为我要重新站到这个岗位上了。"赵丽江说:"钟槐同志,这个岗位只许你站,不许我站?你是不是有点太那个了?……"刘月季说:"姑娘,钟槐的意思是……"赵丽江说:"大妈,我知道他的意思。上次他把我赶回去了,但这次他休想再把我赶走!"刘月季笑了,她很喜欢这姑娘的性格,说:"他是怕你在这儿不方便。"赵丽江说:"有什么不方便的!我把两间屋子都收拾好了,各住各的屋子。东边那间是男宿舍,他住,西边那间是女宿舍,我住!"钟槐说:"那也不行!"

赵丽江说:"钟槐同志,我知道你刚失去了你的爱人,她是个好女人,我也很敬佩她!但我这次来,不再是为那感情上的事来的,纯粹是为崇高的理想而来的。守边防站,不光你们男同志可以做到,我们女同志同样可以做到!我就是要来证明这一点!"刘月季笑了,说:"姑娘,你真这么想?"赵丽江说:"大妈,现在是新时代,光只有男人守边的时代已经过去了!"刘月季笑了说:"女人总还是女人。不管时代咋变,男女可没法变。不过男人做的有些事,女人也是能做到的。古时候不就有花木兰、梁红玉吗?"赵丽江接上话茬说:"大妈,你一定是位伟大的母亲。因为你养育了这么一个伟大的儿子。但大妈,希望你也能支持我,让我也成为一个有作为的女同志!像花木兰、梁红玉一样。"刘月季笑着点头说:"既然这样,钟槐,那就让姑娘留下吧。"钟槐反抗说:"娘!"

刘月季说:"姑娘既然这么说,又想这么做,你就要相信姑娘的话。姑娘能这么说,这么做,不容易!不要扫姑娘的兴。做人,千万不能丧了志气伤人心。娘也想陪你在这儿住上几天。"

拴在院子里的小毛驴冲着钟槐叫了起来。小毛驴喂养得很好,体态壮壮的,毛发也油油亮亮的。钟槐上去搂住毛驴的脖子,触景生情,眼泪汪汪的。他看了赵丽江一眼,显然他不再强烈要求她离开这儿了。赵丽江知道自己被接纳了,于是舒心地一笑,说:"谢谢大妈。"

第二天早晨,刘月季在边防站的院门口同钟槐告别。

刘月季说:"同丽江姑娘在一起好好工作,不要欺侮人家姑娘。丽江姑娘是个好姑娘。"钟槐含着泪点头说:"娘,你走好。"

赵丽江陪着刘月季走了一坡又一坡。刘月季说:"姑娘,别再送了,后面的路我知道怎么走了。"赵丽江挥着手对走出几十米的刘月季喊:"大妈,你放心,我会照顾好钟槐的。"刘月季突然转过身,朝赵丽江鞠了一躬。赵丽江似乎感觉到了刘月季的意思,于是含着泪,不住地挥手。刘月季已是个小黑点了,赵丽江还在挥着手,眼里流着泪……

朱所长办公室。朱所长与钟杨谈话,双方的火药味似乎都很浓。

钟杨说:"所长,我告诉过你,只要你安排我的工作,我一定努力完成。但你要让我放弃我的实验,放弃我的追求,这不可能。因为我在用我的业余时间做我想要做的事。"朱常青说:"我说了,在农科所就没有什么业余时间。"钟杨说:"朱所长,人的睡眠时间就该保证几小时?"朱常青说:"这很难保证,在农科所你也看到,有时因为工作需要,可能一天只能睡上四五个小时,保证不了八个小时。"钟杨说:"但平时呢?"朱常青说:"钟杨,你不要给我钻牛角尖!"钟杨不接朱常青的话,按自己的想法说:"我少睡两个小时行不行?"朱常青说:"钟杨,我也给你讲一句实话,如果你不是钟师长的儿子,我立即就把你调离农科所!"钟杨说:"朱所长,农科所是国家办的农科所,不是你朱常青办的农科所。"朱所长说:"我是这儿的领导!我要对这儿的工作负责!"钟杨说:"我说了,我所做的事,并没有影响整个农科所的工作,所以就不存在由你来负责的问题!"朱常青气得浑身发抖,说:"那我就只好请钟师长来同你谈了!我决不允许有人在所里同我唱对台戏!"钟杨说:"所长,我不是在同你唱对台戏。我只是在做一个科研人员应该做的工作!这也是农科所分内的工作!"

晚上,钟杨在钟匡民家刚吃完饭。孟苇婷正在收拾碗筷。

钟杨说:"爹,你叫我来,不光是为让我来吃顿饭吧。"钟匡民严肃地说:

"对！我有很重要的事要同你谈。"孟苇婷说："钟杨,你好好跟你爹谈,不要吵,把你自己的想法讲清楚。"钟匡民说："这是我们爷俩的事,你少搅和。"孟苇婷说："我也是出于好心,我觉得钟杨的做法有他的理由,不见得错!"钟匡民说："我说了,你少搅和!"孟苇婷不服地端着碗,进厨房说："钟桃,回你房间做作业去!"钟桃伸了伸舌头。

父子俩来到书房里。钟匡民说："钟杨,你能不能帮爹一个忙?"钟杨说："爹,你说吧。"钟匡民说："立即停止你的选种试验。"钟杨说："爹,你是师长,是师里的主要领导。你能不能帮一个年轻的科研工作者一个忙,支持他有价值的试验?"钟匡民说："你试验的价值在什么地方?"钟杨说："我不是对你说过了嘛,现在的选种方式,不但内容复杂、费工费时,而且原种的生产量也少,目前已经很难满足全师棉花种植的需要了。这你要比我清楚!"钟匡民说："那你现在想怎么搞?"钟杨说："目前我正在试验的是新的繁育程序。实行的是多中选优,优中选优的原则,这会使原种产量大幅度提高,质量也会一批比一批好,而且花费的工作量只有原工作量的一半以下。"钟匡民说："你现在仅仅只是一种想法,是不是?"钟杨说："目前还只能这么说。"钟匡民说："那么你这种想法要变成现实是不是还需要很长一段时间?"钟杨说："对,大致要三至五年。"钟匡民说："那么,目前我们还只能靠朱所长的选种方法来选种是不是?"钟杨说："是。"钟匡民说："而且就是过了三五年,你的方法还不能说一定成功,是不是?"钟杨说："有这种可能。"钟匡民说："儿子,作为你爹和一个师领导,我很欣赏你的这种直率。但你站在我的位置上为我想一想,在你和朱所长之间,我该采取一个什么立场?"钟杨说："保留他的,但也不要放弃我的。"钟匡民说："如果两者只能选其一呢?"钟杨说："你是领导,由你来权衡和选择。"钟匡民说："如果你是领导呢?"钟杨说："我会让两者同时并存,并且努力促进后者的成功。因为后者刚好适应全师棉花生产发展的需要。"钟匡民说："钟杨,你还是站在你的立场上说话。我不能冒这个险!你立即停止你的试验。不过,我也可以坦率地告诉你,我会坚持让你留在农科所里,留在你现在的岗位上! 如果我还在当这个师的师长的话!"钟杨说："爹,你这是什么意思?"钟匡民说："什么意思你会不明白?"钟杨想了想,脸上透出些许笑容说:"好吧,我明白了。不过爹,你跟我娘比,还是差了一大截。"钟匡民说:"这跟你娘有啥关系?"钟杨说:"娘在啥时候,都敢担风险,可爹,你却不敢!"

第二天,在钟匡民办公室里,朱常青汇报情况后说:"钟师长,我们也不想这样做,但钟杨太任性,依然是我行我素。他如果再这样下去,那我只有请求把他调离农科所了。"钟匡民点燃一支烟,思考一会儿后,用一种忍痛割爱的心情说:"行吧,就按你们的意见办,但调离农科所,我看就不必了吧。就让他去你那个小农场的生产队当个农业技术员吧。朱所长,他毕竟是我儿子,我不想把我们的父子关系搞得太僵了。你们也关照我一下,行吗?"朱常青无奈地苦笑一下说:"钟师长,对不起,这一层我倒没想到,那就按你指示的办吧。"朱常青走后,钟匡民抽着烟,神情显得无奈而忧伤。

深秋。孟苇婷骑着自行车,后座驮着一床网套,来到农科所钟杨的宿舍。她推开门,只有周亚军在,钟杨不在,钟杨原先睡的床也是空的。

孟苇婷说:"周亚军,钟杨呢?"周亚军说:"前两天就去生产三队了。"孟苇婷说:"三队在哪儿?"周亚军说:"朝西,还有七八公里路呢。孟阿姨,你找他有事?"孟苇婷说:"冬天快到了,我给他送一床厚网套来。"周亚军说:"孟阿姨,你把床套留在我这儿。明天我给他送去。"孟苇婷说:"不,还是我自己送去吧。"

孟苇婷骑着车来到农科所生产三队。钟杨单独住的那间房间比他同周亚军在所里住的房间还要宽敞些。孟苇婷推开门,看到钟杨正在同三队年轻的副队长殷德庆说话。钟杨说:"孟阿姨,你怎么来了?"孟苇婷说:"天冷了,给你送一床床套来。"殷副队长站起来说:"孟股长,你们谈。钟技术员能到我们队上来,我们真是太欢迎了。刚才我们谈了谈,他的一些想法很有价值。我想,我们会合作得很愉快的。"孟苇婷说:"还希望你们队上能支持他的工作,在生活上也请关照一些。"殷副队长说:"孟股长,这方面你和钟师长都可以放心,我们会的。"孟苇婷说:"那就谢谢了。"殷副队长说:"那我走了。钟技术员,我们以后再聊。"

殷德庆走后,孟苇婷说:"钟杨,听说你被调到生产队来当技术员,我特地来看看你。在这件事上,你千万不要埋怨你爹。正因为他是师领导,又是你爹,在有些事情上他只能这么做。他是从整个师的全局出发的。"钟杨说:"孟阿姨,你不要解释了,我心里很清楚。"孟苇婷说:"其实朱所长在你爹跟前当面提出要把你调出农科所。你爹坚持说,还是到你们所所属农场的生产队去当技术员吧,你也得关照一下我们父子之间的关系。朱所长这才没有坚持。我想,你爹的苦恼你会理解的。钟杨,今后一年半载的我可能没有机会来看你了,你要照顾好自己。"钟杨吃惊地问:"为啥?"孟苇婷说:"根据上级的指示,为了加强基层的工作,师里决定组织部分机关干部组成几个工作组,下到农场去协调工作。我是第一批下去的,大概要半年到一年时间,同连队职工同吃同住同劳动。"钟杨说:"让你第一批下去,是不是又是我爹的主意?"孟苇婷说:"师领导的家属理应带个头。何况机关干部都得轮流下去,不是这一批就是下一批。"

钟杨说:"孟阿姨,我觉得你跟我爹结婚,其实挺不幸的!"孟苇婷一笑,但笑得有些凄凉,说:"那时,我是死心塌地追你爹的。追到了,就是幸福,没有什么不幸。就是有,那也是我自找的,怨不得任何人!"钟杨说:"孟阿姨,你和我爹的婚姻,我娘谅解了,我们也谅解了。你别再把这事悬在心上了。"孟苇婷用手绢擦去泪水说:"我该走了。你把你的事业坚持下去吧。我和你爹其实在心里都支持你。"钟杨说:"我会的。刚才我和殷副队长正在商量的就是这方面的事。"孟苇婷说:"好,我走了,你把自己照顾好!"

钟杨看着孟苇婷骑着车远去,突然感到鼻子有些酸……

几天以后。孟苇婷把行李扔上大卡车,穿着很朴素的衣服。钟匡民站在孟苇婷的身边。

钟匡民说:"苇婷,这次你能主动要求参加工作组,这让我很高兴。咱们领导干部的家属,就该带这个头,但我知道,这些天你身体又有点不太好。"孟苇婷说:"没事的,在机关坐久了,说不定下去后,参加参加劳动,就会好的。"钟匡民把孟苇婷送上车,说:"这就好,但你还是要当心自己。下去后,当然也还是要同大家搞好团结,当然也还是要坚持做到同吃、同住、同劳动,尤其是同劳动。"孟苇婷点点头说:"知道了。我也用钟槐、钟杨的话对你说,我不会给你丢脸的。"钟匡民有些动情地说:"苇婷……委屈你了!"

中午,孟苇婷坐的大卡车来到郭文云他们团的团部。郭文云在团部门口欢迎他们。郭文云同孟苇婷握手说:"你怎么也来了!"孟苇婷说:"怎么,不欢迎啊?"郭文云说:"怎么会? 请还请不来呢!"孟苇婷:"郭政委,我知道你对我有看法,要不,我和匡民的婚礼你为啥不来参加?"郭文云说:"那是啥时候的事了,你还提! 怎么,分你到离团部近一点的队去?"孟苇婷说:"千万别,还是去最远最偏僻的队吧。不然,老钟可饶不了我!"郭文云说:"这个老钟!"孟苇婷说:"为了不给自己添麻烦,你还是分我到条件艰苦的连队去吧!"

刘月季听说孟苇婷来了,连忙赶过来。

刘月季很亲切地倒了杯茶递给孟苇婷。刘月季说:"你想到哪个连队去蹲点?"孟苇婷说:"我想到条件最艰苦的连队去。"刘月季说:"这准又是匡民的意思!"孟苇婷说:"不,是我自己要求的。我想匡民把自己儿子都放到离团部最远的边防站去,我自然也应该是这样。"刘月季:"你跟钟槐不一样。"孟苇婷说:"钟槐的一条腿都残了,还在那儿坚持着呢,我算什么! 虽说钟槐是我的下一辈,但我也该跟他学。"刘月季说:"苇婷妹子,你听我的,你这身体我是知道的,就到团部附近的园林队去蹲点吧! 你要有个啥,我也好照顾得上,这事我跟郭政委说去,匡民要责怪你,我给你顶着!"孟苇婷犹豫地说:"月季大姐……"刘月季斩钉截铁地说:"这次你就得听我的!"

刘月季陪同孟苇婷来到队部。队部办公室里一间简陋的房子,刘月季正在为孟苇婷铺床。孟苇婷:"月季大姐,还是我自己来吧。"刘月季说:"我为你铺一下床又怎么的? 我听钟杨说他在农校上学时,不就是你为他铺的床吗? 后来到农科所工作,又是你为他张罗铺的盖的。"孟苇婷说:"月季大姐,按理讲,我们之间的关系是最难相处的。要是有些人,早就闹得不可开交像仇人似的了。我们之间能这样和睦相处,那全靠你的宽容和大度啊! 我真是从心窝里敬佩你。"刘月季说:"不说这些,人活在这世上就这么几十年,日子一天一天过得像飞的一样,眼睛一眨人就老了。人们珍惜自己能活着的日子,日子能往好里过,干吗要自己折腾自己呢? 咱们古人说和为贵,就是要大家和和睦睦地相处和和睦睦地过日子,别自己折腾自己,所以人就要活得大度些,对别人能宽容就该尽量宽容。这样人与人之间就能和睦相处。"孟苇婷说:"月季大姐,虽说我多识了几个字,但在做人的学问上,你比我强多了!"刘月季说:"苇婷妹子,你这么说倒让我不好意思了,我只不过是按前人的活法这么活着的。"

第二十四章

　　下班时,王朝刚回家都要路过团招待所。这天,王朝刚走到招待所时,又看到向彩菊亲切地把程世昌送到门口,又把洗干净叠整齐的衣服交给程世昌,程世昌微笑着对向彩菊点头表示感谢。

　　招待所门前的道路旁有一条林带,王朝刚站在林带边,有意等着程世昌。

　　程世昌走近林带。王朝刚厉声地说:"程技术员,你过来。"程世昌有些疑惑地朝王朝刚看看,然后想到什么,就拿着衣服朝王朝刚走去。

　　程世昌说:"王科长,我也正要找你呢! 我的工作什么时候能安排,我不能老这么闲着呀!"王朝刚说:"去拾棉花呀! 现在全团不都在突击拾棉花吗?难道你没下地!"程世昌说:"下地了,你没看到我现在才下班吗?"王朝刚说:"你的工作,到三秋结束后再考虑吧。现在你还是好好地拾你的棉花。程技术员,我问你,你跟向彩菊是啥关系?"程世昌说:"怎么了?"王朝刚说:"我问你跟向彩菊是啥关系?向彩菊可是郭政委的对象,你不知道?"程世昌说:

"王科长,你可能误会了,向彩菊是我死去的妻子的姐姐,她跟郭政委的关系我清楚。王科长,你怎么把人往坏里想啊?"王朝刚不悦地说:"程世昌你不要嘴硬,你吃亏就吃亏在你这张嘴上,老老实实地夹着尾巴做人吧!"

王朝刚神色严峻地推门来到郭文云的办公室。郭文云看看王朝刚说:"怎么,有事?"王朝刚说:"郭政委,关于程世昌的事,我想再同你交换一下意见。"郭文云说:"怎么啦! 你为啥至今还不安排他工作,拾棉花就缺他一个人吗?"王朝刚说:"郭政委,你怎么待我王朝刚,我是很清楚的,没有你郭政委的培养、提拔,我王朝刚不会有今天。你的恩情我是不会忘记的,正因为这样,有件事我想提醒政委一下。"郭文云说:"看你的脸色,这件事还很严重是吗?"王朝刚点头说:"是,因为我不能眼看着你犯错误!"郭文云说:"犯错误? 现在?"王朝刚说:"政委,这错误你正在犯着呢,你自己恐怕还没感觉到,但有些事都是旁观者清。"郭文云说:"啥错误?"王朝刚说:"立场问题,感情问题。"郭文云说:"什么? 还是个立场问题,感情问题?"王朝刚说:"对。"郭文云说:"为啥?"王朝刚说:"因为程世昌是向彩菊的妹夫,郭政委,你不能因为这么点男女私情而丧失原则立场啊! 这样的例子在我们党内还少吗?"郭文云不满地说:"你讲完了吗? 讲完了,你走吧,我还忙着呢!"王朝刚说:"郭政委,程世昌这样的人,你干吗要重新起用他? 还有,你跟向彩菊的事,也该慎重考虑。"郭文云说:"怎么用程世昌,钟师长已经给我们做出了样子! 我命令你,立即安排他的工作! 至于我和向彩菊的事,那是我个人的事,用不着你管!"王朝刚说:"不! 你是党的领导干部,我作为一个党员,我有责任提醒你。"郭文云不耐烦地说:"行,行! 我知道了,我会好好考虑的。你没看到我正忙着吗?"王朝刚说:"郭政委,我这是为了你好!"

边防站。早霞布满天空,彩云飘悠。钟槐与赵丽江同时从各自的屋里走出来,钟槐拄着拐杖,手臂上持着国旗。赵丽江从钟槐手臂上拿下国旗,绑在绳子上,两人庄严地站在旗杆下升起国旗。赵丽江看看钟槐,钟槐不理她,依然旁若无人似的自管自转身,回到自己的房间里。赵丽江笑笑,但笑得有点不自在。不过这么些日子来,她也习惯了。她有耐心,于是她又理解地笑了,笑得很舒展。她由衷地喜欢这样有血性的男人。

赵丽江牵上毛驴,赶着羊群。两条牧羊犬一前一后地赶着羊群朝山坡上走。赵丽江知道钟槐不会理她,但她还是在院门口喊了声:"我走了,午饭已经做好了,你吃的时候热一热,好吗?"屋里,钟槐听到赵丽江的喊声,他没理她,但他心里却被搅动了,他朝窗外看看,赵丽江的身影在院门口消失。

院外传来赵丽江的歌声:

手心里捧一把热土,紧紧贴在心窝窝,丰茂的草原上我赶着羊儿在放牧,奔腾的界河这边是我的祖国,我要歌唱这里的一草和一木,把心里的话儿跟你说。啊,祖国,我们在放牧,我们在巡逻,我们为你守护,我们愿你富饶。啊,祖国,我们在放牧,我们在巡逻……

钟槐一直朝窗外望着。钟槐突然离开窗口,拄起拐杖,匆匆地走到院门口。赵丽江已骑在小毛驴上,赶着羊群远去了。钟槐望着远去的赵丽江,若有所思。钟槐把拐杖靠在羊圈的围栏边。单腿支撑着身子,在用铁锹往圈外起羊粪。然后用干土铺羊圈,干得满头冒着热气。

中午,钟槐掀开锅盖,里面搁着两只玉米饼、一碟咸菜与一碗汤。钟槐拿起玉米饼就赌气地啃了一口。但想了想后,放下玉米饼,架火热汤。他觉得他用不着同她这么赌气。

黄昏,夕阳正在西下,积雪一片金黄。钟槐看到远处的山坡上,赵丽江正牵着毛驴,赶着羊群下坡。钟槐赶忙去打开羊圈。钟槐站在院门口,看到赵丽江快走近了,又慌忙拄着拐杖,走进自己的屋里,把门关上。但却坐在窗口前往外窥探着。

赵丽江看到羊圈门已打开,圈里的羊粪已起去,铺上了干干的泥土,便会心地一笑,把羊群赶进圈里。赵丽江回到院里,收起国旗,朝钟槐的房子看看,看到钟槐的脸猛地从窗口消失,便又会心地一笑。她相信,她的真诚与温柔一定能感动他。赵丽江走进厨房,看到面已和好,菜已洗净,劈好的柴火已搁在灶炉前。赵丽江又会心地一笑,她的脸上充满了希望。赵丽江朝钟槐房子喊:"钟槐,谢谢你!"

又一年秋天,生产三队棉田。朱常青领着几个工人来到钟杨种的一小块棉花地里,钟杨和殷副队长正在仔细地拾着棉花。朱常青命令工人说:"今天,把这块地的棉花全拾干净,然后拉到棉场上去。"钟杨怒不可遏地喊:"朱所长,这是我们一年的心血啊!"殷副队长说:"朱所长,你不可以这样,我们的试验已经有点眉目了。"朱常青铁青着脸说:"钟杨,为了全所、全师这个大局,我只能这么做,这也是你父亲的意思。"钟杨说:"你不要打着我爹的旗号来压我! 我知道,我爹是支持我们的。"朱常青说:"钟师长亲口这么说的?"钟杨说:"他嘴上虽没说,但我心里清楚。"朱常青说:"钟杨啊,你怎么老不听劝啊。你这样同我较劲,我这所长还怎么干?"钟杨说:"我搞我们新的育种方法有什么错!"朱常青说:"如果人人都像你们这样另搞一套,那我这个所长还怎么当? 育种上的事不全都乱套了! 我的工作关系到全师每一年的棉花生产,这不是儿戏! 你们几个,今天就把这块地的棉花全部拾干净!"钟杨跺着脚既愤怒又沮丧地说:"朱所长! 你太过分了!"朱常青喊:"把棉花拉走!"钟杨说:"不行! 你们谁要动我的棉花,我就同你们一起死在这里!"

朱所长来到钟匡民办公室。他把一张纸递给钟匡民说:"钟师长,这是我的辞职报告。"钟匡民说:"又怎么了?"朱常青说:"因为我没法干了,除非你把钟杨调出农科所。而且他还说,他另搞一套育种方式是你批准支持的。"钟匡民说:"他真这么说的?"朱常青说:"所以我才来找你。如果这样的话,那我这个所长还怎么当?"钟匡民气恼地说:"走,去你们农科所。"

生产三队棉田。棉花已经被收拾干净拉走了,钟杨有些绝望地坐在田埂上,殷副队长正在宽慰他。殷副队长说:"今年不行,明年我们再干,反正我们还年轻!"钟杨怒气未消地说:"朱常青太过分了,他做得太过分了。"

钟匡民和朱常青乘坐的吉普车停在地边,他们从车上跳下来。

钟匡民说:"钟杨,我什么时候支持你跟朱所长对着干的?"钟杨说:"你心里清楚。"钟匡民一个耳光甩了上去。钟匡民怒气冲冲地说:"我没你这样的儿子。"钟杨捂着脸说:"爹,你再打我也没有用! 我不把新的育种方法试验成功,我决不罢休!"殷副队长说:"钟师长,我觉得朱所长这样做,也是不大妥当的,他不能这样压制年轻人为追求科学进步的热情。"朱常青说:"小殷,你这顶帽子扣得大了。我是在维护所里的秩序,让所里的中心工作不受干扰!"钟匡民气恼地说:"立即暂停你们的实验,更不许你们在暗地里另搞一套!这是纪律!你们再搞,我就处分你们,或者就把你们调出农科所!"

在回去的路上,钟匡民抽着烟,显然冷静了下来,他说:"老朱,这样吧,今年冬天,你让钟杨他们写出个试验方案来,你们所里研究一下,老这样压制也不是个办法。"朱常青不悦地说:"钟师长,你也这么认为?"钟匡民说:"我是支持你的工作的,这你也看到了,但年轻人的热情,也不见得全错。让他们按正常的渠道去做,堵不是办法,要疏导才行。这是我的一点看法,仅供你参考。"

太阳西斜到雪山顶上,钟槐拄着拐杖来到院门口,山坡上已是一片秋色。钟槐看到山坡上赵丽江的人影和羊群冒了上来才松了口气,脸上露出喜色。他来到羊圈前打开羊圈。然后钟槐来到厨房,在灶里头架起了火,烧上水。赵丽江赶着羊群朝边防站走来,看到烟囱里冒出了青烟。赵丽江高兴地甩个响鞭:"驾!"

赵丽江把饭做好,分成两份,一份多一点,一份少一点。她走到厨房门口,朝钟槐的房子喊:"钟槐,饭做好了,是你自己来端,还是我给你端来?"钟槐说:"我自己端!"

赵丽江笑笑,回厨房,端上一份少的,朝自己的屋子走去。钟槐站在门口,看看她,等赵丽江走进自己的屋子,钟槐才转身进厨房。钟槐在厨房尝了尝饭菜的味道,然后盯着赵丽江的屋子看了好一阵。钟槐从厨房出来,在自己屋子的门口站住了,突然喊了句:"你做的饭菜好吃!"赵丽江听到这句喊话,捂着嘴笑了。但吃了几口饭,泪又滚下来了。为了追这么个男人,她感到好心酸哪。但这男人,值得她追,她就放下碗筷,走到门口,朝钟槐的屋子喊:"好吃你就多吃点,不够了我再给你做!"

入夜,钟槐和赵丽江两栋房子的灯光相互映着,亮到深夜……

刘月季正套上毛驴车准备去拉水。有一位中年干部气喘吁吁地奔到她跟前说："月季大姐，不好啦，孟股长突然在棉田里晕倒了！"

团部卫生队急诊室里，孟苇婷醒了过来。

医生说："月季大姐，还是送师部医院去检查吧，我们卫生队的条件太简陋。"孟苇婷摇摇头说："不，月季大姐，你让我休息一会儿。然后还回队上去，我真的没事，可能昨天晚上没睡好，感到有点累。"刘月季说："你听医生的。"孟苇婷说："我从师部下来蹲点还不到一年呢，我可以坚持的。"说着站起来要往外走，但刚走到门口，腿一软，又晕倒了。刘月季赶着毛驴车，车上躺着孟苇婷，急急地奔驰在公路上。迎面开来一辆吉普，在毛驴车前急刹车，钟匡民从车上跳下来。钟匡民说："怎么回事？老郭刚给我打的电话！"刘月季说："快去医院。"

他们好不容易赶到了师部医院。刘月季与钟匡民走到病房外的走廊上。刘月季说："匡民，我心里很难受。"钟匡民说："怎么了？"刘月季心酸地摇着头说："不祥，不祥啊！"钟匡民说："你是说苇婷？"刘月季点点头。钟匡民说："不会的，她能顶得住的。"刘月季说："匡民，两个儿子认为，你对不起我，但我自己倒并不这么认为。我也已经给你说清了，但我觉得，你太对不起苇婷了。她为了顾全你，就是病成这样，她还不肯来师部医院，还想在队上蹲点蹲下去，这女人太爱你了，但她为你作的牺牲也太大了，她真的不该嫁给你这样的人！"钟匡民说："月季，你怎么说我都行，但我还得告诉你，现在的形势说不定我也会受到冲击，到时候苇婷就只能拜托你了。"刘月季泪水哗哗地流了下来说："当初，你不让我带着孩子来找你，后来又要让我带着孩子回老家，现在你看看，行不行？"钟匡民说："我和苇婷很对不起你，可为了工作，我只能这样做。月季，请你理解我，我知道你能帮衬我的。"刘月季说："行了，我说过的话，你倒拾起来了，只能这样了，还能咋样？苇婷也真是红颜薄命啊！"

孟苇婷躺在病床上，刘月季和钟匡民在走廊上的谈话，她似乎听到了，两行泪挂在了她的眼角上……

钟匡民忧心忡忡地说："月季，我现在最担心的是你，你要顶不住我们这一家可就没指望了。"刘月季说:"天塌不下来吧？哪有什么顶不住的！想当初,你抛下了我,这对我来说就是天塌下来的打击,但我顶过来了,世上只有顶不住的病没有顶不住的事！再说,钟杨不就在农科所吗？离这儿也不远。"钟匡民说:"月季,钟杨已经跟我闹翻了,我不认他这个儿子,他也不认我这个爹了。"刘月季说:"咋回事?"钟匡民说:"我还打了他一耳光。"刘月季说:"你怎么老打儿子的耳光呀,啊?"钟匡民说:"不说了,我也很后悔啊,既当领导又当爹有多难哪。月季,每次在关键的时候,你都能帮我一把,我真的很感激你。"

这一天,钟杨提着水果来看孟苇婷,孟苇婷苍白的脸上露出了笑容。

钟杨说:"孟阿姨,我娘打电话给我,说你病了,让我来看看你。"孟苇婷说:"没什么,主要是累了,休息两天就好了。听说你和你爹又闹不愉快了。"钟杨说:"不知为什么,我同爹的关系老是处理不好。"孟苇婷说:"这全是我引起的。"钟杨说:"开始恐怕是,但现在不是。现在我反而觉得你挺可亲,我和我娘都觉得你嫁给我爹亏了。你一点幸福都没得到,反而为我爹担不少责任。"孟苇婷眼圈一红说:"不能这么说,至今你爹还很爱我,我感觉得到的。但生活并不像人想象的那样,只要爱就行。人的日常工作一繁忙,就把爱冲到一边去了,当人们想到爱的时候,好像已经有点身不由己了。你爹这两天就都到我这儿来了,他告诉我,他打你了,他很后悔。"钟杨说:"不说我爹的事！孟阿姨,你就好好养病吧。我会经常来看你的。我感到,你其实也是个很了不起的女人。"

团场,已戴上红袖章的王朝刚也不敲门,用力推开了郭文云办公室的门。郭文云猛地抬起头说:"什么事?"王朝刚说:"政委,我要对不起你了。经全团革命群众的强烈要求,要对你隔离审查！请你跟我们走！"郭文云说:"去哪儿?"王朝刚说:"去程世昌那儿。"郭文云说:"你们不是把他关进什么牛棚里了吗?"王朝刚说:"所以也请你去,你不是很快就要成他的挑担了吗?"郭文云拍桌子喊:"王朝刚,你这个忘恩负义的东西！"王朝刚说:"政委,这是你自找的。我怎么劝你的?你不听嘛。"

在农科所,"革命"也起来了。

第一场雪后。钟杨神色严峻地在棉田同职工们一起砍着棉秆。钟杨干活干得挺利索。周亚军走到钟杨跟前。一把夺下钟杨的镰刀。周亚军说："钟杨，我看你也是个孬种。"钟杨说："怎么了？"周亚军说："到关键时候你怎么成了缩头乌龟了？今天下午我们要开朱常青这个反动学术权威的批判会，你为啥不参加？"钟杨说："我为啥一定要参加？而且我听说你们把我老爹也押来了？"周亚军说："对！因为他是朱常青的有力保护伞，他们勾结在一起压制你，压制新生力量的成长，而且朱常青是个崇洋媚外的典型的资产阶级的反动权威！"钟杨说："我不这么看。他的目的是想能维持住目前的生产，套不上什么反动权威那一条。而且我爹也没有伙同朱所长压制我！"周亚军说："钟杨，你这思想太成问题了！"钟杨说："周亚军，我觉得现在这个时候我们应该冷静，不能把什么事都搅在一堆，眉毛胡子一把抓。"周亚军说："因为钟匡民是你父亲，所以你要为他开脱是吗？"钟杨说："我心里清楚，我爹从内心来说，他并不想压制我！"周亚军说："我听说，朱常青领着人来铲你棉田的时候，你父亲还打了你一个耳光，而且他还说我没有你这个儿子。态度多鲜明呀！你为什么要对你父亲的态度这么暧昧？"钟杨说："因为我理解我父亲当时的心情。"周亚军说："钟杨，你要认清当前的形势，你这样会成为运动的绊脚石的。我忠告你，这会对你很不利的！"钟杨说："但我也不能做违背自己良心的事！"周亚军说："好吧，你不参加，下午的批判会我们照样能开！"钟杨说："那是你们的事！"说着，继续埋头砍他的棉花秆。

这天，农科所的一间不大的会议室里正在开批判会。被批判的是钟匡民和朱常青。周亚军正在慷慨激昂地发言。周亚军说："种种事实证明，朱常青是一个彻头彻尾的资产阶级反动学术权威，他在农科所贯彻的是一条彻头彻尾的资本主义修正主义的反动路线。而师里最大的走资派钟匡民，是他的忠诚的保护伞，他们俩串通一气，疯狂地压制和打击新生力量，欲把新生力量置之死地而后快！是可忍，孰不可忍！"下面的人喊口号："打倒师里最大的走资派钟匡民！打倒反动学术权威朱常青！"

钟匡民被两个戴红袖章的人押着，来到郭文云所在的团场，送进关郭文云、程世昌等人的一间地窝子里。钟匡民神色泰然。

入夜,外面正在下雨,地窝子也滴滴答答地流水。郭文云说:"老钟,他们批斗你时,你挨揍了没有?"钟匡民说:"没有,好像暗地里有人在保护我。其实挨两下揍也没关系嘛,也许某些群众对你有怨气,没啥了不起的。"程世昌说:"他们批斗郭政委时,把我押上去陪斗,说郭政委是我的保护伞。所以挨的揍挺厉害的。郭政委,我真是觉得对不住你。"郭文云说:"那是王朝刚这家伙唆使别人干的。这个王朝刚,我待他最好!把他当成知己,什么心里话都对他说,结果他到关键时刻却反戈一击。唉!这真叫知人知面不知心哪。"钟匡民说:"所以呀,平时那些俯首帖耳跟着你屁股转的人,未必对你忠心,而那些跟你有不同意见而敢于直言的人,说不定倒反而对你忠心。不过王朝刚这个人,也不见得像你说的这么坏。个人的处境不一样,大概想法也会不一样!"郭文云看看程世昌。他感到钟匡民的话是有所指的……郭文云说:"人心隔肚皮,谁知道他心里到底想的什么!"

外面的雨越来越大。地窝子里的滴水声也越来越响。

夜已深了。钟匡民、郭文云、程世昌抽着烟坐在地铺上聊天。

钟匡民感叹地说:"开荒造田那年月,我们三个人曾聚在一块儿,为这事那事争个不休,大家还闹脾气。都以为自己正确,想不到今天都关进了牛棚。这也是有缘哪。"程世昌说:"钟师长,我哪能跟你们俩比啊!我是个旧知识分子,出身又不好。再加上我这犟脾气……"郭文云说:"不说这话了!老程你说这话就是在奚落我呢。我现在知道了,人活在这世上,得活出个气量来。要不,最后,生活会给你报应的。"钟匡民笑了,说:"向彩菊现在对你是个啥态度?"郭文云说:"她又回学校菜地干活去了。对我的态度呢,没变!这才是个好娘们!所以呀,看人的标准,不能按眼下说的那些个标准来衡量。要不,你没法看准人!"

夜更深了,一阵脚步声伴随着雨声而来。向彩菊走到地窝子门前,朝四下里看看,空无一人,于是对警卫员小秦说:"小秦,今夜你值班?"小秦说:"是。"向彩菊说:"我想给他们送点吃的,行吗?"小秦想了想说:"去吧,彩菊阿姨,他们还没睡呢。"

向彩菊提着个篮子走进地窝子。向彩菊看到钟匡民、郭文云、程世昌围坐在一起说话。向彩菊说:"月季大姐让我给你们送吃的来。"钟匡民说:"是啥?"向彩菊说:"饺子,还热着呢,快趁热吃吧。"郭文云说:"老钟,我又沾你光了。"钟匡民说:"是我沾你光了,你瞧,送饺子的是谁?"程世昌说:"那我沾你们俩光了。"钟匡民说:"老程,是我俩沾你光了。要不为找你,彩菊同志才不会到这儿来呢。"程世昌说:"她哪是来找我的呀,她分明是来找郭政委的嘛!"大家笑。向彩菊说:"你们都不是好人,拿我来打趣! 好好吃吧,听说明天又要开你们的批斗会了。"钟匡民说:"那就吃,这叫吃饱肚子闹革命。"

第二十五章

外面下着大雨,向彩菊送完饺子往回走。王朝刚领着两个人来查岗,刚好迎面碰上向彩菊。向彩菊紧张地想躲进林带里,但被王朝刚叫住了。

王朝刚说:"向彩菊,你给我站住!"向彩菊有些慌张地转身站在路边。王朝刚说:"这么晚了,你到哪儿去了?"向彩菊:"……"王朝刚的一位随员说:"向彩菊,革委会的王副主任问你话呢!"向彩菊说:"我睡不着觉,随便出来走走。"王朝刚说:"你哄鬼呢,这么大冷的天,你出来干什么? 说!"向彩菊说:"就是睡不着觉,出来走走嘛!"王朝刚说:"赶快去地窝子看看,准是她去跟那些走资派在串通什么事呢。"

王朝刚走进地窝子,郭文云刚好把最后一个饺子塞进嘴里,王朝刚自然明白了。郭文云什么话也不说,怒视着王朝刚。钟匡民也蔑视地看了王朝刚一眼。

第二天早上,向彩菊来到团机关伙房刘月季的小办公室。向彩菊担心地对刘月季说:"月季大姐,昨天送饺子的事被王朝刚发现了。"刘月季说："别怕,过几天再送。你要不敢送,我去送。"向彩菊说："我不怕。月季大姐,还是我去送!我一定要去送!"刘月季说："为啥?"向彩菊说："我要让郭政委知道我的这份心。他虽被打倒了,但我对他的这份心不会变!"刘月季点头一笑。

在农科所,周亚军正严肃地找钟杨谈话。周亚军说："钟杨,作为同学,我再认真地同你谈一次。你必须改变你的立场,同你走资派父亲划清界限,积极地参加到批判朱常青的反动路线上来!我们知道,在农科所,你是你父亲和朱常青路线下的最大受害者!而且我们也知道,革命胜利后,你父亲资产阶级思想大暴露,为了娶一个年轻貌美的官僚资本家的小姐,不惜抛弃你的母亲和你们!"钟杨说："周亚军,我咋同他划清界限?他是我爹呀!"周亚军说："血缘上当然无法划清,但在政治上你一定要划清,要同他一刀两断。"钟杨感到为难："……"周亚军说："钟杨,我告诉你,我们农科所革委会已经做出决定,如果你不宣布同你父亲划清界限,那么我们就要把你彻底从农科所清除出去!"

钟杨愕然。

边境农场的边防站却依然很平静。清晨,钟槐与赵丽江升起国旗。赵丽江看看钟槐,说："钟槐同志,你愿意跟我一起去巡边吗?"钟槐说："不,我还要关照鸡和鸭,那是刘玉兰留给我的东西!"说着,转身就朝自己的屋子走去,好像他有意在躲避什么。

赵丽江笑笑,心里既流着敬意与深爱,但也淌着一丝的酸醋。

院外又传来赵丽江的歌声:

红柳啊红柳,为什么别离我已无法再张口,只知道你永远在我梦里头,只知道今生今世同你长相守,一道道坎坷一步步走啊,一声声呼喊着我心中的柳,生生死死我要与你一起度春秋……

歌声渐渐远去。

钟槐出现在院门口。钟槐望着远去的赵丽江,眼里涌上了泪水。

夜晚,在刘月季办公室。刘月季正戴着老花镜在她的小办公室里抿着嘴记账。王朝刚敲门后一脸严肃地走了进来。王朝刚说:"月季大姐,你在忙啊?"刘月季说:"噢,王副主任啊,有事吗?"王朝刚说:"月季大姐,你是我很敬重的人,但有件事我不得不提醒你。"刘月季说:"请说。"王朝刚说:"我觉得你在对待钟匡民、郭文云以及程世昌这些人的立场上是有问题的。尤其是在钟匡民的问题上!"刘月季说:"怎么啦?"王朝刚说:"你受他的害还少吗? 他喜新厌旧,你和孩子们千里迢迢千辛万苦地从老家来投奔他,但他却无情地把你们抛弃了。"刘月季说:"这是我俩之间的事,恐怕跟别人无关。再说,他就是这样待我,我还是觉得他是个好人,不是坏人。"王朝刚说:"不,他是全师最大的走资派,这已是个不争的事实。你应该跟广大革命群众一起,起来同他在政治上彻底划清界限,揭发和批判他。"刘月季说:"我说了,他是个好人。"王朝刚说:"而且,我还听说,你还利用工作上的便利派向彩菊不断地给他们送吃的东西。"刘月季说:"他是我孩子的爹,我是孩子的妈,我当然得在生活上照顾他。这跟政治没关系吧?"王朝刚说:"什么没关系! 这就是政治! 刘月季,既然你这样顽固不化地坚持反动立场,我们也没有办法了。所以革委会决定,免去你司务长的职务,就地在机关菜地劳动改造!"刘月季说:"这吓不住我! 但王朝刚我要告诉你,没有钟匡民,没有我,你活不到今天! 你别忘了那次发洪水,是谁救了你!"王朝刚心头一惊,脸有愧色,但还是说:"这我不会忘记,但这是小恩小惠,而立场问题是大是大非,所以月季大姐,你要三思。只要你想通了,司务长的工作我们可以随时给你恢复。"刘月季说:"那我还是在菜地干活吧!"

晚上,钟杨在农科所宿舍里。他的情绪低落,但仍在自己的小屋里埋头读书。有一农工喊:"钟杨,你的电话!"

赶到队部办公室接电话。电话是周亚军打来的,口气很严厉。

周亚军说:"钟杨,我现在不是以革委会的成员同你谈话,而是作为一个同学再劝你几句。"钟杨说:"说吧。"周亚军焦急地说:"革委会根据你目前对运动的立场和态度,已决定让你离开农科所,下放到一个边远农场去劳动。但我坚持说,再给你一次机会,只要你宣布同你父亲在政治上划清界限,你就可以仍留在农科所。因为你本身就是他们反革命路线的受害者。"钟杨:"……"周亚军说:"钟杨,我看你还是连夜到我这儿来一下吧,有些话电话里不好说。"

钟杨回到住处思考着。他看了看桌子上的几罐棉种,他痛苦地站起来,走出屋外,骑上自行车,找到了周亚军。农科所边上的一条林带里,月亮在云中穿行。周亚军正在同钟杨谈话。周亚军态度诚恳地说:"钟杨,两年来我们的试验已有了眉目,我觉得你应该留在农科所,在生产三队把试验偷偷地进行下来,不然的话,损失太大了……"钟杨伤感地说:"周亚军,我明白了,你仍是我的好朋友!"钟杨激动地拥抱周亚军说:"亚军,我误会你了。"周亚军说:"钟杨,这里没什么误会,在选棉种试验的问题上,我和你的想法是一致的。但在政治立场上,我们并不一致!"钟杨说:"有前面的这点一致就够了!"

月色朦胧。在瀚海市通往农场的小路上,钟杨把自行车骑得飞快。钟杨骑着自行车在家门口跳下,轻而急地敲着门。

刘月季披着衣服开门。她认真在听着钟杨讲情况。钟杨说:"娘,我跟爹的关系总是疙疙瘩瘩地相处不好。有几次,我都不想认他这个爹了,他也生气地说过我不是他儿子。但在现在这个时候,我倒偏要认他这个爹,同他划清界限的事,我真的很难做到!"刘月季说:"那你只有离开农科所了?"钟杨说:"但我的事业我又不想放弃。而且通过这两年的努力,试验上已经有了眉目了。我不知咋办才好。娘,我是来向你讨个主意的。"刘月季说:"你爹也已经押到我们团来了。因为他当过这个团的团长,现在跟郭文云、程世昌都一起关在牛棚里。"钟杨说:"正因为这样,所以我才不能同爹划清界限,要不,我这个当儿子的就太不像话了,也不是我娘的儿子了。"刘月季叹口气说:"钟杨,你娘是个农村妇女。但你娘懂得人得讲个忠孝。如果有一天娘不行了,你又有重要的事业要去做,娘就会对你说,在忠孝不能两全时,那你就挑个忠字,精忠报国!"钟杨说:"娘,那你说我该咋办?"刘月季说:"所以,照娘看来,政治上划清界限,他还是你爹。可一离开农科所,搞试验的条件没了,那你想做的事业就全落空了。所以娘想,事业跟认爹这两头,事业这一头更重。两头都要,有时两头都会落空。"钟杨说:"娘,我知道了。娘,其实在许多事情上,你都比爹明白。"刘月季说:"钟杨,这些日子没见你,我看你瘦了许多,娘给你做点吃的吧。"钟杨笑着说:"娘,骑了好一阵子自行车,我倒真的有点饿了。"

傍晚,深秋后的第一场大雪又飘落了下来,纷纷扬扬。赵丽江看看天空然后赶着羊群往回赶,快到边防站时,她又看到钟槐的身影转回院子里。

赵丽江拎着马灯拿出铁锹走出院外,雪已越下越大。钟槐从屋里看到,马上跟出院外。赵丽江朝右拐弯,往不远处的一个大羊圈走去。钟槐明白赵丽江想去干什么,立马回来转身进屋拿了把铁锹,也走向羊圈。

赵丽江在清理羊圈。钟槐走进羊圈。钟槐不看赵丽江,但冲着赵丽江的方向说:"你回去休息吧,清羊圈的活儿我来干。"赵丽江说:"木萨汉他们说不定明天就会到。"钟槐说:"今晚我就把羊圈清出来,明天你还得巡边境线。"赵丽江说:"那今晚就一起干吧。你别老摆你那个大男子主义,我干什么活儿,用不着你指挥。"

雪在马灯四周飘舞,乱乱的。赵丽江干得满头大汗,在灯光下冒着热气。钟槐看看赵丽江这样的女人,他的心在颤抖……

赵丽江在钟槐的房子里挖坑埋柱子。钟槐说:"赵丽江,你这是干吗?"赵丽江说:"隔出间小房子。"钟槐说:"干什么?"赵丽江说:"我住!"钟槐说:"你住?"赵丽江说:"对,木萨汉他们来了,住哪儿?我得把我的房子腾出来。他们走后我再住回去。你这么看着我干什么?不会有事的!我有这种自信,你难道没有?"

钟槐一脸傻样。

冬天。积雪的大地。钟柳背着行李神色消沉地从长途公共汽车上下来。钟柳走进刘月季的小办公室。钟柳喊:"娘。"刘月季有些吃惊地看看钟柳说:"学校放假啦?"钟柳说:"哪里呀,闹了一阵革命后,我们这届就给毕业分配了。我被分回师里了。那是我自己要求的。具体干什么,组织部过几天就通知我,反正爹给打倒了,在分配工作上,我也指望不了什么了。"刘月季说:"就是你爹还是师长,你也别指望他。回家来好,你上学后,钟杨在农科所工作,很少回家,娘清静了好几年。你回来就好。"钟柳说:"娘,我听说爹被打成走资派后,押回团场来了?"刘月季长叹一口气,不理解地说:"是呀,好好的人,干吗都成牛鬼蛇神啦? 你郭伯伯进了牛棚,还有你干爹也进了牛棚。因为你爹也在这儿当过团长,所以也押来了,接受群众的批判。你来时,到你钟杨哥那儿去过没有?"钟柳说:"去了。不过爹被打倒后,他在农科所的处境也挺艰难的。"刘月季说:"你哥已经跟你爹划清界限了。"钟柳吃惊地说:"为啥?"刘月季说:"我也闹不清啊。"钟柳说:"哥这是干吗呀。我知道,爹不是我的亲爹,但爹就是爹,有什么好划清界限的!"刘月季说:"你钟杨哥哥一定有他的理由。"钟柳说:"娘,再有理由,也不应该不认爹! 哥怎么能这样!"刘月季满意地一笑,不答。

夜里,刘月季、钟柳躺在床上。钟柳说:"娘,有件事我一直想跟你说,但总是说不出口。"刘月季说:"不管是啥事,跟娘有什么说不出口的?"钟柳说:"娘,我跟钟杨哥不是亲兄妹,是吧?"刘月季说:"是呀,这你我都清楚,咋啦?"钟柳说:"娘……"刘月季说:"说呀!"钟柳说:"我爱上钟杨哥了。"刘月季笑了笑说:"你们不是亲兄妹。我想这没啥不可以的。你把这想法告诉钟杨啦?"钟柳说:"没直说,但他应该感觉得到。娘,你的态度呢?"刘月季说:"娘不反对。你们从小一起长大,知根知底的,没什么不可以的。而对娘来说,娘心里也挺愿意。娘是个农村妇女,喜欢这种踏踏实实的事。"

医院里,孟苇婷的病房。钟杨在病房里看望孟苇婷。孟苇婷伤感地说:"听说你跟你爹划清界限了?"钟杨叹口气说:"孟阿姨,这是没办法的事。你就别操心这事了,好好养病吧。"孟苇婷凄凉地苦笑了一下,说:"这事你爹还不知道吧? 我偏偏在这个时候病倒了。"钟杨说:"只要别人不告诉他,他可能就不知道了。"孟苇婷心酸地长叹一口气说:"你爹会很伤心的……"医生走进来说:"钟杨同志,请你来一下。"

医生和钟杨悄声说话。钟杨心情沉重地说："王医生,这事我做不了主,我去把我母亲叫来吧。"

刘月季赶到了医务室。王医生说："全扩散了,没多少时间了,还是回家去歇着吧。在家住总要比在医院里方便些,舒适些。再说,现在医院闹腾成这样,已经没人好好上班了。我会派护士去按时打针送药的。她想吃些啥,你们就给她做些啥吧。"刘月季哭了,伤感地说:"我们明白了。"钟柳也忍不住哭了,说:"娘,是不是让爹也回来看看孟阿姨。"刘月季说:"我想想办法吧。钟柳,这些天,你就陪孟阿姨住吧。"钟柳点点头。

刘月季回到孟苇婷病房,她对孟苇婷说:"苇婷妹子,咱们回家吧。医生说,医院闹腾成这样,没病也会闹出病来的。医生说,他会派护士按时到家给你打针送药的。"孟苇婷似乎明白了什么,一把抱住刘月季说:"月季大姐,我明白了……"

一家人把孟苇婷接回了家。

夜里,钟杨敲门,钟柳开的门。钟柳做了个手势,意思让钟杨轻声点。钟杨说:"怎么样?"钟柳说:"吃了药,睡着了。"钟杨说:"钟桃呢?"钟柳说:"在做作业,走,去爹的书房吧。"

钟杨问:"娘呢?"钟柳说:"回去了,说有啥情况,就去叫她,爹在那儿,娘也放心不下。"钟杨说:"唉!"钟柳:"咱们这个家,全靠娘在支撑着啊!你工作分配上的事呢,下午下班回来我就去组织处问过了,说过几天就会下通知的。爹下午打了个电话,只讲了几句话,说是那边的人不放他过来,让孟阿姨安心养病。我发现孟阿姨挺坚强的,她还在电话里宽慰爹,让爹不要为她操心。"钟杨点点头感叹地说:"唉,过去我和我哥恨孟阿姨,那都是从我们自己这一头考虑的,现在回头想一想,孟阿姨也没错,她也有追求她幸福的权利。其实,孟阿姨跟着咱爹也并不享福,但她却是个很通情达理的人。今后你一定要好好照顾她!医生说她……"钟杨说着,眼里也渗出了泪。钟柳说:"这我知道。哥,今天你来了,我想跟你讲一件事。"钟杨说:"说吧。"钟柳说:"这事我已经跟娘讲了,娘同意。"钟杨说:"啥事嘛?"钟柳说:"哥,你喜欢不喜欢我?"钟杨说:"你是我妹妹,怎么会不喜欢?"钟柳说:"要不是妹妹呢?

你喜欢不喜欢?"钟杨说:"你就是我妹妹,还能往哪儿扯?"钟柳说:"我不是你亲妹妹吧?"钟杨说:"是。但你进了我家后,就是我妹妹。"钟柳说:"我不想只当你妹妹了,我想……"钟杨悟到了,脸突然红了,幸福地一笑,但又有另一种想法涌上心头,马上一脸严肃地说:"钟柳,你就是我妹妹!别再说这些蠢话了!咱们俩绝对不合适!"钟柳说:"哥!"钟杨说:"钟柳,不说这些。我还要赶回农科所去,等孟阿姨醒来你告诉她,我来过了,我去看一下钟桃。"钟柳眼泪汪汪的很伤心。

钟桃的小房子里,钟桃正在埋头做作业。钟杨进去,钟桃一见钟杨,搂住钟杨的脖子,喊:"哥……"钟杨伤感地说:"钟桃,好好做作业……"说着,在钟桃额头上亲了一下,眼里顿时渗满了泪。

木萨汉、哈依卡姆夫妇赶着羊群来到边防站。钟槐和赵丽江热情地迎接他们。赵丽江在炉边熟练地烤着馕。

夜里,木萨汉、哈依卡姆、钟槐同坐在小桌边,赵丽江用勺子搅着奶茶。赵丽江把奶茶舀进碗里,捧给木萨汉和哈依卡姆。木萨汉掰开馕说:"赵丽江,你这馕,你这奶茶,跟哈依卡姆做的一样好!在哪儿学的?"赵丽江笑笑,说:"我就是在草原上长大的,从小就跟一位哈萨克大婶学着烤馕熬奶茶,我爹虽说是个汉族,但也喜欢喝奶茶和吃馕。"钟槐干咳了两声说:"在这儿,你可从来没露过。"赵丽江说:"你每天是一张不理我的脸,我敢露吗?"木萨汉说:"咋回事?"赵丽江说:"你问他。"

夜深了,赵丽江走进钟槐住的那间用布隔开的小房间,钟槐看着她。赵丽江说:"我要睡在这儿,没意见吧?"钟槐傻愣愣地坐在床边,看着那间小房间里的灯熄了。钟槐睁大眼睛看着天花板,眼里流出了一汪深情。

孟苇婷躺在床上,钟桃正在喂她吃药。钟桃说:"妈妈,学校停课闹革命了,我就在家伺候你吧。"孟苇婷说:"学校不上课,在家也要学,妈妈教你。"钟桃说:"我爸啥时候能回来呀?"孟苇婷说:"我也不知道……"

两个戴红袖章的人敲门进来。男红卫兵说:"对不起,钟匡民的房子我们要征用了。你们立即搬家。"孟苇婷说："搬到哪儿去?"女红卫兵说："种子库房。已经给你们腾出来了。"孟苇婷说："我这身体怎么搬呢? 你们能不能让钟匡民回来一下?"男红卫兵说："不行。那是你们的事! 后天一清早,我们的司令部就要搬过来了,所以你们明天就得搬走!"

戴红袖章的人走后,孟苇婷着急地说："钟桃,你去找一下月季大妈,如果她有空的话,请她今天就来一下。你知道去她那儿的路吗?"钟桃说："不是还有钟杨哥哥和钟柳姐姐吗?"孟苇婷摇摇头说："妈妈想过了,这件事你钟杨哥哥和钟柳姐姐出面都不行。因为你爸爸的问题,他俩的腰杆都硬不起来。你钟杨哥哥已经跟你爸爸在政治上划清界限了,你钟柳姐姐正在等着分配工作,弄不好会牵连他们的。现在只有找你月季大妈了。"钟桃点点头说："好吧,我去。"孟苇婷含着泪说："路上要小心。"

钟桃和刘月季匆匆赶路去瀚海市。刘月季摸着钟桃的头说："钟桃,你多大啦?"钟桃说："十二了。"刘月季说："十二岁了,是个大孩子了。应该懂事了。你听娘说,人活在这世上,风风雨雨的,啥事情都会遇上。但你要记住娘的话。做人呢,要站得直,不要做软骨头,再大的事,就是天塌下来,也要顶得住。还有呢,要诚实,啥事就是啥事,不管别人咋说,就是说得天花乱坠,翻江倒海,你自己心里要清楚。知道吗?"

钟桃点点头。她当然还不很懂。

刘月季说："所以呢,不管你妈将来会咋样,你爸会咋样,你都要让自己好好地活着过日子,遇事不要惊慌不要怕。就是家里啥人都帮不上你的时候,你也要能把这日子过下去! 听懂了没有?"钟桃哭了,抱住刘月季说："娘,我怕……"刘月季抚摸着她,说："钟桃,不哭,你妈不还活着吗? 再说,娘也还在嘛! 而且你还有哥哥和姐姐嘛。"

清晨。条田边的羊圈。钟匡民、郭文云、程世昌正在圈里清扫羊粪。警卫员小秦朝他们走来。小秦说："钟师长,王副主任已经把月季大妈下放到机关菜地干活去了。"郭文云问："为啥?"小秦说："为那晚给你们送饺子的事。"郭文云恼怒地说："子系中山狼,得志便猖狂。迟早有一天,我得收拾他!"钟匡民说:"我们也得劝劝月季,不要让她再送什么吃的来了,我老这么牵累她,心里真不是味儿啊!"程世昌情绪激动地说:"月季大姐这个人哪,好像就是为我们这些人活着的。"小秦说:"钟师长,郭政委,明天我也不来这儿上班了,你们千万自己照顾好自己。"郭文云说:"又怎么了?"小秦说:"他们怀疑我了,所以要把我调走。"钟匡民说:"小秦,你是个有良心的好同志,我们会记住你的。"

在钟匡民家里,刘月季正在厨房为孟苇婷做饭。孟苇婷说:"月季大姐,你别做了,做了我也吃不下。而且吃多少吐多少,还不够折腾的。"刘月季说:"就是吃不下也得吃呀,要是吐了,我再给你做!"这时有人在咚咚咚地敲门。

两个戴红袖章的敲开门。刘月季站在他们面前。男红卫兵说:"你是谁?"刘月季说:"我就是这房子的主人!"女红卫兵说:"你是钟匡民的什么人?"刘月季说:"钟匡民孩子们的娘!"男的想起什么,在女的耳边咕哝了几句。女红卫兵说:"你们的房子我们要征用,前天就通知你们了,赶快搬家。"刘月季说:"拿文件来!政府的文件!"男红卫兵说:"你们要不搬,我们就要采取革命行动了!"刘月季激愤地说:"这儿是民宅,自古以来私闯民宅就是犯法!你们来闯试试!我刘月季的老命就搁在这儿了!不过我也不会让你们占了便宜回去!"

两个红卫兵面有难色。刘月季缓和语气说:"我这儿有个重病人,命在旦夕,牛棚都不敢再押她,让她回来了。你们就要她死在露天外吗?你们也是人,起码的良心总该有吧?"

那两个人看着刘月季那凛然的样子,感到他们如果硬来,这个女人是会与他们动真格的。于是相互为难地看了看。女的拉了拉男的,意思是走吧,不要惹这种麻烦。刘月季舒了口气说:"看来你们是好人,我认识你们了,总有一天,我会来谢你们的!因为你们还有良心!"男的还有些不甘心,女的硬拉着男的走了。

屋内。孟苇婷躺在床上,一直紧张地在听刘月季同那两个人的谈话。她听到两人走了,松了口气。刘月季走回屋。孟苇婷说:"月季大姐,你真行。"刘月季说:"在这世上,总是好人多。只要好好跟他们讲人话,他们会懂的。要是连人话都不懂,我就死给他们看,不过他们也别想活在这世上,俗话说,人就怕不要脸的,而不要脸的就怕不要命的!"

刘月季笑了,孟苇婷却心情复杂地捂着脸哭了。

团场羊圈里,钟匡民、郭文云、程世昌等人正在用架子车拉土压肥。王朝刚气呼呼地走过来。王朝刚说:"郭文云,你这么一次次派人叫我来干什么? 现在你不是这儿的政委,我也不是你的通信员或者基建科长了。你要放明白点。"郭文云走上前去说:"我现在当然啥都明白了……"说着,趁王朝刚不防备,郭文云咬牙切齿地甩开锹,在王朝刚大腿上砸了一下。

王朝刚尖叫着逃开,血已从他的大腿上涌了出来。钟匡民和程世昌上去架住郭文云,怕他再鲁莽下去。

郭文云指着他喊:"你立即让刘月季回到她司务长的位置上去,要不,我非要你的狗命! 月季大姐救过你的命,你连这么好的大姐都敢动! 你个狗崽子!"钟匡民气急地说:"老郭,你怎么能这样!"

王朝刚气急败坏地回到办公室。这间办公室过去就是郭文云的办公室。一个女护士匆匆赶来,给王朝刚包扎腿上的伤口。王朝刚对面站着一个体格健壮五大三粗的汉子,他叫邱长发。

王朝刚说:"邱长发!"邱长发说:"在!"王朝刚说:"我说的话你都听清啦?"邱长发说:"听清了,让郭政委跟着我在猪圈好好喂猪,不让他再乱说乱动乱跑。"王朝刚说:"什么郭政委,他叫郭文云! 去吧!"邱长发说:"是!"邱长发走出办公室回头瞥一眼,蔑视地朝里撇了撇嘴。

郭文云在收拾铺盖行李。邱长发直挺挺地站在地窝子外面,他在等人。

郭文云说:"我知道会有这么一着。这小子,他跟老程闹别扭时,就在我跟前数落老程,我的耳朵根太软,结果……报应啊。"钟匡民说:"你也太有失风度了,怎么能朝他动手呢? 朝这样的人动手,你不觉得降了你自己的身份? 打倒不打倒,你还是个团政委,上级没有免你这个团政委!"郭文云说:"老钟,我是怎么也忍不住这口气啊。月季大姐这么好的一个人,他也敢朝她下手。不出这口恶气,我会寝食不安的! 让我去喂猪怕什么! 我八岁时,就给地主当小猪倌了,喂猪正是我的本行!"

第二十六章

猪圈边上有间破烂的地窝子。

郭文云和邱长发走进地窝子,邱长发突然笑嘻嘻地把郭文云的行李接了过来。邱长发说:"政委,你别住在这里,这里太冷。"郭文云说:"那我住哪儿?"邱长发说:"住我那间小屋去。"郭文云说:"你小屋在哪儿?"邱长发说:"你瞧,那间。"离地窝子不远处有间很小的平房。郭文云说:"那你住哪儿?"邱长发说:"我住地窝子。"郭文云说:"让王朝刚知道了,会收拾你的。"邱长发说:"我不就是个喂猪的,还能把我咋样?"

钟匡民家。孟少凡含着泪伤心地坐在孟苇婷的床边。孟苇婷褪下手腕上的一块手表说:"少凡,姑姑恐怕没几天了,你得自己照顾好自己,啊?来,这手表拿上,算是姑姑留给你的纪念吧。有什么困难尽量自己解决,实在不行了,就去找月季大妈!啊?"孟少凡点着头,伤心地哭了,说:"姑姑,你不能走啊……"

夜里,刘月季给孟苇婷喂完吃的。孟苇婷说:"月季大姐,我现在好多了,我现在很想洗个澡……"

刘月季把孟苇婷扶进浴室。孟苇婷坐在浴缸里,刘月季帮她擦着背。孟苇婷说:"月季大姐,那次你把我送到乌鲁木齐医院,动完手术后,我知道我得的是什么病,我也知道就是动了手术后,也最多只能活个三到五年。我拾棉花晕倒后,我就知道自己不行了。当医生告诉你们,让我回家去养着,我就知道自己活不了几天了。"刘月季说:"苇婷妹子,千万别这么说。"孟苇婷说:"月季大姐,我这个人一直很好强。年轻的时候,我要求进步,大学没毕业,我就参加了解放军,虽说成分高了些,但领导也挺关照,让我在师部的秘书科工作,我就想好好表现自己。"刘月季说:"年轻时,谁都会有个想法。我是没摊上你那条件,我有你那条件,说不定要强的那份劲还要重呢。"

孟苇婷继续着她的谈话,她这时想把心中要说的,全部尽快地吐出来,说:"那时,匡民在师里的作战科工作,三十刚出点头,就是个团级干部了。年轻、英俊,又有能力,领导也器重。明知他是个有妻子有孩子的人,我还一个劲地追他。月季大姐,全是我身上那份虚荣心在作怪呀!"孟苇婷泪涟涟的。刘月季说:"这怪不得你。自古女人都爱英雄。"孟苇婷摇摇头:"不是这样的。我是太那个了。月季大姐,我要早知道你是这么一位好大姐,我不会走出那一步……我说了,在这世上,我最对不起的就是你。"刘月季:"……"孟苇婷说:"月季大姐,我知道自己熬不了两天了。我最放心不下的就是钟桃,只要你能把钟桃关照好,我这颗心也就踏实了。"刘月季说:"钟桃也叫我娘呢。再说,她毕竟是匡民的女儿呀。你只要想想我是咋待钟柳的……"孟苇婷凄然地一笑,说:"我……放心了。月季大姐,我有你这么位大姐,这是我这辈子最庆幸的事了,可开始时,我差点把你赶回老家去,我好愧疚啊……"刘月季说:"别说这些了,咱们是有缘才在一起的。"孟苇婷说:"月季大姐,你要多保重,因为这个家,全指望你了……"孟苇婷突然一下撞进了刘月季的怀里。刘月季喊着:"苇婷!苇婷妹子……"

钟柳找来一辆架子车,车上躺着孟苇婷,刘月季和钟桃跟在后面。

一家人急忙拉着车子往医院赶。

团场条田边上的羊圈。清早，钟匡民、程世昌已经在干活了。王朝刚瘸着腿，朝他们走来。王朝刚用缓和的语气说："钟师长，我能不能单独同你谈谈？"钟匡民想了想说："好吧。"

钟匡民与王朝刚蹲着背靠在羊圈围栏上。王朝刚恭敬地递一根烟给钟匡民。王朝刚说："钟师长，你也是当过领导的。人在那一个位置上，有些事你不得不办，上级下的文件就是这么指示的。我做的有些事，也是形势所逼。不要说我，就是你儿子钟杨，也已经在农科所贴出声明，与你在政治上彻底划清界限了。"

钟匡民的心震了一下，脸色灰暗。钟匡民说："我这个儿子，从来就没好好认过我这个爹。"王朝刚说："连自己的亲生儿子，都不得不这样，我又能怎么办呢？我当上革委会副主任又不是我要当的，是大家把我推到这个位置上的。所以钟师长，有些事你们得体谅我，理解我……因为你是救过我命的人。"钟匡民的心情已变得很恶劣，他挥挥手说："不要说，你用你自己的实际行动来证明你自己吧。我要干活去了。"

中午饭后，钟匡民躺在地铺上小憩。他双手托着后脑勺，情绪低落。他回想着和钟杨在一起时的情景。钟杨："怪不得我哥不认你这个爹，因为你就不像个爹！"……钟杨："如果我不是你儿子的话，也许你就不是这么个态度。我压根儿就不想有你这么个爹！"……王朝刚的声音："就是你儿子钟杨，也已经在农科所贴出声明，与你在政治上彻底划清界限了……"

钟匡民痛苦地长叹一口气。他感到头痛，习惯地用手指按着太阳穴。疼痛越来越难熬，他从身边的挎包里翻出一瓶药，打开药瓶往外倒药，但药瓶已空了，他失望地把药瓶扔进挎包里。睡在他边上的程世昌发觉了。

程世昌说："钟师长，你怎么啦？"钟匡民说："没什么，头痛病犯了。"程世昌说："要紧吗？"钟匡民说："战争中挨了一块小弹片，取出来后，就常犯头痛病，不要紧的，过一会儿就会好。"

孟苇婷病房里，护士用白床单把孟苇婷盖上了。钟桃扑上去哭着喊："妈妈……"刘月季和钟柳在一边伤心。

孟少凡冲进医院,冲向病房。孟少凡扑向孟苇婷。孟少凡喊:"姑姑!"他失去了唯一的亲人,号啕大哭。

刘月季在劝慰着孟少凡。孟少凡抹去泪说:"月季大妈,在这世上我什么亲人都没有了。现在你是我唯一的亲人了。"钟柳在一边同情地叹了口气。钟桃又伤心地哭起来,紧紧地依偎在刘月季的身边。

刘月季对钟柳说:"钟柳,你去趟农场,把这事告诉你爹……我和钟桃、少凡得料理你苇婷阿姨的后事。"钟柳说:"娘,那我现在就去。"

钟柳走到医院门口,孟少凡追了上来。孟少凡说:"钟柳,你等等。"钟柳说:"啥事?"孟少凡说:"你告诉你爹,我姑姑全是他害死的!他从来不关心我姑姑,他只知道工作,工作,走他的资本主义……"钟柳说:"你胡说些什么!"孟少凡说:"我姑姑就是你爹害死的!我姑姑这么年轻漂亮的一个女人,干吗非要嫁给你爹呀!"钟柳说:"说明你姑姑有眼光!"孟少凡说:"狗屁!"钟柳说:"对,你刚才放的就是!"

团场羊圈,钟匡民、程世昌等正在干活。程世昌说:"钟师长,你头痛好点了没有?"钟匡民说:"好点了。但心里感到沉闷得很。还是老郭在好啊,说说笑笑。"程世昌感慨地叹口气,说:"路遥知马力,日久见人心。了解个人不容易啊。很长一段时间,我一直对他有怨气。"钟匡民说:"你对他有怨气是正常的,没有怨气才不正常呢。到他想过来了,又遇到这个形势,咱们都成一丘之貉。想怨也怨不起来了。老程,你命不好啊!"程世昌说:"钟师长,在我年轻的时候,我们家要安玻璃窗,我跑十几里地到镇上去买玻璃,然后又小心翼翼地背回家。刚进家门,我从背上把玻璃卸下来时,绳子一松,玻璃滑到地上,全砸碎了,没一块好的。这就是我的命!"钟匡民说:"人有时就会遇到这么晦气的事。"程世昌说:"郭政委婚姻上的事,也是这样。所以我也很同情他,四十出头了,还打着光棍。同向彩菊的事,也不知道又要拖到哪年哪月了。"钟匡民叹口气说:"老郭这个人哪,为人耿直,心肠也好,但太意气用事,又爱钻个牛角尖。我看这件事,你帮着撮合一下。"程世昌笑了笑说:"钟师长,要撮合这件事最合适的人是月季大姐。"

公路上,钟柳把自行车骑得飞快。有一位职工给钟柳指了指羊圈的方向。

自行车飞到钟匡民跟前刹住。钟柳跳下自行车喊："爹！"钟匡民说："咋啦？"钟柳说："莘婷阿姨……莘婷阿姨……"钟匡民说："她怎么啦？"钟柳说："走了。"钟匡民说："走哪儿去了？她这身体还能往哪儿走？"钟柳泪如雨下地说："往那个地方去了……娘正在太平间等你呢！"钟匡民脸色一沉，抓过自行车骑上就走，喊："程世昌，告诉警卫一声，我会回来的！"钟柳喊："爹！"程世昌见到钟柳时，眼睛一亮。自己的亲女儿，有好长时间没见了。程世昌说："钟柳……"钟柳说："干爹，啥事？"程世昌知道现在不是同女儿说话的时候，说："去吧，照顾好你爹！"

钟柳飞快地奔着去追钟匡民。

程世昌看着女儿飞奔而去的身影，眼里满是泪："不知哪一天，女儿才能同我相认啊……钟柳，你不会想到，我就是你亲爸爸吧？"

钟匡民赶到了医院太平间。钟匡民、刘月季、钟柳、钟桃、孟少凡在孟莘婷前已守了一阵子了。钟匡民说："月季，钟柳，你们都出去，我有话想单独同莘婷说。"钟匡民坐在孟莘婷床前，他掀开白床单，看了看孟莘婷的脸，苍白的孟莘婷依然那样妩媚漂亮，钟匡民的眼泪滚滚而下。他吻了吻她的额头。钟匡民说："莘婷，我是爱你的，而且爱得很深很深。但长期以来，我身上担的担子让我腾不出时间来。一想到有那么多工作在等着我去做，一想到我要对全师一二十万人的生活负责任，我哪敢有怠慢啊。委屈你了，莘婷，是我让你遭罪了，让你这么年纪轻轻的就走了……"钟匡民泣不成声了。

农科所农场三队，钟杨接到了钟柳的电话。钟杨骑自行车飞快地跑在林带夹道的公路上。

刘月季、钟柳、钟桃、孟少凡站在一起，眼望着太平间。

钟杨跳下车说："娘！"钟匡民悲痛欲绝地从太平间出来。他一看到钟杨，突然怒火中烧。钟匡民说："你不是跟我划清界限了吗？还来干什么？"钟杨也火了，说："对！我同你划清界限了。但我没同莘婷阿姨划清界限。莘婷阿姨关心过我的学习，关心过我的生活和工作，你关心过吗？"刘月季说："钟杨！去吧，去给你莘婷阿姨告别一下，好好磕上三个头。"钟杨走进太平间。钟柳陪了进去。钟匡民说："月季，我得回去干活去，我是擅自跑出来的。我虽然被冤枉了,但纪律我还得遵守。苇婷的后事,全拜托你了。苇婷对我说过,她在这世上最对不起的是你,那我钟匡民就更是了!"钟匡民朝刘月季鞠了一躬,匆匆出了医院。刘月季望着钟匡民的背影,满眼是泪!

钟杨走进太平间跪下,给孟苇婷磕了三个头。钟杨说:"苇婷阿姨,你走了,你知道我心里有多舍不得啊!在咱们这个家,你的处境是最为艰难的!我恨过你,但你用你的善良,用你的真诚,化解了我那颗仇恨你的心。其实,你有追求自己幸福的权利,你并没有欠我们什么!但你却用尽自己的所有,在还一笔在你看来永远也无法还清的债。苇婷阿姨,你为我做的,我会永远记得,我给你留下过的伤痕,请你饶恕我。现在我要叫你一声,妈妈……"

钟杨与钟柳都泣不成声了。

钟杨与钟柳从太平间出来。钟杨问:"娘,爹呢?"刘月季说:"走了。"钟杨说:"娘……"刘月季说:"啥也别想,回去做你的事。你能去农科所,是你苇婷阿姨出的力,你要对得起她。"钟杨说:"娘,我知道了。"刘月季说:"回去吧,这儿的事,娘会安排的。少凡,你也回单位去吧。到送葬那天,我让钟柳打电话给你们。"钟杨、孟少凡推着自行车走出医院。孟少凡说:"钟杨,像钟匡民这样的爹,你就该跟他划清界限!我姑姑她太傻了,跟了这么个人。"钟杨说:"你给我闭嘴!你个人渣!"钟杨骑上自行车,心情沉重地走了。孟少凡一脸的傻相,自语说:"是你跟他划清界限的呀,又不是我,真好笑!"

羊圈里,钟匡民用疯狂地干活来压制心中的痛苦与恼怒。程世昌发觉钟匡民的情绪不对,想劝阻他,说:"钟师长!"钟匡民满头满脸满脖子都滚动着汗水。钟匡民感到头剧烈地疼痛,眼睛冒着火花,他继续顽强地干着。钟匡民摇摇晃晃地,最后终于晕倒在了地上,程世昌扑上去喊:"钟师长!钟师长!"

血色黄昏。钟柳骑着自行车,后座带着刘月季飞驰在公路上。

夜已来临。钟匡民睡在地铺上,满头是汗,还在昏迷中。程世昌守在他边上,医生给钟匡民打了一针。医生说:"让他注意休息。"刘月季、钟柳冲进地窝子。刘月季喊:"匡民!"钟柳喊:"爹!"

刘月季背起钟匡民。程世昌说:"月季大姐,我来背吧。"刘月季说:"有人要追问钟匡民去哪儿了,你就说,我背走了,就在我家。责任我担!你不要再给自己添麻烦了。"程世昌感动地点点头。程世昌说:"钟柳,扶好你妈。"

刘月季背着钟匡民蹒跚地在农场小路上走着。钟柳说:"娘,我来背吧。"刘月季说:"我能背,娘在农村是干过重活的人,担肥,挑水,啥活不干。背你爹这么走一阵,没事儿。"钟柳心疼地说:"娘!"钟柳扶着刘月季,想让她减轻点力。

刘月季把钟匡民背回了家,她守在钟匡民身边。钟匡民醒了,看了一眼刘月季。钟匡民猛地坐起来说:"月季,你把钟杨这小子给我叫来!"刘月季问:"怎么啦?"钟匡民说:"你去叫!跟我划清界限,让他给我讲清楚,他要怎么个划清法!"刘月季说:"匡民,你误解他了。"钟匡民说:"我怎么误解他了?他在农科所贴的那声明是假的?他今天当着我面讲的话是假的?月季,我这辈子是做了件很对不起你的事,这是我的错!但我再也没有对不起别人啊!我现在失去了苇婷,但我不能什么都失去呀,我要见儿子,我要见儿子!"刘月季说:"钟柳,你骑上车去找你哥,连夜赶过来!你说,爹一定要见他!"钟柳说:"哎!"

月光如水。钟杨、钟柳骑着自行车往回赶。钟柳说:"哥,你干吗一定要跟爹划清界限?这多伤爹的心啊!"钟杨不答。钟柳说:"哥!你干吗不说话呀?"钟杨沉默。钟柳说:"哥,你太让人失望了。你要知道我有多崇拜你,多么爱你!"钟杨说:"闭嘴!"钟柳说:"偏不!我们又不是亲兄妹,我对你的感情绝不会变!"钟杨说:"亲不亲,也是兄妹。"钟柳说:"那不一样!不是亲的就可以相爱。娘说了,现在我是她女儿,以后希望我是她儿媳妇,永远不离开她!我也不想离开我娘!"钟杨说:"农村妇女的想法!"钟柳说:"对!娘许多想法都是传统的农村妇女的想法,但伟大!我佩服我娘!我佩服娘身上的这种传统美德!咱们这个家,全靠娘撑着呢!"钟杨:"……"钟柳说:"还有爹,他虽不是我亲爹,但他身上也有让我敬重的东西,敬业,无私。"钟杨说:"你少夸他!"钟柳说:"他被打倒了,但我还是敬服他,同情他。就因为他敬业,无私,他才失去了苇婷阿姨。你和钟槐哥也不理解他。爹今天好可怜啊,他醒过来就喊:我不能失去一切啊,我要见儿子!其实,他心里永远有着你们!"钟杨的眼里闪着泪花。

地窝子里,程世昌正伤感地对刘月季叙述着钟匡民昏倒的经过。程世昌说:"他什么话也不说,只是闷着头拼命地干活!"

刘月季叹了口气说:"匡民平时是个冷静,能控制自己感情的人。他当团长也好,当副师长也好,当师长也好,一直是个勤勤恳恳干工作的人,这我都看在眼里的。但现在却成了走资派,进了牛棚,他想不开啊。"程世昌说:"不过在我们一起干活时,他还是蛮开朗的呀。"刘月季说:"他都压在心底呢。可孟苇婷年轻轻的就这么走了,钟杨又声明跟他划清界限,他顶不住了。他其实是个感情很丰富的人,只是都装在心里面。有时他也很心软……"

程世昌说:"他心肠好,我早就感觉到了,要不是他一直偷偷地关照我,我现在也不知成啥样了。跟我一样的人,有的可比我惨多了。我是遇到他这么个好心肠的领导,那也是我的福啊。钟柳的事……"程世昌指指自己的胸口,"他知道吗?"刘月季点点头说:"让你们暂时不要相认,就是他的想法。"程世昌说:"月季大姐,我……"刘月季说:"现在更不是时候。"程世昌说:"这我知道。"刘月季说:"等着吧,会有机会的。咱们这个家,现在是钟柳在帮衬着我呢。程技术员,我要告诉你,钟柳看上钟杨了。"程世昌说:"那好啊。钟杨是个啥想法?"刘月季说:"钟杨在忙自己的事业,暂时不想考虑这件事。"程世昌说:"年轻人就该这样。钟杨这孩子从小就聪明,肯动脑子,是个有志向的人,将来会有出息的。钟柳要是真能跟他,那是再好不过了。"刘月季说:"我也这么想。不过我知道,钟杨嘴上虽然这么说,但他心里也装着钟柳呢。我该走了,我让钟柳去叫钟杨,说不定也该到了。"程世昌说:"月季大姐,药瓶子。"刘月季拿过药瓶说:"这人也真是,药吃完了也不吭声。他这头痛病是不能断药的!"

回到家里,刘月季拿着药瓶对钟匡民说:"药吃完了,你就说一声嘛。你这不是自己跟自己过不去嘛!"钟匡民说:"钟柳不是去叫钟杨了吗?怎么还不来?准是钟杨这小子不肯来。看来,他跟我划清界限的决心倒挺大!"刘月季说："匡民，你误解钟杨了。钟杨是不想跟你划清界限的，是我让他跟你划清界限的。"钟匡民说："你让他跟我划清界限的？"刘月季说："是！"钟匡民说："你哄鬼去吧！"

门口响起放自行车的声音。钟杨、钟柳推门进来。钟杨喊："爹。"钟匡民说："你，你叫我爹？"刘月季说："匡民，儿子深更半夜地跑来看你！他不叫你爹叫什么？"钟杨说："娘，钟柳，让我跟爹单独谈一会儿行吗？"

刘月季拉着钟柳走了出去。月色朦胧。刘月季和钟柳走到林带边。钟柳说："娘，爹和哥会不会吵架？"刘月季说："要吵就让他们吵去。在这世上，老子不理解儿子，儿子不理解老子的事多着呢。就因为他们是老子和儿子，要没这层关系，说不定还好理解。理解不了，大家谁都不理谁也就完了。可老子跟儿子不一样，谁都不理谁，那有多犯难啊！"

屋里，钟匡民躺在床上，钟杨坐在床边。钟杨说："爹，我当着你的面说过好几次，我不想认你这个爹，因为你不像个爹。但当你被打倒，有人要我同你划清界限时，我反而觉得在这种时候，我得认你这个爹！"钟匡民说："但你还是声明跟我划清界限了嘛！"钟杨说："所以这么深更半夜的，我要来，把事情给你解释清楚。我知道，娘也跟你说不清楚，只有我能说清楚。"钟匡民说："我要见你，也就为这。因为孟苇婷，你和钟槐都把我当成了仇人，为你们的娘打抱不平，可现在……我不能什么都没有啊！"钟杨说："爹，在我跟朱所长闹矛盾时，你站在朱所长一边，我能理解，而且你还是要求把我留在农科所，我也猜到了你的用意，你是在暗地里给了我一个继续搞试验的空间。我真的很感谢你的理解和支持。"钟匡民说："能理解到这点就好，我还以为你想不到呢。"钟杨说："但运动开始后，情况就不一样了，我成了跟你和朱所长一伙的人了。有人就想方设法地要把我弄出农科所。在这中间也有人在暗地里帮我的忙。但有个条件，就是要我公开声明同你和朱所长划清界限。否则，他们也就无能为力了。"钟匡民说："真是这样？"钟杨说："爹，我的试验已经有几年了，目前已经看到了希望，只要再坚持上两三年，说不定就会成功的。那不但会大大促进全师棉花的生产，而且棉花的品种也得到改良。如果就此停止，以前的努力也就全白费了。对全师棉花生产的发展，一耽搁就是十几年。我回来问娘,到底咋办? 娘说忠孝不能两全时,先忠后孝,古代的贤人们都是这么做的。"钟匡民说:"你娘真了不起啊!"钟杨说:"还有苇婷阿姨,她是个好人,现在我完全理解她了,她也有追求自己幸福的权利,可是爹,你并没有给她多少幸福!"钟匡民说:"我现在感到好内疚啊!"钟杨说:"我给她磕了头,而且我也叫了她一声妈妈。"钟匡民一把抱住钟杨说:"儿子! ……你和你哥一样,都是我的好儿子!"

屋外林带边,刘月季说:"钟柳,你跟钟杨的事说开了没有?"钟柳说:"说开了。"刘月季说:"他咋说?"钟柳说:"他说,亲不亲,咱俩也是兄妹。"刘月季说:"这孩子!"钟柳说:"我知道,钟杨哥也喜欢我! 可他……"刘月季说:"我知道他的心事了……钟柳,你那条项链的事你还记得吗?"钟柳说:"不是娘保管着的吗? 娘怎么啦?"刘月季说:"没什么,记得就好。"屋里面,钟杨对钟匡民说:"娘说,事业上的事不能耽搁,耽搁了就补不回来了,但爹的事,只要你爹活着,总有一天可以说清楚的。"钟匡民翻身坐起来,感慨地说:"我全明白了!"钟杨推开门朝林带方向喊:"娘,你们进来吧。"刘月季、钟柳进屋,看看钟匡民和钟杨。钟匡民的精神突然变得好多了。刘月季说:"说清楚啦?"钟杨说:"问爹吧。娘,我要赶回所里去。"刘月季说:"这么晚了!"钟杨说:"娘,我一定得回去。一是别让人怀疑,二是,我得定时记录棉花生长试验数据,耽搁不得。"钟匡民翻身下床说:"儿子啊! 我送送你。"钟杨说:"爹……"

月光下。钟匡民送儿子到路口,钟匡民与钟杨告别。钟杨说:"爹,我走了,你多保重!"钟匡民一把又抱住钟杨。这时,他才真正体味到亲情有多么可贵! 他说:"儿子,爹委屈你,冤枉你了。你说对了,对你们来说,我这爹,是不像个爹啊……"说着,眼泪夺眶而出。钟杨喊:"爹!"钟杨靠在钟匡民的肩膀上,也是满脸泪水。

第二十七章

钟匡民同刘月季、钟柳告别。钟匡民说:"我得回牛棚去。我说了,不管我心中有多大的委屈和不满,但纪律我还得遵守。"刘月季说:"回吧。药我让钟柳给你去买。按时吃,人活得再苦再难也别自己委屈作践自己!"钟匡民感动地说:"月季,我记住了。"

夜深了,刘月季和钟柳同睡在床上。钟柳说:"娘……"刘月季说:"咋啦?"钟柳感慨万千地说:"娘,我也要学你,做一个像你这样的女人。"刘月季说:"孩子,相夫教子,自古以来,就是女人该做的事。"

第二天,钟柳来到师部医院。钟柳把药瓶给药房看。药剂师说:"这是进口药,目前我们医院没有。"钟柳失望地叹口气。钟柳来到市里药店,钟柳把药瓶给一位营业员看。营业员摇摇头。钟柳又来到商场药柜前,营业员摇头,钟柳一脸的失望,收回药瓶。

钟柳有些绝望地靠在一棵树干上,一脸的焦

虑。她突然想起什么,骑上车子穿行在马路上。

她来到了商业处供应站。

孟少凡正在办公室同一伙人打牌,他脸上贴满了输牌后的纸条。钟柳喊:"孟少凡,你出来。"孟少凡一听是钟柳的声音,得意地笑,对那些打牌的人说:"对不起,我女朋友来了。"有一人好奇地打开门,见到钟柳站在门口。一打牌人说:"哇,好漂亮啊!"孟少凡立马抹掉脸上那些纸条,得意地走到门口。孟少凡说:"你找我?"钟柳说:"对。"孟少凡说:"那咱们走。"然后回头。"对不起,不打了。"指指钟柳,"有事呢。"钟柳跟着孟少凡来到商业处院子的一片林带里。孟少凡因为钟柳主动来找他,这是从来没有的事,因此感到很得意。孟少凡说:"找我有事?"钟柳拿出药瓶说:"这种药你能不能帮我买到?"孟少凡接过药瓶看看,说:"啊,姑夫吃的药,我在家见过,外国进口的,挺贵的。怎么了?"钟柳说:"我爹头痛病又犯了。"孟少凡说:"哼,过去当师长时,医院定期给他送过来。现在不行了吧? 活该!"钟柳说:"孟少凡,你还有没有起码的同情心?"孟少凡说:"这药不好买,我帮不上忙。"钟柳说:"孟少凡! 我先问你,这药你能不能买到?"孟少凡说:"凭我孟少凡现在的路子和关系,买这种药还有啥难的。"钟柳说:"孟少凡,我娘待你咋样?"孟少凡说:"你娘待我当然没啥说的。"钟柳说:"这药就是我娘让我来找你,托你买的。"孟少凡说:"这? ……"钟柳说:"你去不去买?"孟少凡说:"真是你娘让你来找我的?"钟柳说:"那你问我娘去。"孟少凡想了想,嬉皮笑脸地说:"不过我得有个条件。"钟柳说:"啥条件?"孟少凡说:"你得让我亲一下。"钟柳说:"当心我扇你!"孟少凡说:"只轻轻地碰一下。"钟柳说:"把药瓶还给我!"孟少凡说:"干啥?"钟柳厉声地说:"还给我!"孟少凡说:"好好,我去买。不过得等几天。"钟柳说:"为啥?"孟少凡说:"这药咱们这儿没有,得上乌鲁木齐医药公司去买。"钟柳说:"不过越快越好。"孟少凡说:"三天后你过来拿吧。不过钟柳……"钟柳说:"又咋啦?"孟少凡说:"虽说这药是月季大妈叫我买的,但这算我帮你的忙。"钟柳说:"行。你这份人情我记住了,到以后,我会还你的。"孟少凡说:"咋还?"钟柳说:"当你有需要我帮忙的时候,我会尽力帮你的。"孟少凡说:"就这?"钟柳说:"你还要咋样,还想动以前那个歪脑筋?"孟少凡说:"我敢吗?你现在是大学生,又是物资处财务科的干部,我这个采购员配不上你。"钟柳说:"那后天下午我来取药!"

猪圈里,郭文云与邱长发在煮猪食。向彩菊踏着夕阳的霞光走来。郭文云看到向彩菊,就笑着迎了上去。郭文云说:"是月季大姐让你给我送吃的来了?"向彩菊说:"月季大姐到师部去了。是我自己炖了只鸡给你送来了。"郭文云说:"哪来的鸡?"向彩菊说:"我自己喂的呗。"郭文云说:"你是个勤快人。听说这几天你到副业队积肥干活去了?"向彩菊说:"对,咋啦?"郭文云盯着向彩菊看。向彩菊说:"你干吗这么看我?到副业队积肥那有啥。活儿反而比学校菜地要轻松,就是脏点罢了。"郭文云心里感到很不好过,说:"向彩菊,以后你别再给我送吃的来了。"向彩菊说:"为啥?"郭文云说:"就你们为我送吃的,月季大姐下放到机关菜地去干活了,把你也弄到副业队的积肥班积肥去了。你再送,说不定他们会把你关起来。王朝刚这个人我是看出来了,他啥坏事都干得出来。"向彩菊说:"我不怕!"郭文云说:"可我怕!我不能看到你们因为我而受迫害!这次,我已经犯错误了,你要看着我再犯错误?"向彩菊说:"你下次不这么做不就完了。"郭文云说:"你说得倒轻巧,可我憋不住!看到你们受伤害,我这口气就咽不下去。今天你既然送来了,我就收下,但以后千万别再送了。啊?"向彩菊说:"以后再说。"郭文云转过身说:"长发,过来,咱们一起吃鸡,我床底下搁了一瓶酒,也拿过来。"向彩菊笑笑离开猪圈。

郭文云与邱长发坐在床上喝酒,吃鸡。邱长发说:"政委,那你为啥不答应?"郭文云点燃支烟说:"你不懂,她越是这样,我越觉得不能对不起她。"邱长发不理解地摇摇头。郭文云说:"长发,你还没女人吧?"邱长发憨憨地一笑说:"没女人要我!"郭文云说:"男人在这世上,总会有个女人的,缘分没到,缘分到了,准有。以前我的事你肯定也知道,那是因为没缘分,所以咋整都不行。现在你瞧有缘了,她就会死心塌地跟你了。"邱长发说:"我也会有吗?"郭文云说:"会!"邱长发高兴地憨态可掬地又笑了一下。

边防线上。天气已转暖,石缝中已吐出绿绿的嫩草。院子里,已升起的国旗在风中飘扬。赵丽江从屋里提着一个柳条篮子出来,篮子上盖了一块布,布上搁着一束野花。

赵丽江站在门口朝钟槐的屋子看了一眼,想了想,还是喊了声:"钟槐。"从屋里传出钟槐还带着点生硬的口气:"什么事?"赵丽江说:"今天是清明,我要去给刘玉兰上坟,你去不去?"钟槐的声音:"上坟是我的事,你去干什么?"赵丽江说:"刘玉兰是在这边防站上为公牺牲的。我是这个站的工作人员,我当然应该给她去上坟。"钟槐想了想说:"你先去上你的吧。我的,我自己会去。"赵丽江一笑说:"那好吧。"

赵丽江来到山坡上刘玉兰的坟地前。赵丽江在坟前布置上一碗馒头,两碟菜,一束鲜艳的野花。赵丽江在坟前,恭恭敬敬地鞠了三个躬。钟槐挂着拐杖,在远处看着。钟槐的心灵又一次被触动了。

赵丽江走后,钟槐也来到坟地。钟槐含泪鞠躬,然后坐在坟地边上,远远地看到赵丽江赶着羊群,骑着毛驴,两只牧羊犬一前一后地叫着,沿着边境线,消失在远处。钟槐魂不守舍地垂着泪说:"玉兰,帮帮我,我该怎么办好呀!"

团场猪圈里,郭文云正在喂猪,他显得在行而熟练。向彩菊提个陶罐朝他走来。向彩菊微笑着说:"郭政委。"郭文云说:"你咋又来了?"向彩菊说:"给你送吃的呀。"郭文云恼了,说:"我不是说了嘛,不要再给我送吃的来了,你怎么不听招呼!"向彩菊说:"今天队上分羊肉,我为你熬了一罐羊肉汤。"郭文云说:"我不吃,你拿回去自己吃吧。"向彩菊说:"咋啦?"郭文云板着脸说:"你把我说的话当放屁啊? 去,你拿回去!"向彩菊:"我又不是三岁毛孩子,办家家啊? 送来了又让我拿回去! 我把它搁在这儿,送不送是我的事,吃不吃,你自己看着办。"

向彩菊把陶罐往地上一搁,转身就走。郭文云冲着向彩菊喊:"好,这次我还吃,不过下次你再送,我就不给你面子了。"向彩菊回身说:"咋个不给法?"郭文云说:"扔了!"

几天后,向彩菊又提着个篮子,篮子里搁着一大碗鸡汤。郭文云正在猪圈外打扫卫生。郭文云看到向彩菊,因为向彩菊一再不听自己的话感到生气。由于领导当惯了,下面的人把他的话当耳旁风,他是最受不了的。习惯成自然。郭文云虎着脸说:"又送的啥?"向彩菊说:"鸡汤。"郭文云说:"你怎么这么不听话呀,不是说了不让你送了吗? 你把我说的话当放屁啊!"向彩菊说:"你是个当过领导的,怎么说话这么难听? 我也说了,送不送是我的事,吃不吃你看着办。政委都不当了,还拿啥架子嘛。"郭文云说:"那你就搁着吧。"向彩菊把篮子搁在地上。郭文云走上去用力一脚把鸡汤踢翻了。

郭文云说:"政委我是不当了,但我说话还得算数。我看你下次还敢再送!"向彩菊含着泪伤心地说:"你真踢啊!"郭文云突然感到自己做得过火了。向彩菊转身哭着走了。郭文云喊:"彩菊,彩菊……"向彩菊头也不回地走了。郭文云后悔不迭。

清晨。赵丽江打开羊圈。羊群拥出圈舍。她牵上毛驴,两只牧羊犬欢叫着,向山坡上奔去。钟槐把鸡鸭赶出院子,看着远去的赵丽江。钟槐想了想,拄着拐杖,也朝山坡上走去。

太阳已升得很高。钟槐拄着拐杖,艰难地在边境线上走着。白云,蓝天,鲜花,草原。钟槐走得满头大汗,但他咬着牙,继续往前走。钟槐自言自语:"我多么想再在边境线上巡逻上一遍啊。那儿有我熟悉的山,熟悉的湖,熟悉的树,熟悉的路……"钟槐咬咬牙,继续往前走。

夕阳西下,钟槐筋疲力尽地走进院子,他听到远处狗的叫声。他在院子里站了一会,又转身走到院门口,看到不远处赵丽江正赶着羊群过来。钟槐急忙来到羊圈前,把栅栏门打开。他往回走时,走得越来越艰难。他感到胳肢窝疼痛得有些支持不住了。钟槐走到院门口,一下摔倒在了地上。

钟槐的屋子。赵丽江扶着钟槐躺在床上。赵丽江端了一盆热水进来。赵丽江说:"钟槐,你要觉得不好意思,你自己洗吧。你胳肢窝里全是紫血泡。"赵丽江走出屋子,钟槐想叫,但声音卡在了嗓子眼里。

向彩菊在刘月季家里,向刘月季哭诉。刘月季说:"这个老郭,咋能这样! 不过呢,他也是出于好心怕连累你。"向彩菊说:"月季大姐,就是我不去给他送吃的,就连累不上啦? 我同他的关系,团里谁不知道,就差没办证了。再说,我不去关照他,给他送点吃的,我这心里也不是滋味。不见得他落难了,我就冷落他了,这是做人的规矩吗?"刘月季笑了,说:"这是他的福分。彩菊,我看这样吧,你们结婚算了。程世昌的事,他已经尽过心了。"向彩菊说:"这种时候结婚,能行吗?"刘月季说:"这有什么不行的? 说了是走资派,但没有说他不能结婚呀。过去,人家刑场上都能举行婚礼。只要你们双方愿意,没人能挡得住。"向彩菊说:"我就怕郭政委不同意!"刘月季说:"他那头我去说,你只要愿意就行。"向彩菊说:"你只要把他说通了,我再给他送一锅鸡汤去。"刘月季笑着说:"那明天你就把鸡汤熬好吧。"

夜里,刘月季也在帮着喂猪。噜噜噜地叫着喂得很在行。郭文云笑着说:"月季大姐,我看你的农活干得好,喂猪也喂得像回事。"刘月季说:"生活在农村的人,这些活儿谁不会干? 村里人都靠这些活儿活着的嘛。"郭文云说:"这倒也是。"刘月季说:"老郭,我问你一句话。向彩菊你不要啦?"郭文云说:"哪里的话。现在我是落难的时候,我是怕她有什么想法不要我呢。"刘月季说:"那你明天就跟她扯结婚证去!"郭文云说:"为啥?"刘月季说:"都谈了快三年了,还拖到什么时候,你以为你们还是年轻人啊? 磨上那么五年六年的,老品着那自由恋爱的味道就没有够呀?"郭文云说:"现在我落难到这么个地步,咋跟她结婚?"刘月季说:"她不嫌弃你,那就能结!"郭文云说:"我真怕会拖累她。"刘月季说:"老郭,郭文云,你还是个男人吗?"郭文云说:"咋啦?"刘月季说:"干吗这么婆婆妈妈啊? 向彩菊说了,想跟你把这事赶快办了。你就拿出踢鸡汤的劲头来! 昨晚你踢鸡汤的时候,咋把男人的劲头要得那么足?"郭文云说:"这能行吗?"刘月季说:"为啥不行? 过去刑场上都可以举行婚礼,你们为啥不行,上面又没说走资派不能结婚,不能讨老婆!"郭文云激动地搓着手说:"那行,月季大姐,你去告诉彩菊,明天我就跟她一起去登记。"刘月季笑了,说:"这才像你郭文云说的话。"

赵丽江住的屋子。夜很深了,赵丽江坐在床上,在油灯下缝一块棉垫子。
钟槐半夜醒来,走出屋外方便,看到赵丽江屋子的灯还亮着。钟槐看着屋子,心里翻着波浪,站了很长时间。

第二天早晨,朝霞染红了天际,旗杆上的红旗已在飘扬。赵丽江牵出毛驴,把棉垫子绑在毛驴的背上。然后再试试绑紧了没有。赵丽江喊:"钟槐,走吧。"钟槐出屋说:"上哪儿?"赵丽江说:"你拄着拐杖,一天走不完这条巡逻线。"钟槐说:"你怎么知道?"赵丽江说:"这一路上,都是你拐杖点出的坑。上次我让你跟我一起去巡边,你不肯……走吧,坐上毛驴走。"钟槐看到了毛驴背上的棉垫子,感动得眼里渗出泪花。他知道,她一夜没睡,就是为他缝了这块棉垫子。他犹豫了一会,终于朝小毛驴走去。赵丽江的脸上舒展出笑容。

初升的太阳十分灿烂,草坡上开满了鲜花,羊群在咩咩地叫着,两只牧羊狗紧挨着小毛驴走着。钟槐坐在毛驴上,赵丽江在前面牵着。钟槐激动地看着四周曾经熟悉的景色。远处,连绵的群山,一片苍翠。

钟槐说:"赵丽江。"赵丽江兴奋地说:"啊?"钟槐说:"赵丽江……"赵丽江说:"怎么啦?你是觉得我这个人很奇怪,是吗?我告诉你,我知道我的条件好,在演出队的女演员里,我是最棒的,人长得漂亮,能歌善舞,为人热情爽朗,这是别人对我的评价,我自己也这么认为。我根本用不着一定要到这边防站来,更用不着一定要追你。我可能会找一个比你条件更好的。"钟槐说:"那你为啥非要赖在这儿不走?"赵丽江说:"那是因为人只要有了自己的追求,有了自己的理想,那他就得自始至终地去追求它,锲而不舍地去努力,把自己的理想变为现实,不要半途而废,不要知难而退,人生的价值,就是在这样一种努力和追求中体现出来的。爱也一样,既然你爱上了一个人,那你就把自己全身心的爱扑上去,这才能真正体味出爱的价值和爱的滋味来。你不这样认为吗?爱也需要全心全意。我对你就是这样!"赵丽江把火辣辣的眼光射向钟槐。钟槐说:"那如果我死了呢?"赵丽江说:"我还会一直爱你,爱在心里,但我会另外嫁人。"钟槐说:"为什么?"赵丽江说:"这还用问吗?活人不能只为死人活着,不管这个人有多么伟大,可爱。你只要能把他记在心里就行了。"钟槐:"……"赵丽江回头看看钟槐说:"我给你唱支歌?"钟槐点点头。赵丽江说:"唱什么?"钟槐说:"唱那首巡边歌吧。"赵丽江唱着:"手捧一把热土,紧紧贴在胸口,眼望前面的界河,心中流淌着理想……"

翻过一个坡后是一片平坦的高原，一汪清澈的湖泊静静地躺在草地中。赵丽江的歌声在高原上回荡，钟槐思绪万千……

夕阳染红了天上的云朵。

赵丽江在案板上揉面，钟槐往炉里加柴火烧水。赵丽江说："钟槐，今晚饭一起吃吧？"钟槐点点头。赵丽江脸上有了灿烂的笑容。赵丽江和钟槐高兴地把羊群赶进羊圈。赵丽江看着钟槐，钟槐也看着赵丽江，两人的眼神都充满了柔情。

在钟槐房间，赵丽江与钟槐一起坐在小桌前吃饭。钟槐依然感到有些拘谨，而且思想斗争也很激烈。他看了赵丽江一眼后，就埋下了头。赵丽江不住地往钟槐的碗里夹菜。钟槐突然抬起头说："赵丽江，我求你。"赵丽江吃惊地问："求什么？"钟槐说："我顶不住了。"赵丽江说："怎么啦？"钟槐说："你还是回去吧，我真的顶不住了。"赵丽江说："什么顶不住了？"钟槐说："我……我……"钟槐猛地放下碗，冲出屋外。

夜空中星星在闪烁，月光向大地抹上了一片银色。钟槐拄着拐杖，朝院门外走去。赵丽江冲到院门口喊："钟槐，你要到哪儿去？"钟槐消失在夜色中。赵丽江似乎猜到了什么，她长长地叹了口气。赵丽江的眼睛在夜色中也像星星一样明亮。她自语着说："钟槐，你越是这样，我越爱你……"

这天，钟槐又来到刘玉兰的坟前。他的眼睛凝视着坟墓。

钟槐说："玉兰，我该咋办？我又爱上赵丽江了，我没法不爱她。但我心中怎么也忘不了你。我能不能接受她？你告诉我……"坟地静悄悄的。钟槐说："要是你同意，你就让你坟上的草往东边倒，你要不愿意，就让坟上的草向西边倒。玉兰，你回答我……回答我呀！"静静的坟地起了风，坟上的草向东倒去。钟槐说："玉兰，你真的愿意吗？"风把坟上的草向东吹得快要贴到地面上。钟槐："玉兰……"

月色朦胧，云在夜空中飘悠。

赵丽江站在院门口，在等着，等着。她看到钟槐拄着拐杖朝她走来。钟槐扔掉拐杖，单腿飞快地朝她跳来。她明白了什么，立即充满激情地朝钟槐迎去。两人面对面地站了一会儿，接着就紧紧地拥抱在了一起。赵丽江是说不出的心酸与幸福，整张脸都被泪水浸湿了。

钟槐只是闭着眼睛紧紧地抱住赵丽江……

赵丽江说："钟槐，娘在离开这儿时就把你托付给我了。"钟槐说："我娘那时就同意了？"赵丽江说："娘没说，但她走时转过身来，朝我鞠了一躬……"钟槐感动地含泪说："娘……"

团场，团机关办公室。行政科。行政科工作人员小郑犯难地看着坐在他对面的郭文云和向彩菊。

小郑用很轻的声音说："郭政委，你们的结婚报告得由朝刚副主任批了，我才敢给你办。"郭文云说："我和向彩菊同志不符合婚姻法？"小郑说："不。但这也得由朝刚同志批了才行。"郭文云气恼地一拍桌子说："是婚姻法大还是那个王朝刚大？"小郑说："郭政委，你千万别为难我。"郭文云猛地站起来说："向彩菊，我宣布，我和你现在就是夫妻了！婚姻法上写着婚姻自由，可现在他们在干涉咱们的婚姻自由！他王朝刚批不批，我和你就是夫妻了。"向彩菊说："老郭，你别这样，让小郑为难多不好。"小郑说："郭政委，你别发火嘛。这报告我帮你拿去批，不用你去，行吗？"郭文云说："那你快去快回！"

小郑拿着报告走出办公室。

向彩菊拉了郭文云一下抱怨说："你已经不是政委了，说话干吗还用这口气？"郭文云说："只要不是上级党委下文件免我的职，我就还是这个团的政委！"小郑进来说："郭政委，朝刚副主任说，报告先放在他那儿，以后再说。"郭文云气愤地说："我知道会这样！向彩菊，走！从今天起，你就是我老婆，我就是你男人了！"

夜里，向彩菊来到刘月季的小办公室，把事情经过告诉了刘月季。向彩菊沮丧地对刘月季说："事情就是这样，我和郭政委的事没办成。"刘月季气愤地说："王朝刚怎么能这样！"向彩菊说："郭政委说，管他批不批，今天咱俩就是夫妻了！可我和老郭都很传统，说归说，但我俩都做不出这档子事。"刘月季一笑说："这没啥，好事多磨呀。只要你俩不变心，这事准能成。但越轨的事千万可做不得！"

第二十八章

团机关办公室。夜已深了。刘月季提着一个饭缸敲王朝刚办公室的门。王朝刚打开门,看到刘月季说:"月季大姐,你怎么来了?"刘月季说:"夜这么深了,你这位副主任还在忙啊?我给你送一点热热的鸡蛋面来。"王朝刚说:"月季大姐,我这怎么敢当呢?"刘月季说:"这有什么不敢当的。虽说你撤了我的司务长的职,但我并不记恨你,因为你也有你的难处。我给钟匡民、郭文云这些人送吃的,你发觉了,不能不处理,你要有个交代,不是吗?"王朝刚说:"月季大姐,你说对了。领导不好当啊。我现在才感到上船容易下船难哪。月季大姐,我想你是为郭文云和向彩菊的事来的吧?"刘月季说:"是!"王朝刚说:"我这不好办哪。我要批了他们的结婚报告,人家会说我同情走资派的,他们也会打倒我的。"刘月季说:"要是你不批他们的结婚报告,你知道我会咋想吗?"王朝刚说:"你咋想?"刘月季说:"我就会想,王朝刚这个人,怎么这样!不管咋说,人家郭文云是关照过你,提拔过你的人。人家四十几岁了，好不容易找到了一个称心的女人，可你王朝刚却卡住不让人家结婚。那你在跟我一样有这种想法的人心中是个啥形象？"王朝刚说："月季大姐，这我也想过。"刘月季说："想过就好，我还以为你没想过呢。俗话说，这人生哪，三十年河东，三十年河西，谁知道谁会是个啥情况。所以人在河东时别忘了河西，人在河西时也别忘了还有河东。不管是在河西还是河东，但只要有一条，就是做人得有人性，得有颗善心，你就能活得自在。我今晚来找你，你没赶我走，说明你还有点良心，说明你还没忘记我和匡民救过你的命！"王朝刚说："月季大姐，好吧，我听懂你的话了。这结婚报告，我现在就批，你给他们带回去吧。"刘月季说："我今晚只是来同你说一说，没别的意思。你也别告诉郭文云和向彩菊说我来找过你。为你今后着想，别太让郭文云记恨你了，明白我的意思了吗？"王朝刚说："月季大姐……"刘月季说："面条趁热吃吧，我走了。别工作得太晚了，身体是革命的本钱哪！这话对谁都不错。"

这天清晨，钟杨与殷副队长在检查棉花。朱常青扛着把铁锹刚从棉田夜班浇完水往回走，一脸的憔悴与疲惫。钟杨同情地朝朱常青看了一眼，朱常青愧疚而感激地朝钟杨点点头。钟杨说："殷副队长，怎么让朱常青上夜班浇水。五十出头的人了，能顶得住吗？"殷副队长说："顶不住也得顶啊。他当所长时，得罪的人也太多了。他把你不是整得也够狠的吗？"钟杨说："他是从工作上考虑的。"殷副队长说："就你这么想，别人可不这么想。你也知道，队上的劳力本来就紧，一个萝卜一个坑，浇水是轮班倒的。轮到他上夜班，他不上咋办？"钟杨说："原来是这样……"

夜里，朱常青在棉田浇水。钟杨踏着月光，扛着铁锹朝朱常青走去。朱常青看到钟杨，有点吃惊地说："钟杨，你来干什么？"钟杨说："我来帮你浇水。"朱常青说："钟杨，这用不着。"钟杨说："朱所长，浇水这活儿本来就是年轻人干的活，强迫你来浇水，已经难为你了。而且又是晚上，你眼神也不好。"朱常青说："劳动锻炼了这么一阵，也习惯了。钟杨，你还是回去，让别人看见了，会对你不利的。"钟杨说："现在打派仗打得热火朝天的，谁还会有精力来管这种事!"钟杨熟练地开渠,引水,堵口。朱常青很感慨地叹了口气说:"钟杨,你不恨我吗? 你跟你父亲划清界限了,干吗不跟我划清界限? 我知道,开我批斗会时,你就不肯来参加,为什么?"

棉田边的林带。月色朦胧。钟杨、朱常青坐在林带边的田埂上。渠水在月光下涓涓地流着。朱常青掏出一盒烟,递给钟杨一支。钟杨摇摇头说:"我不抽烟。"朱常青自己点燃了一支,说:"钟杨,现在想起来,我真是很对不起你。"钟杨说:"朱所长,这没什么好对不起的,当时你也是为工作着想。"朱常青坦诚地说:"不全是。"他连抽了几口烟,"其实更多的是我私心在作怪,所以我要说我对不起你。"钟杨看看朱常青。朱常青说:"你要试验新的选种方法,应该是件好事,当时我极力阻止,那是我为了要保住我在选种方面的权威地位,保住我所长的位置。而且我还动用了你父亲的力量,弄得你们父子关系这么僵。这全是我的责任啊。"钟杨叹口气说:"朱所长,这一切全过去了。"朱常青说:"但我自己得好好反省啊。钟杨,我知道,你肯定还在坚持着你的试验,是吧?"钟杨说:"是。周亚军和殷副队长,一直在偷偷地支持着我。"朱常青说:"他们从一开始就支持你了,是吧?"钟杨说:"是。"朱常青很感慨地说:"看来,科学与进步,是什么力量都阻挡不住的。我愚昧了。钟杨,我也想偷偷地加入支持你的行列,行吗?"钟杨激动地说:"朱所长,有你这样一位老专家的加入,我们成功的把握就更大了。"说完,两人拥抱在一起。朱常青含着泪说:"钟杨,原谅你这位老叔吧。"钟杨说:"我对你说过不少冒昧的话,请你也别记在心上……"

水渠的水在平静而深情地流着。

第二天清晨,有人来接朱常青的班。朱常青对钟杨说:"钟杨,你跟我来一下好吗?"朱常青领着钟杨来到一间小屋前。朱常青用钥匙打开门,钟杨发现里面堆满了棉花。朱常青说:"钟杨,这就是你那块试验田收下的棉花,我让人单独堆放在这儿了。这钥匙给你。"钟杨说:"朱所长,这……"朱常青说:"钟杨,我可以告诉你,那时,表面上你爹是站在我这边,那是为了维护我这个当所长的权威,其实在内心,他是支持你的。在车上,他对我说,对年轻人搞科研的积极性不能压,要疏导。就因为你爹的这句话,我才决定把你试验田的棉花单独堆放在这里。那时,我这个所长当得确实不怎么称职。我把这棉花还给你,我朱常青也不想做历史的罪人。"钟杨情绪激动地看着朱常青,点了点头。

团场的羊圈。王朝刚朝正在干活的钟匡民、程世昌走去。王朝刚走到钟匡民跟前,毕恭毕敬地说:"钟师长,请你去办公室,有人要找你谈话。"钟匡民说:"有什么事?"王朝刚说:"你去了就知道了。"钟匡民放下铁锹,朝程世昌看一眼说:"老程,我去去就来。"

钟匡民和王朝刚走出羊圈。王朝刚说:"钟师长,月季大姐司务长的工作,我们已经给她恢复了。"钟匡民心里似乎明白了什么。

团部,办公室里有两位同志跟钟匡民说明来意。钟匡民说:"不能在本师恢复我的工作吗?"甲说:"这是上级党委的决定,我们也改变不了。"乙说:"钟师长,你还是先到南疆的水利工地去工作一段时间再说吧。那是一项重要工程,你在这方面有很丰富的经验,所以上级决定让你去担任总指挥。"钟匡民想了想说:"好吧,我服从上级党委的决定。"

钟匡民回到羊圈,继续和程世昌在一起干活。钟匡民说:"那是南疆很大的一项水利工程,让我去那当总指挥。"程世昌说:"钟师长,这么说你解放了,重新工作了?"钟匡民说:"可以这么说。"程世昌说:"什么时候走?"钟匡民说:"就这两天。"程世昌说:"那你赶快回师里去吧,剩下的这点活儿我一会儿就干完了。"钟匡民说:"我得先去找一下刘月季。有件事,我得去跟她商量商量。"

钟匡民走在通往团机关食堂的林荫道上。钟匡民坐在一块大石头上,抽着烟在想着心事。有关刘月季的往事,一幕幕地在他眼前闪现。

他与刘月季进洞房后,他没有正眼看一下刘月季,刘月季伤心地哭泣。刘月季流着泪对他下跪求他。刘月季带着孩子来找他,他对刘月季的冷漠。钟匡民回忆到这里,内疚地长叹一口气,猛抽了几口烟……

他与孟苇婷的婚礼上,钟杨骂他是陈世美,刘月季打了钟杨一下,把钟杨和钟槐拉了回去。钟桃在嗷嗷待哺时刘月季送来了驴奶。枪响后,母毛驴倒下,刘月季昏了过去。刘月季陪着孟苇婷去医院。刘月季为孟苇婷办丧事的情景。刘月季背着晕倒了的他往她的屋子走……

钟匡民两眼渗出感动的泪水,他掐掉烟,朝刘月季的房子走去。

进了屋,刘月季端了杯茶递给钟匡民。刘月季笑着说:"能重新工作好呀。去水利工地也行,反正是解放了。"钟匡民说:"所以月季,有件事我想跟你商量一下。"刘月季说:"啥事?"钟匡民说:"想让你住到家里去。我想让组织上在师部为你找份工作。"刘月季说:"你说什么? 让我住到你那儿?"钟匡民说:"是。"刘月季忙摇手,下意识地说:"不行,不行! 这怎么行。"钟匡民感到很失望,用请求的眼神看着刘月季。

刘月季愣了好一会儿,猛地,以前的一切酸甜苦辣都涌上了心头,一股无名火蹿上了脑门,她感到了一种说不出的心酸、伤感与惆怅。她突然捂着脸哭号起来。钟匡民说:"月季,你怎么啦?"刘月季说:"我不能去! 你让我住到你那儿去算什么?"钟匡民叹了口气解释说:"月季,是这样,学校很快就都要复课了。我走后,钟桃需要照顾,而且钟杨、钟柳也都在市里的单位工作。"刘月季说:"那我把钟桃接到我身边来! 钟杨、钟柳已用不着我操心了。"钟匡民说:"接到你这儿,上学怎么办? 这儿离师部学校有十几公里路呢。"刘月季说:"钟匡民,我告诉你,你有许多忙我都会帮,因为你是孩子的爹,但我刘月季不会再住进你钟家了。"钟匡民伤感而愧疚地说:"月季……"刘月季心又软了下来说:"匡民,我这辈子就这样了,我俩的婚姻从你参军走的那天起就结束了,我从那以后,为你做的都是心甘情愿的。我刘月季总还要有那么一点傲骨吧!"

钟匡民说:"我知道你的心,我伤害你伤害得太重了。 对不起,月季……"刘月季突然抹去泪说:"这事不提了。过去的老皇历越翻越没劲,弥补不回来的事就不用再弥补了。匡民。"钟匡民说:"啊?"刘月季说:"你啥时候走?"钟匡民说:"明天一早我就回市里去,收拾收拾,后天或者大后天就走。"刘月季说:"晚走一天吧。"钟匡民说:"为啥?"

刘月季说:"明天下午郭文云和向彩菊举行婚礼。这事我在操办,你和郭文云既是战友,又是难友,你一定得参加!"钟匡民说:"老郭结婚,这杯喜酒我当然得喝!"

夜里,刘月季和郭文云、向彩菊正在刘月季办公室里商量婚礼上的事。刘月季说:"花这么多钱啊?是不是太浪费点了?"郭文云说:"你就往大里给我办!我郭文云四十几岁,才找了个称心的婆娘,我现在是落难的时候,只有多花点钱来风光风光,我不能让彩菊太受委屈了!"向彩菊说:"还是节约点吧。"郭文云说:"唉!老钟比我有福啊,解放了。可我老郭……还是有人缘好啊!老钟做人比我圆滑啊!我郭文云可能得罪人多了点了。"刘月季一笑说:"少花点钱吧,但往热闹里办。匡民我让他多留一天,参加你们的婚礼。郭政委,我给你提个醒,王朝刚你请不请?"郭文云说:"他娘的,我揍他还不解恨呢,干吗要请他?"刘月季说:"你们的结婚报告他可是批了的,我的意思是冤家宜解不宜结。这事你们看着办,但我的意思是请!"说完,刘月季出门,直奔王朝刚办公室去。

见到刘月季,王朝刚有些沮丧地说:"月季大姐,你没说错,三十年河东,三十年河西。其实现在是几年河西几年河东。听说,老干部都在一批批解放,而我可能还要当我的科长去,甚至连科长都不会让我干。如果是郭文云重新当团长或者政委的话……"刘月季说:"你现在不还是副主任吗?"王朝刚说:"是。"刘月季说:"明天郭文云的婚礼你就去参加。好好去贺贺人家。"王朝刚说:"他可能又会用铁铲把我赶出来的。"刘月季说:"他俩的结婚报告你不是批了吗?我的司务长你不也恢复了吗?今晚我来,就是郭文云让我请你明天去参加他的婚礼的。"王朝刚说:"月季大姐,真的?"刘月季说:"我刘月季什么时候说过假话?"王朝刚在沉思,突然感动地说:"月季大姐,你真是个好人哪,你做的事我全明白了……"

这一天,机关食堂小餐厅的墙上贴着大红喜字。钟匡民与郭文云、向彩菊碰酒杯。刘月季站在钟匡民身边。钟匡民说:"唉,人生哪,真是不太说得准的。你想要个老婆,花钱接来的,结果飞了。可你觉得没指望的时候,却自己千里迢迢地走到你身边了。"郭文云说:"那要谢谢月季大姐牵的线。"刘月季说:"那全是缘分,没缘分还是要飞的。有了缘,踢都踢不走!"周围响起一片笑声。王朝刚端着酒杯犹犹豫豫地走上来,说:"郭政委,祝贺你。"郭文云说:"你小子,要不是你还识抬举,把结婚报告给我批了,又有月季大姐说情,我又会一铲子把你撅出去!"王朝刚尴尬地一笑又转脸对钟匡民说:"钟师长,祝你去南疆一路顺风。"然后又转向刘月季感动地说:"月季大姐,谢谢你!"

参加完婚礼,王朝刚走进地窝子,对程世昌说:"程技术员,你回你的地窝子去住吧。"程世昌说:"我自由了?"王朝刚说:"别让我说得太多,行不行?"

程世昌高兴地点头说:"我现在就能回我的地窝子?"王朝刚说:"你回吧!"

夜里,电闪雷鸣,大雨骤泼。快黎明时,地窝子的屋顶轰地塌了一半,程世昌惊醒了。

刘月季匆匆赶回家对钟柳说:"钟柳,你干爹的地窝子被雨冲塌了,你干爹正在往外搬东西,咱们帮帮他忙去。"

程世昌地窝子被压塌一半的屋顶上已撬开一个大口子,程世昌正探出身子往外搬书。地窝子边上的草地上铺了张床单,上面已经搁了一些书。刘月季和钟柳赶到,钟柳忙上去把屋顶口子边上的书搬到床单上。刘月季拿了一把坎土曼,把积压在顶上的草泥往一旁扒去,她怕湿透了的沉重的草泥又会把另一半的屋顶压塌。那会很危险。程世昌感激地朝他们点点头说:"月季大姐,你看又麻烦你们!"刘月季说:"还好,没把你人压着,要不多危险哪!"钟柳继续搬着书,说:"干爹,你的书可真多!"由于搬得太多,最上面的一本硬封面的书因为手一打滑,翻落到地上,结果有一张发黄的旧照片掉了下来。那是程世昌和他夫人向彩兰年轻时的结婚照。程世昌很帅气,向彩兰也很漂亮,显然与钟柳有些像。钟柳拿起照片看,钟柳凝视着向彩兰,往事猛地闪回……

公路两旁茫茫的戈壁。两辆敞篷卡车上坐着人,在公路上行驶。一群土匪骑着马在远处开枪。后一辆轮胎被打穿,停了。前一辆车也停下,前一辆的司机喊:"快上我这辆车!"旅客纷纷下车拥向前一辆车。向彩兰也跳下车,然后抱下程莺莺,然而一颗子弹射中向彩兰。向彩兰倒下,程莺莺扑在母亲身上哭喊。土匪马队正在乱射中逼近。一个中年人拉起程莺莺喊："小姑娘,快跑……"中年人刚把程莺莺抱上前面一辆车,车就开动了,中年人反而没有爬上车,没追上,被抛在了车后……

钟柳凝视着照片,眼里含满了泪。虽然过去十几年,但儿时的记忆犹在,虽然可能已模糊。刘月季和程世昌也走到她跟前。钟柳忙指着照片上的向彩兰问:"干爹,这是我干妈吧? 她现在在哪儿呢?"程世昌说:"她已经死了。"刘月季接过照片看了看说:"程技术员,你女人好漂亮啊!"钟柳问:"干爹,干妈是咋死的?"程世昌看看刘月季,刘月季眼中闪出一个只有程世昌能懂的暗示,程世昌马上接口说:"那时我跟你干妈结婚不久,结果有一天夜里,家乡发洪水,我逃出来了,你干妈她没能逃出来……"钟柳说:"干爹,你没有孩子?"程世昌摇摇头说:"没有,你干妈没音讯后,我就来新疆了。"钟柳又拿上照片看看说:"干爹,这照片能给我吗?"程世昌说:"为啥?"钟柳说:"我想要!"刘月季说:"还给干爹吧,这是你干爹的念物。"程世昌说:"月季大姐,钟柳想要,就给她吧。"刘月季拿过照片说:"让我再看看……"然后陷入了沉思。

刘月季、钟柳、钟桃来到钟匡民家。刘月季问钟柳说:"工作分配了?"钟柳说:"分了,分在师物资处财务科当出纳"。刘月季:"已经上班了?"钟柳说:"前天就去上班了。"刘月季说:"世上还是好人多啊! 钟桃,我听你爸爸说,学校要复课了?"钟桃说:"下个星期一就要报到了。"刘月季掏出一沓钱,说:"钟柳,这是钱,给娘买一辆自行车。"钟柳说:"娘,你这么大岁数了,还学啥自行车呢?"刘月季说:"你去给娘买去。娘身体还好着呢。"钟柳说:"可买自行车是要票的。"刘月季说:"啥票?"钟柳说:"自行车票。"刘月季说:"去找少凡,少凡不就在商业处跑采购吗? 就说我托他买的。"

钟柳来到商业处,孟少凡说:"行。不过钟柳,你又欠我一次情噢。"钟柳说:"记住了,两次! 上次是药,这次是自行车。"孟少凡说:"不对,是三次。"钟柳说:"哪来的三次?"孟少凡说:"你忘了那次考试? 你钢笔没墨水了……"钟柳说:"那一次也算啊!"孟少凡说:"当然算了! 要不,你是个大专生,我才只是个初中生嘛。"钟柳说:"就因为那两滴墨水啊。好吧,自行车我啥时来拿?"孟少凡说:"后天。"钟柳说:"飞鸽牌噢。"孟少凡说:"没问题。干吗非要飞鸽,永久不是更好吗?"

吃晚饭时,刘月季不断地夹菜给钟桃。钟桃说:"娘,你就住在这儿嘛!"刘月季说:"钟桃,娘不能住在这儿。"钟桃说:"住在这儿又怎么啦?"刘月季说:"钟桃,你听娘说,你妈妈在的时候,娘来住几天没关系。但现在你妈妈不在了,娘就不能住在这儿,人家是要说闲话的。娘作为一个女人,也不能这么贱。这些,你长大后会懂的。"钟桃说:"娘,过几天学校不就要开学了吗?"刘月季说:"所以娘今晚来同你商量。你钟柳姐姐也已经正儿八经地在上班了,中午不能回来,所以娘要买辆自行车,每天中午,娘都会赶来给你做中饭。钟柳姐姐晚上下班后回来给你做饭,钟柳姐姐像以前一样,就住在这儿。反正娘每天都来,好吗?"钟桃含着泪点点头。钟柳说:"钟桃,娘讲得对,就这样,好吗?"钟桃说:"姐姐,那你每天都得回来陪我睡。"钟柳说:"自你妈走后,我不是天天都来的吗?"

这一天,程世昌走进刘月季的办公室。程世昌说:"月季大姐。明天我就要离开这里了。"刘月季说:"去哪儿?"程世昌说:"去南疆的一个水利工地。可能又是钟师长的意思,因为钟师长在那个水利工地当总指挥。"刘月季说:"那好啊。"程世昌说:"月季大姐,今天我来,是想告诉你我的一个想法。"刘月季说:"啥想法?"程世昌说:"钟柳我不认了。"刘月季说:"为啥?"程世昌说:"她已有你们这么好的父母,干吗以后非要让她认我这么个父亲呢?你们把她抚养得这么好,大专毕业后又安排了个好工作,以后真能当你们的儿媳妇的话,她这一生就没有什么好遗憾的了。我知道,钟杨也是个好孩子。所以我认不认她,对我来说,已没有任何意义了,我已经知道她就是我女儿,这就足够了,我已经很满足了。而对她来说,认我这么个父亲,恐怕会给她带来很多烦恼。因为我的命不好。"刘月季说:"程技术员,这只是你的想法。钟柳会怎么想,我和匡民会怎么想,你怎么不问问? 你先去南疆工作,认女儿这件事,放到以后再说。你这位亲父亲,我们是一定要叫她认的!会有这一天的!"程世昌说:"月季大姐,我很敬重你,也很敬重钟师长,但这件事,请你能尊重我的意见。不要给钟柳增添什么烦恼了。这真的是我最大的愿望了。就这样吧。"程世昌转身要走,突然又转过身来说:"月季大姐,我有句一直憋在心里的话,但现在想说出来,行吗?"刘月季说:"这有什么不行的,说吧!"程世昌说:"说出来,你别生气。"刘月季感到什么,一笑说:"你能说出什么会让我生气的话?"程世昌深情地说:"世上的男人,如果能找上你这样的女人,那就是他一辈子的福分!我知道我不会有!"程世昌给刘月季深深地鞠了一个躬。刘月季望着程世昌消失了的背影,突然感情极其复杂地摇摇头,哭了……但她又抹去泪笑了笑。跟程世昌当然是不可能的。这世上毕竟也有人爱她啊……

林带黄了又绿,积雪化了又积。刘月季天天骑着自行车行驶在由农场去师部,由师部回农场的公路上。这天,刘月季推着自行车正准备出门,看到王朝刚背着行李和挎包朝她走来。王朝刚说:"月季大姐,我来跟你道个别。"刘月季说:"怎么,要出差啊?"王朝刚说:"上级让我去参加个学习班,可能要一年时间呢。"刘月季说:"那好,多学点东西,这样可以更明事理。"王朝刚说:"月季大姐,我对我以前做的事真的感到很后悔。"刘月季说:"不说了,人都是这样,吃一堑长一智。"

下雪了,风雪交加,刘月季骑着自行车往师部赶。积雪太厚太松,刘月季骑得很吃力,眼看快到瀚海市的市区了,但车轮子一滑,自行车斜着滑出去,刘月季摔倒在地上。

钟柳拉着钟桃的手,望着铺满积雪的公路。在路口迎着风雪等着。刘月季瘸着脚,推着自行车,吃力地走在路上。钟柳、钟桃望见在路上出现的刘月季,就朝刘月季奔去。刘月季松了口气,受伤的脚再也支撑不住了,一下歪倒在积雪中。钟柳喊:"娘!"钟桃喊:"娘……"钟柳用雪擦刘月季的脚脖子。刘月季感觉好了点。刘月季说:"钟桃,你中午吃饭了没有?"钟桃说:"放学回家,我看到娘没来,心想下这么大的雪,娘大概不会来了,就到姐姐单位找姐姐,就在姐姐单位食堂吃的饭。吃完饭后,姐姐说娘肯定会来的,姐姐就拉我到路口等娘。"钟柳说:"娘,以后你中午别来了,让钟桃上我们单位吃食堂吧。"刘月季说:"我就是管大食堂的,食堂的饭菜我还不知道。中午我还是过来吧。"钟桃说:"娘,你别过来了,我就跟着姐姐吃食堂,食堂的饭菜挺好的。"钟柳说:"娘,你都快奔六十的人了,哪能这么天天辛苦呀,你要有个啥,爹和哥都饶不了我。"刘月季想了想,看着钟柳快要哭出来的样子,便舒了口气说:"这样吧,我隔三天来一次,总得给钟桃做顿好吃的。要不,我就对不起她那过世的妈妈了。我答应她妈妈照顾好钟桃的!"钟桃含泪说:"娘,我已经十五岁了,我长大了,我会照顾好我自己的。"刘月季摸摸钟桃的脸说:"那就这样!"

日子过得飞快,这一天,刘月季从伙房出来,推上自行车准备走。向彩菊腆着微鼓的肚子,提着个面粉袋和一只油壶朝她走来。向彩菊说:"月季大姐,你又要出门啊?"刘月季说:"怎么,彩菊?"指指向彩菊的肚子,"你和郭政委搞的是大跃进啊?"向彩菊笑着说:"什么大跃进?这能跃进吗?我和老郭结婚都快一年多了这才怀上的。肚子也是最近才往外鼓的。你因为忙,才把时间感觉错了。"刘月季笑了说:"是我感觉错了。郭文云恢复工作,改任团长也快两年了,你看我这记性!"向彩菊说:"钟师长回来过没有?"刘月季说:"春节回来过两天,年初三又回去了,只知道忙工作。苇婷不在了,他更没啥可牵挂的了。"向彩菊说:"老郭也一样。清晨出去,夜半回来,连说句话的机会都没有。"刘月季说:"彩菊,我得走了,今天星期三,我得去趟师部。面粉、清油你让刘班长给你打吧。不过彩菊,像你这样的年纪怀娃,千万得小心着点。"

第二十九章

　　这天,刘月季骑着自行车兴冲冲地来到棉田。钟杨、朱常青、周亚军、殷副队长正聚在一起,察看着棉花。从朱常青的神态上可以看出,他也重新得到了启用。朱常青说:"钟杨,我真的要祝贺你们,你们大胆地提出株行、株系、原种分系比较法,实行多中选优,优中选优的原则,原种产量要比以前采用的方法在数量上翻了一番,而且质量也一批比一批好。"钟杨也一脸的兴奋。他看到已站在地头的刘月季。钟杨说:"朱所长,我娘来了,我去一下。"刘月季从口袋里掏出一封信,说:"你哥来信了。你看看,里面还有一张照片,你哥又结婚了,这是你嫂子。"钟杨说:"是吗?"刘月季说:"对,瞧,多漂亮。"钟杨看钟槐与赵丽江的合影。刘月季说:"这姑娘我见过两回,本人比照片还要漂亮。钟杨,你和钟柳的事进展得咋样啦?"钟杨说:"娘,这事不行,我反复考虑过了。"刘月季说:"为啥?"钟杨说:"我们是兄妹。"刘月季说:"是你不喜欢她吗?"钟杨说:"喜欢,可我叫钟杨,她叫钟柳,这事不是让人笑话吗?”刘月季说:“喜欢就行。”钟杨说:“娘,这事不妥当。要是我同她结婚,她不成了咱们家的童养媳了。”刘月季说:“童养媳?亏你想得出!童养媳是个啥情况,娘见多了。哪有像钟柳这样的童养媳!这孩子!”钟杨说:“反正不妥。娘,这事以后再说吧。再过两年,我们的选种试验大获成功后,我再考虑这事。娘,我还要告诉你,我同朱所长和解了,他还主动地要求参加我们的试验呢。有朱所长参加,我们的试验就更有把握了。”刘月季说:“就该这样!在这世上,宽以待人没错。不过你和钟柳都不小了,该成家了!”钟杨说:“娘,你啥都好,就是身上的农村观念太重了点!”刘月季说:“农村观念,啥叫农村观念?娘不懂,可我就觉着你不如钟槐对我那样孝顺。”

郭文云家里。向彩菊腆着已有些下垂的肚子,正焦急地等着郭文云回来。听到脚步声,赶忙去开门看,但又失望地把门关上。深夜,郭文云才回来。向彩菊说:“政委……”郭文云说:“不要叫政委,叫老郭,夫妻间这么叫多别扭啊。”向彩菊说:“叫你政委叫惯了嘛,叫你老郭我反而感到别扭。”郭文云说:“不是叫你自己早点睡吗?怎么到现在还不睡呀?”向彩菊说:“你不回来我睡不着。”郭文云说:“你不是个农村妇女嘛,也这么酸不溜秋的啊。”向彩菊说:“自你当团长后,月季大姐就对我说,做好思想准备,老郭跟钟师长一样,也是个工作起来不着家的人。但没想到,不着家到这个地步。”郭文云说:“啥地步?”向彩菊说:“天不亮出去,深更半夜回来,然后睡进被子就打呼噜,连说句话的时间都没有。”郭文云说:“有意见啦?”向彩菊噘着嘴:“……”郭文云说:“看来是有意见了。那我以后注意点。”向彩菊说:“其实平时也没什么,可我这肚子过两天可能就要生了。我怕万一……你又不在家。”郭文云拍着自己的脑袋说:“你瞧我这个人,把你这么大一茬事给忘了。那时候老想找个女人成个家,都忘了结了婚后女人还要生孩子。这全是熬了几十年的光棍,熬得没这方面的感觉了。”向彩菊说:“医院里的妇产科大夫说我是属于高龄产妇,生孩子有很大的危险性。”郭文云说:“我记住了,这两天我就争取早一点回来。”向彩菊说:“那就好。”郭文云说:“不会这两天就生吧?”向彩菊说:“预产期就在这两天。”郭文云说:“行,我知道了。那就赶快洗洗休息吧。”

这天夜里,向彩菊躺在床上,肚子一阵阵痛。她打电话到郭文云办公室,但只听电话铃响,却没人接,她气得把电话听筒摔在了地上。疼痛越来越剧烈,她想了想强忍着疼痛,捡起听筒又拨电话:"值班室小张吗?"小张说:"是。"向彩菊说:"郭团长到哪儿去了?"小张说:"下连队还没回来呢。"向彩菊说:"我是向彩菊,郭团长的爱人。小张你帮个忙,去机关食堂叫一下刘月季大姐好吗?"小张说:"向大姐,你怎么啦?"向彩菊说:"你快去叫月季大姐呀,我要生了……"

刘月季接到电话后,快步赶到郭文云家。

刘月季急忙用架子车拉着向彩菊往医院走。刘月季安慰向彩菊说:"羊水还没破,没事的。"向彩菊抱怨地说:"月季大姐,全是你给我介绍了这么个好对象,连人家生孩子都不管!"

刘月季说:"彩菊妹子,你这可冤枉大姐了,你们俩是自由恋爱上的,怎么是我介绍的呢?我只不过在这中间加了一把柴。不过我这把柴也加得太旺一点了,结果老郭把你踢都踢不走。"向彩菊笑了,说:"月季大姐,瞧你说的。我现在正在受苦呢,你还这么打趣我。"刘月季说:"我说的不是事实?"

向彩菊躺在床上,满头冷汗,痛苦地叫着。妇产科医生同刘月季商量说:"月季大姐,像向彩菊这样的高龄产妇,从目前的状况看,最好是剖宫产。"刘月季说:"郭团长不在,我可做不了主。她的胎位正不正?"医生说:"胎位倒是正的。"刘月季说:"胎位正,干吗要在她肚子上来一刀?我听我父母说,人身上要划一刀,身上的气就跑了一半。"医生笑说:"这话可缺乏科学根据。"刘月季说:"我能进产房吗?"医生说:"你进去也帮不上忙。"刘月季说:"谁说帮不上,只要能让我进,就让我进去看看,说不定我真能帮上忙。"医生笑笑说:"那你消消毒,穿上件白大褂再进去吧。"刘月季说:"不过你们还是赶快把郭团长找来,真要不行的话,该划刀子还得划刀子。"医生说:"是。"

刘月季回到向彩菊身边,说:"彩菊妹子,你别紧张,孩子往外生的时候,不疼。"向彩菊说:"我都疼死了,还不疼。"刘月季说:"你先吸足气,对,对,再猛用力,劲要一下子用足,不要慢慢用。对,再来,再来……"

郭文云满头大汗地走进医院。郭文云说:"我老婆咋样了?"医生说:"正在产房呢。姜医生在那儿,月季大姐也在那儿。"郭文云说:"月季大姐怎么会在那儿?"医生说:"是月季大姐把你夫人送来的。"郭文云内疚地敲敲自己的头。

郭文云刚走到门口,就听到一声孩子的啼哭声。刘月季笑嘻嘻地走出来,也是满头大汗。郭文云笑着说:"月季大姐,是你生孩子,还是我老婆生孩子,看把你累的。"刘月季说:"不是我在边上帮忙,你老婆肚子上就要吃刀子了。"郭文云笑着说:"是男孩还是女孩?"刘月季说:"男孩! 高兴了吧?"郭文云说:"干吗是男孩呀,是女孩才好呢。想想自己熬光棍的那些日子,真够受的。"刘月季说:"快进去看看吧。"

郭文云走到向彩菊身边,看着躺在她身边的婴儿,脸上顿时绽放出了一朵灿烂的花。郭文云说:"嗨,儿子哎。"向彩菊瞪了他一眼,说:"啥事都不管,也不操心,倒跑来认儿子来了。"郭文云说:"这两天师里在咱们团开田管现场会,脱不开身嘛。彩菊,你别生我气,在我心里,我给你记上个特等功!想不到我这把年纪了,还会有个儿子!"向彩菊说:"要不是月季大姐,你才当不上这个爹呢!"郭文云说:"那就让儿子认月季大姐当干妈!"

月亮在云中穿行。刘月季在林荫道上往家走。刘月季突然感到一阵眩晕,赶忙扶住一棵树。她闭着眼睛,喘了口气,但又感到小腹一阵阵疼痛起来,她忙捂着小腹。疼痛越来越厉害,她只好坐在埂子上暂时休息。疼痛慢慢过去了,她又站起来走。

刘月季发觉家里亮着灯,赶忙推门进去,发现钟柳在屋里。钟柳一见刘月季,扑通就跪下了,钟柳说:"娘……"话还没出口,就泪水滚滚了,"娘,我犯法了。"刘月季大惊,说:"你说什么?"

原来,这天,师物资供应处财务室,钟柳正在埋头记账,孟少凡一头闯进来,扑通一下跪在钟柳前面。他哭丧着脸说:"钟柳,请你救救我。"钟柳吃惊地说:"怎么啦? 快起来! 叫人看见像什么样子!"孟少凡说:"你答应救我,我才起来。"钟柳说:"你发生什么事啦? 要叫我救你?"孟少凡说:"你借我六千元钱。"钟柳说:"天哪,我才工作两年,哪来这么多钱?"孟少凡说:"我知道,你们物资供应处每天都有上万元的现金收入!"钟柳说:"那是公款,一分钱都不能动的!"孟少凡说:"你只要借给我一天就行了,后天一早我就能还你。"钟柳说:"这叫挪用公款,是要坐牢的!"孟少凡说:"我采购了一批货,款交不出来,人家要收拾我。说今天晚上再不交钱,就要把我废了。"钟柳说:"那货呢?"孟少凡说:"我让一个哥们周转去了。"钟柳说:"那你叫你那个哥们付钱!"孟少凡说:"他把货也周转出去了,要到明天下午才能收回钱来。"钟柳说:"这忙我帮不了!"孟少凡说:"钟柳,你让我帮的忙,我可都帮了。你也答应过我,我有什么难事,你也肯帮的。"钟柳说:"但这个忙我不能帮,犯法的事我不做!"孟少凡说:"钟柳,这个忙你不肯帮,那我只好死在你跟前了。与其让别人把我废了,不如我在你跟前死。"钟柳说:"那你就死给我看!"孟少凡真拿出把锋利的英吉沙小刀,把刀尖顶在了手腕上,然后看着钟柳,刀尖越压越深,鲜血流了出来……

刘月季说:"这个少凡,从小就不学好,但你也不能就答应他呀。"钟柳说:"娘,他已经用刀把手腕划出血了,他真要割破动脉,死在我办公室,咋说得清,人家还怀疑我是个杀人犯呢。起码也是见死不救呀!"刘月季说:"少凡这孩子咋能这样!"钟柳说:"娘,我这事到底咋办好呀。我真后悔死了。我也真想去死!"刘月季想了想说:"让娘喝口水再说。"钟柳为刘月季倒了杯水,刘月季喝了一口,让自己镇定了一下,然后又捂着小腹。刘月季说:"钟柳,在这世上做人,要清白,清白做不到,起码要清楚,该是啥事就是啥事。我看这事,你第一要向组织上坦白,认错。第二,今晚娘立马就想办法,把钱凑上。有多少钱?"钟柳说:"六千。"刘月季说:"这么多啊。你有存款吗?"钟柳说:"娘,我不是把存折放你这儿了吗?"刘月季说:"那才七百多,娘这儿也有不到三千,你钟杨哥在我这儿的存折也有个一千多。那还差一千多。你别急,娘这就去想办法。"钟柳看着刘月季捂着小肚子,忙问:"娘,你怎么啦?"刘月季说:"你向彩菊阿姨要生孩子,娘把她拉到医院去时走得急了点,小肚子有点不舒服。"钟柳说:"去医院看看吧?"刘月季说:"用不着,过一会儿就好,娘毕竟年龄大了嘛。"钟柳说:"娘,你把我养大,我还没孝敬你,却又让你操心。"刘月季说:"现在别说这话,人生总有个坎坎坷坷。迈过了坎坷,就是顺道。钟柳,娘出去弄钱,你就在家把检讨写好。明天一早,娘跟你把钱带上,向组织坦白去。坏事不能瞒,越瞒越糟糕。就像身上的衣服,小洞不补,大洞吃苦,大洞再补不上,人就废了。"钟柳哭着说:"娘,我知道了。"刘月季说:"那少凡呢?"钟柳说:"不知跑到哪儿去了,连他单位的领导和同事都不知道。"刘月季说:"娘心里明白了,你就认认真真诚心诚意地把检讨写好吧。啊? 你这孩子,像我,心太软哪!"

在农科所门口的一个瓜摊。钟杨挑了两只西瓜,两只甜瓜,装在一个编织袋里,然后放到自行车的后座上。周亚军从瓜摊前面走过,准备回农科所。他看到钟杨,于是笑笑。周亚军说:"钟杨,又要去看你妹妹啦?"钟杨一笑。周亚军说:"你待你这个妹妹可真好啊!"钟杨又一笑。周亚军说:"钟杨,我要告诉你一个好消息。"钟杨说:"啥好消息?"周亚军说:"有关棉花选种的试验报告,听说引起了有关专家的好评。说不定会向全疆推广呢!"钟杨兴奋地说:"是吗?"周亚军神秘地说:"而且我还知道,师里正准备破格提拔你当棉花试验室的副主任。"钟杨说:"你别瞎扯了。"周亚军神秘地说:"钟杨,有件事你一直瞒着我,这可不够朋友噢。"钟杨说:"啥事?"周亚军说:"钟柳不是你的亲妹妹。是不是? 怪不得呢!"钟杨说:"是不是亲的,但比亲的还要亲。"周亚军一语双关地说:"那当然!"钟杨说:"你别往歪里想噢。"周亚军说:"很正常,什么歪啦正的。"说着走进农科所的大院里。钟杨有些哭笑不得,但想了想,却又甜甜地一笑。

钟杨背着瓜走到财务室门口,敲开门。钟柳打开门,脸色憔悴,眼神显得忧伤。见到钟杨,突然眼泪就伤心地涌到眼眶里。钟杨说:"钟柳,下班后你把这些瓜带回家去吃。"觉得钟柳的神色不对,忙问:"你怎么啦?"钟柳说:"哥,你以后别再来看我了。"钟杨说:"为啥?"钟柳说:"因为我不配做你妹妹。"钟杨说:"这话怎么说?"钟柳说:"真的,真的你别再来看我了。瓜,你送到家里去吧,我也不再回家去睡了。"钟杨说:"钟柳,到底发生什么事了?"钟柳说:"反正是很丢人的事,你别再来理我了。我不配做我爹我娘的女儿,不配做你的妹妹!"钟柳哭着进办公室,把门关上了。钟杨在办公室门口站了很长时间,苦恼地捉摸不透到底发生了什么事。

钟杨骑着自行车带着钟桃往团场走。钟桃说:"哥,钟柳姐姐昨天晚上就没在家睡,给我做好饭后就走了,她饭也没吃。昨晚我一个人住的,好害怕啊。"

钟杨说:"她没说为啥不来住吗?"钟桃说:"没,只是说完就哭了。哥,姐姐咋啦?"钟杨说:"娘知道这事吗?"钟桃说:"我今天就想跟娘去说。哥,晚上你来陪我吧。我一个人在家住,真的好害怕。"钟杨说:"去了看娘咋说吧。"

刘月季来到郭文云的办公室。郭文云热情地为刘月季倒了杯水说:"月季大姐,你找我有啥事?"刘月季说:"郭政委,我六十出头了,该退休了,你让我退休吧。"郭文云说:"月季大姐,你干得好好的,干吗要退休啊? 再干两年吧。不过,月季大姐,最近你好像瘦了,哪不舒服? 去医院做个全面检查吧。"刘月季摇摇头笑了笑说:"没事! 自从孟苇婷走了,匡民又去了南疆,这个家就全撂给我了。你想,钟桃正在上高中呢,再过两年就要考大学了。对孩子来说,这是件大事,我得去市里照顾她。为了钟桃,也为已经走了的孟苇婷。"郭文云叹口气说:"月季大姐,不光是你家里的人,就连咱们这些人,也全沾了你的光了。那好吧,等喝了你干儿子的满月酒后,你就办退休手续吧。不过我可真舍不得你走啊!"

这天中午,刘月季正躺在床上休息,她用手捂着小腹。钟杨领着钟桃推门进来。钟杨说:"娘,钟柳出啥事啦?"

刘月季和带着钟桃的钟杨,骑着自行车急急地往瀚海市赶。刘月季自行车骑得很熟练了,但额上沁满了汗水。钟桃笑着说:"娘,你自行车骑得真好。"刘月季说:"全是因为你给逼出来的。"钟杨看着刘月季,眼中充满了敬意。

街心公园。刘月季和钟柳走到一对石凳子旁。钟柳说:"娘,就在这儿坐吧。"刘月季说:"钟柳,你为啥不再到家去住了?"钟柳含着泪说:"娘,我是觉得我不配做你和爹的女儿。我这事做得不但丢了自己的脸,也丢尽了你们的脸!"刘月季说:"那就是说,你不认我这个娘,也不认你的爹,还有你的两个哥哥和一个妹妹了,不认我们这个家了?"钟柳说:"娘,不是的。是我不配做这个家的成员。"刘月季说:"配不配,该由我来说,由你爹来说,由你那两个哥哥和妹妹来说。我把你养这么大,你就这么报答我?"钟柳说:"娘,不是的!"刘月季说:"娘要是不要你这个女儿,你来找我告诉我这件事的那个晚上,娘就可以说,你做下的事你自己承担去,你本来就不是我的女儿,我不管。可娘是这么做的吗?"钟柳说:"娘……"刘月季说:"娘是把你看成自己的女儿,娘才想尽办法帮你凑钱。把这件事朝最好的结果来处理好。而且娘心里并不怨恨你,还带了点宽慰,觉得女儿是个有同情心,肯帮助人的人,就是方法上有些欠考虑。"钟柳说:"娘,你真是这样想吗?"刘月季说:"娘不是这么想还能咋想?"钟柳感动地扑在刘月季怀里喊:"娘!"刘月季说:"还是回家里去睡吧,要不,钟桃谁来照顾呢? 我可是在她妈临终前,答应要好好照顾她的呀。你是娘的女儿,也该为娘分担点责任,是吗?"钟柳含着泪点点头。刘月季想起了什么,说:"再说……好了,不说了,今晚你就回家睡! 娘要到你哥那儿去一下。"

刘月季马不停蹄,赶到农科所钟杨的宿舍。刘月季对钟杨说:"她有这么个态度就好,觉得对不起家里的人,说明她是个有责任心的孩子,你们也不要另眼看她。"钟杨说:"娘,我们怎么会另眼看她呢? 这事全坏在孟少凡身上。要不是孟少凡当场以死相威胁,钟柳怎么可能干这种傻事。"刘月季说:"钟杨,我想办一件事,这件事真的也该办了。"钟杨说:"啥事?"刘月季说:"让她认她的亲生父亲,然后再把她的姓名改回来,还是叫程莺莺。"钟杨说:"她亲生父亲找到了?"刘月季说:"就是你的程世昌叔叔,救过她命的程世昌叔叔。"钟杨说:"他是钟柳的亲生父亲?"刘月季说:"对。这样,你心里也不会再有障碍了。你们结婚吧,这件事,你要主动去找她!"钟杨想了想点点头说:"娘,我知道你的意思了,今晚我就去。"刘月季说:"这才是孝顺儿子! 我今天又收到你哥的来信了,他们已经有孩子了。"刘月季从口袋里拿出封信,抽出一张照片给钟杨看。照片上是钟槐、赵丽江,中间是一个小男孩的小胖脸。刘月季说:"瞧,我的小孙孙多像你哥!"

钟杨送刘月季出门。刘月季刚骑上车,头一阵眩晕,差点从车上摔下来。钟杨忙上去问:"娘,你咋啦?"刘月季叹了口气说:"最近娘感到有点累。

年岁不饶人哪！"钟杨说："娘，那你就休息些日子吧。"刘月季说："娘已经要求退休了，郭政委也已经答应了。对了，娘想起来了，你到师部去找一下你爹过去的警卫员小秦叔叔，他现在不是师机关的事务管理科科长吗？让他给娘找间房，娘退休后就搬到市里来住。这样，我就可以天天照顾钟桃了。"钟杨说："娘，那你就住到爹那儿嘛。"刘月季说："不行！你应该懂得娘的心事！活在这世上，不能有傲气，但傲骨咋也得有一点！因为这是做人的尊严！"钟杨点点头说："娘，那你走好。"送走娘，钟杨骑着自行车从农科所赶到市里，公路两旁的路灯依然在闪烁着。钟杨脸上透出一分激动与幸福。钟杨敲开家门。钟柳开的门。钟柳说："哥，这么晚来，有事吗？"钟杨说："当然有事。"钟柳说："啥事？"钟杨说："一是娘让我看看你过来住了没有，二是我有话要对你说。"钟柳说："哥，娘让我做的事，我怎么也得做好。没有娘，就没有我。你快进来吧。"

钟杨和钟柳刚坐下，钟桃就从自己的房间里探出脑袋。钟桃说："哥，你来啦。"钟杨说："钟柳姐姐又过来陪你了，你不害怕了吧？"钟桃说："不害怕了。"

钟杨说："赶快去睡吧，明天还要上学。"钟桃说："哎。"钟桃收回脑袋，回到床上睡觉了。钟柳说："哥，你还有啥事，快说嘛。"钟杨说："娘让我们早点结婚。结婚前，你把名字改成原来的名字，程莺莺。"钟柳说："哥，你说啥？"钟杨说："娘让我们最近就去领结婚证。"钟柳惊喜地说："哥，你不是说咱俩结婚不妥当吗？"钟杨说："把名字改过来就妥当了。"钟柳笑说："娘真聪明。"钟杨说："娘让我们早点结婚。一是我愿意，更主要的还是怕你会为那件事消沉下去。结了婚，你就真正地成为我们家的人了。钟柳，别为那件事烦恼，振作起来，好好工作，好好生活！"钟柳感动得泪如雨下，喊："娘！……你是世上最好的娘！"

边防站里。高占斌正在同钟槐、赵丽江谈话。赵丽江抱着三岁的孩子。钟槐说："高团长，我和丽江下决心在这儿坚守一辈子，我们决不往下撤！"高占斌说："钟槐，丽江，你们的决心我们很赞赏，这些年来，你们在这儿的表现也是相当出色的。但组织上有组织上的考虑,让一对年轻的夫妇来与你们换岗,这是正常的工作安排,而且孩子长大了也需要接受教育。这也是我们当领导应该为你们想到的事。"赵丽江说:"高团长,我们真的很舍不得离开这儿。这儿的山山水水,一草一木,还有这儿来来往往的牧民们,都同我们有着很深的感情。还有永远长眠在这儿的刘玉兰,我们真的不想离开。"高占斌说:"你们这种崇高的情感,是很让我们感动的。钟槐同志,你已被评为师里的劳动模范,你们的站也被师里评为先进边防站。下个月,你们就要去师里参加全师的先进集体和先进个人表彰大会。顺便去看看你娘。这些年来,月季大姐,也真的太不容易了。月季大姐也很想念你们,多次想来看你们,但她就是脱不开身。尤其是孟苇婷同志去世以后,你爹又调到南疆的水利工地去工作了。"这话触动了钟槐的心,钟槐含泪轻轻地充满情感地喊了声:"娘……"高占斌说:"钟槐,我再给你透个底吧。师里已决定安排你们在师部的直属单位工作,你们该好好孝顺孝顺你们的娘了。"钟槐抹了把泪,赵丽江也眼泪汪汪的。高占斌说:"让月季大姐好好看看自己的孙子吧,啊?"赵丽江在孩子脸上亲了一下说:"卫边,我们要去看奶奶了。"

钟杨和钟柳骑着自行车行驶在瀚海市去往团场的公路上。钟柳脸上又透出开朗而幸福的笑容。她说:"哥,我现在特别想见到娘,我觉得娘好伟大啊!"钟杨说:"娘是个农村妇女,也没多少文化,可娘做的事,总是那么合情合理,我从娘身上看到我们国家的那种传统道德的力量。现在我是越来越感觉到这一点了。"

回到家里,刘月季对钟杨、钟柳说:"娘打电话把你们俩叫回来,就是想了了娘的这件心事。钟柳,娘问过你,你说你还记得你以前叫的名字?"钟柳点点头。刘月季说:"叫什么?"钟柳说:"叫程莺莺。"刘月季从怀里拿出一个小布包,打开小布包,里面是条挂着金长生果坠子的金项链。她提起金项链说:"你还记得这条金项链吗?"钟柳点点头。刘月季说:"莺莺,我把这条金项链还给你,你拿着这条项链和钟杨一起去见你亲爹。你亲爹就是救过你命的程世昌。他不是把他年轻时的结婚照片给你了吗?那女人就是你亲娘!"钟柳说:"所以我越看那照片,我就越觉得她是我母亲,果然我干爹就是我亲爹!"刘月季说:"对,你见了你亲爹,他会把一切都给你说清楚的。现在你已经大学毕业了,工作也安排了,又要做我们家的儿媳妇了,我想不会再有什么事了,你就该去认你的亲爹了。"钟柳一下扑进刘月季怀里,激动地喊:"娘……"刘月季抚摸着钟柳说:"你们这两天就去扯结婚证,然后就一起去南疆。把这事告诉你们的两个爹。你爹也好想认你啊……"说着,刘月季眼里也流出了眼泪。

第三十章

　　木萨汉、哈依卡姆、克里木、阿依古丽等许多牧民骑上马，拥向边防站，院子里站满了人，他们都是来向钟槐和赵丽江告别的。钟槐、木萨汉、克里木在宰羊。哈依卡姆、阿依古丽在烤馕。赵丽江抱着卫边站在炉边同她俩说话。

　　入夜，院门前的草地上燃起了篝火。已吃完手抓羊肉和喝过酒的牧民们同钟槐、赵丽江一起围坐在篝火旁。孩子已在赵丽江怀里睡着了。木萨汉弹着冬不拉，唱起了歌。那歌声雄健而悲壮。他望着熊熊的篝火，从篝火里他看到了风雪交加的夜晚，钟槐，刘玉兰帮着他们往回赶着羊群。刘玉兰为救羊只被山坡上滚下来的积雪埋住了。钟槐艰难地把羊群赶进羊圈，回身走时，晕倒在了雪地上……木萨汉的眼里含着泪，他看着钟槐那条被截了肢的右腿。木萨汉唱到这里，突然扑向钟槐，紧紧地搂着钟槐说："钟槐兄弟，我们舍不得你走啊！"所有的人都流了泪。

　　第二天清晨，钟槐、赵丽江在院子里庄严地升起了国旗。国旗在蓝天上飘扬,钟槐和赵丽江的眼睛湿润了。钟槐和抱着孩子的赵丽江在刘玉兰的坟前深深地鞠躬,同刘玉兰告别。钟槐把一大捧鲜花放在了刘玉兰的坟前,然后同一对年轻夫妇握手告别。小毛驴啊噈啊噈叫了两声。钟槐搂着小毛驴的脖子,眼里含满了泪。来接他们的吉普车停在了院门口,院门口站满了来送别的牧民们。钟槐上车,与大家挥泪告别。小车开出几百米后,钟槐回头,看到送别人群变得越来越小,最后看不见了。想起自己曾在这里经历过的往事,情不自禁地流下泪来。

早晨,团场的菜地。王朝刚在菜地干活。刘月季也背着锄头来到菜地。刘月季看到王朝刚,有点吃惊,说:“王副主任,你学习回来啦?”王朝刚说:“回来了。”刘月季说:“怎么? 每天早上也想到菜地来松松筋骨?”王朝刚苦笑一下说:“不,月季大姐,我回来后,郭政委说我的工作暂时没法安排,让我先到机关食堂菜地劳动一段时间再说。”刘月季皱了皱眉说:“噢,是这样啊。”王朝刚自嘲地笑了笑说:“月季大姐,这没什么,其实我也想通了,你不是跟我说过,人是三十年河东,三十年河西,真的说不上的。但在河东时,想到说不定有河西的那一天,在河西时,又要想到可能也会有河东的时候,人只要有一颗平常心,有颗善心,那无论是在河东还是河西,都一样。所以让我到菜地来干干活,也没啥!”刘月季说:“人活着,就该这么想,我也是这么想着过来的。”王朝刚说:“月季大姐,你脸色不太好啊。身体是不是有什么不舒服的地方?”刘月季一笑说:“年岁大了,干不动了,过几天我就要退休了。那时候就能彻底地好好休息了。”

南疆的水库工地。大型水库里的水已是浩渺一片。钟匡民和程世昌兴奋地在水库的围堤上走着,水库周围是浩瀚的沙漠。钟匡民说:“老程,我们是建设者,也是创造者。当我们看到我们的奋斗目标变成了现实,当我们看到自己所创造的成就是这么的辉煌,说实话,以前所经历的一切千辛万苦,自己的屈辱和不平,都会抛到脑后变得烟消云散了。你不觉得吗?”程世昌说:“是。钟师长,月季大姐有信来吗? 离开这么几年了,我真的很想他们。”钟匡民说:“你是想你的女儿了吧? 你们该相认了。”程世昌说:“不不,钟师长,我只是想见见她,不是想认她,我不想给女儿增添不快和烦恼。我已经把这意思告诉过月季大姐了。女儿大学毕业了,又分了个好工作,这全靠月季大姐和你啊!"钟匡民感叹地说:"我差点要把你女儿送进孤儿院,是月季坚持,是钟槐和钟杨的坚持,才会有你女儿的今天。想到这里,我只有感到愧疚,所以你不用感激我。"

钟杨拉着钟柳来到水库,走上围堤,他们看到不远处的钟匡民和程世昌。钟柳说:"哥,我该怎么叫?"钟杨说:"叫我爹还叫爹,叫程叔叔叫爸爸。他们会知道的。"钟柳说:"好。"钟杨、钟柳朝钟匡民、程世昌奔去。钟杨喊:"爹……程叔叔……"钟柳喊:"爹……爸爸……"程世昌惊喜地说:"钟师长,钟柳在喊什么?"钟柳喊:"爹……爸爸……"钟杨喊:"爹……程叔叔……"钟匡民因为钟杨那声亲切的爹,也突然显得激动起来。他知道他们父子彻底地和好了。钟匡民高兴地说:"她叫我叫爹,叫你叫爸爸。月季肯定已经告诉她,你就是她的亲爸爸了。"钟柳快步奔到他们跟前喊:"爹,爸爸!"程世昌愣了一会儿,一下激动地拥抱了女儿,说:"我的莺莺啊……"泪水从他眼角上涌出,滚滚而下。钟匡民也抱住钟杨说:"儿子……"钟杨说:"爹……"钟匡民说:"儿子,这些年来,我一想到过去的那些事,我真的是很对不起你娘和你们……"

医院里,医生正在为钟槐安装假肢。医生说:"来,走走看。"钟槐站起来走,开始时还很不习惯,但走着走着就走得很自然了。出院后,农场林荫道,钟槐神采奕奕地朝抱着孩子的赵丽江走去。赵丽江含着泪兴奋地去迎接钟槐。

水利指挥部。简易的办公室里。程世昌的办公室兼宿舍。钟柳拿出金项链给程世昌看。程世昌接过项链看着说:"对,就是这条项链。"然后把项链交给钟柳。"莺莺,你把这颗长生果打开,对,看见没有,里面刻着三个字,程莺莺。"钟柳仔细看着刻在长生果里的字,彻底相信程世昌就是她的亲生父亲了。钟柳喊:"爸爸……"程世昌手中拿着金项链,眼泪汪汪地说:"你是我女儿的事,月季大姐早就告诉我了。但那时候她和钟师长都叫我不要认,认了，对你整个前途都会有影响。他们想得比我周到。但后来，我发现你在他们家生活得那么好，对我和你来说，认不认都没有实际意义了。但他们却认为，你从专科学校毕业后，又分了个不错的工作，现在又是他们家的儿媳妇了，让我认你对你现在已经没有影响了。所以他们坚持要你来认我，他们说，这样，我会感到幸福的，而对你来说，你也终于知道了你的亲生父亲是谁。莺莺，世上就有像月季大姐和钟师长这样的好人哪。"钟柳说："爸爸，没有我娘，就没有我的今天。她不但养育了我，而且用她的实际行动，让我懂得了怎么做人……"钟柳说到这里泣不成声。程世昌也情不自禁流下泪来。

兰州街道。衣服褴褛的孟少凡在烙饼牛肉面摊前咽着口水徘徊着。他看看手腕上的表，走到一家修表的小摊前。他取下表，伸出手说："表你要吗？"摊主接过表看了看，说："你想卖多少钱？"孟少凡耳边响起孟莘婷的声音："少凡，姑姑啥也没给你，你就把这表留下作个纪念吧！"孟少凡突然抓回表说："这是我姑姑给我的，不卖！"

河滨大道。孟少凡坐在黄河边，面对汹涌的河水在哭泣。两个戴着巡逻袖章的人朝他走去。

收容办公室。一位工作人员手中拿着孟少凡戴的那块表，在讯问孟少凡。工作人员说："你这表是偷的还是捡的？"孟少凡说："是我姑姑给我的。"工作人员说："你从哪里来？怎么会流浪到这儿来的？如果你不老实告诉我们，我们就要送你到山上劳动去！"孟少凡说："这表是我姑姑给我的！"工作人员说："那你就找个人来领你吧！"

黄昏，钟杨与钟柳风尘仆仆地回来了，他们幸福而高兴地冲进办公室。钟杨、钟柳喊："娘！"刘月季高兴地说："回来啦？认你亲爸爸了没有？"钟柳说："认了。"钟杨说："娘，等我们结婚那天，爹和程叔叔也要赶回来。"刘月季说："那你俩的事什么时候办？"钟柳推推钟杨。钟杨说："我们听娘的！"刘月季满意地笑着说："这下我的心愿可了了！那就十月一日办吧！那时，让你哥和嫂子也赶回来！"

正说着，电话铃急促地响了起来。刘月季接电话说："谁啊？"孟少凡的声音说："月季大妈，我是孟少凡……"接着是凄凉的哭声……"月季大妈，你来救救我吧,要不我就要死了。"刘月季说:"你在哪儿啊?"孟少凡说:"我在兰州的收容所里。"钟杨问:"娘,谁呀?"刘月季捂住话筒说:"是孟少凡。"然后放开手说:"你怎么会在兰州呀?"孟少凡用连哭带求的声音说:"月季大妈,你快来救救我吧。你要不来,我就要遭殃了。他们怀疑我是小偷。那块表是姑姑给我的呀!"钟柳说:"娘,别理他,让他去!"刘月季说:"好,你好好在那儿待着,大妈来兰州接你。"钟杨说:"娘,我去吧!"刘月季说:"你们已经请了好几天假去了一次南疆,都回去上班吧。少凡说,自他姑姑去世后,娘就是他唯一的亲人了。娘不去谁去!"

刘月季来到郭文云家,郭文云和向彩菊正逗着襁褓里的婴儿。郭文云看到刘月季,忙迎了上去。郭文云说:"月季大姐,有事吗?"刘月季说:"老郭,我要去一趟兰州。"郭文云说:"去兰州干吗? 没听说你在兰州有亲戚呀。"刘月季说:"孟苇婷的侄儿孟少凡犯了错误跑了,被兰州的收容所收容了。我得去把他接出来。"郭文云说:"唉,这孩子,不学好! 你准备啥时候走?"刘月季说:"明天一早我就搭车去乌鲁木齐。"郭文云说:"干吗这么急呀,后天是我儿子满月,喝了满月酒再走吧。你可是他的干娘啊。彩菊说了,没你这个干娘,也就没这孩子。"刘月季一笑,说:"那就留着,等我回来再喝。"郭文云说:"不能晚两天再走吗? 在收容所待着,死不了。"刘月季说:"那不吃苦了?"郭文云说:"那就让他多吃两天苦! 看他再不学好!"刘月季说:"我放心不下,看在孟苇婷的分上,我也得赶快去啊。"郭文云感叹地说:"月季大姐,你真是个月季大姐啊!"刘月季说:"郭政委,今天我既然来了,还有句话想对你说,你听了别生气。"郭文云说:"月季大姐,对我你还有啥话不能说啊!"刘月季说:"你知道古时候韩信的故事吧?"郭文云说:"知道点,不就是胯下之辱嘛!"刘月季说:"你知道他的胯下之辱,可你知道不知道他当上楚王后,咋对待那个让他遭受胯下之辱的地痞的?"郭文云说:"哎哟,这倒不知道。是不是把那家伙杀了?"刘月季一笑说:"那是你的想法。韩信不但没杀他,还封了他一个官。人哪,还是宽以待人的好。我走了。"

刘月季走后,郭文云看看向彩菊说:"彩菊,月季大姐说这话是啥意思?"向彩菊说:"肯定说的是王朝刚的事。那时,王朝刚没批我们的结婚报告,我告诉了月季大姐,肯定是月季大姐去做的工作,后来又让我们请王朝刚喝喜酒……"郭文云一拍脑门说:"你瞧我这人!"

刘月季赶到了兰州,她从公共汽车上下来,捂着小肚子,满头的汗水。刘月季坐在一个商店的门口,歇了歇,又继续匆匆赶路。

孟少凡衣服褴褛地从收容所里奔出来,看到刘月季正站在收容所的门口。孟少凡喊:"月季大妈……"孟少凡搂住刘月季的腰痛哭起来。刘月季说:"不哭了,跟大妈回家!"

工作人员看完证件,把表还给了孟少凡。

兰州。刘月季带孟少凡到商店买衣服。孟少凡穿着一身新衣服,跟着刘月季上了火车。刘月季给他买来盒饭,孟少凡狼吞虎咽地吃着。刘月季心疼地看着他,叹了口气,说:"少凡,你知道不知道,钟柳挪用公款这件事,要不是她主动坦白认错,组织上宽大她,只给了个警告处分,她差点就得进监狱了!你这是害人又害己!"孟少凡说:"月季大妈,我知道我错了,所以我还了人家钱后,不敢再回去,只好自己跑出来,想另外求条活路!可没想到……"刘月季说:"人活在世上,有时候难免犯错,但犯了错不能把错转嫁到别人身上啊。得自己承担责任,这才是做人的道理。就是求人帮忙,也得一五一十地老老实实把事情给人家摆清楚,不能骗人啊!"孟少凡说:"我怕说了实话,别人不肯帮。"刘月季说:"帮不帮,那是别人的事,说不说实话,那就是你自己的事!别人的事你管不了,但自己的事你就能做到。这次你不是跟我说实话了吗?我不是来了吗?人要诚实,这是做人最起码的道理。"孟少凡说:"月季大妈,我知道了。"

一辆沾满尘土的长途公共汽车在公路上急驶。钟槐和抱着孩子的赵丽江坐在公共汽车上。

赵丽江正在教孩子,说:"卫边,见到奶奶该怎么叫啊?"卫边喊:"奶奶。"赵丽江说:"叫得太轻,要叫响一点。"卫边喊:"奶奶!"赵丽江说:"还不够响。"卫边用尽力气大喊:"奶奶!"满车的人都笑。钟槐伤感地说:"我有好多年没见到娘了,娘不知道咋样了?"赵丽江说:"钟杨的信中不是说娘挺好的吗?"钟槐说:"可是娘太操劳了……"

刘月季和孟少凡坐在长途公共汽车上。刘月季捂着小肚子,满头的冷汗。孟少凡说:"月季大妈,你怎么啦?"刘月季说:"没什么,一会儿就好了。"孟少凡说:"月季大妈,你肯定有病,下车我们就去医院……"刘月季痛得咬着牙说:"就是事情做得急了点,肚子就有些疼,有好些日子了,没啥……"孟少凡顿时涌出了满眼的泪,说:"月季大妈,你是带病去兰州接我的呀?月季大妈!"孟少凡扶着刘月季下车,刘月季突然一头栽在了地上。孟少凡喊:"月季大妈!月季大妈!"

到站了,赵丽江抱着卫边,扶着钟槐下车。看到有一辆车前围着一些人,只听孟少凡在喊:"月季大妈!月季大妈!"赵丽江和钟槐拨开人群,看到刘月季脸色苍白地躺在地上。钟槐大喊一声:"娘……"赵丽江也喊:"娘,你咋啦?"刘月季一看到钟槐和赵丽江,马上振奋起精神,站了起来说:"钟槐,丽江,你们咋回来了?"钟槐说:"娘,你咋啦?"刘月季看到赵丽江抱着的卫边说:"丽江,这是我的小孙孙吧?"赵丽江赶忙说:"卫边,快叫奶奶!"卫边大声喊:"奶奶!"刘月季紧紧地搂住卫边,满脸的幸福。钟槐说:"娘,刚才你咋啦?"刘月季说:"没啥,娘就是年岁大了,累了点。走,我们回家!"孟少凡喊:"不!月季大妈,你得去医院!"……

一家人急忙把刘月季送到医院。这天,钟匡民、钟槐、钟杨在医院里等待检查结果,医生又看了看片子,说:"动手术,可能还可以活上三到五年,要不动手术,最多只可能有半年时间。"

全家集合在一间小会议室。钟匡民、钟槐、钟杨、钟柳、钟桃都脸色凝重地坐着,所有人的眼睛都看着钟匡民。钟匡民果断地说:"我看,这事直接告诉你娘,由她自己做决定。"

赵丽江陪着刘月季,刘月季开朗地逗着小孙孙卫边在玩。钟匡民领着钟槐、钟杨、钟柳、钟桃走进病房。刘月季听钟匡民讲完后,一笑,说:"你们都那么紧张干什么?我还想多活几年,就用三个月去赌三年吧,值!"

这一天,钟匡民领着钟桃、钟槐、赵丽江抱着卫边,钟杨、钟柳和程世昌,郭文云、向彩菊抱着孩子,王朝刚带着老婆,高占斌和小秦,朱常青和周亚军,还有孟少凡,大家都不约而同手捧鲜花来到了医院……

刘月季病房的走廊上,已黑压压地挤满了人。医生、护士把躺在床上的刘月季推了出来。刘月季爽朗地朝大家点头微笑。护士把刘月季朝手术室推去。钟匡民、钟槐、钟杨与所有的人不约而同地跪了下去,走廊上是黑压压的一片,所有人都显露着祈求的眼神。钟杨含着泪对身边的钟匡民和钟槐说:"爹,哥,我娘会平安的!"钟匡民和钟槐也都含着泪肯定地点点头。

手术室门前。窗外阳光灿烂。手术室门打开了,刘月季被推了出来。所有的人朝刘月季投去了关心的眼光。

刘月季睁开眼睛,看到钟匡民、钟槐、钟杨、钟柳、赵丽江、郭文云、向彩菊等人,于是一笑说:"我活过来了,又可以帮衬你们三到五年了……"

她的脸上露出幸福爽朗的笑容。在场所有人的眼泪都哗哗地流了下来。

窗外是天山、白云、蓝天和翠绿的塔松。

附 录

大爱无边

许柏林

2005 年,我还在兵团工作。在兵团党委的领导下,兵团文联推动了"双优计划"(培养优秀人才、创作优秀作品)的出台和实施。在"双优计划"的启动会议上,我们特意将兵团作家韩天航老师从上海请回来,给入选"双优计划"的新秀们传授创作之道。韩天航老师反复强调指出:搞文学创作一定要会讲故事!讲动人的故事!由他的中篇小说《母亲和我们》改编的 30 集电视剧《戈壁母亲》,就给我们讲述了一段过去的和过不去的故事,就是他这种创作主张的又一成功力作。

(一)

故事不是随便就能讲好的。一般说来,好人与坏人之间的故事最好讲；坏人与坏人之间的故事也好讲；而好人与好人之间的故事则最难讲。《戈壁母亲》就是从头到尾讲述了一段好人之间的故事。什么叫发生了"故事"？那就是人们之间发生了矛盾、冲突、伤害，以致发生了命运的磨难、痛苦的选择和不情愿的更改。坏人与好人之间以及坏人与坏人之间充斥着背叛、阴谋、夺取乃至杀戮。坏人以侵害对方而获得利益为自身逻辑和罪恶目的。于是，在好人与坏人之间发生的大多是正义与邪恶的故事；坏人与坏人之间则发生邪恶的故事。好人与好人之间的故事则不同，他们之间没有背叛、阴谋和夺取，更不存在以侵害对方而获取私利的勾当，但依然有伤害、有矛盾、有冲突。这是为什么呢？因为，这些好人都有着自己合理的生活逻辑、美好的生活愿望，又以自身的奋斗去获得。但是，由于历史的和时空的错位再加上不同人们之间的现实差异，导致了生活的重新排列组合。这种排列组合空间的扩大是社会进步的体现。在这个过程中，好人之间也会发生冲突乃至伤害。刘月季带着两个儿子艰难跋涉两个多月，从山东到遥遥西陲的新疆去千里寻夫，而丈夫钟匡民——一个抵抗旧社会包办婚姻、参加解放军英勇杀敌的英雄有了自己爱的归宿，与她离婚了，使她几近绝望。为逃避父亲的逼婚而情愿远嫁的刘玉兰，千里迢迢到新疆却决意不嫁像父亲一样的团政委郭文云，使郭文云的人生险些崩溃。偶然而又含有必然的巧合与误会，使得好人之间也会产生猜疑与隔阂，再加上好人之间的直爽与固执，更使矛盾和冲突表面化。但是，好人的一个基本倾向——用心体察他人、将心比心，又为矛盾和冲突的化解留下了逻辑的脉络和发现的空间。钟杨为程莺莺（钟柳）夺回金饰（那是日后程莺莺与生父程世昌相认的信物）；刘月季和钟杨牢记着王朝刚在火车站送给钟杨的一双军鞋；钟匡民记着孟苇婷输给他的鲜血；王朝刚记着刘月季杀掉心爱的毛驴救了自己的性命；刘月季让钟柳永远不要忘记程世昌的救命之恩等，甚至好人之间的同情，关键时刻的一句鼓励话都铭记不忘。正是好人之间的理解、同情、敬重与扶助，使得他们之间获得了生活的勇气和前进的力量。以月季大姐为代表的那些好人总是用"真情"和"纯我"在生活、在感受生活。她把别人的笑和泪都珍藏在自己的心底，化作生活的源泉和动力。

好人之间的逻辑和愿望就是这样。遇到矛盾和冲突在不解或将解之时,他们也会追问:是谁错了? 错在哪儿了? 当然,这是作者在同观众一道进行着深刻的求索。能够得到有效的答案也许很有必要。这还是作家和艺术的一种责任。但是,在生活中,有着比求得答案更重要的事情,就是好人之间造成的伤害无法像好人和坏人之间的伤害那样用抵偿和报复的方式来平复,这种伤害也许就无法平复、无法抵偿。这是好人之间的伤害更为严酷之处。或许生活还在伤口上抹一把盐,或许这种伤害还会连带出新的伤害。这时谁来背负这种伤害,谁能背负得起这种伤害,这是生活能否继续下去的关键。这种背负需要勇气、需要牺牲、需要生命的底力。

背负好人之间的伤害与伤痛,应当是强者。可是在这个故事中,承担了这种背负的恰恰是农村妇女戈壁母亲刘月季。在生活的潮流中,所有的人都比刘月季跑得快,都比她具有生活的优势。这是时代进步的必然。但是,人们这种生活超越的脚步重重地踏在了刘月季的身上,碾了刘月季的心上。生活正迎来新的春天,可刘月季却成为了滋养春天的泥土。唯其如此,我们看到了我们民族伟大女性那独立于世的坚韧,那"压得住岁月,也抵得上黄金"的心,那"养育了儿女,也养育了精神"的无边大爱。母亲的身心羽化出人性的精髓。母亲的心比天大,一切都装得起,一切都放得下。生活总是告诉我们:下跪和流泪是好人的本钱,可戈壁母亲却告诉我们:看不得下跪和流泪是好人的本色。刘月季以自己的牺牲托着生活前行,又以自己的人性垫出生活的道路。母亲的"爱"是不幸的。在这不幸中却演绎了无与伦比的人性大爱,在生活的底层、从历史的不经意处,活化了"上善若水""大爱无边"的底蕴。这就是伟大的母亲精神。这是一种人性的依托,是承载起一切不幸的毅力,是总在生活的底部托起生活前行的意志,是连接起人们理解生活、理解他人的精神纽带。

这是一位生活在社会最底层的而且缺少文化的母亲的生命展示,这是一位从古老民族的历史深处蹒跚而来的母亲的再生。也许我们的社会更多地把"承担"的义务压在了她们身上。然而,这又不仅仅是一位母亲的展示,那没能做了母亲的刘玉兰也说:"我活在世上不占人家的便宜。"那孟苇婷临终前为当年要把刘月季送回老家去而向大姐虔诚地忏悔。

母亲拖着历史的沉重，也拖着不屈的性格，拖着"不给别人添麻烦"的质朴，也拖着"一切从头开始"的愿望，开始了新的生活。

这是被历史尘封的故事，这是几乎被我们忘却的记忆。

我们不该捡回这些故事吗？我们不该擦净这些记忆吗？我们需要倾听啊！

（二）

在倾听这些故事的时候，我们尤其要抓住故事发生的背景和故事演进的脉络。正是兵团人屯垦戍边的生活和事业，开辟了这些故事人物的新生活，改变了他们人生的命运，也使得他们以自己的苦乐人生演奏了命运与国运的交响曲。

刘月季到新疆千里寻夫，并不知命运将会发生怎样的改变，也没有追赶生活的任何思想准备，仅仅是"孩子不能没有爹"的人性燃烧。刘月季"回不回老家去"曾经是故事的悬念，也是生活的悬念。刘玉兰遇到了"回不回老家去"的问题。向彩菊也遇到了"回不回老家去"的问题。她们都在生活的底部，也都在时代的末端。她们被生活筛选着，被动地跟随着。（当然，刘玉兰的时代与刘月季不同了，所以，她的选择性明显增强了。）这"回不回去"的问题在全剧有着强烈的象征意味：回去，即倒退；不回去，即跟上生活前进的时代车轮。新生活对旧生活的超越给了她们"不回去"的理由和空间。故事围绕着"回不回去"所要解答的却是故事的发生是偶然的还是必然的，是可以选择的还是不可选择的问题。刘月季带着历史的和内心的逻辑，刘玉兰、向彩菊带着现实的伤害和美好的追求，做了决不回去的选择，不得不这样选择的选择。她们就这样被生活裹挟着融入了屯垦戍边的大业。

屯垦戍边，是新的荒原开垦，也是新的社会开垦，更是新的人生开垦。正是这种开垦，搭建了新的社会平台，拓展了新的社会空间。尽管屯垦戍边还有着更为重大而深刻的社会历史政治经济的背景和逻辑的力量，而其内在发生的故事所演绎的人生，则埋藏着事业发展的现实逻辑和精神力量。

因此，屯垦戍边火红的事业，西域的荒凉与美丽，决不单纯是戈壁母亲生活和性格的背景，而是一同演进的生活与命运的有机组成。也就是说，她们的遭遇、命运、性格和追求，只能放在这个历史的时空和现实的关系中，不可能置于别的时空与关系中来展现，因为它就这样发生了，不可能别样发生。故事的开端是这样，故事的进行是这样，故事的结局也只能是这样。

母亲的情怀与命运同生活一道展开：母亲陷入了"困境"，生活也陷入了"困境"。大爱就在"困境"中生发出来。母亲的情怀就像荒原上的"地窝子"，让人们在"最后的荒原"生存下来，也让伟大的事业在荒原扎下根来。人们在开垦荒原的同时也开垦了母亲的情怀（母亲的情怀也如同待开垦的荒原），生活和岁月进行了共同的开垦。荒原上孕育着屯垦戍边的伟业；一个乡下妇女孕育着大爱无边的情怀。要不是这两者的历史性结合，母亲也许只能更出色地展现她是一个为钟家"传宗接代"的工具。

生活与人的命运纠结在一起向前演进着，于是我们看见了荒原上的"地窝子"，看到了整日整日地开垦，看到了倾天而泻、漫野灌来的洪水，看到了一望无际黄到天边的麦田，看到了毒蚊子，也看到了舐犊情深的毛驴，看到了远山的白雪、悬天的圆月，看到了营地的炊烟和一个人的边防站，看到了日升日降的鲜艳国旗，也看到了绵绵大山上的新土孤坟。我们听到了"革命人永远是年轻"和"送你一束沙枣花"，听到了山崩雪陷的暴风怒吼。这一切都是兵团人"种地就是站岗，放羊就是巡逻"的生活写照，都是戈壁母亲和亲人们的心路历程。刘月季说过："在兵团这个大家庭里，我过得挺舒心的，挺知足的。"

正是在讲述母亲命运和母亲精神的同时，作品再现了兵团人屯垦戍边艰辛而辉煌的人生，展现了兵团人连同那个时代的崇高精神。共和国不能忘记！

（三）

《戈壁母亲》是"剧"（故事）的内在而自然的"连续"。它的"戏剧动力"来自好人之间本不该发生的冲突与伤害，来自好人之间逻辑的缠绕，来自好人率真的性格。由于善的原始冲动，由于性格的刚直，使得伤害和逻辑发生了刚性转化，矛盾放大了、加深了、复杂了，人物各自的逻辑被暗伏下去，性格则被凸显出来，推动了悬念、冲突的发生和发展。故事既被性格内化进去，又被性格外化出来。当性格的刚性把故事烫热又冷却下来以后，人物的愿望和生活的逻辑又像暴怒时的青筋裸露出来。每一个人物都像这岁月之歌的音符，每一个人的经历都构成了音色鲜明的旋律。当一个新的人物融进故事中来的时候，其性格和经历又为人生组曲增添了新的乐章，而且牵动了每一个音符和旋律的跃动，形成新的和弦、新的乐章，使全剧人人命运牵连、牵一发而动全身的完整结构，既有着个人形象的展示，又有 群体的有机展现。某一个人物境遇的变迁不仅是其自身故事的演化动力，而且是剧中人各自故事的演化动力。直到母亲刘月季响亮而坚定地说出："这辈子我不会再踏进钟家的门！"我们终于发现了一位实现了自我超越的母亲，一位追赶上生活潮头的母亲，一位告别了旧时代的母亲，一位受人尊敬的母亲。母亲性格的升华和命运的改变，既是母亲由时代的弱者变成生活的强者的逻辑发展，又是推动戏剧发展所蕴含的内在动力。当母亲入党宣誓的时候，她一生的所作所为烫热了每一句誓词。做人的准则、大善大爱的胸襟与我们的政治誓词竟是如此的一致！这是一次人性的发现！

《戈壁母亲》是一部现实主义力作。现实主义就是要"以生活真实为根，以人文关怀为本"。生活真实是艺术的本质规定；人文关怀是艺术的人性指归。没有生活，讲不出这样引人入胜的故事，塑造不出这群栩栩如生的人物；没有大爱的人性指归，抒发不了人间真情，挖掘不出深刻内涵。

韩天航老师说，我还要写这些兵团人，写他们的崇高。因为崇高使一切和它较量的东西都显得渺小。因为他们身上的这种精神，任何时代都需要。

《戈壁母亲》是一部艺术精品。演员的表演出神入化，将兵团人坚韧、刚直、乐观、智慧表演得活灵活现，对兵团人音容笑貌、丰富内心和精神内涵把握得很有分寸，在现代审美中活化了深埋于历史的兵团人。音乐富有时光的穿透力，发出历史和心灵叩问的旋律。该剧的画面绝不是在贴景，而是在"造境"和"蕴情"，使得镜头画面达到了"景、境、情"的交融，洗练、宏大而幽深。导演既把握着故事的深刻内涵,又追索着历史的进程,赋予该剧以今日的审美视点。特别是以喜剧演悲情的 戏剧效果,更是导演的大手笔。

观看《戈壁母亲》,经常是看到动情处就一阵阵心发软,身发紧,忍不住流下泪来,接着就浑身发烫甚至渗出汗来。过后,就觉得周身松快,血流畅缓,心灵像漂 洗过一样。这,就是性情的陶冶吧。

中国电视剧制作中心、中国电视艺术委员会、中国电视艺术家协会联合召开电视连续剧《戈壁母亲》研讨会实录节选

曾庆瑞(中国传媒大学教授):我发言的题目叫《在那月季花开的地方》,副标题是《我看刘月季的审美价值》。编剧给这部剧的女主人翁起名刘月季,是有特别的用意,月季花这个植物,虽说天生低矮,但是它是直立的落叶灌木,有刺,长得坚强,叶子只有三片到五片,花是夏季开放,深红、淡红,或者偶尔有点白的,不算很张扬,也说不上艳丽,但是深受人们喜爱,有药用的价值,从叶、花到根都是药,适用于活血除瘀,拔毒消肿,治月经不调、烫火伤等症状。

想到这里我就豁然开朗,不管编剧原来有什么用意,但是看完这个30集戏以后,我感触很深,在我们祖国大西北的边陲,在这个农场,就是那个月

季开花的地方洒满人间都是爱,都是最真挚,最美丽,最动人也最无私的大爱。刘月季这个艺术形象有审美的价值。在山东她是一个穷人家的孩子,是一个旧中国封建礼教的受害者,包办婚姻的牺牲品,守在那座破屋里带两个孩子,苦熬苦撑地等待丈夫的归来,突然有一天收到一封军邮,是小她6岁的离家出走13年的丈夫钟匡民写来的离婚信,她陷入深深的痛苦之中。这种内心的痛苦后来就伴随她度过了许许多多日子。她带着孩子千里寻夫到新疆,长途跋涉,一路艰辛,强忍着痛苦。离婚之后,钟匡民与孟苇婷结婚,她没有所谓的夺夫之恨,承受着失去婚姻家庭的痛苦。后来为了救王朝刚和别的战士生命,又献出她儿子无比钟爱的那头毛驴。动乱的日子里,还为前夫钟匡民及郭文云、程世昌这些好人遭受迫害而痛苦。但钟匡民误会打了儿子钟槐的时候,作为母亲她怒不可遏,不依不饶。儿媳妇遇难,儿子致残,作为母亲,她对钟匡民暴风骤雨般的宣泄,她有她的个性,但是她就像是月季花,一个直立的灌木,生性就坚强,她强忍着痛苦在人们面前绽放着深红的,淡红的,白色的那种赏心悦目的鲜花,她把芳香,把甘露,把人间的美,把人间的爱都撒下在中国大西北的军垦大地上,用劳动,用汗水,乃至用生命来抒写新生的共和国的历史,也抒写了为中华民族的历史新篇章不懈奋斗的儿女们。这位母亲植根在中国五千年优良传统道德的沃土里面,朴实、善良、坚韧不拔,没有多少文化,但是识大体,重大义,含辛茹苦,任劳任怨,有一种博大的胸怀,心都在军垦大地的战士身上,在别人身上,她一腔热血,倾注的都是真爱、挚爱、大爱。她爱自己的儿子钟槐和钟杨,甚至爱离开自己的前夫钟匡民,还有前夫新婚妻子孟苇婷以及他们的孩子钟桃。孟苇婷没有奶水哺乳钟桃,孟苇婷得了不治之症,孟苇婷带着终生的遗憾离开人世,在孟苇婷最需要帮助,最需要关爱的时候,这朵月季花都会把芳香送到她面前;在程世昌和他女儿程莺莺身上,这样的芳香,这样的爱也催人泪下。这不是一般的意义上的收养一个千里寻父,途中因为母亲遇害,而流露街头的女孩;在极"左"的年代,也不是一般的同情遭难的知识分子;这个芳香和关爱包含着我们民族精神里面的正直、正义、善良、良知。包含着心胸宽阔,忍辱负重,舍己为人的精神。对待兵团的战士、钟匡民的妻子,包括在十年

"文革"中迷途知返的王朝刚,这位母亲至诚、至切、至深、至美的大爱,俨然就是那种圣母般的博爱,可以说这个艺术形象,就是我们军垦大地上的一位圣母的形象。圣母是西方宗教的神话人物,我们中国文化里有南海观音而没有圣母,但是我们有圣源,我们的文化里面圣人的圣,无非就是那种至真至善至美的人性,以及那种人性外化的伦理道德的观念和言谈举止,无非就是人性和人的道德言谈举止所包容的大爱,就这一点来说,把刘月季这个艺术形象称之为圣母,是当之无愧的,这个艺术形象昭示我们:不管世事如何的风云翻覆,人间如何的风风雨雨,也不管人生道路如何崎岖不平,人生的遭际如何不公不正,我们还是要相信世上还是好人多,人间自有真情在。所以我们为人一生都要向善,都要行善,都要热爱这个世界,热爱生活,热爱这普天下的苍生。这就是我感悟到这个形象创作的审美价值。主创人员尤其是刘佳扮演的刘月季银幕形象是成功的。

刘月季的人生无需用空话去堆积,也无法用虚假去装扮,她是活生生的,沉甸甸的人。她正是为创建新中国浴血奋战的一代军垦人真实而又生动的写照。这部剧的审美价值还在于刘月季在剧中的角色,除了散发一种文化蕴含,彰显民族精神之外,还充当全剧叙事的纲领。

刘月季这个形象折射的其实就是一部史诗。我们都知道新疆建设兵团在中国是非常特殊的群体,新中国成立以来,三代兵团战士一手拿枪,一手拿锄,几十年无怨无悔、艰苦创业、无私奉献。这部戏史诗叙事的特点是,它把社会史和家族史相当和谐地结合起来,如果把刘月季、钟匡民、钟槐、钟杨、钟柳、孟苇婷、钟桃,包括刘玉兰、赵丽江、程世昌,有各种血缘关联和亲属关系形成一个家族的话,这个家族的命运就折射了那个时代,那一段社会生活,乃至于我们民族历史上那一页的风云变化和兴衰变革。这个家族的命运,正好是那个时代,那一段社会生活,乃至我们民族历史的那一页风云变幻、兴衰变革的命运。

史诗跟工笔写生结合得很好,有很宏大的,气势磅礴的军垦画面。另外这个兵团母亲周围的男人,老老少少,官也罢,兵也罢,一个一个阳刚气十足,精气神十足。在共和国发展的历史和兵团垦荒的历史上,他们建立了自己的丰功伟业,也展示自己的儿女情怀。白手起家,不畏惧荒漠苦寒,为大西北抛洒青春热血,展示了一组血肉丰满的英雄主义形象。不仅如此,还有兵团母亲和丈夫、战友和时代及种种关系时代的情感,很多地方是催人泪下的。应该说在讲述这些故事的时候,这部剧除了用朴实的风格展开剧情,在错综复杂引人入胜的情节流动过程里面,很多细节的铺排是非常用心、用力的,要是没有这么许许多多的细节艺术铺排,人物的命运,人和人之间的冲突都会逊色很多,在那些平凡人物身上能够表现出来这样一种独特的、阴阳共存的、刚柔相济的那种人情味,那种人格魅力,那种感人至深的审美情绪,这种细节的真实和生动的描绘是令人感动的。

范咏戈(《文艺报》主编):

我发言的题目是:《刘月季,一个诗性的荧屏母亲形象》。

《戈壁母亲》正是由师长钟匡民、团长郭文云等身上那一套套洗得发白的黄军装,一辆20世纪50年代的长途汽车,以及简陋的地窝子,搪瓷饭盒等唤起了观众对这段悲壮历史的深刻记忆。剧情选择新中国成立初期到"文革"结束20多年的时间为背景,让人物从战火中走来,经历50年代最艰苦,也是最富有浪漫理想的那一段时期,同时也遭遇了阶级斗争扩大化和政治生活不正常的年代,从而构成《戈壁母亲》叙事的宏大性,使它有别于日常叙事。在宏大背景下,老兵团第一代的形象走进观众的视线,师长钟匡民、团长郭云文这些经历了枪林弹雨的共和国的功臣们,当祖国让他们脱下军装时,军人本色不变,垦荒修水库造新城对他们来说和打仗没有什么两样,当一座座新城绿洲,在沙漠中耸立起来时,唤起观众的不仅仅是对一个过去时代的记忆,更是追寻一种历史精神,并努力将其向现实延伸。

另外《戈壁母亲》显然遵循了只有人物形象才是艺术假定性质的最精彩形式这样一种创作原则,因为整个戏是看刘月季的戏,在兵团职工的群像中,它着力刻画了刘月季这样一位大爱无疆的荧屏母亲形象。《第二性》的作者托福娃的名言是"一个人并非生来就为女人,而是变成为女人"。作为一个农村妇女,刘月季为包办婚姻的丈夫钟匡民上养老,下养小,无怨无悔13

年。而13年以后丈夫有了消息，却是一封要求离婚的家书。这个少妇所有的思念、期盼、依靠一夜之间化为母亲的责任，她带着两个儿子和途中捡到的女儿千里寻夫到新疆，找到身为军官的丈夫时并不纠缠，主动向丈夫提出离婚，一句当不成夫妻何必还担任这个名分的话，汪洋大义中蕴含的是坚持。

刘月季的母性之光还在于她坚持"孩子不能没有爹"，这是她留下的理由。她是坚持只要是钟匡民这个爹能够认孩子，一切都可以承受。所以她后来精心照顾孟苇婷，孟苇婷去世以后又照料前夫后妻的孩子钟桃和前夫后妻的侄子孟少凡等，无论从哪一方面来说，她都是一个对得起老钟家的女人，但是刘月季荧屏形象的意义还不止如此，在团场谁家的事她都操持，郭文云政委的婚事，程世昌因政治原因不能父女相认，王朝刚一时糊涂做错事，都靠她一一解扣。还不止如此，我觉得她的母性之光还在于让钟匡民能"长大"，我觉得她也是钟匡民的一个精神母亲，当然在年龄上她比钟匡民只大6岁，我不知道编剧有没有这个意思，但是看起来在刘月季这个精神的哺育下，钟匡民才懂得了光打仗不行，还意识到自己应该怎么样做父亲，他懂得人不仅要工作，还要关爱。所以他能够乘长途汽车去接他的妻子小孟，也能够上山为哨所的儿子钟槐做两顿饭，包括这个故事结束的时候，刘月季住院做手术，钟匡民记住了她的生日，所以才能够让大伙儿在病房给刘月季过这个生日，让一生只有付出的伟大母亲终于得到了一次回报。

最后我觉得刘月季母亲的形象达到一个最高的点，就是在钟匡民的妻子孟苇婷去世，钟匡民又安排了工作以后，钟匡民提出来让刘月季搬到他家里去住，她拒绝了。她说这样已经很舒心了，但是她哭了一场。我觉得这一场大哭也表明了她内心的苦楚，但是这苦楚爆发仅仅一次。她一颗心不知有多沉，压得都碎了也比得上黄金，她养育了儿女，也养育了精神，从钟家的人到公家的人，是刘月季最终完成的一种跨越，我觉得这个跨越也就是我们所说的《戈壁母亲》中刘月季这个形象的诗性所在，这样的一个大爱无疆的母亲荧屏形象，理所当然应该走进电视剧新人的画廊。

黄会林(北京师范大学教授)：

《戈壁母亲》以典型人物刘月季作为核心，串联起了父一辈，子一辈，两代兵团人奋战荒原的故事。他们几十年如一日，他们艰苦创业，无怨无悔，无私奉献，有着"活生生，沉甸甸的人生"。母亲刘月季面对种种痛苦，她为什么能撑下去？她为什么能够经得住？是因为她的心中有一种非常朴实的人生道理，她是非常自觉地在那里实现她的人生理想。她到了边疆，而且很自然地连接起她周围的男人们，其中有她的前夫。她的前夫也是很了不起的，不是一个猥琐的男人，不是通俗讲的忘恩负义的男人。这个钟匡民也是英勇无畏的战士，也是全身心扑在开垦荒原上的老战士。另外钟匡民的老战友，甘心奉献的政委郭文云，他为了军垦耽误了自己的幸福，还有真才实学的工程师程世昌，还有那么出色的两个儿子钟槐、钟杨等。这样就深挖出了一组血肉丰满的男子汉的形象了。

全剧以刘月季作为一个中轴，连接了三条线索，这三条线索连接起了三个支脉。第一条线就是钟匡民和刘月季及他们的两个儿子；第二条线是钟匡民和第二个妻子孟苇婷及又生的女儿钟桃，这条线使它这个厚重有一个托底；第三条线是郭云文和他后来的妻子向彩菊，同时还连接起程世昌，延伸出程世昌的女儿莺莺的遭遇，刘月季认的女儿，20年以后找到亲生父亲，找到亲生父亲，她才能跟她深爱的钟杨结为伴侣。而郭云文也因为程世昌亡妻亲妹妹的来到，找到了终身的所爱。

这个结构所托起的内容可以说是华实相符，文质相称，环环相扣，丰满生动，层次分明。其中最重要的无疑是植根于中华民族五千年传统道德沃土之中的主人翁刘月季，她"没有传奇，只有人生"。她没有什么传奇的事迹，没有什么了不起的大的壮举，但是就是没有传奇，只有人生的这样一段独特的旅程，让她在艰苦岁月里历经了生命的沧桑，她的朴实善良，她的坚韧决断，她的识大体，她的是非分明，胸怀博大，就合拢为一种很独特的人格魅力，着力展现了心胸像戈壁一样宽广，人生像胡杨一样忍辱负重的一位戈壁母亲形象，给予观众很独特的审美观点。刘月季形象是成功的艺术创造。

仲呈祥（原中国文联副主席）：

我评价《戈壁母亲》是坚持了社会主义价值体系的正确导向的，充分肯定蕴含着中华民族的优秀传统文化的精神气质。具体说来就是塑造了既自强不息，有着人格的尊严，有着奋进不止的精神，又能够厚德载物，这么一个文化结构的伟大的精神母亲。戈壁母亲刘月季实际上是中华民族的一种母性形象，就是到了最后，病床上病重了，这位母亲发出了可以说是天人相通的一种声音：我跟你一辈子值了。其实讲的是跟着这种伟大的中华民族精神完成了自己的精神之旅，她值了。我觉得我们今天开这个会很重要的一个意义，就是要发出对一部得到了广大观众好评的，为群众喜闻乐见的优秀作品科学的评论根据。

刘月季没有主体人格吗？她带着孩子走上了千里寻夫之路，去了之后她跟丈夫那段话说得很清楚，"我跟你已经不存在夫妻关系了"，她是主动地提出离婚，这一点实际上就显现了一个在新中国社会氛围里面，在新的精神轨迹上，她独立的人格。

人们很容易感受到她的厚德载物，你看任何人她都可以感化。中华民族和谐文化里面很大一条就是慈悲为怀，她这个人确实是慈悲。她以慈悲为怀，不要看她没什么文化，她是一个有忧患意识的人，能够以这种慈悲胸怀来处理社会上的是非纷争，儿子要和爹划清界限，她在当时的那个特殊的政治环境里面，她表示了一种入情入理的态度，这是很难能可贵的。"道德"本来是两个东西，道为上，为本，有道才会有真正的德，而德是为了奉行一种道。所以在某种意义上来说，她这个形象告诉我们，做人一辈子最关键的是要升华到文化的道路上，伦理道德的道路上。每一个人如果在和平建设的环境下，要成为推进和谐世界建设的一分子，他应该首先慈悲为怀，与人为善，接着他应该具有忧患意识，忧患天下，然后才能把一己之私情，或者由小情通向国家之大情，完成大爱无疆，最后只有大爱，才有无疆的。所以把这样一个平凡的人物放到一个不平凡的环境里面尤其有意义。其实艺术这个东西，它常常应该是写出陌生的情节，传达出人们熟悉的感情，这才是好的艺术。你要全部写的是意料之中的情节那就没劲了。如果传达出来的感情是陌生的,是会有距离的;传达出来只是少数的脱离民生的情感,它可能有认识价值,但是它的审美感召能力有多强就很难说。

《戈壁母亲》在今天电视剧创作的整体环境里面有它特殊的价值,价值就在于它写出了一个养育精神的母亲。我喜欢这个作品,原因就是因为这个作品是符合文化的,是养心的,通过观赏这个作品,可以使我们的伦理道德水准提高,尤其是以爱国主义为核心的这样一种民族精神。在刘月季的面前可以说是没有克服不了的困难,她总是直面人生,她总是战胜困难,获取新生,人要做到像刘月季这样宽厚待人,慈悲为怀的话,那世界就安宁了,和谐的世界肯定就会来临了。这个戏是一个扬中华民族之美德,同时又融进了今天的时代精神,做到了各美其美,美人之美,并且将两种美美与共造就天下大众喜爱的好作品。

李春武(中国电视艺术委员会副主任兼秘书长):

刘月季身上已经把中国劳动妇女的优良品质基本上包含在内了,勤劳、勇敢、智慧、坚韧不拔、朴实、热情、善良、真诚、正直、博爱这些东西统统体现了,这么一个形象既要表现出来同时又要表现得让人感觉到这不是一个做作的形象,不是一个说教的形象,这是不容易的。《戈壁母亲》之所以能够成为一部让人感动,而且从普遍的意义上来看是现实题材的一部好剧,这是编剧、导演、演员各方面精心合作的结果。

实际上在中国历史上这种寻夫故事太多了,而且也很吸引人,秦香莲找陈世美是,孟姜女哭长城也是,但是《戈壁母亲》已经完全赋予刘月季一个新的形象。当她接到了丈夫的一封信,说要解除过去的包办婚姻的时候,她决定带两个儿子寻找丈夫。到了西部的时候,一个新的环境出现了,而且这个丈夫又确实是部队里面非常能干的一个指挥员,这两个人之间发生的矛盾怎么来描写更合适?这部剧处理得非常好,能够让人感觉到虽然是她的丈夫要求解除这个婚约,但这都不是他们两个人个人感情上的事,那是由于当时的社会条件,历史背景和各方面的情况综合到一起形成的,而且刘月季的做法，也让人觉得她不是一个一般的农村妇女。她就是一个理由，孩子不能没有爹也不能没娘，所以孩子要在爹的身边，娘要在孩子的身边。这就决定了这个故事的起因，这种形式是让人感觉到很新颖的。故事通过在刘月季身边的各种人，展现了新中国刚刚成立的时候，部队由战斗变成军垦这么一个大背景下发生的一些事情。这已经不完全是这两个人之间的事情，而是一个非常宏大背景下面的事，包括军垦部队在艰苦的条件下，担负起生产粮食供给部队，由部队转为军垦，转为生产建设兵团，艰苦创业，建设祖国，保卫边疆。

这部戏成功的一个非常重要的一个亮点，是把情和理很好地融合在一起。剧中有父子之情，有母子之情，有夫妻之情，也有恋人之情，但是更根本的是革命队伍之中的战友之情，同志之情。

作为母亲刘月季爱她的孩子，但是她从来也不祖护自己的孩子，而是用言传身教来教孩子应该怎样做人，表现得非常好。刘月季对她以前的丈夫发过火，在什么地方呢？就是派她的儿子到边防哨所去，但是她说了："你让他到边防上去，我没有意见，让他到艰苦的地方去锻炼，我没有意见，我要说的就是一个理，你不能冤枉他，在对待郭政委的这个问题上你不能冤枉他，我说的是这个理。"所以她没有阻拦她儿子的意思，而是支持他到那儿去。即使是后来儿子因为在边防上为了救牧民的羊，把腿不得不锯掉的时候，她都没有因为这件事情责怪他，因为他做的事情是对的。她只是用自己的表情，用自己的感情，看着她儿子失去了那条腿，在那个地方放声痛哭，那是一次最表现她感情的地方。她并没有怨的意思，她只是觉得她喜欢的孩子最后失去了一条腿，但是她仍然没有阻止他再回到那个岗位上去，这一点表现了非常了不起的一个中国妇女的感情。

当师长和政委都已经被隔离，她就成了这个部队里的很多事情的一个主心骨。包括钟匡民和郭政委都说，有什么事你们去找大姐，也就是说她成了这个部队里大家都非常尊重，非常信任的一个主心骨，遇到一点什么事情都是她在承担，这就体现了革命部队造就人的功效。

包括她后来的入党，这不是添加的一个尾巴，她确实在革命队伍里经受了锻炼成长起来,是一个大家尊敬、信任、爱戴的一个大姐形象,起到了精神的升华、提纯。收视率攀升就说明这部剧不仅养眼,而且养心。

黄式宪(北京电影学院教授):

《戈壁母亲》塑造了刘月季这样一个母亲的形象,对刘月季这个形象,当我们想用评论的语言、逻辑来阐释或者演绎这个形象的时候,语言是苍白的,根本说不清。她的精神如大地般的深厚、结实,如蓝天般的纯净、宽宏,这是一个人格的魅力。

在电视剧叙事里面这是一种创造,给我们最重要的启示。它涉及主流影视文化叙事模式的更新。它有颠覆的一面,它有丰富的一面,它有拓展的一面,带来了主流叙事,或者说主流价值的叙述模式的品质更新,它这里完全没有说教。

我们可以比较一下,这个模式跟我们过去所习惯的宏大叙事有什么区别,有什么变化? 在审美观念和表达上它的创意在哪儿? 从宏大叙事来讲,我们看过很多史诗性的宏大叙事的戏,或者带有很多寓言性,那是从塑造历史群像表征式的主人翁来揭示一个主题,是我们习惯的宏大叙事。但《戈壁母亲》这部作品完全颠覆了这种叙事,或者是丰富了、发展了、拓展了它的品质。它是以主体的个人为核心,这是一种人文的叙事,塑造了与历史相交汇的个体式的主人公,它纯然属于个体的命题,个体的戏。你可以感受到一种声音的气息,感受到她的心灵的颤动。对我们今后如何体现主流价值,如何把影视作品拍得能够打动人心,拍得能够既要赏心又要悦目很有借鉴意义,这种感受是一种心灵的洗涤、净化。

《戈壁母亲》中的刘月季不是一个老式的母亲,她非常有现代意识。她的表述是全篇一个核心话:"儿子不能离开爹,我不能离开儿子,到什么时候都这样。"说了多次,看起来很传统,其实这里面有很多很多没有说完的话,就是用精神去抚育儿子成长。这个作品是把一个个人的命运和历史交会在一起,展现了一个人格的力量,和一个女性尊严的力量。

李兴叶（原《文艺报》常务副主编）：

《戈壁母亲》有两大成就。一个成就是塑造了刘月季的母亲形象，展现了五六十年代这些兵团人献身的革命精神。如果刘月季不进入兵团这个集体，她就是一个农村妇女，但是后来刘月季变了，变成了革命队伍的一个大姐，她的眼界宽广了，她投身了大事业，看到了一些干大事业的人们，从干大事业的人们身上她觉得自己有了新的生活目标，渐渐地她赢得了自己的尊严。第二个成就就是为新时代精神张扬，也是这部剧作很大的成就。除刘月季外，还有钟槐和三个女人的戏都是非常感人的，这样的爱情，这样对待理想，确实是非常纯洁的，非常可贵的。所以那个年代，确实是有许多不如意，是最艰苦的年代，也是最富有理想、最纯洁、最有朝气的年代。刘月季不光养育了子女，也养育了精神。这部片子是继续养育着精神，这是创作人员在养育一种精神，养育着对核心价值观的认同。因为在这个多元的社会里我们需要有核心价值观，如果我们这个核心价值不鲜明，不张扬的话，我们社会就会失衡，就会不知所措。

张德祥（中国电视艺术家协会研究室主任）：

《戈壁母亲》塑造了刘月季这样一个心胸宽广得如同戈壁、如同大地一样的母亲。在这个形象里面一个特点是宽，就是这个人的心胸特别宽，母亲是作为女人的一个最高的境界，就是把女人、妻子、母亲这几个特性全部体现在刘月季这个角色上了，所以她有一种宽广的，宽厚的一种胸怀。还有一个特点，就是她很多次说到的缘分。为什么这么多人后来都把她称作大姐，有什么事情都愿意和她谈，甚至在一定的时期成了很多人心目中的主心骨。她在处理人际关系，处理事的时候，她信缘分。她很多事情的处理是从这个原点和角度出发的，既然有缘分就要相互与人为善。所以她碰到自己的丈夫要离婚等这样的事情，她没有爆发出在常人看来应当是女人那种仇恨、报复，她是从缘分这个角度来认识考虑问题的，这构成了刘月季母亲形象里面非常特别的一面。你用逻辑来解读它是解读不清的，她就是这么一种感觉，这么一种认识,然后顺着这样一个关系来处理她的人际关系。凡与我有缘的人都要按照与人为善原则对待,这样就奠定了她为什么有这样宽广的心怀。

李准(重大革命和历史题材影视创作领导小组副组长):

罗丹说:"对于我们的眼睛来说生活里不是缺少美,而是缺少发现。"还有一句话就是:"和谐文化之舟,乘载中华民族走过了五千年。"这个片子在思想艺术上最突出的成就,就是塑造了一个和平建设时期,特别是以经济建设为中心时期到来的过程中间,一个英雄母亲的形象。简单说,第一次这样鲜明地成功地塑造了一个和平建设时期英雄母亲的形象。现在讨论民族优秀传统有各种各样的说法,都承认中华民族优秀文化的核心是自强不息,厚德载物。这两句话是分性别的,自强不息指的是男性,这就是优秀的男人伟大的男人。厚德载物指的是女性,是母亲的心怀,了不起的男人肩膀支撑起祖国万里江山,无数英雄母亲的爱和汗水浇灌着祖国非常广袤的土地。在外国文化中间,也有这种母亲形象,比如高尔基的《母亲》中的形象。

第一,母亲在中华民族的概念中,其实就是一个大地,就是一个依靠,就是所有人的一个精神家园。张瑞芳同志演的母亲、高尔基小说中的母亲,都是革命战争年代的英雄母亲,唯独现在韩天航创作的"戈壁母亲"是和平年代的母亲,不是一般的母亲,这个形象塑造成功,给母亲形象这个画廊增加一个新的非常有光彩的艺术形象,给新世纪影视画廊又增加了一个艺术形象。

第二,《戈壁母亲》剧作写的是最普通的人,概括起来一是剧中没有重大的历史事件,也没有重大的历史人物。二是剧中没有战争的硝烟。三是没有歌厅酒吧,没有超女猛男。四是没有反派也没有另类。五是没有高科技模仿感官刺激等,这部剧没有什么传奇情节,没有什么梦幻色彩,为什么能够这么打动人?确实值得研究。现在浮躁繁杂追求时尚的状况下,一般人看影视剧都是看故事热闹不热闹,看有没有俊男靓女,看有没有感官刺激,《戈壁母亲》这么高的收视率出乎我的意料。刘月季的形象概括起来就是四个字:"真情崇高"。这个崇高不是外在接上去的,她是用她的本性,作为一个母亲的本能,她的善良决定了她就是崇高,她成了大家的一个精神依靠。

我觉得《戈壁母亲》故事情节都很平常,但拍出来却这么惊心动魄,非常了不起。刘佳饰演的刘月季这个艺术形象是成功的,肯定是下一届最佳女演员有力争夺者。

王卫平(国家新闻出版广电总局电视剧管理司副司长):

第一,这部剧得到上级领导的高度首肯;第二,收视率高;第三,众多专家资深人士给予了高度的肯定和评价;第四,中央台播出的主旋律电视剧一般情况下地方台不会抢,但是《戈壁母亲》已经有四五家地方电视台在争抢他们的二轮播出,就说明这部剧很有市场,很受群众欢迎。

兵团举行电视连续剧《戈壁母亲》座谈会
发言摘录

张子扬（中国电视剧制作中心副主任）：

《戈壁母亲》在中央电视台播出以来，创造了收视率新高。毋庸置疑，这是一部受到全国观众喜爱的电视剧作品。中央领导给中央电视台打来电话，对这部电视剧的播出提出表扬，称赞《戈壁母亲》是一部有意义有价值的好剧。《戈壁母亲》之所以获得好评，除了它是一部成熟的作品之外，更重要的是兵团生活打动了观众，兵团精神感染了观众。我代表中国电视剧制作中心向为《戈壁母亲》提供创作源泉的兵团致谢。

王仲明（新疆维吾尔自治区文联原副主席）：

《戈壁母亲》是一部生动形象又深刻反映新疆

生产建设兵团屯垦戍边艰苦岁月和塑造兵团人新的高大形象的精品力作，具有的浓郁的兵团生活气息，形成了一种独特的艺术氛围。剧中展示出的兵团既不同于普通社会阶层，又不同于战时兵营，在这样的社会环境中的军垦战士形象，所具有的是一种兵团风格。这也是这部作品艺术风格的核心和基础。特别引人关注的是电视剧的主角——戈壁母亲刘月季。这个从农村走出来的妇女形象，具有崭新的时代意义，是新时代的新形象。刘月季既是一个普通的农村女性，受到了封建包办婚姻的侵害，但她又不被封建包办婚姻左右一生。到了兵团之后，在新生活的熏陶下，以她的宽广胸怀，扎根团场，做出了许多平凡而又伟大的事，得到了人们的尊敬。随着时光的流逝，她逐渐成长为一名有觉悟的、成熟的军垦战士，并且终于成为一名中国共产党员。在她的影响下，一批年轻的军垦战士也都迅速成长起来，成为军垦队伍的重要力量、成为军垦事业的希望。刘月季是我国电视艺术创作中一个新的典型形象，是电视艺术创作的新收获。

刘和鸣（兵团史志办主任）：

我父亲是兵团第一代，我是兵团第二代。剧中所演的，都是我们熟悉的。电视剧取名《戈壁母亲》，不但有文学创作意义，还有历史现实意义。该剧深刻反映了兵团第一代女性的光辉形象。在兵团早期，有很多像刘月季这样的"戈壁母亲"，我们称其为兵团第一代母亲。她们普通得就像戈壁滩上的一株株红柳，一棵棵小草。正是"戈壁母亲"们无私奉献、任劳任怨、坚韧不拔，养育了一大批兵团热血儿女，延续了兵团事业发展的中坚力量。电视剧还反映出兵团的重大事件。部队进疆以后在荒原开荒进行大生产运动，平叛剿匪，执行"代耕、代管、代牧"的三代任务，一个人的哨所、"种地就是站岗，放羊就是巡逻"，这些都是我们兵团生活中的真人真事，让我们看来感到十分亲切。剧中还点出了兵团的起源，"生在井冈山，长在南泥湾。转战数万里，屯垦在天山。"这部电视剧展开了一幅兵团历史生活画卷，很多情节表现出了兵团人的艰苦创业，诠释了兵团精神。希望这样的好剧多在荧屏上出现。

夏冠洲（新疆师范大学教授）：

《戈壁母亲》在一个宏大的场景下展现兵团，但是它又不同于一般的作品。以一个家庭为切入点，从人的角度出发，符合文学创作的基本规律，也符合大众的口味。以前反映兵团历史的作品，多是从社会和政治的大的角度出发，而《戈壁母亲》从"人"的角度出发，折射出兵团发展的历史，是一部"人的兵团，兵团的人"的成功代表作。该剧不同于所谓大片的宏大声势，不同于家庭伦理剧。剧情以刘月季为核心，以一个家庭所有成员的命运为线索，情节跌宕起伏，扣人心弦，发人深思，折射出浓重的社会色彩，渲染着浓重的兵团气息。该剧很好地弘扬了中华传统美德，通过对人物的塑造、对人性的挖掘，使中华传统美德在主人公刘月季身上完美地展现出来。兵团精神是社会主义核心价值观的具体体现，该剧通过诠释兵团精神，弘扬了社会主义核心价值观。兵团人是一个特殊群体，兵团充满着神奇的吸引力，兵团是一方热土，这里是文学创作的富矿。感谢作者和中央电视台电视剧制作中心为兵团人做了件好事，这是一部弘扬兵团精神的不可多得的好作品。希望多出好剧，把兵团精神介绍到全国。

马生月（原兵团党委宣传部部长、兵团文联主席）：

我是1946年的老兵，本来我可以回到西安工作的，因为我太爱兵团，所以我选择了留在兵团。为什么呢？我想，这可以从《戈壁母亲》中找到答案。这部电视剧给我最大的感想就是，兵团人实在是太可爱了，新疆这片土地太让人留恋了。剧中以刘月季为代表的兵团人，胸怀宽广，无怨无悔，这正是我们兵团人的形象。主人公叫"月季"，这个名字起得好，月季花芬芳怡人，给人以美好的香气，这很符合人物的性格、品格。兵团人就是这样一群淳朴善良的人。很多人在离开兵团后，又重新回到兵团的怀抱，我就是其中一员。有人说我很傻，可我要说的是，我爱兵团，更爱兵团人。

胡乐元（兵团党委宣传部原副部长、兵团文联原主席）：

《戈壁母亲》是一部兵团儿女期待已久的优秀作品。能够在中央电视台一套黄金时间播出反映兵团题材的影视作品,是我们兵团人的骄傲。该剧题材把握得很好,用"戈壁母亲"的故事展现兵团人的境界和精神。可以说没有"戈壁母亲"就没有兵团的延续。刘月季的形象代表了兵团所有英雄母亲的形象。这是一部弘扬时代精神、弘扬社会主义核心价值观的主旋律作品。

戴本额(原兵团法院院长):

《戈壁母亲》真实再现了兵团创业初期的艰辛,展现了兵团人的形象,弘扬了兵团精神。我是流着泪观看这部电视剧的,很受感动。剧中的地窝子、爬犁、坎土曼,看来让人顿感亲切。八千湘女、山东大嫂、上海姑娘,是兵团妇女的代表,她们为兵团屯垦事业奉献着青春、热血和生命的全部。她们无私地养育了兵团儿女,为兵团事业的发展做出了不可磨灭的贡献。老一代军垦人创业何其艰苦,他们不怕苦、不怕累、不怕流血牺牲。在边境团场工作的军垦战士,为了守卫边疆,一个人,一杆枪,一把镐,一个哨所,在冰天雪地、飞沙走石的恶劣自然环境中一干就是一辈子,这种无私奉献的精神,是可歌可泣、可敬可爱的。兵团的创业需要兵团精神;兵团事业的发展更需要兵团精神。兵团精神是我们兵团人的魂。现在的生活好了,但我们不能忘记过去,不能忘记历史。

王梁(原兵团党委宣传部副部长、兵团日报社书记):

电视剧《戈壁母亲》塑造了这样一群母亲:母亲刘月季、母亲向彩菊、母亲孟苇婷、准母亲刘玉兰、母亲赵丽江,还有边境团场的少数民族母亲,她们的共性是无私、善良、勤劳、勇敢。母亲在新疆戈壁滩上,在兵团这个大集体中,所从事的事业就是结婚、生子、教书、种地、挖地窝子、拉水、做饭等。她们的工作是平凡的,事情是琐碎的,劳动是比较简单的。但是在这些平凡、琐碎、简单中,充分表现了母亲是伟大的、崇高的、永远令人敬仰的。应当说,《戈壁母亲》告诉我们一个简单而又真诚的道理:兵团人永远都是忠诚的屯垦戍边卫士。

陈平（兵团党史研究室综合处处长）：

沙漠被称为"死亡之海"，而河流被誉为"母亲河"，雪水像母亲的乳汁哺育了绿洲。兵团人注定要蹚过那条悲壮的母亲河。《戈壁母亲》开头的一幕就是含辛茹苦把孩子拉扯大的母亲刘月季收到的却是丈夫的"休书"。于是她悲壮的西出玉关万里寻夫的坎坷人生开始了，就像刚流出雪山的母亲河扎进大沙漠，而当河水消失之时就是人生绿洲辉煌之日。每个兵团人都要蹚过人生悲壮的那条河。在她们身上我们看到20世纪50年代初，山东女兵、湖湘女兵来新疆艰苦创业的身影。纵观历史，历朝历代屯垦戍边都是悲壮的事业，也都是血性男儿的事业。"秦时明月汉时关，万里长征人未还。但使龙城飞将在，不教胡马度阴山。""男儿何不带吴钩，收取关山五十州。请君暂上烟陵阁，若个书生万户侯。"新中国的屯垦戍边一开始就进入了大批女性，她们不仅与男人并肩开荒造田，而且生儿育女养育后代。在建国初期最艰苦的岁月里，她们经受的苦难、做出的牺牲，比男人还重还多。冰峰五姑娘、塔河五姑娘、军队的女儿王孟筠，还有为保卫国土献身的孙龙珍，都是中华民族女性的骄傲，是屯垦戍边的巾帼英雄。而《戈壁母亲》艺术地再现了一个个有血有肉、有情有义、有理想有追求的生动女性形象，展示了新中国屯垦戍边的热血儿女的崇高美德，其历史价值、文学价值、美学价值都是非常珍贵的。

郭培中（兵团歌舞剧团原编剧）：

《戈壁母亲》确实是一部高品位的主旋律电视剧，以其深厚的思想内涵、沉郁的感情负载、瞩目的题材张力、新颖的人物画廊、高雅的审美情趣及较强的艺术感染力，再现了兵团人艰苦卓绝的创业生活，无私无畏的奉献精神。

这部电视剧的亮点是以情涵盖全剧，充满了浓烈的母子情、夫妻情、父子情、战友情、边疆情。剧情起伏跌宕，引人入胜，真实再现了兵团的历史。

戴庆媛（第八师退休老同志、湖南籍女兵）：

这部剧在播放预告片时，我们当年一起进疆的姐妹们就相互打电话，说有一部反映我们这批人的电视剧将在中央电视台一套黄金时间播出。我当时就很期待，看了该剧，我很激动。感谢中央电视台电视剧制作中心把当年军垦人的艰苦创业生活真实地再现荧屏。《戈壁母亲》用很好的艺术形式，真实地再现了我们的一生，对"戈壁母亲"的描写真实、感人。我和我的姐妹们对这部作品很满意。我们的这一生是坎坷、勤奋、任劳任怨的一生，可以说我们吃了很多苦。但是我们无怨无悔，因为我们对得起党，对得起人民。现在中央电视台播出《戈壁母亲》，是对我们的肯定和认同。

金茂芳（第八师退休老同志、山东籍女兵）：

我是1952年参军来到新疆的。今天的幸福生活，是缘于当年兵团建设者们的辛勤劳动，是与来自全国各地的"戈壁母亲"们无私奉献分不开的。看了电视连续剧《戈壁母亲》，又让我们回忆起20世纪50年代的艰苦生活，剧中的人物，在我们当中都是有生活原型的，剧中的情景，当年就是有这样的事情发生。我们这些母亲吃的苦要比剧中的母亲刘月季吃的苦还要多，现在很多姐妹都是孤身一人，老伴因为年龄太大，都不在人世了，其中的思念之苦、孤独之苦和生活之难是常人不能理解的。但是我们不后悔，因为历史赋予我们的使命是稳定边疆，我们完成了党交给我们的任务。